小姐 王家
·WANG JIA XIAO JIE·

王安 /著

百花洲文艺出版社
BAIHUAZHOU LITERATURE AND ART PRESS

目 录

第五章　情存奈何缘灭　至此封帘楚文轩

第一章

侠义豪气风发　王家码头相遇

·01 海上序幕·

民国十八年。

上海。

眉目之上一袭水蓝，柔着片片白云，洒下冬日里难得一遇的好阳光。南京路上随处可见时髦的先生小姐，高领旗袍，裘皮大衣，脚踏高跟皮鞋，手拎亮片坤包，如诗如画，叫人心动。

"铛——铛——铛——"

一辆有轨电车驶过，打破了原本有序的街景，忽地带出后方一阵骚动。似是有个小贼被人群围住，一位白衣马褂的公子正与其纠缠，小贼死命挣扎，一拳打在男子肩头……一番混战，经众人携手终将小贼制服，白衣男子喘一口气，拍拍身上的尘土，从小贼身上搜下一个镯子，得意一笑。此时后方急喘喘跑来一个年轻轻的小女子，对着白衣男子连连道谢。

"这位公子……真是多亏有你相助……"小女子话语柔弱不堪，已有几分接不上气儿，想必已是追了许久。

"不必客气，"男子揉了揉肩，将镯子递予女子，"这是你的吧，赶紧收好了。"

"谢……谢谢。"小女子还想说什么，只听后方又传来另一个急急的叫喊声。

"公——子——"

一个身形矮小的侍从从后方追来，跑动间宽大的衣衫在他身上不住晃悠显得有些滑稽。直到近处，见这小侍从脸蛋白皙，眉眼间竟有几分女儿家的清丽。

"让你在家待着非要跟我出来，拖后腿了不是。"白衣男子响着喉咙似用丹田之气出声。

"您这是什么时候练的轻功啊……"小侍从还在止不住地大喘气，此时后面跑来两名巡捕，白衣男子顺势将小贼交上，小侍从随着主子，两人正预备离开却被小女子叫住。

"还未好生谢过先生，小女子姓柳，请问公子尊姓大名？"

"你叫他楚公子就行了！"

白衣男子还未开口就被小侍从抢先，男子瞪了侍从一眼，对女子道："区区小忙不足挂齿，柳姑娘无需多礼。"

"那怎么行，家中老母病重，这镯子正是预备去当了给母亲抓药的，若不是公子相助，我真不知该如何是好了。公子见义勇为，身手了得，实在叫柳儿感激不尽。"小女子望着眼前的俊俏男儿满是敬仰之情。

反之男子全无会意，他扫了一眼面前的姑娘，见她身上的棉衣几处缝补，家中又有亲人病重，处境可想而知，于是掏出一沓现钱递上，不料这柳姑娘为之动容，双目含情，竟开口要侍奉公子以为报答。

"不，不，这是给你母亲看病的，我没有别的意思！"

白衣男子忙不迭地解释，不开口还好，这一推托叫周围的人都帮着起哄，非得让他收了这姑娘不可，见这状况男子也有些慌了神，一旁的侍从更是一脸窘迫，小声嘀咕："怎么办啊……"

"跑——"

白衣男子话音刚落，与小侍从一起撒腿就跑，一出乌龙英雄落魄戏码就此落幕。

与此同时，距离上海百公里外的南通却静得出奇，万籁俱寂，不露生气。或是连日下雪的缘故，街上行人寥寥无几，一眼望去白如银霜。此番天气大多店铺都已关门，只有几家当铺半掩着门帘，为棘手的人们行个方便。

越过大街穿到小巷，巷子里的路是弹石面的，一路踢踏走到尽头有一间不起眼的平屋。屋内一年轻女子正在整理旧物，女子面容清秀、身形消瘦，裹着一件宽大的棉麻布裙，头发松散地扎于脑后。见她满目悲情还不时提指拭泪，突然间冲进一个体态臃肿的中年妇人，无头无脑就对着布衣女子破口大骂。

"你又在这里偷懒，让你白吃白喝这么多年，我养头猪都比你管用。"

小女子默不作声，像是已经习惯了这种辱骂。只听妇人又不依不饶道："你是死人啊，和你说话听不见吗？"女子依旧不予理睬，自顾自地整理信笺。妇人恼羞成怒还想动手，刚举起一只手就被门口冲进来的一个中年男人制止，看两人的样子像是一对夫妻。

男人甩下妇人的手道："阿红，你这是做什么！当年宋老爷帮过我们不少忙，你就不能念个旧情吗？"

"你这句话都说了多少年了？自打你把这丫头领回来我哪顿少她了，可你看她这个要死不活的样子。本想养两年嫁了人还能沾点光，谁知道她这么大个人还赖在这儿白吃白住。被退了婚的人还指望嫁什么好人家……"

"行了，行了，你就少说两句。"

"你干吗推我。就你个死阿兴尽干些亏本买卖。"

……

夫妻二人争执不下，可布衣女子却对眼前的两人全然漠视。这对夫妻就像在唱双簧，即便男人为小女子说话也好似只是做了无用功，得不到任何回应。妇人看布衣女子这模样又是一阵恼，开口骂道："人都死了，天天看这些东西有什么用。"说着又奋力一甩手将女子手中的旧物推撒落地。

"你这又是干什么——行了，行了。快去做饭吧。"男人说着就将妇人推扯着往外赶。临出门前男人默默放下一个油纸包，回头看了布衣女子一眼，也只得无奈叹一口气。

待夫妻二人走后，屋内又恢复了死一般的寂静。女子望着散开的油纸包——里面是一个馒头，连她自己都已忘记今日是她二十一岁的生辰。女子望向四周，冰冷的墙面没有一丝生气，这已是她孤身一人的第八个年头，若不是那场大火……女子死咬着嘴唇直至渗出血来，那一残红犹如嗜血般怨恨。她默默收拾起地上的旧物，突然在一堆信笺中发现其中一封夹有一张旧照。女子拾起旧照双眼死死盯着相片中的生面男子，只见她眉头紧锁口中念叨："上海。"

三个月后。

"王家码头到了——"

黄浦江上一只摇橹船晃晃悠悠地划来,远远的就听见老船夫用地道的上海闲话叫唱着。

太阳光透过云层射下,江面上雾气渐散,船上的人可以依稀见到对岸一排万国建筑群。哥特式、巴洛克式、古典主义式、中西合璧式等各种风格的大楼。那些罗马柱廊、镶金和彩色马赛克的平顶以及楼顶的四面时钟无不提醒着上岸的人们已经来到了浮华摩登的大上海。这里藏着虎豹隐着杀机,那些恩怨情仇纵横交错,耐人寻味。

建筑群中有一座高楼邪气醒目,老远处就望见一个三角形山花的穹顶,从沿江正立面的爱奥尼亚式柱廊到花岗石外墙再到厚重的青铜大门无不展示着它的财富与权势,这座高楼正是掌握着上海滩经济命脉的华丰洋行大楼。

船只临近岸边,只见船夫在橹的末端稍加施力,只摇动很小的角度,橹的入水端便产生很大的力,在水下的橹瞬间增大了摆动幅度。就这样一来一回,橹在老船夫的手中灵巧地转换着角度,船夫用巧力一推艄便将船只稳稳停靠在岸。

"老船夫,为何这里叫王家码头,有何说法?"

一女子随着熙熙攘攘的人群下船,看似有一搭没一搭地问着。她一手提着皮箱一手扯着那条宽大的布衣裙跟跟跄跄下着船,双眼死死盯着脚下的甲板生怕一个跟跄就去了黄浦江。此时虽过花朝节,天正渐渐转暖,但江上的风吹到脸上还如针扎一般。眼前的女子只着单衣布裙冻得嘴唇发紫。只听老船夫随口回道:"听侬问格问题,小姐阿是伐是本地宁?"船夫本无谓能得到回应,正预备往下讲却被布衣女子接话道:"我生在上海,只是走了几年,如今又回来了。"老船夫捆着岸边的缰绳并不在意女子的话,依旧自顾自地说着:"闹——此地有家大户人家姓王,所以到了格的人人都叫王家码头,交关好记!"

"哦?这个王家是何来头?"

"讲到格户王家是交关厉害,现在上海滩人家的铜钿可都是交给他们管哦,可以讲是上海滩最最有钞票的人家。闹!王家的洋行就在前头,侬去看看就晓得了。"老船夫用下巴示意着前方的华丰洋行,橹在他的手中笨拙而听话地摆动着,只见船只摇摇晃晃掉转着船头。

"坐稳,回船咯——"

船夫扳艄划橹,悠悠掉转船头载着寥寥无几的客人缓缓消失在大上海的黄浦江上。

·02　风起云涌·

上岸后布衣女子放下手中的皮箱，低头拍拍衣衫上的灰。她定了定心看向前方——码头上男子、女子行色匆匆，如今的上海与当年已是全然两个模样。

眼前的年轻女子们或一袭宽敞的蓝布长袍，立领，斜襟，裙摆至膝下，袍外或披毛衫或套背心，脚上搭配了白色长袜和黑色皮鞋；又或一袭收腰阴丹士林布的旗袍，外面套着薄薄的西式单大衣，她们大多梳着"Y"字髻，十分青春靓丽。而男子有着一袭长袍，也有一身短褂，只见一位身着衬绒华丝葛袄衣的先生上岸后招了一辆黄包车扬长而去。码头上来往行人便有这等装束，不愧是人人向往的大上海，女子下意识地抿了抿嘴，拽了拽自己的布衫棉裙。在这里她似乎有些格格不入，但正因如此她更告诫自己一定要在这大上海立稳脚跟。

江边风起浪涌，布衣女子转过身抬头悠悠凝望远处，眼神渐渐变得有力，那对渴望权势的魅眼一瞬间迸射出的恨意叫人畏惧。怎奈又有人要投身到这大上海的江湖恩怨中来。待女子稍作平复，一变脸，眼角竟也低垂着叫人心生几分怜意。只见她嘴角上扬，出现在南通平屋里一样的表情，望着华丰银行喃喃道：

"王家。"

码头另一边，一帮工人正在卸货，货船上写着"永兴货轮"四个大字。

永兴是上海滩唐家的产业，也是上海滩轮船公司中为数不多不挂外商旗帜的公司，但是它却拥有上海滩一半的码头，其余几大公司的货运也都依附于唐家，这些都与唐家的黑帮背景有关。唐家老爷唐立懋一手创立永兴，他除了轮船招商局局董的头衔外还是上海滩赫赫有名的唐帮话事人，人称"唐爷"。

话当年，唐立懋创办永兴是随着一股民间兴起的以自办轮船业来收回航权的热潮而下的海，但同时小轮公司蜂拥而起，竞争着实激烈。处在乱世，唐立懋为巩固唐家地位最后选择涉足帮派，他在上海滩苦苦打拼三十余载，带着一众弟兄出生入死，唐帮早已是上海滩数一数二的大帮。但就在半年前唐立懋中枪负伤在医院一躺就是三个月，回想当日命悬一线可算是年逾六旬之命中一劫，之后唐家的永兴轮船公司就由唐家长子唐子文接手。新人上位，唐帮免不了成为上海滩其他帮派觊觎的猎物。

此刻码头上的工人们正在做工，虽只着单衣，但他们背上的汗已微微渗出衫外，鼻子也被海风吹得通红。其中几个工人一边搬货一边嘴里不停絮叨着永兴已有两月没发饷银了。

几乎垄断了上海滩船运的永兴公司居然出现资金短缺，不知这其中有何隐情。

不远处，一位身材魁梧略显富态的中年男人走来，他身着锦缎棉的驼绒马褂，羊毛为里，毛皮出锋，盛气凌人，架势不凡。又见他左手把玩怀表，右手夹着雪茄，戴的一只黄金镶边的翡翠戒指格外显眼，那颗翡翠雕工细致水头十足，一看便知价值不菲。只是两鬓间那微微白发也不免透露此人定已年过半百。中年男人的身边还直挺挺地站着几名黑衣保镖，这架势这派头看着便知大有来头，只见他用余光扫了一下周围的工人，挑衅一笑。

"洪爷。"其中一名带头的工人叫道。

原来此人就是上海滩叫人闻风丧胆的洪帮老大洪大荣。上海滩帮派众多，洪大荣年轻时候敢打敢杀魄力惊人，趁着乱世连着吃掉几个小帮派，之后势力迅速扩张，如今在上海已是称霸一方，其他帮派听到洪帮都会自动"礼让"三分。这洪爷还有个别号——笑面虎，因为他面上总是笑嘻嘻的叫人不设防，但背地里做事却手段毒辣，吃过他暗亏的人着实不少。其名下有多家赌场妓院，此外绑票勒索、坐地分赃，但凡能赚钱的买卖洪大荣都不会不放过，如今听到"洪爷"的名号谁不是抖一抖！可惜上海滩岂是一人独大的地方。唐帮的势力与洪帮可谓势力均敌，于是两帮之间互相牵制的微妙关系也平衡着上海滩的地下势力。直到半年前，唐立懋中枪唐帮士气大损，如今又见后辈接手，于是洪大荣按捺不住正想借此机会将上海滩的黑帮格局重新洗牌。

"你们当家呢？"洪爷笑笑道。

"洪爷怎么有空到我这来了。"

话音刚落，洪大荣正寻的永兴当家唐子文已经出现在其身后，此人言语间霸道却不失稳重。唐子文头戴一顶黑丝绒礼帽，身着薄呢绒风衣，挺拔健硕，未逾而立之年却已持重有余。这位唐家长子眼光独到、善用谋略，帮父亲把永兴越做越大，近两年已将货运航线扩展到苏州、杭州、湖州一带，唐家可谓称霸一方。面对洪大荣，唐子文毫无畏惧，只见他嘴角微微上扬，一抬头帽檐下透出犀利无情的眼神，一副剑眉星目叫人过目不忘。

洪爷对着唐子文上下一扫，"哈哈，都在传上海滩的女子都倾迷永兴的船厂少东。大侄子果真是越发一表人才了，怪不得姑娘们都要围着你哩。"

唐子文不屑于这些恭维话，他头一斜，眼一眯，不紧不慢点上一支烟。只听洪爷又道："外面都在传商场新出头的永兴少东是个厉害角色，听说唐爷退位后你把永兴办得是风生水起，所以特地来看一看，如今一见……"洪爷瞟了一下周围的工人，"呵呵，外界传的也不过尔尔。"

"既然是传言听听也就罢了，洪爷又何必当真。"

明知是给自己难堪，唐子文却冷言不羁，嗤之以鼻，他将烟头坠地，起脚将其碾灭。

"大侄子狂劲不减啊，"洪大荣嗤笑一声，"别说我这个做长辈的不提携你，过几日英国人有一批货要到上海。借你码头一用，二八分——你二我八，如何？"说着，洪爷把雪茄往嘴里一塞。未等唐子文开口，其身边一手下已经按捺不住。

"洪爷，照平日规矩可没低过五成的。"

"阿毅！"唐子文厉声将其喝住。

阿毅是唐子文的贴身手下，自懂事起就没见过双亲，儿时到处漂泊曾与地痞流氓厮混，机缘下被唐子文带回永兴，自十一岁起就跟从子文，对主子忠心不二。

"哈哈，英国人吃心重，这都是要孝敬的。"洪爷吐出一口浓烟，"唐老弟，其实我就转个手，能进口袋的还不及你呢！"

"洪爷的好意子文心领了，不过近段时间码头单子已满，恐怕只能让洪爷另谋他处了。"

"呵呵，英国领事是我好朋友，总不好驳他面子吧。何况永兴现在的环境众人皆知……"洪爷向四周晃了一眼，"生意场上哪有不低头的，就当帮你洪叔一个忙如何？"虽说讲的是人情但洪大荣口气依旧嚣张。

"不好意思，洪爷这个忙恐怕帮不上。"唐子文斩钉截铁地拒绝，不带语调却极显对立。

"连洪爷你都敢驳，你别给脸不要脸！"洪爷身后一手下冲着唐子文叫道。

"你说什么？！"阿毅护主心切，作势就要冲上去，只见那个手下瞬间从腰间掏出一把枪对准阿毅的头。一看这情况，码头上的唐帮兄弟都冲了过来，同时间洪爷身后的一众手下也都纷纷拔出了枪对准唐帮弟兄。

两帮对峙，一触即发。

·03　侠义情长·

　　码头寒风瑟瑟，唐子文站在人群中央纹丝不动，眼神如利剑般死死盯着洪爷。

　　"呵呵，这唐帮现在连把枪都没了吗？"

　　洪爷轻蔑地朝唐帮众人晃了一眼，阿毅等人都憋了一股劲，作势即便赤手空拳也要维护唐帮的脸面。不想僵持片刻却见洪大荣不屑地一抬手，其身后洪帮手下便纷纷收起了枪。

　　"我不喜欢强人所难，走！"

　　"洪爷慢走。"唐子文摸了下帽檐，望着洪帮众人难以言明。

　　本以为就此收场，不想洪大荣刚出几步便一回头，阴沉地丢出一句："很久没见你父亲了，记得代我问好。"

　　看着洪爷的背影，唐子文皱紧了眉百感交集，此乃意味深长的一句话……

　　"大少爷！您能不能别叫我们把枪都收了！"阿毅觉得刚才窝囊极了。

　　"是啊！不能让别人欺负到我们头上来！"

　　"大少爷，只要您一句话兄弟们都是不怕死的！"

"对！我们跟着唐爷这么多年，什么阵仗没见过……"

"这憋着真难受，要是唐爷在就好了……"

经阿毅这一说，下面的唐帮兄弟顿时像炸开了锅，个个面红耳赤情绪激动。确实，自从唐子文命手下兄弟收了枪，码头这带便有不少其他帮派的喽啰前来试探。一次、两次见唐帮弟兄无反抗之力，都渐渐将曾经叱咤上海滩的唐帮看作了纸老虎。阿毅见自己一句情绪话带出这番风波便赶紧挽回。

"停！停！停！兄弟们都听好了！唐爷把永兴交给大少爷，那我们就都要听大少爷的命令，大少爷一定会有安排的，兄弟们尽管放心！"

"弟兄们，"唐子文面色凝重，霸气豪情，"你们陪着永兴一路打拼，都是唐帮的一分子，我唐子文在这里向你们保证，有我一日就有兄弟们一日。"

唐子文言语间的震慑力即刻收住了众人之口。他向来重情重义，如今任这一方霸主，纵使肩上的担子重有千斤，也会挺身死罩一众兄弟。

待众人渐散去，阿毅也恢复了理智。

"大少爷，您这番拒绝就不怕得罪洪爷？"

"外商都滑头得很，不知道他们会有什么小动作。何况，我不想让永兴再走以前的老路。"

唐子文说得轻描淡写，却藏尽无奈，他又往嘴里送了一根烟，帽檐遮住了他的眼，只飘出缕缕烟丝在夜幕中随风散去。

看着眼前的唐子文，阿毅觉得他有些孤立无援，于是对着码头上的工人嚷着嗓子喊："兄弟们都加把劲儿——"说着自己也大步上前一块儿搬货，好似要以行动证明自己对主子的忠心。

间隔码头不远处，公共租界的爱文义路上有一幢独立的花园洋房别墅。从铁门望进去房子显得很小，因为在别墅前头有一大片草坪，草坪两边还有海派的园林建筑。越过草坪，后花园里还有养着金鱼的荷花池。正对别墅前方是一个欧式的大喷泉，水柱渐起渐落也形成了与外界的天然屏障。透过喷泉可以看到别墅的正门有两根罗马式巨柱，很是气派。再往里走，别墅内大小客厅、餐厅、茶歇厅、跳舞厅、更衣厅、琴房，一应俱全。

此处正是上海滩国人首富王勇的府邸——王家公馆。也正是老船夫口中王家码头名字由来的"王家"。

王家老爷王勇在上海滩享有举足轻重的地位，他不仅是华丰洋行的创立人，也担任公共租界工商局华董、总商会会长一职。王家在上海滩与各商各界均有交情，加上王勇为人"义"字当头，黑白两道均给三分薄面，加之在上海打拼多年也结交了不少政界要员，于是这王家在上海滩的声望着实不容小觑。

打开两扇厚重的白色西式大门进入别墅大厅，一盏法国大吊灯无法避免地闯入眼帘，着实气派。吊灯上的水晶片折射出璀璨的光，若是站在里头正好对到外面的太阳光还会被刺到眼睛哩。

一位高挑的女子站在客厅中央，穿了一件大袖的圆襟淡青色滚镶边花软缎旗袍，外面罩了软白色对襟式羊毛衫，显得人十分修长。旗袍立领藏好了女子的玉颈却将她那对肉肉的耳垂衬托得尤为动人，耳垂上佩戴着一副小颗的钻石耳环，含蓄却恰为点睛之笔。刚烫完的大团发卷梳得整齐固定于脑后两侧，素净而高雅。看女子的面容与装扮应该已是为人妻，言语间十足一派女主人的架势。

"这里再擦一下，对！对！角落也不能漏。这花儿怎么有点蔫了，周妈——周妈——"

"大小姐，什么事呀？"一位有点年纪的女佣手里拿着抹布蹒跚而来。

"这郁金香的花瓣有点蔫了，快换一束新鲜的来。"

"这花看着还能放几天嘛，扔了多可惜呀。"周妈拿起花瓶左右端详着。

"这是父亲最喜爱的花，今天可不能让他老人家扫兴。而且晚上来的都是贵客，也万不能怠慢了！赶紧去换一束，这些就摆到琴房去吧。"说着转头继续扎进她的"战场"，"大家手脚都麻利点啊。香槟，香槟够了吗？还有香槟杯，对了，把那套捷克的水晶杯也拿出来……"

就这样，王家公馆大厅里有六七个佣人同时忙碌着，有的拿着鸡毛掸子，有的拿着抹布，还有几个在厨房与客厅间来回穿梭。这里的确像极了战场，好似每个人都有各自要坚守的岗位。何况这位高贵的女子也不容她们有失，她定要亲眼看到"战争"胜利方能安心。

渐远这群忙碌的人，顺着扶手上到公馆二楼。

二楼的两边各有两间单房和一间套房，外带一个书房和公用卫生间。过道里挂了很多相片，相片里的人极少有正襟危坐的姿势，大多是一些有趣的抓拍，还有些逗趣的鬼脸。约莫这也是相片没有放在一楼的原因，想必一般的会客不会邀请到二楼，所以此处的空间也就相对私密些。从这些相片中不难看出这一家人的感情甚好，其中有一张四位女子的相片尤为显眼，四人彼此亲密地搂着，脸上的笑容灿如夏花。

紧邻这张相片的是右手第二间房。此刻这间房的房门紧闭，屋内出奇地静，同楼下的喧闹几近隔绝。房间内是一套白色的欧式家具，布置素雅，像是女子的闺房。窗户向外敞开，窗纱被微风吹得渐起渐落，透过白纱依稀可以看到上海滩夕阳西下的美景。但此刻，房间的主人却丝毫没有这份闲情。只见一张卷曲的纸条在两指中间打开，寥寥数语不见落款。短短几秒之后这只手又将纸条迅速捏紧揣入口袋，表情似有几分凝重。不到片刻，此人以熟练的动作从衣柜最上面的抽屉里取出一套西服和一顶礼帽。穿戴妥当后加紧起身，绕过人多的大厅，从公馆后门迅速离去。

·04 翩翩公子·

　　码头上，来往人群中混杂着小摊贩的叫卖声，好不热闹。上海滩不仅住着光鲜的社会名流，也藏着食不果腹靠乞讨为生的贫民，码头一带尤为混乱。

　　此时一位身穿西服头戴礼帽的男子站在码头一边正四处张望，突然一个七八岁的孩童跑来拉拉他的衣角。

　　"这位先生，有人让我给您带句话。"

　　"什么话？"

　　"说让你上那边的垃圾桶去便知真相，"说着孩童指了指前方不远处的垃圾箱，"那人还说我告诉你后你会给我一块钱。"

　　看着孩童天真的表情，男子掏出一元大洋，孩童拿到钱一溜烟地跑了。可为何会在垃圾桶旁？男子正踌躇，却突然听见后方一阵骚动。

　　原是先前下船的那位布衣女子，她刚走出码头正犹豫该何去何从，又觉饥肠辘辘，于是起步去买干粮，此时突然窜上来一个衣衫褴褛的汉子要抢她手中的皮箱。女子被这突如其来的意外整蒙了，刚取出的钱袋掉落在地，已经顾不得去拾，赶紧出手同懒汉争夺起箱子来。起先两人还僵持不下，但听到女子叫喊求助，懒汉一下发力夺过皮箱撒腿就跑……未等布衣女子回过神来，其身边不知何时已经出现了一个人影，正是刚刚那名身穿西服头戴礼帽的男子。只见他加紧两步赶上抢匪，伸腿就将其绊个跟跄，身手之矫健如翠鸟点水。懒汉被绊倒在地，翻滚了半个跟头，刚抢来的箱子也滚到了不远处。

男子用清亮的嗓门喝道："光天化日就这样抢劫还得了，是不是要抓你去警察局！"

懒汉本想上前拳脚相向，但听到"警察局"三个字，刚冲上来的半个身躯风也似的缩了回去。正想逃，贼眼瞄到地上的钱袋，一把抓起撒腿就跑，不过一溜烟的工夫已经逃得无影无踪，男子还想追赶却被身后的布衣女子叫住。

"公子切莫再追——"女子提着找回的箱子蹒跚走来，"公子见义勇为，若再追上去出了意外可如何是好。"

"哪里话，小姐多虑了。"男子余光好似看到什么，他俯身从地上捡起一个白玉的半月挂坠在女子面前晃悠，"咦？这是你掉的吗？"

"啊！"女子一摸颈口，"还好还好，这是对我很重要的东西，约莫是刚才推扯时掉落的，多谢公子又帮了我一个大忙！"说着提了提手中的皮箱示意。

"既是姑娘要物，那自当小心收好。"男子笑笑，将挂坠提到女子面前。

两人四目相望，虽然男子戴着礼帽却难以掩饰眉宇间的英气，望着这样一张脸却又好似难以形容，英俊的脸庞带着些许柔美。不，应该是清秀。虽然被帽檐遮住前额，但精致的五官足以称得上是位美男子。只是这身材瘦弱，不免缺了些男子气概，女子暗暗念叨着。

与此同时，男子也正观察这眼前人。小小的脸孔，尖尖的下巴，一对凤眼望着人时好似会说话。唇红齿白，确是个美人坯子。虽着一袭粗衫布裙却掩盖不了玲珑的身段，男子细细打量着，只觉这还带有几分幼稚的脸孔望人的时候眉头微锁，叫人看了不免心生几分凉意。女子误以为男子在观察她的衣着，不免回避了眼神。男子稍有会意收回眼神，将挂坠递予女子。

"这挂坠看着真是有趣，半月的样子却不规整，像是圆里敲出的一半。"

"是啊，这是我母亲留给我的，"女子接过挂坠，"另一半在我父亲那里，所以对我尤为重要。"待她仔细收起挂坠刚想与男子道谢，却见一个年纪轻轻的女子朝两人中间冲来。

"二——"

冲过来的小女子身着织花绸的素色衣裙，虽款式老旧但手工剪裁却属一流，只是罩在她小小的个子上稍显宽大了些。小女子刚吐出一个字，男子立刻回头深深望了她一眼。小女子一愣，咽了下口水才慢慢吐出后半句。

"……少爷，您没事吧！怎么一转眼的工夫您就不见了，吓死我了。刚刚多危险，要是那人起身行凶可如何是好，您……"

"小云！"

小女子说了这么一长串，还想继续却被男子制止。这让站在一旁的布衣女子终于抓到开口的机会，赶紧向男子道谢："刚才真是要多谢你才是。"男子一笑，说："举手之劳，小姐不必挂心。倒是你那钱袋被小贼抢了去……"不等男子说完小云又忍不住叫了起来："二少爷，您别举手之劳了，刚才多危险，那些人都是不要命的……"

"小云！"男子再次喝住了侍女，转向布衣女子，"哦，给你介绍下，这是我的侍从，叫小云。"

布衣女子与小云点头示意，又同男子道："想必那人也是穷昏了头，抢了钱袋兴许是有急用，先生不必挂心。对了，我叫宋瑛。没想到一上岸就遇到了抢匪，刚才真是多亏公子相助。"

"宋小姐是从外省来的？码头一带比较乱，一个女子还是谨慎些为好。"

"嗯，其实这个箱子里也没什么值钱的东西，只是对我却很重要。"宋瑛说着，又摸了摸皮箱，好似感慨万千。

男子正细细打量着宋瑛，却不料在三人前方十几米外突然发生爆炸，爆炸地点正是在那垃圾桶附近。

爆炸来得突然，顿时烟雾四起，人群乱窜。

一时间，码头上混杂着老人跌倒和失散孩童哭叫的声音。场面一片混乱，还有几个卖点心的小贩在烟雾中推着小车没头没脑地乱撞。此刻，码头上原本各自忙碌的人好像被挤进了同一个空间，互相揪扯着。

事发突然，男子赶紧将身边两人护到一处电线杆下暂避。三人依靠着那根单薄的杆子，抱着头弯腰俯身，什么都顾不上，只盼这一切赶紧结束。

好在这爆炸的威力尚小，之后也没有其他动静。大约过了刻把钟烟雾渐渐散去，人群也不像先前那般慌乱了，此时三人才慢慢缓过了神。

"上海常常会发生这样的事吗？"显然宋瑛仍心有余悸。

"怎么回事！码头现在的治安是越来越差了。"小云倒像是见过大场面的样子，颇有几分天不怕地不怕的架势。

"在上海滩发生什么都不稀奇，只是这爆炸没头没尾倒也奇怪，莫非是有人在恶作剧……"男子皱眉思索又不忘嘱咐宋瑛，"宋小姐初到上海，万事还要格外留心才好。"男子还想说什么，只听到小云又在一旁叫唤："呀，太阳都下山了，晚上开席迟到老爷铁定要生气了！黄包车——黄包车——"小云一路小跑出去，挥舞着手中的绣花手绢招手拦车。这次男子没有制止小云的意思，好似也记起了还有这么一桩事儿，于是匆匆与宋瑛道别："天色不早，小姐也尽早离开吧，在下还有事，先行告辞。"说完从口袋掏出一小沓现钱塞到宋瑛手上，径直快步走向黄包车。

宋瑛攥着现钱，这对她来说无疑是雪中送炭，待她追出，远远喊道："还不知公子尊姓大名——"

"有缘自会再见。"黄包车上的"男子"摸了摸帽檐，半个侧脸渐渐消失在人群中。

·05　高门巨族·

夕阳的美着实叫人着迷，但落日稍纵即逝，不一会儿夕阳的余光已经散去，大上海即将在这样的落日中退去一日的浮华。

与此同时，王家公馆的宴会正要拉开帷幕。别墅内灯火通明，音乐四起，宾客交谈甚欢。突然间，音乐戛然而止，只见一众人身着华服由二楼环梯缓缓而下。中间的这位面容正气威严又略带几分睥睨天下的傲气，此人正是王家老爷——王勇。

王家属三槐堂，祖上三代做官。直到王勇父亲那辈家道中落，后期家中兄妹散落四处。王勇被父亲托人带到上海做学徒，自十三岁起就在洋行做练习生，到后来做跑家做大班一路勤勤恳恳无冬无夏，不到二十五岁便成为上海滩有名的买办，当然这里头也有几分运气，遇到肯提携之人。再后来王勇入商会、办华丰一路走来直到今日成为上海滩华人首富，可以说是在上海滩靠双手打拼白手起家的典范。另一方面，王勇从未收过偏房也为其赢得一片美誉，当然也曾有小道消息称当年石氏在怀老六的时候有一个女明星主动投怀送抱，后来还是石氏以不变应万变的态度化解了这段"小插曲"。

此刻站在王勇身旁的便是端庄从容的王家太太石佟玉。石氏比王勇小八岁,自幼家境富裕,是大户人家的独生女,家中经营汽车行,上过几年私塾,是一位提倡民主的知识女性。直到二十二岁才奉父母之命与王勇成婚,所幸婚后家庭美满婚姻幸福并与丈夫育有两男四女,从此便全心在家相夫教子。如此也成就了一众优秀儿女——王家男儿品性刚正、女子才貌双全,可谓个个出类拔萃。更值得一提的是,在上海滩应该没有比王家这四位小姐更有名的千金了,她们性格迥异、各擅所长,不仅落得貌美,社交圈更是遍布大上海的各个领域。朋友间有什么买不到的、觅不到的找王家小姐总会有几分苗头,就连很多商界男士也甘拜下风,实在不能不叫人佩服。此刻这群王家儿女正站在王勇夫妇两旁,左右排开依次是王家大小姐王千青、大姐夫吴顺开、大少爷王贻华、三小姐王千语、四小姐王千佟和小少爷王贻卿。

　　王千青自小由三个佣人带大,是位标准的上海滩大小姐,她身为六子之首始终视家族荣誉为首任,全权准备晚宴的正是她。此刻千青有别于下午的装扮,换了一身玫红色的如意襟真丝贡绸旗袍,领、襟、袖、摆处都镶着细如线香的黑缎滚边,肩上一个银狐披肩观之无一杂毛,银狐毛头足足有九公分长,一吹便开出一条线。先前别于脑后的波浪已经盘起,修饰出美丽的鹅蛋脸,这位王家大小姐的出场果真不凡。站于她身边的正是她的丈夫——王家大姐夫吴顺开。吴家经营着钟表生意,吴顺开也曾顶着"钟表小开"的名头,但他与王千青的爱情之路也真可谓是一波三折,这些待日后再议。眼前的吴顺开身材微胖,眼睛笑起来眯成一条线,虽称不上英俊倒也憨厚可亲,黑西服白衬衣,颈上一个暗红色的领结尤添了几分可爱。紧挨王母的是王贻华,贻华在家中排名老二,也是王家的第一个男丁,他为人正气儒雅、勤奋刻苦,自十六岁起便在华丰帮忙父亲打理生意,现任华丰银行副总经理,可谓前途无量。贻华比千青小一岁,如今二十有六,尚未娶妻也让他成为上海滩众多官太太眼中"最佳女婿"的人选,只见他西装革履风度翩翩,一表人才。王贻华身旁正带笑的是三妹王千语,说到这位王家三小姐真可谓是当仁不让的社交高手,虽只年方十九但结交的商界要人可一点不比旁边的大哥少。此外,千语还是上海滩的时尚标杆,她不仅是跑马厅、电影院这些时尚场所的常客,穿戴打扮更是紧跟好莱坞电影明星。今日她穿的这身藕粉色小洋装还是请师傅依据自己的喜好定做的,肩上的闪光云纱短披肩也实在夺眼。今晚千语还特意烫了一头时尚俏皮的卷发,配了一个小小的水晶发箍,浅淡刘海,伶俐动人,就是这样一位可人儿,加上为人热情、豪爽,于是便有了"锦绣千语"的花名。紧挨千语的是四妹王千佟,小女子正值碧玉之年,是学堂的校花,生性好静,最大的喜好便是收藏古书。她耳上垂着长长的细珠坠子，末端缀有一颗含蓄的珍珠，乖巧恬静。另一边千青护着的是家中最小的弟弟王贻卿，天真可爱，刚满十岁。

此刻，眼前的王家众人里独独少了王家二小姐的身影。

"恭喜王董连任总商会会长！"

一名身材高挑的男子高喝一声。此人相貌堂堂，西装笔挺，一双皮鞋擦得油亮，样子像是喝过洋墨水的人。男子洪亮的声音也将席间所有宾客的注意力都引向楼梯上的王家众人。原来昨日公布了王勇连任上海总商会会长的消息，今晚王家特设家宴，邀请商界和各方好友前来一聚。

宾客们纷纷鼓掌表示祝贺，王家老爷止步于最后一阁台阶，拱手谦让慢慢开口道："各位客气了，承蒙各位抬举，王某有幸继续为商会尽些绵薄之力。今日是家宴，来的都是老朋友，各位不要拘束，定要尽兴而归！"王勇举起侍应送来的香槟同众人举杯，"让我们为盛世昌荣举杯！"

"盛世昌荣——"

宾客们与王家众人异口同声，相继举杯示意。紧接着人们互相碰杯寒暄，由此也拉开了晚宴的序幕。

"哈哈哈，如此热闹怎么能少了我呢！"

王家公馆的大门突然被推开，附和着的是一个浑厚傲慢的中年男人的声音。大厅内音乐戛然而止，众人一紧都收回了手中的酒杯，转头望向门口——原来是上海滩洪帮帮主洪大荣不请自来。洪大荣手上还是夹着一根雪茄，身边依旧保镖护驾，后面还跟了一众洪帮弟子。

见此阵仗，在场众人都屏住了呼吸。一时间，空气好似凝固般叫人窒息。王贻华蹙眉，陪着父亲迎了上去。

"洪爷。"贻华仔细称呼着。

洪大荣没有应他，而是把目光正对王勇。王家老爷宠辱不惊，还是一如既往稳如泰山的架势，眼角略带笑意。洪大荣与其对视，突然抬起夹着雪茄的手，挥动手指示意。顿时后面上来三个人高马大的洪帮弟子，径直冲到王勇面前。正当众人预感要大事不妙时，岂料三人齐齐恭敬叫道："恭祝王董举步青云！"声音之洪亮震彻整个大厅。

话音刚落，三人中间的那位利索地打开捧于手上的红木雕花盒，里面一座翡翠玉的骏马腾云顿时抓住了众人眼球。此大物件用整块翡翠雕琢已属难得，再观之色泽翠绿欲滴，被雕饰的骏马活灵活现，真可谓是上上之品。

"哈哈哈，根全兄的大喜事居然把我给忘了，那真是不把我当自己人咯！"洪爷语调中略带调侃却不显敌意。

"洪兄说笑了，您能来那全是给王某面子，缘是一番小聚，何值一提。更不曾想要惊动洪帮，那倒成了王某的不是了。"王勇简单两句话不仅化解了尴尬，更将话锋一转，"倒是这么重的礼，根全实不敢当。"

洪爷摆摆手，"哪里话！区区小物，与王董为租界操的那些心相比真是不值一提，还望根全兄不要嫌弃才好啊！"

"洪爷言重了，那王某就笑纳了。"

王贻华上前两步收下红木礼盒，做了一个邀请的姿势，"洪爷，里面请！"

"呵呵呵，好好好——"洪大荣带着贴身保镖走入大厅内堂，其余人都自行撤到门外。

小插曲过后，宴会依旧。女眷们珠光宝气，围作一团，男士们喝香槟的，喝葡萄酒的，喝白兰地的，互相举杯，各尽其兴。王家众人也各自招呼起客人，此时的王家大厅俨然成了汇聚上海滩名流的黄金之所。

宴会一角，一男子正与身旁的女子搭讪。

"在下席正，不知这位美丽的小姐如何称呼？"

说话的男子神采英拔、气宇轩昂，长长的睫毛却无法阻挡摄人心魄的眼神，眉宇间带着几分不羁，语调中略显挑逗却不叫人讨厌。目测一米八的身高配上合体的西服站在那儿，连同性经过都会忍不住多望两眼，这样的美男子怎能叫人拒绝。

此人正是先前带头开口恭祝王勇的青年——席正。

·06 缘是伊人·

席父曾是上海滩有名的买办，早年与王勇共事良久。席正从圣约翰大学毕业后，席家就移民美国，虽与王家联络无多，但两家之间的交情不言而喻。这位席家大少在美国攻读完经济和心理双硕士后拒绝了美国大企业的录用，毅然决然只身一人回到上海，连其父母都拦不住。上海滩社交圈中的太太们对这位相貌堂堂、家底丰厚并以全优成绩取得双硕士的席家少爷大有兴趣，无须关心他为何回来，只顾一味挖空心思把自己的女儿往他身上推。而这位席少爷本就爱与女生搭讪，一副照单全收的样子，此刻他正两眼飘飘望着面前的女子，好似能看透她的心思。女子被望得羞怯，不知是一袭粉色烂花丝绒旗袍的映衬还是为何，脸颊竟显绯红，于是羞涩地吐出几个字：

"你好，我叫张月蓉。"

"哦，月下俏娇容，好名字！"

席正抬头温文尔雅地说着好似在作诗一般，眼里却透着分分钟能将对方拿下的笃定。女子被突如其来的赞美弄得不知所措，两手紧紧拽揉着手绢，胳膊蹭蹭身边的女伴好似在求救。

席正顺势转过头含笑望着其身边的女伴，"您的朋友闭月羞花，那小姐您就是沉鱼落雁了。"话音刚落，女伴就扑哧一声笑出声来。

"哪儿来的人尽说些胡话！"

"在下席正，刚赴美归来，不尽之处还望小姐多加指点。"说着微微鞠躬颔首致意。

"哦，原来你就是那位席家少爷，喝过洋墨水的人说话竟如此滑稽。"

"小姐误会了，在下说的句句属实。鲜花配美人，若有得罪之处还请小姐见谅。"

席正的手从女伴的耳鬓边轻轻一揉就变出了一朵鲜红的玫瑰，衬在一袭葱绿色的软缎旗袍上娇艳欲滴。他送到女子面前，"望小姐笑纳！"席正嘴角上扬，优美的弧度带出浅浅的坏笑。两位小姐也被逗得不亦乐乎，掩面遮容。

这一幕被正要进门的一男子撞见，此男子正是先前在码头与宋瑛照面之人，他脱掉礼帽更显几分秀气，同时露出藏在背后的马尾。

"这么多人……"小云嘀咕着，心中不免几分怯懦。

"走后门。"男子说着两人就要转身。此时突然听见席正同两位小姐道："如此高兴真应该让我们举杯共饮，也不辜负这良辰美景。"说着顺势抓住了男子的手臂，转头道："请帮我们送几杯酒！"

男子看着席正拉住自己的手，心想：还把我当侍应了不成。他缓缓抬起头面无表情定定望着席正，两人四目相对，各自的傲气从眼底流露，空气瞬间凝固，似是而非的分子漫布周围。感到细微异样的席正微微皱眉定眼探究着眼前这位"男子"，白皙的肌肤、清秀精致的五官、唇红齿白，正想用什么来形容突然脑子里蹦出"天然去雕饰"几个字。席正刚想开口，不想从身后传来一个声音。

"楚儿——"

王勇径直向"男子"和席正走来，席正察觉异样即刻松开了手。

"爸爸！"

"一个姑娘家穿着如此成何体统，都几时了才知回来。"王勇厉声道。

"老爷，您别生气，小姐是……"

"住嘴。"小云刚想说情被王千楚低声喝住。

原来码头上的翩翩公子就是王家的二小姐王千楚。千楚在家中排行老三，也是王勇最偏爱的女儿。

"哦，这位是小女千楚，只怪我平日管教不严，实在失礼。"王勇一边解释一边又想同千楚介绍席正，"这位是……"

"留美硕士。"王父还未说完就被千楚硬声打断。

"哦？你们认识？"王父疑惑道。

席正反应及时立刻接话："还没正式介绍，在下席正。"

"你很乐于自我介绍嘛！"千楚调侃道。

"楚儿，你小时候席伯伯常到家里来，平日里两家也时有往来，席正还和你大哥同岁，你没印象了吗？"见千楚摇头，王勇忆起当年好似感慨万千，"也难怪，那时候你们都还小……席正这次是一人回到上海，有时间你带他到处看看。好了，赶紧上楼换衣服吧。"

"是的，父亲。"

千楚应着父亲，随即瞄了一眼席正，看到他也正在看自己便回了半个白眼转身上楼去了。

"你父母如今可好？"

听到王勇的问话，席正回过神来彬彬有礼地回道："多谢伯父挂念，家父家母身体安康，如今也已习惯在美国的生活。"这位席少此时的模样竟与先前判若两人，言语间听得出是位有极好家教的男子，他与王勇交谈时不忘余光紧随王千楚的背影。

王千楚上楼后便回房更衣，正是二楼右手边的第二间房。今日她女扮男装出门确是为那匿名信条所扰，不知其中有何隐情。

从换衣间出来的王千楚与之前的男儿扮相判若两人，虽说男装扮相依旧能看出几分秀气，但此时一袭水蓝色短袖旗袍，蓝白相兼，带着青花瓷的风情将千楚白皙的肌肤衬托得娇艳欲滴，曼妙身段显露无遗。不想码头上一展身手的公子原是位玉容倾城的女子。千楚在家中排行老三，比千语长两岁，这位王家二小姐不仅相貌出众更是位人人称道的才女，加上王家的背景，这两年不知多少公子哥都想攀这门亲，却都未叫她动心。王千楚有着超越年龄的成熟，更有一副侠义心肠，她愿寻一位情投意合、为她仰慕的男子，故而不愿将就嫁人。

王千楚在梳妆镜前放下马尾，一头乌黑的长发散落腰间，一旁的小云赶紧帮小姐梳妆。

"二小姐，你怎么不和老爷说呀，您老是这样，什么事都一个人揪着。"小云一边为千楚做盘头一边嘴里嘀咕着。

"我自有分寸，你可别多嘴啊——帮我把耳环拿来。"

"哪对呀？"

"白色珍珠的。"

接过小云递上的耳环，王千楚不紧不慢为自己带上，举手抬眉尽显优雅。

"二小姐，我看别家的小姐们都戴钻石珠宝，可贵气了，怎么您就专爱这珍珠呀？"

"你听过珍珠故事吗？"千楚望了镜中的小云一眼，含笑道，"传说生活在海里的美人鱼独自漂于海上，抬头遥望月亮，每每伤心，落下的泪滴便化成了珍珠。每一颗珍珠都有它的心思，代表了柔情与坚韧，每个女子都应该有一颗属于自己的珍珠。"

"哇，原来珍珠还有这么美的传说。我就说咱们老爷偏爱二小姐，后院里头种的那棵珍珠梅还是特意请人从北方移植过来的呢。一到夏季就满枝开花，那花骨朵就像一串串小珍珠，可美了呢！"

"是呀。"千楚想到那满目花果，簇簇白珠，弯眉含笑，"珍珠梅喜阳又耐寒，洁白胜雪，含苞如珠，实在叫人欢喜。"

"我们小姐不但人长得漂亮还这般细腻浪漫，真不知道什么样的男子才能让您动心哦。"

"愿得一人心，白首不相离……"王千楚喃喃道。

"我看那个席先生长得挺帅的！"

"收起你的花痴脸！"

千楚鄙视地瞥了小云一眼，平日最不入她眼的就是那些吃喝寻欢的公子哥儿，很显然席正已经被她归到了这一类。她起身望着镜中的自己，左右端详了一番，浅浅一笑表示满意便下楼去了。

从楼梯缓缓而下的王千楚光芒四射，虽无人开口介绍，但这般国色天姿也只能由着她隆重登场。

不远处的席正望着这一袭蓝衣女子，嘴角不由得微微上扬。这个笑有别于之前的轻佻，而是发自内心的喜悦，犹如寻到梦中的珍宝。

"楚儿。"

近在咫尺的王千楚不禁让席正轻轻唤起她的名，语气似故人相见般一点不生分。岂料这位美人礼貌却犀利地驳回了席大少的开场白。

"王千楚！"

"哦，千楚。"席少爷还想往上攀。

"我们不太熟，请称呼全名就好。"

"伯父都说我们小时候见过，两家也可称得上世交，何必如此见外！"

显然王家二小姐的"闭门羹"并没有打退这位留美硕士的热情，可惜王千楚已认定了眼前人是喜好与女子调情的公子哥儿，便越发不给面子。

"估摸着席先生儿时见的姑娘也不少，若要一位位相认那可不轻松哦。"

千楚略带轻蔑地看着席正，席正先是微微皱了下眉，跟着牢牢盯住王千楚的眼睛，脸也越发靠近……他望千楚的眼神由轻佻渐渐转为认真，压低声音在她耳鬓边道："你吃醋？"

王千楚心头一紧，这个男人真是大胆！但她没有生怯，也略带挑逗地回看席正，悠悠飘出一句："少陪。"

席正低头一笑，进而挺直身板认真望向千楚离去的背影，一个优美的背影。

宴会另一边，王家太太带着四小姐王千佟正与另几位商会委员的太太在沙发座上用茶。王千青则以女主人的架势招呼着各位贵宾。不远处，王家大姐夫吴顺开正与人聊着国外的最新款时钟。穿过几位闲聊的小姐，看到了王家三小姐王千语的身影。千语正发挥着自己的社交之长同几位名流频频举杯。

不过多时，宾客们两两或三五地形成了小范围交流，英国人威廉正想趁此时机攀附王勇。威廉是英国商人，做着商品买卖，他下面有两艘货轮，哪里有商机就往哪里钻，借着与英国领事交好，此番来上海正想大笔捞金。

"王董，都说中国人是最重家庭的，听说被邀请到家里做客的都是朋友，真是很感谢王董把我当朋友啊。"威廉的中国话说得不算标准但还顺溜。

"威廉先生客气了，我们中国是礼仪之邦，您从英国远道而来，我们当然要以礼相待。"

"哈哈，我们从英国来就是想和中国人交朋友的，我们也想把英国的好东西带到中国来，不知道王董有没有兴趣呢？"

"呵呵，威廉先生此番美意应该去找那边的年轻人才对，你们才有共同话题嘛。"

"王董真是太谦虚了，谁不知道您在上海滩的地位，您的华丰银行估计装了有大半个上海了吧，只要您一句话，那我们办起事来可就方便多了。"

"威廉先生言重了，"王勇摆摆手，"你看我一把年纪，大家给面子让我继续当这会长，银行的事我早已交由犬子接手，我就等着退休享清福咯。"

毕竟是家宴，看王勇话已至此，威廉也只得识趣地转了话题，随手指着客厅墙上的一幅"正"字称赞道："中国文化真是博大精深，就像这幅字，虽然不太明白这个字的意思，但看得出每一笔都很有力啊。"

"的确如此，这个'正'字就代表了我们中国人做人做事都崇尚刚正不阿的品性。挂于此处也代表了我们王家的待人处世之道。"

王勇语气上特别强调了"我们王家"，威廉听着频频点头，虚伪地赔着笑。

夜幕降临，王家公馆依旧觥筹交错，而远离租界的棚户区却是另一番景象。

·07　飞短流长·

　　"应该就是这里了，"宋瑛看着门牌敲了两下房门，"请问有人吗？"

　　说是房门，但实际只是两片木板，被宋瑛轻轻一推便"咿呀"地作响，看样子像是棚户区的群租房。宋瑛刚想往里走只见一个脑袋探了出来，这人满脸麻子还长了个鹰钩鼻，贼眉鼠眼地叫人一惊。这黑漆漆的门缝里突然冒出个如此丑陋模样的人，宋瑛不免心里一杵，步子也不由得向后退了半步，但一想到大晚上的自己无处安身，只好硬着头皮开口道："请……请问您是房东吗？"

　　"你谁啊？"

　　"哦，我姓宋，是张大妈介绍的，说您这里有房出租。"

　　麻子转动着那对鼠眼快速将宋瑛从上到下打量了一番。"我就是，跟我上来吧。"话音刚落这脑袋就缩回门缝不见了。宋瑛给自己壮了壮胆，深吸一口气推开门跟了过去。

　　房东将宋瑛引到角落的一扇门前，掏出钥匙打开房门，一股霉味扑面而来。宋瑛下意识地捂了捂鼻。

　　"一月五块大洋，三个月起缴，水道押柜钱另计，先付二十大洋。"房东似背顺口溜般说得大气不喘,倒让听的人心生几分糊涂。宋瑛一脸为难,"房东先生,我刚到上海身边现钱也不多,您看能不能行个方便,先缴一个月的租?"

"没钱?没钱赶紧走人,别费我事。"

"行行,那就二十吧。"

宋瑛一心只想先找个落脚的地方,明知被讹也只好答应。多亏先前码头上的"公子"有留下现钱才解了如今这燃眉之急,宋瑛从皮箱最底下掏出二十大洋交到房东手里。房东掂了掂手上的大洋,把钥匙往柜子上一摔便走了。离开前那对鼠眼还不忘瞟了一下那个打开的皮箱。

宋瑛关好门,回头望着小小破破的房间并没有太多失望,这里至少不用寄人篱下,而且她也已经回到上海,没有比这更重要的,她告诉自己眼前的一切即使再简陋都不值一提,重要的是紧紧牢记此番回上海的目的。

宋瑛取出一个香座仔细放于柜上,点了三根香恭恭敬敬地奉上,她双手合十口中默念叨:"父亲母亲,你们放心,我一定会让他付出代价的。"

八年前宋瑛成了孤女,从她的声音里能听出决绝的悲愤与倔强。在上海滩即便一个弱女子但凡存心也能掀起一场腥风血雨,这骨子恨就要冲破这身皮囊。

慢慢地,她睁开眼,平复心情后坐到床边整理衣物。其实箱子里的东西并不多,除了母亲留给她的一个首饰盒外就是几套简单的衣裙和物件。宋瑛在叠衣时顿了一下,她伸手从皮箱里取出那张旧照。照片已经微微泛黄,看得出有些年月。相片中是一男一女,两人并肩站着脸上含蓄带笑,约莫都是二十出头的样子。宋瑛轻抚相片上的女子不禁悲从中来,含泪轻轻唤了声"妈",而相片中站在宋瑛母亲身旁的居然是——王勇。

与此同时门缝后,一双鼠眼正窥视着房内的一切。

大上海市井的早晨尤为热闹,小贩们早早摆好摊头。豆浆冒着热烟,刚出锅的油条还在"嘶嘶"作响,热腾腾的包子也正要出炉,小摊老板都在忙着招呼生意,准备开启忙碌的一天。

"号外——号外——"一大清早,卖报书童就在大街小巷拿着报纸四处叫卖,"华丰洋行不贷款给中国人,只和洋鬼子做生意咯!"显然今天的头条主角是王家的华丰银行,街上行人肆意猜测,试想银行那头必然已经忙作一团。

一旁街边的小摊上,宋瑛正在不紧不慢地吃着小馄饨,她对报童的叫卖显得无动于衷，似不屑一顾又似坐等一出更大的好戏。来上海已有大半月，宋瑛并未急于找工作而是在各处打探着王家的消息。她呷了一口汤，用勺子舀着碗里的馄饨，这是小时候的味道。她默然抬头望向天空，高得很，万里无云探不到底，就像小时候她由佣人带着在草地上玩耍时看到的一样。宋瑛回神余光瞥到袖口上掉落的扣子，自嘲一笑，身边的现钱已经不多，每日终以馒头汤食充饥，如今她就像一头饿极的小狼，此刻静软颓疲，可一旦猎物出现就会以迅雷不及掩耳之势将其捕获，并毫不留情地将其撕碎吞噬，而她眼中唯一的猎物就是王家。

宋瑛隐忍闭目默念：父亲母亲你们保佑我，我一定要为宋家讨回公道。

黄浦江边的万国建筑群傲然耸立，同时华丰银行门口急急穿梭出入的身影络绎不绝。

王勇创立华丰后越做越大也加入了不少股东，但王家仍拥有华丰银行最大的控股权。这两年王勇退居幕后，银行大小事务均先过王家长子王贻华之手。身为王家大少爷，他却毫无傲气，待人和善做事勤奋，写得一手好字。自到银行帮忙父亲打理生意起，由低做起万事亲力亲为，如今做到华丰银行副总经理这个位置可谓实至名归，但为人儒雅也成为他在商场上的一大弱点。

此刻，王贻华正在办公室与一名男子商谈公事。此人正是永兴轮船公司的少东唐子文，他与王贻华对面而坐，冷峻的眼神是他谈判时的标志。

正所谓创业容易守业难，唐立懋创办永兴后多亏有家中这位长子辅佐。如今唐子文接手家族生意出来独当一面，行事做派雷厉风行，可算得商场上的佼佼者，但眼前永兴资金出现问题也确属实。其实永兴财务向来稳定，如今的局面可算事出有因：唐父在创业初期受过一位纱厂陈老板的恩惠，不久前永兴挪出大笔资金暂借陈老板以解燃眉之急，不巧又遇上这次的贷款迟迟不发放，这才叫公司财务出现了状况。当日在码头工人絮叨着已有两月未收到饷银正是缘于此，工人收不到饷银便有逆反心理，若再受人挑拨则会牵一发而动全身，唐子文当然明白其中的利害关系，所以此番亲自前来询问贷款之事。

"贻华兄，永兴与华丰的往来合作不是一两次了，为何这次的贷款迟迟不下？"

"我们银行与永兴确实往来甚多，但万事都有个流程。这次的款项数目不小，公司正在做详细评估，子文兄少安毋躁。"

"一个弯子下来贻华兄还未说到重点，莫非真如外界所传断了与国内的合作？"

"子文兄这话言重了，外界的胡乱谣言你也信？这个报道从何而来，我们也在调查，不瞒你说今天一大早报纸出来后，我这电话就没停过。"

……

"二小姐早。"

副总经理办公室外，王贻华的秘书小雯正向走来的王千楚打招呼。千楚一袭白色高领旗袍将高挑的身材衬得恰到好处，立领、胸襟、两衩和下摆绣着几朵白莲，配极了她的气质。千楚对小雯礼貌一笑随即径直走向大哥办公室。

"千楚小姐，副总经理正在会客，您……"

小雯话未说完，千楚已经推开了办公室的大门。原来她也听闻了今日报纸上关于华丰的报道，急急赶来正因为觉得报道或许与半月前自己收到的匿名纸条有关，一心想同大哥提及此事共商对策。

"大哥——"

王千楚急推入门，一抬眼正巧与唐子文四目相对。千楚望着眼前高冷的男子，眉宇间英气十足，五官犹如雕刻一般，隐着迷人的傲气，似危似险引人探究。

"千楚？"贻华一愣。

王千楚见办公室内有客人，立刻收了口，这才发现自己的行为过于鲁莽，好在有大哥替自己解围。

"哦——给你们介绍，这是我二妹王千楚。千楚，这位是永兴轮船公司的总经理唐子文。"

"王小姐你好，在下唐子文。"

"你好，王千楚。"

千楚回答得干净利落，她急于想结束与这位生面男子的对话，而贻华看到千楚进门也好似看到救星一般，想着正可借此送走唐子文。但是这次的贷款对永兴而言很重要，这位船厂少东定不愿空手而归，于是继续追问道："贻华兄，我今日前来是希望能有个结果，还望体谅。"

"子文兄，请放心，我定会尽快办理此事。"

"不知尽快是何时？"

"这……你看如此可好，一有消息我便派人通知你。"

"此言未免有虚无实，不知今日可否给到我答案？"

不等大哥开口，王千楚已经"回枪"："什么叫'有虚无实'？华丰向来只做正事，'虚'字可担当不起！"千楚自小就是这样，谁要说王家半个字不好就和人急。

"既然如此，那这已逾期的事宜不如请王小姐定夺如何？"唐子文也没想到自己竟会与一个女子杠上，或许是这次的贷款实在重要，但他还是用了"事宜"两字，若直说贷款也略显脸面无光。

"倘若永兴轮船公司一点问题都没有，定不会逾期不办，不如请唐经理先自省，到底问题出在哪里。"

女子说话竟如此犀利，唐子文觉得此刻必须要加紧维护公司声誉，便提气道："若是永兴有问题华丰大可提出，但若没有就请尽快办理此事。"他觉得眼前的女子有些碍眼。

早听闻永兴的少东家霸道，在这么一大美女面前也毫不怜香惜玉，真是钢筋中的极品。可偏偏王千楚也是遇强则强的主儿，"我大哥已经说了一有消息就会通知你，唐先生应该知道华丰打开门做生意接待的不是永兴一家……"

"好了好了，你们两个怎么回事。初次见面，千楚，不得无礼。"

好在王贻华出面做了和事佬，不然两人这番唇枪舌剑都不知要到几时才肯罢休。

·08 楚文相逢·

"子文兄，你放心，今日我定会命人处理此事，最迟不出三日我便派专人通知你可好？你看，今日又多了报纸一事，此刻我真是分身乏术。"

见王贻华说得坦诚，唐子文也只好作罢。确实，今日的新闻对华丰是个不小的冲击，于是唐子文戴上礼帽，"既然贻华兄如此说了，那我暂且等待，多有打扰，唐某先行告辞。"说罢，唐子文指沾帽檐向王贻华点头。他转身看到王千楚毫无表情地点了下头便径直走出办公室。

好一个高傲的人，还"暂且"呢，长得高点帅点再加两码头就指望全世界都围着他转了不成！可是啊，望着唐子文离去的背影，千楚也不禁叹息一笑，好似在自嘲刚才的鲁莽对话。虽说经父亲破例允许女子在银行借学习之名做事，但对于永兴这般大的公司所办理的贷款，千楚还是不全明白其中细节的，所以刚才质疑对方的话也确实没底气。

"棘手啊，"王贻华坐回办公椅自言自语道，"到底是谁在陷害华丰……"

"大哥……"

"哦，二妹。"千楚的声音提醒了贻华，"你找我有何事？"

"嗯……也没什么，以后再说吧，先处理新闻的事情要紧。"王千楚不忍再给大哥增加负担，于是把话咽了回去。

"嗯，这桩事一点预兆都没有，之前也不见有人勒索，不像求财，的确蹊跷。"王贻华是心思缜密之人，他一边思考一边翻资料就办公起来。

王千楚看着大哥，实在不忍叫他再多劳心，于是默默退了出去。

办公室门口正巧遇到要进门的小雯，千楚瞥见她手里拿了一张折纸信笺，纸上的花纹居然同自己收到的那张匿名纸条一模一样！千楚赶紧截住小雯。

"这信笺是？"

"哦，这信笺已经搁了有半月了，也不知道是谁拿来的，一直夹在文件夹里就忘了给王总。"小雯怕被责怪失职赶紧补道，"我这就拿进去。"

"不用了！"千楚一把截下小雯手中的信笺，"哦……这是我给大哥的，不是什么重要的事，既然他还没看，那我就直接同他说吧。"小雯听着有些糊涂，但也不再追问。

王千楚走出华丰大楼，打开折纸一脸复杂，她紧紧攥着拳头。居然大哥也收到同样的匿名信……到底是谁？她揪着心，抬头看到不远处正是刚才那位船厂少东。

天空万里无云，蓝得彻底。唐子文肩上搭着黑色风衣，气宇轩昂傲骨嶙嶙，唯独礼帽下微锁的眉头只有他自己知道。永兴已经拖欠了工人两个月的薪资，此次贷款是关键，唐子文确有些忧心。但船厂少东亦是位极度自信的人，他眼里透出的底气依旧十足，相信事情定会有条出路。

这时，一辆福特T型车稳稳停在他面前。司机老李在唐家开了半辈子车，自唐立懋创立永兴起，老李就一直跟在唐爷身边，为人忠心耿耿，唐家的孩子都尊敬地叫他"李叔"。阿毅为主子开了后座车门，福特车一路驰骋而去。

"大少爷，码头传来消息，工人们都有些怠工情绪了，"阿毅转过头向后座的唐子文报告，"其实……您要不要再考虑一下洪爷的建议。"阿毅不愿见永兴落难，但也知道主子的脾气，于是这说话的声音也越发显轻。唐子文看了他一眼，没有说话，阿毅尴尬地咽了下口水别过头去。

"吱——嘎——嘎——"

福特车突然一个急刹车，车内三人猛地向前冲。唐子文单手撑住前排座椅努力稳住身子，直到福特车停稳。

"李叔，什么事？"

"大少爷，前面有个人突然冲出来，我下车去看看。"

随着老李和阿毅下车，唐子文望见车窗前慢慢站起了一名女子。隔着前窗玻璃看着老李与女子交谈甚久无果，于是唐子文也下了车去一探究竟。只见女子身穿一件极朴素的收腰蓝色布裙，外面的开衫有些破损，发丝松散在脑后，膝盖处正在流血，脸上也似有些伤痕，样子着实狼狈。女子手里抱着一个皮箱，低着头默不作声。

老李道："大少爷，这位姑娘说刚才有恶人追她，情急之下冲出马路，这才撞到我们车前。"见女子默不作声，身后也不见歹徒，唐子文开口问道："这位姑娘，有没有撞伤？"显然是惊魂未定，宋瑛看着唐子文一语不发，满眼的无助，好生叫人同情。

"姑娘？"

待唐子文第二遍开口，宋瑛才慢慢答道："我，我没事，抱歉……"还想说什么，却又觉得无力开口，话到嘴边不知从何说起。宋瑛微张的嘴半晌都没再吐出半个字。

一个时辰前。

宋瑛回到棚户区，想到满是霉味的屋子，她皱了皱眉，但还是提了提气推开木门。当她经过走道时意外发现自己的房门竟然开着一条缝，于是立马提高了警觉。她倚着墙壁慢慢往房门靠，贴着门墙往屋内看——竟有个贼头贼脑的人在翻自己的东西，再定眼一看，居然是房东！

"你干吗！"宋瑛推开房门大声叱喝。

房东被突如其来的叫声吓了一跳，拿着的首饰盒不慎掉落，盒子里的项链耳环撒了一地，只见他慌慌张张赶紧弯腰去捡。宋瑛见状又好气又好笑，居然有小偷被当场抓包第一反应还不跑的，真当掉的是自个儿东西不成？

"来人啊——有人偷东西！"

宋瑛对着房外过道大喊。但此处是群租房，住客本就冷漠加上白日里大多都在外做工，宋瑛大喊几声都未得回应。见无人帮忙，又见屋内的房东还在拼命捡首饰，宋瑛快步上前自己同他争抢起来。两人推扯间，不料房东竟然作起恶来，对着宋瑛拳脚相向。虽说此人瘦小但毕竟有蛮力，宋瑛哪里是他的对手，几下之后身上脸上都受了伤，衣服也被扯破，最后被房东重重一下摔到角落。宋瑛感觉自己像散了架般疼痛，挣扎着还未能起身，只见恶人捡了首饰还不罢休，更企图要将她的整个皮箱拿走。

照片！宋瑛心中一憷，拼了力气朝房东撞去……一瞬间，整个屋子安静了。房东倒在地上一动不动，宋瑛见状心里有些发慌，再定眼一看，房东贴着地面的额头开始渗血……宋瑛压着惨叫声，努力捂着嘴战战兢兢地站起身。她用脚踢了踢房东，丝毫未动，宋瑛倒抽一口冷气。原来刚刚这奋力一撞，房东的头正好磕到柜子的边角上，不知是撞晕还是……宋瑛不敢去想。

待慢慢缓过神来，狼狈的宋瑛匆匆收拾了衣物，拎着皮箱就往外跑。这才有了撞上福特车的那一幕。

面对唐子文的问话，宋瑛不知如何作答，她脑中尽是房东流血倒地的画面。此时无奈、迷茫一股脑涌上心头，她似要转身却被唐子文叫住。

"我看车子刹得急，如果有撞到，一定得去医院检查才好。"

"没，没有撞到，是我自己跌倒的。"

"那姑娘是要上哪，可以送你一程。"

"我，我……我也不知道……"

"姑娘，那你住在哪儿呀？"一旁的阿毅急了。

"我刚刚被房东赶出来，路上又遇到恶人，这才……"宋瑛不知如何解释，索性扯了个谎。

"你不是本地人？"唐子文问。

"我出生在上海，不过很小就随父母迁到外省，如今父母双亡，是想回来寻亲的。"

"那你的亲戚住在哪？我们送你过去？"老李说道。

"亲戚都避而不见，租的房子没住几日就……"宋瑛慢慢缓过了神，但不愿再去回想与房东纠缠的画面，于是低头不语。唐子文思索了一番后开口道："我知道有一处房空着，就是地段稍远些，不过周边环境还算简单清闲。姑娘如果有意，可以带你前去一看。"

"这，太麻烦您了。"

"没事，上车吧。"

唐子文转身，却见宋瑛仍旧站在原地未动。老李道："姑娘，您别多心，我们家大少爷为人正派，带您看房是想予您方便，快上车吧。"

"就是，就是。"阿毅在一旁忙不迭地应和着，他看宋瑛的眼神好似有些不一般。也难怪，眼前的宋瑛虽然狼狈但未施粉黛的脸孔也能看出几分清秀，不免叫人心动。见三人这般热诚，宋瑛也不好拒绝，于是随唐子文上了车。

"李叔，到隆德公寓。"

听着唐子文的话，老李惯性地点了点头，后排座上唐子文与宋瑛各自介绍着。

"在下唐子文，不知姑娘如何称呼？"

"宝木宋，单名一个瑛字。唐先生客气了！"

唐子文与宋瑛并排坐于后座。看着车上的三个男人，宋瑛心里不免紧张，倒不是害怕，只是长这么大还未与男子在这么狭小的空间里待过，总觉不自在，若不是家中变故她也是一位受人称道的大家闺秀。宋瑛用余光望向身边的唐子文，心头竟不明缘由扑通一跳。痛失双亲多年，她已经习惯了孤独，被退婚后所有人都用异样的眼光看她，虽然宋瑛定亲时尚且年幼，与对方不过初见几面，但在外人看来她已经许过人家，没人愿意接受一个被退过婚的女子。后来宋瑛慢慢长大越发标致，来接近她的男人也只是对其心存邪念。如今看着眼前的唐子文，这个男人虽表面冷酷但言行间透露的温情对宋瑛而言却是弥足珍贵。见宋瑛瞧着自己，唐子文轻咳一声。

"这一片闲人较杂，宋瑛小姐只身一人回来上海要多留心些才好。"

"多谢唐先生关心，上海确实变了不少……"宋瑛收回眼神，若有所思地望向窗外，两只手不自觉地抠弄着指甲。

福特车驶过拥挤的马路，穿到一个小巷前稳稳停下，阿毅下车拉开后座车门。

"大少爷，到了。"

·09　安如泰山·

　　眼前是一幢中式的老楼，陈旧却十分干净，极像一位稳隐的花甲老者。

　　唐子文与宋瑛下车，阿毅殷勤地帮宋瑛提着皮箱。三人进楼顺着扶梯慢慢往上走，这里是一层四户的小型居房。唐子文掏出钥匙打开房门，室内陈列着简单的家具，上面盖着白布，一束阳光透过玻璃掠过书桌直洒地面，花瓶里的情人草借着点点余光也好似在欢心雀跃地迎接房屋的新主人，倒也添了几分"家"的意味。

　　"这里原是我一位朋友的旧居，如今人不在上海，托我帮他看管。房间不大但一人居住也是够的，虽偏远些，但这边的人比较简单，多是些老上海的住客。宋小姐若不介意可先在此处住下。"

　　"我……唐先生这话叫宋瑛如何受得起，对宋瑛来说如今能有一处栖身之所已属不易，何况是如此好的地方，宋瑛实在感激不尽……"

　　与之前一屋霉味和可怕的房东比起来，这里实有天壤之别。但顷刻间宋瑛突然想到什么，不禁踌躇起来。

"只是不知这租费……"

"租费就免了吧，我本也是替人看房，隔断时间就要请人来打扫，如今宋小姐能在此居住也算是帮了我的忙了。"

"这怎么行呢，断不能白白占人便宜的，如果唐先生不肯收，那宋瑛只好另谋他处了。"这些年她除了恨也唯有这身傲骨了，说着真有意要去拿阿毅手中的皮箱。

"呵呵，宋小姐也是有骨气之人，那你看这样如何？书桌上有个铁罐头，你每月随意往里放一些也就算作租费了，等我朋友回来给他便是。"

"这……"

"姑娘就不要再推托了，我们大少爷都是一番好意啊！"阿毅在旁帮衬着。

"好吧，那宋瑛暂且打扰住下，每月的房租也定会按时存于罐中，到时还请唐先生代为转交。"

宋瑛一副迷离的眼神望着唐子文，满是谢意，一对泪蒙蒙的凤眼将小小的脸蛋衬托得尤为无辜，不禁令人心生怜爱之情。可惜唐子文权当是江湖救急，全无他想。

"好说。这是钥匙，唐某手中不再有备份，若宋小姐不放心，可请人再换一把。"唐子文递过钥匙就准备转身出门，此时宋瑛叫住了他。

"唐先生请留步！"

唐子文回头，"不知宋小姐还有何事？"

"恕我鲁莽，敢问先生如何就敢将这房子暂借于我，可知你我素未谋面……"

"宋小姐手上的这个皮箱不是俗物，身穿的衣服虽为旧款但能用这种盘扣的应该是出自定制师傅之手，加上小姐的举止谈吐想必是上过两年堂的。"唐子文对宋瑛颔首一笑，"谁都会有不便之时，遇见，我也只是略尽绵力而已。"唐子文伸手摸了摸帽檐转身离去。肃然间，宋瑛钦佩这个男人的敏锐与沉稳。这件衣裳还是当年母亲找师傅定做时为自己加做的，不想如今倒用上了，望着唐子文的背影，宋瑛心底不禁流露爱慕之情。

"宋姑娘你保重啊！"阿毅一边跟着主子下楼，一边不忘同宋瑛道别。

多亏阿毅的声音才把宋瑛拉回现实。宋瑛！你在想什么！几乎是一瞬间，宋瑛收住了先前的表情，自责不已。绝对不可以分心！宋瑛边提醒自己边习惯性地伸手往脖子上摸，挂坠……胸前的那枚半月挂坠不见了！宋瑛皱紧了眉头，努力回想却怎么都记不得是何时掉的，与房东推扯时？还是撞车时？总之是不见了……宋瑛心中懊恼不已，她望着窗外眼神变得凌厉，好似再一次告诫自己：你没有资格谈论儿女之情，回上海的目的只有一个！

王贻华在华丰忙到戌时才回家，周妈见大少爷回来忙不迭地要去拿饭菜。

"不用了周妈，我不饿。"

为了处理假新闻的事王贻华从下午就滴水未进，但事情一点眉目都没有，哪顾得上吃饭，此刻也只想尽快与父亲商议对策。

"大哥。"千语陪着母亲走来。

"母亲，三妹。"

"贻华回来啦，这么晚啊，是在处理今日报纸上的事吗？"

"是的，母亲。报纸的事还在调查，我正要找父亲商量，"贻华显得有些焦急，"父亲在书房吗？"

"在书房很久了，你上去看看吧。"

贻华应了一声，三步并作两步向书房走去。王母在下面嘱咐周妈："待会儿把鸡汤热了，下一碗细卷面端到大少爷房间。"

王贻华匆匆走到书房门口立定，拉了拉衣襟，缓了口气，"咚咚"敲了两下房门。听到父亲应声后轻稳推门入室。

书房内王勇正在作一幅字的最后收笔。

"安、如、泰、山……"王贻华逐字读出父亲刚完成的四个大字，"父亲，好字。"

"上回见你写了一面小楷，还有几分笔力。"

王勇难得夸赞孩子，尤其是对男孩。今日听到父亲对自己的褒奖，贻华很是欢喜，但还是恭敬地回道："父亲过奖了，与父亲的字相比，贻华实在汗颜。"

见父亲继续提笔去沾墨，贻华有些心急，刚想开口却见父亲已经落笔，于是只得收了口。王勇又写下了"轻如鸿毛"四个字，搁下笔缓缓道："贻华，你更喜欢哪一幅？"

"啊？嗯，'安如泰山'颇有大将之风。"王贻华心神不定，显然心思全在那篇不实报道上。

"要成大将必得先控大局。"王勇说得铿锵有力，贻华思索父亲的话，却见王勇已经收起纸笔，话锋一转提到了假新闻之事，"你忙到这么晚，说说，查到些什么？"

"打探了同华丰有竞争的几家洋行，没有查到猫腻，不像同行所为。"王贻华边说边就着父亲从书桌绕到旁边的沙发坐下，"帮派这边也探了口风，暂无眉目。想那洪爷刚给您道完贺，各帮派看在眼里应该也不至如此，何况放个假消息也只是叫华丰头痛几日，未免有些小儿科。"贻华答得很认真。

王勇点了一个烟斗闭目沉思，问："报社呢？"

"报社只说有人连夜放了消息，说是匿名来报也不要酬金。"

"老冯怎么说？"

老冯是报社的主编，之前市面不景气，王勇曾救济过报社，也算有几分交情。若是老冯发的消息，那未免叫王勇心寒。

"报社是下班后收到的消息，值班记者想博头条，于是就擅自做主印了出版。"

"明日你亲自去报社跑一趟。"

"是的，父亲。"王贻华领会父亲的意思。

"华丰正常运作，无须叫人堪忧。"

王勇所言叫贻华一愣，但口中依旧恭敬回应，之后便退出书房。

走廊上，王贻华回想父亲的话和那八个字：安如泰山、轻如鸿毛。贻华恍然，原来父亲是在借字提醒自己：华丰多年基业不会遇风就倒，同样对待突发事件定要处之泰然，万不可面露难色叫人一眼看穿，这也正是经营之道，父亲又给自己上了一课。

王贻华回头望向书房，对父亲敬佩不已。

翌日，王家客厅。

都说清明时节雨纷纷，但这一日太阳特别好，四月天竟有了几分暑气。晌午时分，太阳光照进王公馆的客厅，暖暖地伴着微风好不惬意。

一般这个时候只有王母、几位小姐和最小的贻卿在家。今天也不例外，王勇去了商会，贻华去了华丰，吴顺开去了商行。虽说王家上下只有九口人，但家中里里外外算上厨子、佣人、司机总得二十多号人，所以白天即使男眷不在家，公馆内也不觉冷清。

此时王母一席人刚用了午饭正在客厅里头坐着，没有前几日宴会的热闹，平日的王府倒也有另一派舒心模样。下人沏了茶，茶几上放着饼干乳酥等茶点，几个姑娘围在王家太太身边坐着。即便在家，这衣着也是不显马虎的，石氏穿了深色的倒大袖织锦缎衣裙，千青和千楚都穿着斜襟的旗袍，千青是罗灰色的，千楚是鹅黄色的，两人正与母亲谈论着华丰的假新闻一事，却见三妹千语换了一套骑马装束下楼来。

王千语虽没有千青的大姐气势，也不如千楚的机智优雅，但她与生俱来的活力却能感染身边每一个人。平日里社交场合的交际自然不在话下，此外这个精灵古怪的三小姐还总会做些新奇的事说些新奇的话，就好比今天这身骑马装。

"母亲，你瞧我这身装扮如何？"千语张开双手站在楼梯的最后两格台阶上摆了一个姿势。

"这水灵灵的大姑娘，穿这么紧身的裤子都不觉害臊哟。"见三妹如此新潮的装扮下来，大姐千青禁不住先开了口。

"我倒觉得三妹穿这衣服甚是好看，腰束挺身的在马背上特别精神。"千楚持相反意见，还不忘打趣千青，"大姐，改天你也穿一个，我们四姐妹一同去骑马如何？"

"我才不上你们当呢，女子就要有女子的模样，正所谓'坐有坐相，站有站相'说得极是。何况这会子太阳正当头，这里外三层的还套着皮靴子不得把自己捂出痱子来。"千青一向严格要求自己，各处都要做弟妹的榜样，但有时也不免过于刻板。

"母亲，还得您说。"千语嘟着嘴走了过来。

"呵呵，现今的女子和我们年轻时候不同咯，主张恋爱自由，婚姻自由，穿衣打扮更是随着自己的性子，这些都是受了西洋的影响。以前的女子多半依靠男人，现在你们开口闭口都是要独立，我年轻的时候倒也有过这样的念头，但女子一旦成婚，那她的世界也就只有家这么大了。"王母呷了一口茶，"如今你们有先进的思想倒也是好的，只是这万事都有个分寸便是了。"

千青和千楚边点头边思索着母亲的话，可千语偏偏不服气："不成不成，你们说的都不算，女子穿衣大多是给男子看的，所以还得找个男子问问才行。"她左顾右盼，发觉也只有六弟贻卿能勉强凑合，便问道："六弟，你来说说，三姐的这身装扮如何？"

"三姐个儿高，穿裤子真好看呢！"得到六弟的肯定，千语暗中窃喜，刚要露出得意的表情，只见贻卿皱皱小眉头摸摸脑袋说，"只是三姐，你怎么把我穿在里面的小马甲套在外面了？"

听了这话众人笑作一团，千语顿感没了面子。贻卿知道自己说错了话，一把扑到千楚怀里，千楚护着六弟更是笑岔了气。

"不算不算，六弟还是个男娃子，问他真是和自己过不去了。不同你们胡闹了，我约了朋友去马场，这就走了。"说着千语打了招呼就预备出门。

· 10　有勇有谋 ·

"这个三妹就是贪玩。"

"大姐，这回你可冤我了不是，马场朋友多，消息也灵光，我正想借着去马场好打听打听到底是谁和我们王家过不去！"这位王家三小姐除了"锦绣千语"的花名外，更是出了名的好打抱不平，更别说这回是自家的事了，说着就是一副非得把那人给揪出来的模样。

"就你鬼点子多。"

千语回头向大姐眨了个眼，便叫了司机备车出门了。

"别太晚了。"王母在后面叮嘱道。

"知道啦。"

有时候强制的规定反而会形成人的逆反心理，王勇的教育正是在不经意间让孩子们都形成了自律的习惯，两位长辈对于他们的正常社交从不过多干涉，也未给孩子设过门禁，正是这样的信任反而养成了他们出门事事汇报，晚上也必定十一点前到家的习惯。只是上海滩的绑架事件屡有发生，所以一般出门都会备司机接送，这般一来王家两位长辈也就安心不少。此外，在王家还有个默认的习惯，若无大事，周末家庭日兄妹几个都不会外出约会，常常是王勇领着全家去看电影或是郊外游玩，这也使得一家人的感情亲密无间。起初吴顺开到了王家还不习惯，只因没遇过成员都如此亲密的大家庭，总觉得尴尬不少，但久而久之受了夫人的影响在这家里也是越发起劲，对二老和弟妹都事事关心，可见这大家庭的凝聚力实在强大。

千语走后，母女几个闲聊了几句，王千楚心神不宁推说有些困了便上楼去。其实哪里是困，千楚回到屋里来回踱步，仍旧为了那日收到的匿名纸条忧心不已。还有，对方为何给大哥也送了同样的纸条？千楚越想越不对劲，于是拿了长衫和礼帽就去了屋内的换衣间。

不多时便从换衣间里走出一位俊俏的"公子"。千楚望着镜中的自己，一袭白衣长袍马褂将身材修饰得挺拔有余，虽然瘦小但甚是潇洒。头戴一顶西装帽，手持一把折纸扇，俨然一位翩翩公子的模样。千楚看着这身装扮未觉有何破绽，便唤小云在门外把了风，两人又偷偷从后门溜了出去。

永兴办公室。

唐子文正在办公桌上看文件，他身后挂了一幅字——"闲云野鹤"。四个字书写连贯如行云流水般入目，还用红木外框裱着极为庄重。

阿毅敲门而入，"大少爷，见你没用午膳，刚出门买了几个包子给您垫垫饥。"

"放下吧。"

阿毅放下包子却在办公桌旁踯躅，不显出去的意思。

"有事吗？"

"也没什么，只是……只是……"

"吞吞吐吐的，有事就说。"

"大少爷，洪爷在外面放风……"

听到此处唐子文顿了一顿，但他仍旧低头看文件，问："说什么？"

"洪爷放风说唐爷要再回帮派。"

"王八蛋！"子文将手中的文件往桌上一摔，这突如其来的怒火吓得阿毅不禁往后缩了半步。

"大少爷，我们要做什么吗？"

未等唐子文开口，一个唐帮弟兄急急来报："大少爷，一群工人正在码头闹罢工，场面有些控制不住了……"

不等他说完，唐子文速速起身拿起外套就直冲码头，阿毅紧随其后。

王家码头。

"二少爷，我们怎么又来这啦，您那天收到的是什么信呀，神神秘秘的。"小云�’着嘴问身旁的"公子"，正是男儿扮相的王千楚。

千楚将脸深埋在帽檐下并未作答，只见她面色略显沉重，随即左顾右盼，拂手将折扇一甩，在胸前微扇两下好似琢磨着什么。片刻，她风也似的将折扇在两手间一收，看到前方人头济济好似是工人在闹罢工，于是快步上前预备一探究竟，小云在其身后碎步跟上。

"不行，不行！今天一定要帮我们算工钱，不然大伙都不干了，是不是啊——"

"是！"

"不干了！"

"大伙辛苦钱，赖不得啊！"

码头一边，一帮工人正在群集叫嚷。带头的是一个叫林三的工头，工人们都叫他"三码头"。此时那辆熟悉的福特T型小轿车似追风般驶来，当它稳稳停在集群工人面前，让站在最前端的几个工人不自觉地往后退了几步。

老李快步下车拉开后座车门，一双被擦得油亮的皮鞋伸出车外——唐子文手扶礼帽额首下车。立定后那只大而有力的手慢慢从礼帽上收回，唐子文昂首看着前方的工人，这莫大的气场颇有几分"挥剑决浮云，诸侯尽西来"的气势。一旁的阿毅也挺直了腰，随时听候主子吩咐。

"是大少爷。"

"大少爷来了……"

几个工人在下面窃窃私语。

顷刻间工人们都静了下来，林三见势提了提气向前一步，面对唐子文开口道："大少爷，已经两个月没发工钱了。这里的工人都是等着月饷给家里开锅的，要是再不给工人结算，那……那大伙儿就不干了，是不是啊！"

"对！三码头说得对！"

"发工钱，发工钱！"

林三带头又调动了下面工人讨薪的热潮。老李立马扯着嗓门喊："大家静一静，静一静，听大少爷讲话！"老李毕竟是唐家的老人，平日里工人见到也会叫一声"李叔"，所以此时开口说话底气还是盖过一帮小卒的。随着工人们渐渐无声，唐子文上前一步，眼神扫射在场的每一位工人。

"阿福，在永兴两年零三个月，期间非公受伤休养了三日，永兴没有扣半分工钱。张大非，三个半月前来应聘，称无论何时都会与永兴共进退，是我亲自录用。阿德，去年家中老母病危，公司提前预支了半年工钱。还有卢德林、李小康、阿新……在这里的每一位无论做工长短，永兴都记得清清楚楚，对各位的福利待遇如何也请各位自己细想一番。如今永兴遇到情况只是暂时，我保证很快便会恢复，工钱也定会如数返还，拖欠的工资会按银行利率补足利息。如果有等不急想走的，我今天带了现钱，现在就可以领钱离开。要走的永兴绝不强留，且会多发一个月的薪资作为补偿，可一旦离开，今后永兴也绝不再录用！"

唐子文的一席话句句说到工人的心坎儿里，大伙也都诧异堂堂永兴轮船公司的总经理竟然会把底下人的情况记得这么清楚，一时间工人们都无言以对。阿毅见主子使了个眼色，立马将手上的考克箱打开，里面放了一沓沓现钱和银元，但只给工人们看过一眼便立刻关上提在手中。这赤裸裸的现钱在人眼前晃久了还真不好说这帮工人能不能抵得住诱惑，若真有"见钱眼开"的带头来讨薪，那唐子文之前一席话的作用必将消减大半，所以让工人看一眼知道并非忽悠他们便得收手。

"大伙都听见了，大少爷从来说一不二，要现钱的现在就到阿毅这儿来领，但是大伙自个儿可都要想明白了，走了可就回不来了！如今这世道，像永兴这般讲人情、讲信用的地方可不多了！"老李的一席话像是给工人再加了一注稳定剂，大伙听到"回不来了"几个字都一下慌了神，无一人敢再发声。停顿了几秒后见工人都无反应，老李赶紧追述道："这就对了，永兴是不会亏待大家的，到时候利率会一块儿算给大伙，好好干活年底都有分红！但你们现在这般误了工可是得扣工钱的！好了，大伙散了，散了啊——"老李奋力摆摆手示意大伙散去，工人的脚步也如同听了指挥般开始挪动。

"林三！"老李唯独叫住了他。

"李叔……"

"大少爷器重你让你做工头，可不是让你带动工人挑事的！"

"李叔，您误会了，我只是……"

唐子文打断了林三的话："林三，希望你能协助永兴管理好这些工人。"老李又补上一句："大少爷不会让你白白出力的，管理好工人，年底的分红只多不少！"听到分红二字，林三像是一下有了奔头，"是！大少爷请放心，我林三一定会为永兴卖命的。"

"辛苦了，干活去吧。"唐子文干净利落地做了收尾。

"李叔！您真是宝刀未老啊，"阿毅在一旁对老李佩服得五体投地，"这几个闹事的在您眼里那都成了小喽啰了。"

老李摆摆手，"以前和唐爷在一起遇的那才叫大场面。"

唐立懋自创永兴、立帮派，老李一直追随其左右，在唐家几十年可谓忠臣良将。无论何时，只要说起与唐爷一起打天下的情景，老李脸上都尽显傲气。

"有劳李叔了。"唐子文深知老李对唐家的忠心，早已视他为半个唐家人。

"啪——啪——啪——"

此时三记折扇击掌的声音传来。唐子文一抬眼，只见一袭白衣长袍的"翩翩公子"扇着扇子悠悠走来。

第二章

蝶恋花水晶鞋　究竟谁是命中人

·11　楚楚不凡·

"好一个一搭一唱，这出'戏'在情在理，倒是精彩！"

唐子文机智化解工人讨薪的一幕被王千楚尽收眼底，她走到唐子文面前却叫这位船厂少东有些不知所措。

"这位先生是？"唐子文只觉得眼前这名"男子"清素秀丽似曾相识，一时间却无从辨认。

千楚手持折扇在胸前微扇两下，不但没有回应唐子文的问题，反而又发了一难："但好像唐先生还没有告知工人何时会发放饷银，这难道不是关键的一说吗？利息作饵，但本金没个定数岂不是白搭？"

"若工人都像公子这般精于计算，那确是件叫人头疼的事！公子知道在下姓唐，敢问与唐某在何时见过？"

千楚将扇子潇洒一收，声音也变得调皮："唐先生不必头疼，听我哥哥说贷款这几日就下来了！"说着摘下礼帽，一袭乌黑长发散落腰间，青丝如瀑。码头上微风吹过，丝丝秀发掠过素净的脸孔，长长的睫毛似在风中舞动，好生动人！唐子文望着眼前的美人羞涩中略带尴尬，他低头一笑，这个笑很纯真、很迷人。

子文伸出手对千楚道："看来我们需要重新认识一下！在下唐子文！"

"很高兴认识你！小女子王千楚！"千楚伸出手嫣然一笑，红唇之中露出一线雪白的牙齿，眼角也弯成了月牙儿。

"千楚，千——楚——"唐子文琢磨半晌悠悠道出，"千秋万代，楚楚不凡。"

这座常年不解风情的冰山居然能将女子的玉名解读得这般玲珑，回想两人初次见面时的横眉瞪眼，此刻男女间微妙性异样的分子正急速扩散，更企图冲破这位唐大少宽厚健壮的胸膛。面对眼前这个男人，潇洒的"楚公子"也不禁两颊泛红，她低眉垂眼，笑意中收回了唐子文久久未放的手。待千楚再抬头正遇唐大少温柔的眼神，两人四目相对，眼底是藏不住的蜜意。

她回眸，他抬眉，一颦一笑，一眼万年。

在一旁的阿毅有些惊着了，这唐家大少爷可是出了名的不近女色，跟着主子这么多年，今日这呆头呆脑的表情可还是头一回见着！主子总算开窍了！

法租界岳阳路上，一幢三楼的法式洋房，门前的大草坪气派十足，和王公馆比起来也毫不逊色，这里正是唐家府邸。

唐公馆内，正厅正位放着一张略显突兀的太师椅，上面坐着一位头发花甲的长者。长者身着藏青色中式长袍，缎对襟马褂，驼绒为里，马褂袖子口毛皮出锋很是讲究。见他两手互搭放于膝前，双眼微闭，正襟危坐，看得出是位极具威严的人。

唐子文踏入家门，长者开口道："子文，头先华丰的人来过了，说贷款的事已经下来，明天你去一趟银行把手续办了。"原来此人就是唐子文的父亲唐立懋——上海滩赫赫有名的唐帮唐爷。自医院回来后唐爷就鲜少出门，他慢慢睁开眼，眼底已无杀气，但眼神始终洞察着一切。

唐老爷除了子文的生母蒋氏之外还有一房太太，唐父并不算拈花之人，二太太只比他的原配小五岁，说起来与唐立懋也是青梅竹马，可惜再见面时唐老爷已经有了家室。看这位蔡氏苦等多年，最后还是大太太蒋氏开口让老爷子收了这门偏房。没想到二太太进门后与大太太万事都有商有量，反倒唐老爷生性不善表达，一忙起来总是忽略两房太太，久而久之倒是两位太太更显得热络些。唐家这两房从上至下都很和睦，外界都称赞唐爷好福气。

"是的，父亲。"

子文恭敬地应声，心里早已有了八分底气，倒不是全因千楚透露讯息，而是永兴长久的声誉还是很得作保的。此刻唐子文眼前仿佛又出现了王千楚嫣然一笑的脸孔，不知不觉中他的嘴角上扬，竟似有几分花痴状……忽地，他回过神竟也讶异这无中生有、说来就来的感觉，看来这倾倒上海滩无数女子的唐大少对男女之情还云里雾里，这时唐父的问话打断了他的思绪。

"子文，年头的出船不比往年，你怎么看？"

"嗯，"唐子文立刻又恢复了往日的冷峻，"如今借外商旗帜的船商越来越多。我看那些一两只船的公司不久也难自保，永兴在行内尚有根基，但我认为扩充船只是当务之急，否则很容易被外流大船商吃掉。"

唐立懋合眼沉思了良久，道："永兴向来做国人生意，如今的世道虽说靠着外商好办事，但定不能坏了永兴的做派，局势未定，扩充之说且暂缓。"唐立懋和那些只求财的商人不同，在老爷子心里一直将国人与外商划有明确的界线，这点倒和王勇不谋而合。

"是的，父亲。"

一时间唐子文的眼神中也透露出些许忧虑。确实，上海滩风云巨变，一夜之间暴富与落败的比比皆是，扩充之事也应当慎重考虑。但此刻，另一桩事更叫他烦心。

"父亲，永兴是唐家的基业，我定会尽全力，"唐子文有些欲言又止，"当日父亲退下将永兴交于我手，子文定不辜负所托，今日也希望父亲能够支持我带领永兴走上正轨。"

"正轨"两字寓意匪浅，但一番话句句肺腑，唐父听在心里又何尝不明白，只是一入帮派深似海很多事都已经身不由己。其实唐子文心里明白在这样的大上海要站稳脚跟谈何容易，记得当初他还只有十来岁，那时永兴刚起一些规模却老有一帮人去码头闹事，那时父亲整日为船厂担忧。后来不知何时起去闹事的人少了，但父亲的腰间却多了一把枪，李叔和手下的人也是。再后来开始有人叫父亲"唐爷"，也没有人敢去码头闹事了，但父亲却会常常负着伤回家，母亲总是落泪为其包扎。那一年唐子文第一次听到别人对他说"你们唐帮"。等子文再大些，"唐爷"的名号已经在上海滩无人不晓，唐帮也与洪帮并驾齐驱成为上海滩两股不可替代的黑帮势力。虽然不比洪帮的恶名，但唐家帮派的身份却毋庸置疑。再后来子文出道，帮着父亲吃下上海滩大半码头，他也配了枪，但不到逼不得已绝不开枪。唐立懋也让子文偏向打理永兴的生意，尽量不让他参与帮中之事，因为他深知自己这个儿子生性刚直，不苟同帮派的做法。可是岁月不饶人，唐父已经年过六旬，半辈子打打杀杀早已准备借机退隐。去年他又中枪住院，就更萌生了退位的念头。其实唐立懋中枪一事，洪大荣也脱不了干系——当日洪爷被仇家暗算，唐父正巧经过无意间为其挡了一枪，离心脏不过几毫米差点就丧了命。后来在医院躺了三个月，虽然捡回一条命但身子已大不如前。或许是经历过生死也觉得力不从心，唐父出院后就将基业交于子文不再过问。

唐子文接手后就命唐帮弟兄收了枪，他希望带领永兴走上真正的商道，虽然在上海滩这般处事困难重重，但唐子文依旧保有信念，他坚信自己可以办得到，这也是为何他不愿与洪爷再有牵扯的原因。再说到这洪大荣，虽然唐立懋替他挡的这一枪可算意外，但他却全不顾旧情，还乘机想在上海滩独当老大，这只"笑面虎"果真不是善类！

唐父闭目久久开口道："子文，万事都没有绝对的黑与白，永兴能有今天不单靠你我，要变上海滩更不会是你我。"

唐子文沉默，父亲的这番话他无言以对，他明白在这乱世谁当道谁出头凭的不是一己之力。永兴少东家与唐帮继位人只在一线之间。

"大哥——"

一个清脆的声音将沉重的气氛打破，只见一个甜美的姑娘一蹦一跳地跑来，正是唐家唯一的女儿唐子欣。

唐家共有三个孩子，蒋氏生了子文一个，二太太育有一男一女，男的叫唐子杉比子文小六岁，女的就是这个唐子欣刚满十六情窦初开。子欣是个无忧无虑天性爱笑的女子，正上学堂，和王家四妹千佟是同学。今日穿了一件荷月色印度绸旗袍，也时兴特意将下摆做成及膝高度，露出藕嫩的小腿。她跑到子文面前挂住大哥的脖子撒娇地将脸埋于其肩头，转头傻傻地对着父亲笑。唐子文看到这个妹妹也是一点辙都没有，可能是只有一个妹妹的缘故，所以叫子文特别疼爱。而对比亲哥哥唐子杉呢，子欣也是更粘这个同父异母的大哥。

"这么大人还粘着你大哥，都不怕羞。"唐父嘴上这么说但看到子女相亲相爱也多了几分安慰。

"就粘着，就粘着，大哥才不嫌弃呢，是吧！"

唐子文握着子欣挂于自己脖头的手腕，对这个妹妹向来宠爱，也只能乐呵地傻笑。原来一向冷面的船厂少东也有这般暖心的时候。

"哎，有人把亲哥哥都不放在眼里咯！"

说着从旁厅走来一位男子，头发用发油抹得光亮如漆，眉宇间与唐子文有几分相像，但更显稚嫩。男子穿了一身标准的小开装扮：西裤、白衬衫、卡其T字背带，但却不显小开的流气，更应该说是位准少爷装扮。没错，这位正是以文采著称的唐家二少爷——唐子杉。

"爸爸，你听！有人吃醋咯！"说着，子欣放开搂着大哥的手跑到唐父身边，倚着身体双手环在背后假装嘟嘴撒娇。

"有人吃醋咯。"子文也开玩笑地添了一句。

"输给大哥我心甘情愿！"子杉在子文面前拱手作揖。

"哈哈哈——"

兄妹三个敞怀大笑，夕阳透过落地窗洒落在三人脸上。这是三张纯真放肆的脸，彼此间的感情如同夕阳般温暖珍贵。

"老爷、大少爷、二少爷、少小姐，太太叫你们开饭了！"

"来了，韩妈！"

唐子文应和着搭上子杉的肩，子欣挽着唐父，四人有说有笑地向饭厅走去。

一家人整整齐齐的吃一餐饭是国人最根本的幸福，望着四人相拥而行，此情此景好生叫人羡慕！但谁又能预知这上海滩的狂风暴雨何时会降临唐家。

·12　气若幽兰·

王家公馆内。

从码头与唐子文分手后，王千楚也回到家中，本想悄悄溜进屋却被大姐撞见。

"楚儿——"千青叫住了刚进门的千楚，又看了一眼千楚身后的小云刚想开口，小云对到千楚的眼神紧忙退了下去。

"这丫头是越发没规矩了。"千青忍不住出声。

"大姐，你如何与她一般见识？这都是我的主意。"

"就你宠着她，那几身衣服也都是你给的不是。"

"那些都是前两年的旧款，何况如今我穿了显小，扔了也可惜了不是。"千楚故意夸张地摸着千青身上的旗袍道，"大姐这身是新做的吧，法兰绒的料子就是不一样，缀上这红宝石的纽扣更添美意。老师傅的手艺真是没得比，这镶、盘、嵌、滚样样都仔细着呢。如今虽时兴短摆，可大姐穿这身长衣更显华贵！"

"少拍马屁，你那些衣服也都是好东西，说是穿不下其实分明是赏给下面的人，如今还替你把了风溜出门，我看那丫头被你惯了一身的毛病。还有你，好端端的一个姑娘家非扮成一个俊俏男儿，上回柳姑娘的乌龙帐我可还心有余悸呢，就差给人追到家里头来了！”

“我那是见义勇为，谁知会闹出乌龙事件，还好当日我跑得快，大姐就别取笑我了。”

“你还知道被人取笑呢。”千青扑哧一笑，摸着二妹的脸蛋，“看你这般模样出去得迷死多少姑娘哦。”

“要说长相，我们王家大小姐说第二谁还敢说第一？”千楚假做调侃状，甩开了折扇在胸前作势摆弄几下。

“少贫嘴！”千青还想叨唠被千楚抢先。

“难道不是吗？要不然我们伟大的大姐夫怎么就如此钟情于千青小姐呢！”说着千楚收起折扇，双手搭在千青的肩头撒娇。

说到此处就不得不提当年王千青与吴顺开的感情之路，也可谓是一波三折。

王家在上海滩是有头有脸的人家，王父挑女婿自然也有一定标准。王勇是个好文之人，自己写得一手好字，对儿女在文学上也颇多要求，四书五经都是他们的必读科目，家中四姐妹琴棋书画也各有精通，所以王父对女婿的第一标准便是学识。这个吴顺开是个商人，自己经营钟表生意，据说他第一次在店铺看到千青时就一见钟情，虽人称“钟表小开”但长相也只能用“老实”来形容，全称不上是位白马王子，但为人倒十分正直，对千青一直默默守候关心着。要知道当年为王家大小姐做媒之人绝不亚于如今的千楚，虽说这位“钟表小开”有些家底，但论学识方面是定不如同期其他几位追求者的。起初千青也没放在心上，吴顺开不张扬的个性也就淹没在人群中，可后来局势有了变化。据千青说是有一回在钟表店外看到吴顺开扶送在门口跌倒的老婆婆场景甚是暖心，又回想起对自己的种种就默默起了好感。日后两人逐渐相处，发现这位钟表小开为人憨厚耿直，做事务实也没有花花肠子，于是便对他日久生情。

可是啊，这大小姐认了可不算，王家老爷不同意这门婚事。一来是讲究门当户对，这吴家和王家比起来差距确实不小，二来还是吴顺开的学识没到位，顶多只能算个“半文半武”。好在这位“钟表小开”对千青的一片赤诚可照天地对王家也事事上心，还有一回很有心地帮王母觅得了之前慈禧太后用过的怀表，讨得丈母娘的欢心事也就成了一半。后来算命的将两人八字一合说是极配。这就巧了，因为当年王勇和石氏也是算了八字相合才成的婚，一路上感情甚好自不必说，事业家庭也都如意。见千青和吴顺开也算得八字相合，于是众人都说是缘分，时间一长王父也就松了口，这才让“钟表小开"抱得了美人归。

婚后夫妻二人相敬如宾，吴顺开对千青疼爱有加，更迁就夫人常住娘家。这可算不得入赘，应该说王家有一股强大的家庭凝聚力，使得家中的每一位都彼此团结。就像一株巨大的胡杨，彼此的力量将根茎深扎入土，暮去朝来枝繁叶茂，便能阻挡一切风雨。再说回这夫妻二人，结婚五年从未有过争执，唯独在婚后第二年千青不慎流产，休养后大夫虽说已无大碍但这两年却一直不见动静，好在夫妻二人感情甚好并未因此有所芥蒂。吴顺开除了对夫人百依百顺外对王家的大小事也都放在心上，于是这位王家大姐夫在家中是备受称赞。

"还说不是贫嘴，好了，快上楼换身衣服，被父亲看到又得说你了。"千青拍了拍这个二妹的脸蛋，努努嘴示意。

作为王家长子虽为女儿身，但王千青一直觉得自己有护弟妹周全的使命感，加上是一辈中的老大，所以时时以大姐姿态示人，有时难免被弟妹嫌其唠叨。但手足中无论哪一方有事她都比自己的事情还来得紧张，婚后亦是如此，家中之事永远摆在首位，除了偶尔有些严肃外可说是一辈中的楷模。

千楚笑笑刚要上楼，突然间听到大姐意味深长地唤自己，回过头两人对视的眼神中少了先前的轻松，好似有什么是两人都知情却又都未点破的事。一时间，气氛凝重。

"楚儿，你很久没男儿扮相了，前些日子见你也是……"

王千楚虽为女儿身却有着男子的侠义担当，她每次乔装出门不是为扶贫救弱就是办些不便以王家人身份出面的事。千楚虽说长相柔美平日好静，外人都称王家二小姐端庄贤淑，但王千青知道自己这个二妹自小爱恨分明处事果断，有时抬眼就能看穿人的心思。而这次接连以男装出门究竟所为何事？难不成……

"大姐……"千楚停下脚步想等千青开口，但是看到大姐的表情不免心头一紧。两人几乎同时收了声，像是这个答案一旦说出就没有挽回的余地，但又都在担心若对方说的与自己不是同一档事便会有不知如何收场的尴尬。就在两人相持之际，三妹王千语出现，打破了这个僵局。

"大姐、二姐，在说什么悄悄话呢！"千语从马场回来了。

"三妹回来啦！"见千语换了一身青绿色的纱裙，袖口缩在臂弯以上，露出半只雪白的臂膊，脖子上系了一条长及腰的纱绸围巾，千青忍不住问："这怎么出门还是长袖长裤，回来就成了薄薄的纱裙了，这一天两季的穿法还真是新鲜。"

"别提了，马场的太阳实在厉害，只骑了一圈就燥得不行，一身的汗。好在我带了一套衣服，原是怕摔马备着的，不想倒是用上了。"千语言语间颇有几分料事如神的得意劲儿，又接着说道，"大姐，这个叫Grafton！永安公司最新的款式，漂亮吧！"

不等大姐开口，一旁的千楚就打趣道："外面不是流行一句话嘛，想要知道上海滩流行什么，只要看王家三小姐穿什么就知道咯！"

"我的两位好姐姐，还不依不饶了呢，谁不知道王家大小姐'要爱情不要面包'的故事，还有我们这位王家的二小姐，追求者都可以绕上海滩一圈了呢！"

"人小鬼大！连你两位姐姐都敢开玩笑了！看我不收拾你！"说着千楚追着千语就要胳肢她。

"不敢了，不敢了，姐姐饶命啊！"

"看你还说胡话！"

"大姐——"千语被胳肢地不行只得向千青求助。

"行了行了，你们两个都不叫我省心，"千青的大姐架势又起，"一个老大不小了，不晓得为自己筹划还要学人做生意专爱往洋行跑。另一个呢不是聚会就是骑马，整日胡闹。"

见大姐说得认真，千楚和千语一脸无辜，彼此对望一眼眨巴着眼睛楚楚可怜。蓦地，千楚对三妹眨了下眼，两人便起了鬼点子。千青见两人笑得诡异，眉头一紧，"你们可别胡闹。"

话音未落，只见千楚、千语两姐妹一把扑向千青就联合起来胳肢她。千青躲闪不及，一时间姐妹三人闹成一团，笑声四起，好不欢乐。

上海滩这个地方，为权为势出卖兄弟朋友的比比皆是，而王家确是出了名的同心同德，这都源于王勇的成功教育。家中孩子自小就由父亲教诵《劝世贤文》，其中的一句"都受爹娘养育恩，桃花千朵本同根"口口相传个个谨记于心，所以王家这六个孩子彼此之间的感情自然不是一般的好。

一团嬉戏声中映射着王家三姐妹欢乐的脸孔，姐妹三人各有千秋，正所谓"皎若太阳升朝霞，灼若芙蕖出渌波"形容的也不过如此，三人倩影相随气若幽兰叫人心动。

"咳咳——"

"姐夫！"

"说曹操曹操到。"

"还贫！"

"呵呵，什么曹操啊？"吴顺开还是一副憨厚的模样，摸摸头不知所云，"千青，你还有点咳，回房加件衣服吧。"说着望向自己的爱人，小小的眼睛里满是关爱。

"姐夫对大姐这般无微不至，真是羡慕死人啦！"千语在一旁叫道。听着三妹的话，吴顺开也只能在旁憨憨地傻笑。

"羡慕什么呀？让我也听听。"此时王贻华踏入家门。

"大哥——"千楚唤道。

"贻华回来啦。"千青还是惯有的一副大家长口气。

"我们在说大姐夫对大姐好得都叫我们羡慕死啦！"千楚说着就跑到贻华身边挽住大哥朝大姐狡黠一笑。

"调皮！"千青对这几个妹妹严在面上宠在心里。贻华听了呵呵一笑，又看看千语，道："哟，三妹这是从哪儿回来穿得这么漂亮？"不等千语开口，千青抢先道："千语这社交频率都快赶上你们做洋行的咯！"接着话锋一转，"不过，说正经的贻华，那个报纸上的报道现在如何了？"一听事关华丰，姐妹几个也都收起了笑脸，认真听着。

"是有人连夜匿名放的消息，我今天去了报社，还未查到具体的人，这消息来得蹊跷。"

"会不会是同行捣的鬼？"

"我和父亲也商讨过但概率不大。一来，父亲刚连任会长，同行多少给些薄面，这种无凭无据的把戏未免小儿科。二来，近期市场交易尚算稳定，没有利益冲突点，想必也没有同行愿意无故与华丰结怨。好在同冯老打了招呼，明天报社就会出一篇澄清稿，应该无大碍。"

"那就好。"听贻华说得头头是道，千青也放心了不少。

"二妹，明天唐子文会来办贷款手续，要再遇见他，也收一收你这烈性子哦。"贻华说着，怜爱地摸摸千楚的头。而千楚想起这位船厂少东不禁眼角一弯，千秋万代楚楚不凡，这一句早已为两人种下情根。

"唐子文是谁，和千楚怎么啦？"家中的事怎么能有大姐不知道的呢。

"哪有什么事！我再不换下这身衣服，要被父亲撞见可就真的有事咯！大姐大姐夫，那小妹就先告退了。"千楚说着，不忘向大哥吐了下舌头便转身上楼去了。

千语在后面唤道："对了二姐，下月有个舞会，这回你可得和我一块儿去啊，这次是慈善晚宴，而且……说不定就能遇到你的真命天子呢！"

千语这位社交高手常常想帮她这位二姐寻找如意郎君，可是千楚一向对这样的舞会不感兴趣，也就没少放千语"鸽子"。这次也只随意应和着，因为一转身王千楚嘴角的弧度消失了，几度愁思涌上眉头。无关那位唐某，她的心思又落到了那张让她几度去码头的神秘信条上……王千楚每上一格台阶都觉有千斤重。

· 13　风雨同舟 ·

"周妈，招呼大家开饭了。"

随着王母的呼声，一众人都从各处聚到了饭厅。千楚也已换上一身锦云缎无花素底长袍，高领下绕着一圈细细的珍珠链子，紧挨大哥坐下。

王家吃饭是一个大圆桌，各人都有固定的位置，王勇和石氏坐在朝南的正中位，从父亲起依次按年龄排位，最小的贻卿正好紧挨母亲，吴顺开来后便安坐在千青身边。由于白天上班的上班、上学的上学，全家人能整整齐齐围坐在一起共聚的时刻就惯例放在了晚饭时段，所以若无要事，这餐饭总是要吃过一个钟头的。一来，上的菜品多；二来，这也是全家汇报一日见闻的时候。说汇报且言重了些，更准确地说这是王家自来约定俗成的事儿。大伙儿交流着一日的处境及身边遇到的人与事，各自讲述着新鲜玩意儿。所以吃晚饭就成了王家人一天内顶要紧的一件事儿。

"父亲吃饭，母亲吃饭。"

孩子们惯性地说着，只是今日的晚餐气氛添了几分凝重，看着一桌的菜，大家都不怎么动筷。连贻卿也好像感觉到了什么，默不作声自己乖乖在吃饭。

"哦——已经上蚕豆了吗？"王勇打破了沉静。

桌上一盆葱炒蚕豆香味四溢，蚕豆颗颗油面发亮甚是诱人。再观旁边的一盘枸杞藤，里面加了少许的冬笋片还有点点肉末爆香，王勇道："这过了春，笋就下市了，只能做配菜用咯。"

王母戏说道："你急什么，这春笋过了还会迎冬笋不是。"

"呵呵，是啊，多谢夫人提点。"王父含笑，随即放下筷子，"我知道你们在想什么。我想说的是在你们还未出生时华丰就已经在了，可以说华丰是和你们一起成长的，成长路上哪有不磕磕绊绊的……"王勇用筷子轻轻点了点那盆枸杞藤，"就同这笋一般，总会下市也总会再来。"

众人闻之顿悟，也惊叹这老两口的默契。成长路上难免遇到这样那样的困难，磕磕碰碰才能成长。王勇继续道："这次的新闻确实对华丰产生了一些影响，但我们都很清楚这些都是无中生有的造谣，所以我相信只要我们一家人能够团结一心，就没有过不去的坎儿。"

"你们父亲说的是，看你们一个个的苦瓜脸，赶紧吃菜吧，一桌的'时鲜货'都快凉了。"

父母亲的一番话让孩子们轻松了不少，于是纷纷交流起来。王贻华道："细想来这桩假新闻也没有十足的证据，只是来得突然叫人措不及防，我想冯老明天发一篇新闻澄清一下应该就无大问题了。"千青点点头，"只是到底何人与我们华丰有怨，若不查明，只怕是个隐患。"

说到此处，千楚终于按捺不住，"其实……家宴当日我女扮男装出门是因为收到一张纸条……"

"纸条！"还未等千楚说完，大姐千青已经跳了起来，"你说的可是这张？"只见王千青从上衣口袋里掏出一张折纸信，竟也和王千楚收到的那张是一样的花纹。上面写着：王家有难，酉时王家码头。

原来千青在家宴当日也收到匿名信条，只因当时半信半疑，也正忙于操办家宴实在脱不了身，所以未曾前去。但此事关乎王家，千青心里总有个疙瘩，之后又看到二妹的反常举动也曾不免联想，又生怕是误会才未点破。如今听千楚一语道破，两件事正好对上，不免一惊。

"正是这张！大姐，你怎么也收到了？"千楚看着千青拿出和自己一模一样的纸条，终于道出心中疑虑，"上面说'王家有难'而后就出现了假新闻一事，会不会是一人所为？"

这突如其来的联想让全家人一震，难道此人不是针对华丰而是——针对王家？或者，这不是一个人，而是一个团伙……众人都不敢往下想，刚刚轻松的氛围顿时再度紧张。而此刻，王千楚比众人更多一份不安，因为还有那张被自己截下的大哥未读的信笺……王千青、王贻华、王千楚三人竟在同一天收到同样的匿名信条！这一连串的事件到底相互间有着何种关联？当千楚还沉浸在深深的忧虑中，只听千青问："二妹，当日你是否有去码头？"

"当日我女扮男装去了码头，可是好像没发现特别的人……"王千楚试着回想当日上码头的情景，先是有人给她捎了信……然后有位姑娘，而后……爆炸！对了，那场突如其来的爆炸，地点就在约定的垃圾桶附近，若不是因为去救那位女子走了反方向，很有可能自己就会被炸伤，甚至是丧命……可当日自己是男儿扮相，难道那人把自己误认为大哥？倘若当日兄妹三人都去了码头，那后果真是不堪设想，对方是要置王家人于死地吗？那下一个目标会是谁？想到这里，王千楚不禁大大打了一个冷战。

王千青看二妹紧锁眉头便追问道："你好好想想，真的没有吗？"

"没……没有。"千楚不想因为自己尚无根据的揣测徒增家人负担，于是把话咽了回去。

"或许是有人在恶作剧也说不定……"贻华想尽量安抚弟妹，但自己也已察觉到了事情的复杂性。

"不管是恶作剧还是有心与王家作对，我们做人做事但求无愧于心！你们都记住——"说着王家老爷一抬手指向挂在墙上的那幅"正"字，"人要有浩然之气，从小我就教育你们做人要有勇有德，所谓义薄云天无愧于心，王家人做事不低手！不低头！"

王勇的这番言论有别于之前的暗语说教，可谓字字有力，句句点金。一家之主的影响力果真不容小觑，众人听到此话都如同吃了定心丸一般渐渐缓过神来。的确，华丰创立至今几十年，一路风雨王家人都没有怕过。正所谓"兄弟同心，其利断金"。王家上下团结一心定能克服万难，风雨同舟是每一个王家人心中不变的信念。

王千楚也安慰自己或许就像大哥说的那样，这些只是巧合……也许只是某个眼红华丰的人搞的恶作剧……千楚暗自祈祷，闭目不语。

　　饭后众人各自回屋，王千楚却依旧忧心忡忡，可如今也确实无确凿证据可以证明纸条、爆炸、假新闻三者有必然的联系，于是只能尽量安慰自己不要庸人自扰。

　　千楚进浴室泡了个热水澡，整个人顿时轻松下来。确实，连日来的忧心让她疲惫不堪。从浴室出来的王千楚一袭真丝白袍宛若仙子，她正对着镜子捋发，突然想起大哥刚说起明日那位船厂少东唐子文要来华丰办贷款，于是不由得起身打开衣柜选起衣裳来。

　　墙上的时钟已经过去了半个时辰，王千楚还是没有选出满意的衣服。不是裙子薄了就是衣服厚了，好不容易选中了上衣却发现没有合适的鞋子，配了鞋子却又搭不上裤子……这季节真是不知该穿什么，现在总算是理解千语这一季两穿的心思了。想到这里，千楚竟莫名和自己赌气起来。还正犹豫着，下意识低头一看，倒先把自己吓了一跳——差不多半个衣柜的衣服都被翻了出来，还有那项链首饰在床上铺了一大堆。

　　为何如此用心？莫非是女为悦己者容？想到此处王千楚不禁小脸一红。

　　翌日，阳光正好。

　　"大少爷，工人都正常做工了，贷款也下来了，这回您可以喘口气了吧！"车内阿毅说着，也是一副舒心模样。

　　福特车驶过街道，突然被唐子文叫停——车子在一家首饰店铺前稳稳停下。

　　唐子文站在橱窗前眼睛一亮，跟在身后的阿毅恍惚，主子这是怎么了？何时开始留意这些女儿家的东西了？

　　"大少爷，您慢慢看，我去那边转转。"阿毅神秘兮兮地走开了。唐子文瞧了一眼由着他去，便独自走入店铺，"老板，请将那串珍珠手链予我看下。"虽面无表情，但心里却在小小打鼓，一个大男人买女儿家的东西本就扭捏，何况这位习惯冷脸的唐大少还是头一回。

　　"先生好眼光！"店铺老板笑脸相迎，拿出手链极力推荐，"这串天然黑明珠是波利尼西亚运过来的，颗颗匀称，您看这个头这光泽，别说全上海只有这一串，就是外头也少见得很，可是少有的珍品呢！"倒不是老板夸张，这手链上十几颗黑珍珠个头颗颗一般大，闪着紫黑的光，散发着夺人的光泽，确实少见。

　　"请帮我包起来。"唐子文选定了它。

"好嘞！"难得见如此阔绰的买家，老板笑得眼睛都眯成了一条线，赶紧装上一个精致的丝绒礼盒。

此时阿毅也进了店铺，见主子如此豪气便故意探起他的心事来，"大少爷，这手链是给少小姐的吗？"说着故意拿起盒子左右端详，"不过，好像更配那位王家的小姐哦。"阿毅跟在唐子文身边多年，又怎会不晓得主子的心思，那日在码头也早已看得明白，正暗自庆幸自家主子这回总算是开窍了！

"多事。"唐子文一把夺回盒子。

阿毅笑笑，随主子出了店铺却在一旁踟蹰着，"大少爷……您看现在时候还早……"

"怎么了？"

"哦——都怪我刚才糕点买多了。我看吃不了这么多，想着不是宋姑娘就住前头嘛，不如给她送一些去。"阿毅提了提手上的点心，说着也有些心虚，"总比浪费的好……"

"怎么会浪费呢？我帮你吃。"这小子那点儿心思唐子文门儿清。

"那……那也行……"

这窍怎么就只管自己开了呢，阿毅心里嘀咕着。于是两人上了车，老李问："大少爷，去洋行吗？"

今日出门是要去华丰办贷款手续，但唐子文瞥了一眼无精打采的阿毅，同老李道："先去隆德公寓。"一听是宋瑛的住处，阿毅这只泄了气的皮球顿时如复活了一般，开口叫道："对！对！李叔就在前面，您知道吧！那位宋姑娘住的……您不记得了上回……"

"我记得！我记得！"老李打断了阿毅，"我还没老糊涂呢！"

听罢，阿毅老实地收了嘴。唐子文手里握着丝绒礼盒望向窗外，嘴角上扬。

·14　望穿秋水·

"咚咚——"阿毅一边敲门一边腼腆地低头傻笑。

门轻声开了，宋瑛穿了一件素色的绸布旗袍，头发松松地扎于脑后，应该是没想会有朋友上门，装扮上不免随意了些。

"唐先生……"宋瑛语气里略带小小惊讶，"快请进——"

唐子文和阿毅进门后，宋瑛忙不迭地给他们倒水。子文摘下帽子礼貌地问："宋小姐住得还习惯吗？"

"很好的，这里的人都很和气，出门买东西也方便，有劳唐先生挂心了。"说着端了一杯水递到唐子文面前，"哦——对了，房租我会按时存到罐子里的。"

"宋姑娘误会了，我来不是为这个。"唐子文看了一眼身后的阿毅。

"对对，宋姑娘，这些糕点你收着。"阿毅递上一笸点心憨厚地笑道。

"这怎么好意思呢！都已经给你们添好多麻烦了。"宋瑛觉得过意不起，但推诿间最终还是收下了那笸点心。

闲聊几句后唐子文便有意告辞，刚抬手去拿礼帽却不料起身时那个丝绒盒子不慎从裤子口袋内滑出。盒子落到地上，半串珠子露在外头。

没等唐子文回过神，宋瑛已经俯身拾起那串手链，"唐先生，你东西掉了。"待子文回头，那串明珠已经在宋瑛手里。

"咦？这个倒有几分像从前母亲给我的那条。"

"宋小姐母亲留下的应该很有纪念意义……"

唐子文正想伸手取回手链却听宋瑛道："是啊！可惜刚到上海就被我弄丢了……"想到当日恶房东抢了自己的东西还对自己拳脚相向，宋瑛不禁暗自神伤。看着宋瑛的表情，唐子文确有不忍，虽不是本意但他还是说道："嗯……宋姑娘要是喜欢，那就留着吧。"

"这怎么行呢，看这成色更胜于我那条，如此贵重叫宋瑛如何能收。"

"宋姑娘不用客气，独自在外本就不易，若有样物件能叫你怀念家人，那唐某也乐意为之。"

这是宋瑛多日来听到最暖心的话，她打从心底里感激，见唐子文说得如此真诚也就欣然接受。阿毅见主子转身，急忙喝了一口宋瑛倒给他的茶打了招呼也随主子下楼。

唐子文走出公寓轻叹一声，虽说是做了好事却又免不了小小失落，这回轮到他成泄了气的皮球了。一旁的阿毅默不作声，好似也看出了这桩乌龙事件，不免小小自责。上了车，老李回头看向唐子文。

"华丰——"

黄浦江边万国建筑群。

华丰大堂走进一位美人，一袭紫色洋装长裙搭配镂空白色羊毛披肩，脚上是两寸高的白色皮鞋，耳上一副白色珍珠耳环外加左手食指上的一枚珠白色珍珠戒指。此人正是王家二小姐王千楚，珍珠永远是她的最爱，如同她本人一般——纯真而优雅。王家二小姐慢步走进华丰银行大厦，对向她打招呼的员工——礼貌点头回应。

千楚自中西女塾毕业后就一直有去国外求学的打算，在此之前说服了父亲在家中的银行学习。上海滩的大家闺秀大多不外出做事，小姐们上学堂的也不多，有些家底的宅府大多都会选择请先生上家中教书。而王勇对孩子们的教育却是特别的，不仅常常带着全家外出，还十分提倡孩子们与外界多接触，十分看中孩子们的天性发展。但起先王勇还是不同意千楚去银行的，因为教育再自由但传统观念在王家还是根深蒂固的，男主外女主内是中国自古传承的男女生活模式，王家亦是如此。王勇在外打拼、石氏在家主内，这也是家庭稳定的重要一环。千青婚后也是在家从夫并帮着母亲打理家中大小事务，千语喜好社交但从未想要从业，四妹千佟终日学校与家两点一线最多的便是与书为伴。家中女子只有这个王家二小姐对自己设想着万般可能的未来。王千楚怀有侠义心肠，更是一位优雅的思考者，此女子有胆识有谋略，情商智商都极高，她对事业的专注力往往被她优雅的外表所掩盖。王勇偏爱女孩儿，加上千楚处事认真，所以再三要求下王父便同意了这位王家二小姐在华丰实习三个月。说是实习，但千楚上手很快，不到半月就已经熟悉了公司的基本业务。

王千楚坐到自己的位子上，开始翻看资料。无意间，她发现桌上摆着一枝玫瑰。看到小雯经过，千楚叫住了她。

"小雯，这玫瑰是？

"哦，不知道呢！每个女职员的桌上都有，不知道是哪位罗曼蒂克的男士送的。"

千楚望了望大家的办公桌，还真是人手一朵。女职员们大多穿着蓝色或单色的阴丹士林旗袍，一律高领窄袖开着短衩，有些讲究的还在颈处系了一个叠花的丝巾，玫瑰将她们衬得尤为美丽。下意识地，千楚向前方的过道望了一眼，这是通向王贻华办公室的过道，也是办理大额贷款的必经之路。千楚希望送玫瑰的是今日将进这扇门之人，但同时又不悦于此人的多情，不确定以及矛盾的思绪让她有些不知所措，于是把玩了一下玫瑰便顺手放于一旁。

夕阳西下，王千楚在频频期待与失望中过了一日。只听"嘀嗒"一声，墙边落地大摆钟的指针指向了五点整。千楚的心里有些失落，然而就在此时，办公室突然引来了一阵小小的骚动。

"好帅啊！"

"这是谁呀？"

"没见过，穿得好怪哦。"

办公室内，为数不多的女职员们开始窃窃私语。

"下午好！密斯王！"

随着一众目光紧随，一名男子走到了王千楚的办公桌前。此男子身材挺拔举止优雅，上身一件白色衬衫，下身一条白色西装长裤，衬衫束于西裤内。又见他领口处一个硕大的蝴蝶结像领带似的垂于胸前，腰间是一条鳄鱼皮的皮带。这身装扮估计没几个男子可以驾驭，但是他却做到了！一米八的身高完全驾驭这身行头，腿部比例超于常人，上衣衬衫里头还隐约看到一条人鱼线，此美男正是席正。

这不是上回家宴中遇到的"花心大萝卜"嘛，千楚抬头先是一愣，接着没好气地说道："席先生真会开玩笑，这太阳都快落山了还下午呢！"可见这第一印象实在重要，看来想要王千楚对这位"花心男"改观还真得花一番细功夫咯。

"千楚小姐真有心，还记得席某。这太阳下山那可不正好是晚餐时间，我知道附近新开了一家法国餐厅很不错，千楚小姐可喜欢？"

"不喜欢！"

"那改吃中餐也可以。"

"席先生！"

"太见外了，叫席正就好。"

这位席少爷还真有一股不达目的誓不罢休的劲儿，可王千楚也是个见招拆招的主儿。千楚抬头看着席正，语气平平吐出几个字："名字里有个'正'字，可惜人一点都不正。"说完千楚也觉得自己略显过分了，毕竟和这位席某并不相熟，单凭一面之缘就否定他的人品也未免武断，何况两家还算世交，于是补上一句："蝴蝶结歪了！"

一句半调侃的话打破了即将尴尬的局面。席正好似也并不介意，还大方问道："各位觉得席某如何？"说着后退了两步，伸开双臂，潇洒地转了个圈，更像是在向众人展示那无可挑剔的身材——完美的上下身比例、修长的手指，还有那白质的肌肤让女生都望尘莫及。

这一发问搞得办公室的男性都大为不悦，面露难色，而女职员们大都互相推弄羞涩地掩面不语。席正放下手臂，瞥了一眼桌上的玫瑰花，向前一步同千楚道："鲜花配美女，千楚小姐可还喜欢？"

"你送的？"王千楚略有升高语调，言语间透露出小小的失望。好在席正没有在意这个语调上的小变化，也没有正面回答千楚，而是在办公室内公然开口道："各位美丽的小姐，女人宛若鲜花般需要精心的呵护，希望玫瑰能带给你们好心情！"说着左手抬起与肩同宽，右手放于胸前，右脚后跨一步，饶有绅士地鞠了一躬。女职员们都仰慕地望着席正，有些还在底下小声拍手，就像听了一个无比精彩的演讲。

席正放下手臂，后倾着身子倒退几步靠在千楚隔壁女同事的办公桌上，尽显绅士地问道："这位小姐，如果在下邀请您共进晚餐，您是否会赏光呢？"被问的女子瞬间涨红了脸，羞怯地不敢抬头。

千楚实在做不到视若无睹，于是开口道："这里是办公室，席先生请自重！"

席正笑着走回到千楚跟前，"伯父可是让你尽地主之谊带我各处逛逛的呢！怎么一回头就忘了呢？"

"话虽如此，可上海哪里新开餐厅、哪里有新鲜玩意儿，你好像比我还熟悉呢！哪还用我带呢。"

"那正好！我带路，你作陪！"

经席正这样一说，王千楚一时语塞。一来是父亲确有交代，二来因为平日里接触的男士多为沉默木讷，如此公然邀约的男孩还是头一次遇见，千楚开始觉得过于坦白也不无可爱之处。

"那就走吧，以免你再'祸害'同僚。"千楚低头整理东西，正准备起身又听见有人唤自己名字。

"千楚小姐。"

"就好了！"千楚不耐烦地应和着，猛然抬头却发现了另一张脸——唐子文正对王千楚站在席正身旁。

瞬间唐子文、王千楚、席正，三人站立成一个等边三角形。

第一次，三人碰面了。

王千楚与唐子文互望，彼此沉默了几秒，席正也嗅出了气氛中尴尬的意味。王千楚表面冷静，但小心脏已经不听使唤，千言万语却只呆呆飘出一句："唐先生……"

"哦，我来办理手续，顺便来同你打下招呼。"

"顺便"两个字触动了女人的神经，"顺便"代表可有可无，千楚觉得小鹿乱撞的心脏突然瞬间停止了，再大气的女子在喜欢的人面前也唯有难养也，何况这位唐大少此刻的态度也实在叫人牙痒痒，两人就这样默默不爽着，以至于后来的弥补都无济于事。

"如果你有空，不知可否一起晚餐？"

"哦，不巧，我刚约了人。"

拒绝并非王千楚本意，但她不想有失于人，更不想廉价地被自己在意的人邀约。

"你好，在下席正，刚约了千楚，不介意的话一起吧。"席正大度地邀请唐子文共进晚餐，却故意亲昵地叫着"千楚"，这位留美硕士大方地张开双臂迎接眼前的情敌。

唐子文听出其中的意味，礼貌地回道："幸会，在下唐子文。席先生客气了，还是不便打扰，唐某先行告辞。"说着望向千楚微微一笑，这个笑有些无奈有些惋惜。他习惯性地摸了下帽檐，似被拒绝般孤独地转身离去，或许此刻心中正在悔恨老子晚了一步啊，阿毅这小子没事买什么糕点，就等着跪搓衣板吧。

王千楚没有责怪席正对自己直呼其名，或许是正想借此试探唐子文的反应。而唐子文脸上那一瞬间失落的表情被千楚捕捉到，所以对于他的离开千楚并不失落，甚至有了某种小小的确定。

王千楚微微一笑，抬头对席正道："走吧。"

·15　笑逐颜开·

"SUMMER"餐厅内，王千楚与席正对面而坐。服务生拿了一瓶红酒过来给席正确认，"席先生，这瓶是您收藏在这里的香槟。"

"打开——"

侍应向两位的酒杯内注入香槟，将酒瓶放于冰桶后转身退下。席正向千楚举杯，"为我们能在这里共度晚餐干杯！"王千楚轻轻拿起酒杯浅浅一笑，优雅地抿了一口，席正则是一饮而尽。

"席先生常来这儿吧，这里应该有不少美女。"千楚环顾四周，略带调侃地问。

租界的生活与外面弄堂老百姓过的实在大相径庭，在这里有美酒佳肴，时髦的先生小姐都会来此约会，也算是上海的一个地标场所。

"偶尔。"席正的回答干脆且认真。

千楚抬了下眉毛嘟了下嘴，有些意外眼前这个男人竟会如此严肃作答。

"当然啦！有美女的地方多来走走也无妨。"席正像是补充着刚才的话，还附带了爽朗不羁的笑声。

王千楚一声叹息：风流，果然没错。

席正摇晃着酒杯，千楚留意到他的右手手腕上有一个不小的伤疤。看到千楚在盯着自己的旧伤看，席正的手停了下来。千楚也意识到似乎有些不礼貌，于是弱弱地指指伤疤，反倒是席正表现得大大方方。

"你说这个？"席正抬起手腕，"我刚到美国时撞的。"

"那有好多年了吧，这个伤疤如今看着还是很明显，当年应该伤得不轻。"

席正凑近她，"心疼我啦。"这刚来的几分怜悯之心顿时烟消云散，千楚没好气地说道："说不定又是招惹了哪个女人惹的祸。"没想到席正听了千楚的话，脸上出现了无比认真的表情，口中喃喃道："确实是为女人。"千楚抿了一口酒不想探其隐私，席正也好似被回忆牵绊着，两人之间的气氛有些尴尬，于是双双看向舞台上的表演。

餐桌正前方的小舞台上一位身姿婀娜的女郎正在轻哼蓝调，层次丰富的火红色纱裙透出梦幻般迷人的轻盈美感，别有一番异国风情。千楚望着舞台略显痴痴的表情，女郎一曲唱罢，台下众人拍手鼓掌。王千楚也合着鼓掌，面对舞台说道："很多人都认为这样的姑娘是不正经的，其实她们很明白自己要的是什么，应该得到尊重。"

上海是个既时髦又守旧的地方，传统的观念让许多人将这些在台上抛头露面的歌女都归为戏子一谈，但王千楚对她们的歌艺却是尊重的。席正意味深长地一笑，好似看穿千楚的心事，起身一个华丽转身快步跨上小舞台，同乐师低语了几句后，餐厅内即刻响起了轻快的摇滚前奏。席正走到舞台中央左右手握着竖立的麦克风，唱起了激励人心的摇滚歌曲，一开口便惊艳全场。这让王千楚大为惊喜，因为这是她最爱的歌。

唱到"one two three"时，席正左手握着话筒右手比出一二三的手势，同时用深邃迷人的眼神望向台下。小酒馆内气氛一下子沸腾了，客人们都欢呼雀跃，台上的席正俨然一位明星，耀眼夺目。

一小段副歌后，响起欢快的间奏，席正跃身下台拉起座位上的千楚就往台上跑。被拉上台的王千楚还没回过神来已经被聚光灯包围，原本就敞亮的舞台加上一个美人，显得更为亮眼。

"接着——"

千楚一回头，席正措不及防就扔给她一个话筒，千楚稳稳接住。又到主歌部分，席正握着舞台中央的麦克风一边唱一边望向左边的千楚。三句后，席正伸出手臂指向王千楚——千楚一愣，紧接着马上会意开口唱完后面几句……直到席正加入，场上变成了两人的合唱。

又到间奏，席正三步并作两步走向千楚，拿下她手上的话筒潇洒地丢给一旁的乐师，握起她的手搂上她的腰就跳起了佛朗明哥。突如其来的动作让千楚一震，但很快就被席正带动着一同舞了起来。千楚的裙摆在舞池中旋转，一个华丽转圈美艳动人。在这个场景下所有的一切都是那么顺其自然，而席正的每一个动作都是礼貌有余，未有半点逾越。两人完美默契的配合叫场下呼声连连。很快，那些年轻的男女都被这气氛带动，纷纷在台上台下跳起舞来。伴奏的乐师也越发起劲，整个酒馆一片沸腾，好不欢乐！

随着舞台上的人越来越多，席正一把拉起千楚的手跳下舞台就直冲大门往外跑……音乐、灯光、欢笑声交织下的小酒馆离他们越来越远，席正内心多么希望就这样牵着身边的这个女孩跑到世界尽头。

夜色中，长长的街头只有两人奔跑的身影。直到两人体力不支才慢慢停下脚步，松开双手在路边大喘气，两人互看对方一眼同时发出爽朗的笑声。夜空中的星星也好似配合着席正同千楚的笑声忽闪忽亮，这是一个只有快乐的夜晚，一个值得日后深深怀念的夜晚。

翌日清晨，窗外小鸟"叽叽喳喳"叫个不停。王千楚懒懒打了个哈气伸了个懒腰，呆呆地坐在床上回想起昨晚在小酒馆的种种，还有那不顾形象的街边狂奔，如同做梦一般。

"真是疯了。"

千楚捂着脸自言自语，慢慢下床走到窗前，"唰"地一下拉开窗帘，一道阳光如剑般直射入内。千楚侧过头一闭眼像是被强光刺到，但嘴角却微微上扬。慢慢地，她抬起头微闭着双眼贪婪地享受着阳光的沐浴。她的睫毛末梢在太阳光下变为金色，长长地微微颤抖，阳光给这个侧脸罩上一层光晕，呈现出完美轮廓。

路边的梧桐被风吹得沙沙作响，宋瑛走在林荫小道上，手里提着亲自做的便当，用餐布仔细包裹好以作保温，显然这是特意为某人准备的。今日在衣着上也似特意用心，锦棉的素色旗袍，腰部收线，侧开衩，下摆镶着浅色滚边，清丽含蓄，只是脚上一双平底布鞋不免寒碜了些。宋瑛脸上带着浅浅的笑，就这样不知不觉走到了码头。

"不知道今天能不能找到。"千楚一边心里寻思着一边也来到了码头。虽然华丰在刊登了澄清报道之后已经平稳过渡,但千楚对那张匿名纸条还是心有不甘,总想着再去碰碰运气。又或者这次去码头反倒成了某种借口,因为在王千楚的心底始终藏着那个不愿承认的秘密。

"不好意思……"

"抱歉——"

若有所思的两人在一个拐角处撞到了一起。宋瑛边道歉边摸了下手中的餐盒确保无恙,之后她抬头望着与自己相撞的王千楚,竟一时觉得眼熟,但眼前的女子一袭月白纱罗旗袍叫她不敢辨认。与此同时千楚也与眼前这对迷人的凤眼相对而视,这小小的脸孔、尖尖的下巴、婀娜的身段……是她!

宋瑛开口问道:"姑娘好眼熟,不知在哪里见过?"千楚微微一笑,还未开口就听到背后传来一个熟悉的声音。

"宋姑娘……"

千楚蓦然回头,见到的正是那个让她与宋瑛都满心挂念的人。

"楚姑娘?"唐子文见到千楚又惊又喜。

"唐先生,你来啦。"宋瑛含羞道,原来唐子文与宋瑛相约于此。

"你们?"子文看着眼前的两人不禁诧异。

"哦,我和这位姑娘刚刚不小心撞上,正觉得眼熟,不知在哪见过。"

千楚微微一笑,"我们在码头见过,那次有小贼要抢你的皮箱。"

"码头?小贼……我记起来了,那日有位公子替我解围,可你……"

"呵呵,"千楚掩面一笑,"正是在下!"说着就作势鞠了个躬。

宋瑛恍然大悟,"我说上海滩怎么还有那么秀气的公子呢!果真是巾帼不让须眉,那日走得匆忙,还没好好答谢呢。"听着宋瑛真心的赞美,千楚竟有些羞涩起来。

"区区小忙,何足挂齿。"

"那我该对'公子'如何称呼呢?"

"宋姑娘快别取笑了,叫我千楚就好。"

只因王家在上海滩实在有名,王千楚未免事端,一般在外结交新朋友都习惯不提姓氏。她一边回应宋瑛一边心中惦念着:刚才唐子文唤她"宋姑娘",难道两人相识?听这姑娘的口气应该是两人有约,但这位姑娘刚到上海难道与唐子文是旧相识?应该不会，老朋友应该叫得更亲密些才是，那两人又是何种关系？王千楚脑中浮现无数个问号，心里早已如翻江倒海般不是滋味儿，但脸上依旧保持微笑，神情自若。

还是唐子文打断了王千楚的万般思绪，"原来两位认识啊！真是难得的缘分。"或许唐子文急于想留住千楚，一时竟忘了到此地是与宋瑛有约，"正值晌午，不如由在下做东与两位一同便饭可好？"千楚望着宋瑛："不知两位是否有约在先，可否方便？"经千楚一说，唐子文这才回过了神险些忘了此番前来的目的，于是问道："宋小姐，不知今日约唐某有何要事？是房屋有何问题吗？"

"没，没有……今日是专程想来感谢唐先生的帮忙，做了一些点心，还希望先生不要嫌弃。"说着宋瑛羞涩地将饭盒递到唐子文面前。

"举手之劳，何足挂齿。宋小姐太客气了！"唐子文接过饭盒又急着转过头同千楚说道，"也是一个巧合，帮忙宋小姐租房而已。"这一说倒像是在解释什么，生怕其中起了误会，唐大少觉得额头微微冒出了冷汗。

"这样说来，二位都是帮过我的，都是宋瑛的贵人，那这餐饭理应由我做东了！"

"宋小姐客气了，今天我们有幸品尝到宋小姐的手艺实在难得，这东还是让给唐某吧。"说着子文举了举手中的饭盒，用了"我们"两字也无意间化解了这饭盒的"专属"意味，进而也拉进了与千楚的并列关系。细细想来这其中的微妙可见一般，于是三人结伴向餐馆走去。

·16　腹心相照·

　　小餐馆内，唐子文、王千楚、宋瑛，三面而坐，子文起先举杯。

　　"相请不如偶遇，两位姑娘相遇在前，又与唐某相识在后，今日我们三人能同餐同饮亦是缘分，来……"

　　"干——"

　　唐子文话音未落，王千楚和宋瑛已经异口同声，两位女子默契十足。三人互望一眼，即刻发出了爽朗的笑声，笑声触动心灵，三颗真诚的心相拥而息，各自将杯中酒一饮而尽。

　　接着千楚向宋瑛举杯，"宋姑娘，先前多有隐瞒还望见谅，千楚自罚一杯。"

　　"哪里话。千楚姑娘见义勇为，实属豪气，宋瑛还未正式道谢，应该我敬你！"说着两人又饶有默契地相互碰杯，异口同声道："来！干！"千楚与宋瑛干尽杯中酒，尽显豪气。一旁的唐子文鼓掌称赞："好一对豪气女子，两位真是性情中人。"不知是受了赞美还是两杯下肚酒意上头，千楚和宋瑛都微微红了脸，低头抿嘴不语。

　　唐子文用三个手指托着酒杯悠悠转动，望着杯中酒喃喃自语：“劝君金屈卮，满酌不须辞。”

“花发多风雨，人生足别离。”王千楚悠悠对出了下句。

唐子文借着酒意望向千楚，“楚姑娘，这杯唐某敬你。”子文将杯中酒一饮而尽，干脆利落，颇有几分“倾城豪气犹胜吕布赵云”的气势，千楚则一反常态低头含笑浅抿一口，略带羞涩，欲语还休。

一时间，暧昧的意味蔓延开来，宋瑛见状赶紧出言打破了这微妙的气氛。

“唐大哥，您与宋瑛初次相识就能施以援手，如此侠义实在叫宋瑛敬佩！来，宋瑛敬您一杯。”

说着唐子文与宋瑛对饮而尽。放下酒杯，宋瑛不知是否酒意上头，脸上的绵绵红晕更甚先前。

“别光喝酒。来，尝尝这儿的小菜，伤了胃可就不好了。”

王千楚夹了一口小菜送到宋瑛盘中。关切之意是真，欲打断宋瑛“暗送秋波”之举也不假，女子间的微妙相处又岂是常理所能理清的。

“宋瑛是家中独女，自小就希望能多个兄弟姐妹做伴。可惜家道中落，如今又孤身一人，没想到在这大上海能有幸遇到二位，实在是宋瑛前世修来的福气。”

“此话差矣，宋姑娘生性豪爽，又落得如此玲珑，人与人的相识皆在有缘，千楚今日有幸方能识得姑娘。”

“宋瑛也觉得与楚姑娘甚是投缘。对了，宋瑛生于戊申年桂月，不知楚姑娘是？”

“如此之巧，竟与宋姑娘同年，我略长两月，荷月出生。”

“那果真是巧，若不嫌弃就让宋瑛叫你一声‘楚姐姐’吧。”

“何来嫌弃之说，能多一如此貌美的妹妹，多少人都求之不得呢，是吧！”说着千楚调皮地望向唐子文一笑。

“世间女子，如两位英姿飒爽，如此大气真可谓女中尧舜，真要让不少男子汗颜。两位姑娘都为女中豪杰，子文甘拜下风！”

两人听了唐子文的赞美都含羞而笑。

“家中还有两位妹妹，想必和瑛儿也定会投缘，下回我介绍你们认识。”

“若能多识几位姐妹那当真是好，楚姐姐家中的妹妹也必定不俗。”

“四妹尚幼还在读学堂，三妹整天往外跑，上海滩哪里有舞会哪里有好吃好玩儿的问她就准没错！对了，这丫头前两天还说让我陪她参加一个慈善晚宴，不知道又在打什么主意咯。"

慈善晚宴？唐子文跳动了一下睫毛。

"楚姐姐，瑛儿今天好高兴，再敬你一杯！"

"且慢——再下去，唐某可要成空气咯，还是让子文敬两位女侠一杯吧！"

"哈哈，好！来，干——"

桌上三人把酒当歌，谈笑风生，颇有几分英雄惜英雄的意味。熟不知，这餐饭已成为日后三人友情的一个念想。

走出餐馆，那辆福特T型车已经停在路边。阿毅下了车子，见主子左边千楚姑娘右边宋瑛姑娘，实在摸不着头脑，这是什么情况？

"瑛儿，你好生照顾自己，下回上家里坐，"千楚又转过头对着唐子文笑笑，"今日还要多谢唐先生款待。"

"哪里话。这是唐某的荣幸。"

"好了，家中还有事，那我就先告辞了。"

听到千楚要走，宋瑛拉起她的手道："楚姐姐，说好了！改日我们再聚。"

"那是一定的。"说着千楚也将手搭上，这一下好似摸到了什么东西，低头一看正是那串唐子文错赠宋瑛的珍珠手链，"妹妹的这串珠子甚是好看，一定很名贵。"

"哦……"宋瑛含羞一笑，声音也越发细了，"是唐先生送的。"

千楚心头一紧，五味杂陈道不出的味道，良久只挤出一句："很配妹妹。"

一旁的阿毅心想：完了。

"阿毅，送宋姑娘回去。"唐子文面无表情。

宋瑛与两人道别后就上了福特车，千楚送她到车门口挥手道别。阿毅待宋瑛上车后关上车门回过头来偷偷凑近千楚，"王姑娘，您别误会，那串手链原是大少爷买给您的……这说来话长，反正是误会，误会。"阿毅说着就上了副驾驶，车子发动一路驶去。

阿毅说得模模糊糊，但千楚心里也明白了一些。待车子驶远，身后的唐子文走上前来，"阿毅这小子常乱讲话，你别介意。"

"你猜他说什么了？"千楚背着两只手转过身来。

这一发问倒是把唐子文给难住了，看着他认真思索的表情，千楚忍不住一笑，"看你平日里谈生意厉害得很，怎么简单的一句话倒把你给难住了？"

正所谓少女心海底针，这怎么能一样呢！

两人平肩走着都默不作声，唐子文一副心事重重的样子，王千楚却一直似笑非笑。良久，终于忍不住缓缓开口道："其实……我喜欢白珍珠。"

唐子文听着莫名，低头一看千楚小脸红扑扑的正带笑，这才恍然大悟。于是自己也藏不住地嘴角上扬，瞬间一扫阴霾叫人心情大好，望着蓝天白云，就连空气也变得香甜。唐子文的两只手在千楚身边来回晃荡也不知该往哪里放，千楚笑着故意将手绕于背后，两人像捉迷藏似的一来一往……终于子文效仿千楚的动作两手相背也绕于身后。

就这样，两人的背影渐行渐远，心却越靠越近。

一晃眼半月过去了，华丰恢复了运作，外界的揣测都不攻自破。王千楚与宋瑛又见过几回面，姐妹之情增进不少。只是那日之后就再也没有见过唐子文，而他也未曾去寻过自己，王千楚心里不免小小失落。

这一日千佟学堂举办爱心义卖，同学们都积极响应。王千佟和唐子欣是活动的积极分子，也已早早来到学堂做准备工作，两人上身着袖长过肘的蓝色过腰布袄，下身着长及足踝的黑色褶裙，一派青春活力。王千楚也一向热衷公益活动，今日特地前来帮忙。

只见学校操场上桌子连着桌子围着绕了一个大圈，上面摆满了学生带来的物品：多是些完好的家中旧物，有台灯、瓷器、织毯等，也有学生自己做的糕点和手工艺品，此处就像一个小小的义卖集市。这次的爱心义卖对外开放，所以来了很多市民，大多是来购些小件聊表爱心的，也有一些是想淘些便宜的物品补给家用。学生都已经拿出自己带来的物品，在各自的摊位上张罗得七七八八。千佟和子欣一组，她们带来了自己做的小饼干，一份份仔细包好，很是用心。

时间一分一秒地过去，许多人经过她们的摊位但都只看看就走了，两个小姑娘的"生意"实在寡淡。

"二姐，不会是你站着把人都吓跑了吧？"千佟一脸天真地望着千楚。千楚眨巴着眼睛，这是哪门子歪理由，你二姐可是上海滩出了名的美人。但看着眼前两人无辜地表情，千楚只得叹一口气："好吧，那我去别处逛逛……"

王千楚无精打采地一路看着，突然被一张桌子上的几幅油画吸引。画的都是欧洲小镇，红红的房顶很是有趣。这些画作美极了，叫千楚看得入迷，但怎么看都不像是学生作品，于是千楚向"小摊主"询问："你好，请问这是你画的吗？"

"哦，我是来做义工的，这位画家不愿透露姓名，所以我也不太清楚。"

"哦……那这画怎么卖？"

"您有看中的直接往罐子里放钱就可以把画拿走了。"

竟还有如此洒脱之人，这让王千楚越发好奇了，若有机会她真想见一见这位画家。千楚对着这些画左挑右选，看着每一幅都甚是喜爱，最后选定了一幅向日葵的画作。她往罐子里塞进一张大额现钞便提了画往回走，没出几步就远远地看到一名男子正在千佟和子欣的摊位前看饼干。

千楚上前笑问："先生要买饼干吗？欢迎支持爱心义卖，这都是两位小朋友自己做的……"男子一回头叫千楚一惊。

"席正——你在这里做什么？"

"我就不能表表爱心了？"席正看到千楚手里提着油画问，"密斯王也喜欢西洋画？不知是多少钱购得？"千楚不屑道："好画是能用钱来衡量的吗？哎，说了你也不懂。"

席正笑笑，转头向千佟和子欣问道："这都是你们自己做的吗？"两个姑娘皱着小眉头拼命点头。这半日下来一包饼干都没有卖出去，两人很是沮丧，好不容易来了位"顾客"，两个小姑娘都拼命推荐起饼干来。

"嗯！都是我们自己做的，放了好多的奶油呢！"

"先生可以尝尝看。"

席正拿起一块小饼干放进嘴里咀嚼一番，看着两人期待的表情，席正夸张地说道："嗯——我从来没有吃过这么好吃的饼干。这些我全要了！"

"真的吗？！"千佟和子欣激动得跳了起来，两人兴奋地帮这位"大买家"打包。席正低声对千楚道："你就不谢谢我？"

"谢谢！"唐子欣在一旁叫道，见席正看向自己，马上又害羞地一低头。不久老李来接她了，子欣无奈只得同大家告别，依依不舍地走了，走出几米远还不忘回头同席正不住挥手道别。

千楚笑笑，自顾自地整理起桌子来。席正继续道："我知道附近又开了一家新的餐厅，我们去试一下如何？"千楚停手看了一眼席正，"没看我正忙着嘛。"她叹口气继续低头做事。席正不依不饶俯身追问："那明日如何？"

"没空。"

"我有空，我去接你下班。"

"明日三妹邀我去慈善拍卖会，你去了华丰也见不着我。"千楚将东西都收理完毕，提起油画，"千佟，我们走啦！"

望着千楚的背影，席正默念：慈善晚宴。

·17 护蝶恋花·

　　宴会厅内灯光、美酒、佳肴。男士个个西装革履，女士个个身姿娇柔。这里正在举办为孤儿院筹款的慈善拍卖晚宴，主持人开始介绍上半场的最后一件拍品。

　　"各位来宾，这是我们上半场的最后一件拍品——掐丝珐琅西洋鼻烟壶一对。"

　　只见主持人拿上一对画工精巧的鼻烟壶向众人展示。不一会儿，场下叫价声四起……与此同时，一个熟悉的身影正穿梭于人群之中。她身着一件荷叶绿的华尔纱连衣裙，披着亮纱坎肩，走起路来裙摆飘飘好似翩翩起舞，衬上粉粉的脸蛋犹如含苞待放的一朵莲花——此女正是享有"锦绣千语"之称的王家三小姐王千语。今日的王千语又成功吸引了不少目光。千语对这样的场合可谓驾轻就熟，手持香槟杯在场内游走，不时和会场的嘉宾点头示意。但此刻她有些心不在焉，在场内晃了一圈，嘴里不住嘀咕："二姐这次不会又放我鸽子了吧。"恍了神的王千语不小心与一名男子撞上。

　　"啊——"

　　"不好意思。"

千语与男子同时抬头。四目相对，仅仅是一眼，两人的心几乎同时悸动，瞬间迸发出的热情让彼此融化。千语望着眼前这个相貌清秀五官端正的男子，觉得看着无比舒心，一个多么简单的形容词确又是最难得的感受。

"抱歉，没有撞伤你吧。"

"哦，没有，是我不好意思才是。"

说着两人都羞涩地挠挠头，看着对方和自己相同的动作，两个人都傻傻地笑了。

"忘了自我介绍，我叫唐子杉，不知姑娘如何称呼？"

"我叫王千语，你叫我千语就好了！"

"呵呵，千语——小姐的名字真是好听呢。"唐子杉说得坦诚。

"那长得就不好看啦？"千语故意调皮地问，这王家的女儿还真是一脉相承。

"怎么会呢，在下不是这个意思……"唐子杉有些不知所措，其实他对王家三小姐的美貌早有耳闻，只觉今日所见果真是名不虚传。

"呵呵，我开玩笑的啦！"千语咯咯地笑，"不知道唐先生有无投到中意的物件？"

"哦，都是些饰品之物，对在下也无用。倒是刚刚那对鼻烟壶甚是有趣，本想投来转赠母亲，谁知犹豫片刻就被人捷足先登了。"

竟还如此孝顺，唐子杉在王千语心里不免又添了几分好感。千语一笑道："这好办，你等我一下。"说着便钻进人群。子杉还来不及反应，这眼前的人儿已经不见了，好在没等片刻工夫，千语飘着长裙回来了。

"那对鼻烟壶是周家公子拍了去，我已经打了招呼，他愿意原价转让。"

子杉瞪大了眼，"这才片刻工夫，小姐竟如此神通广大，"想了想又道，"若是他人心爱之物，那也不好夺人所爱啊。"

"若真是心头爱，我也不好强人所难，巧在这位周公子与我尚有几分交情，他便告知投了去也是一时兴起，反之你相赠母亲不是更有意义吗！"

"倘若如此，那真是有劳千语小姐了。"说着这位唐家二公子又诗兴大发，痴痴望着千语道，"为君觅得心头物，恍若缘是锦上花。真不愧人称'锦绣千语'啊！"

听着子杉叫自己的花名，千语不禁笑出声来，嘴角边两个小酒窝更添了几分可爱，子杉看得入神，又仿佛听见远远有人唤自己的名字。

"子杉——"

"大哥？"

唐子杉一回头，看到唐子文一身黑色西服朝两人走来。这样的慈善晚宴邀请的大都是上海滩的工商界翘楚，但这种场合也早已成了名流太太们争奇斗艳的场所。唐子文向来是礼数周全却鲜少出席的，今日这所为何来，想必也定有其中缘由。

"你的衣服？"唐子文盯着二弟的上衣看。

原来千语和子杉光顾着说话，竟没发现先前这一撞千语手中的香槟酒在了子杉的西装上。只听千语急急道："呀，怎么都没留意，这……都怪我！"

"不是，不是，是我自己不小心。"子杉赶紧替千语解围。

"这位姑娘是？"子文看着两人疑惑不解。

"哦，这位是王千语小姐。"子杉紧介绍道，"千语，这是我大哥，唐子文。"

"唐先生，你好！"

"王千语……那你是千楚的妹妹？"

"你认识我二姐？"

还没等子文开口，子杉兴奋地说道："原来大家都认识，太好了！"这话语间甚有几分攀亲戚的意味，也让身旁的二人一时摸不着头脑。或许是意识到自己的言辞略有不妥，子杉马上憨憨地说道："呵呵……那我先去把衣服处理一下。"

"我帮你！"

话音刚落，王千语也被自己的唐突吓到，这可如何帮呢……千语顿时尴尬地绯红了脸，搞得一时三人语塞。王千语觉得这时候任何辩解都为时已晚，无奈弱弱补充道："我的意思是女生比较会处理这样的污渍……"不料想唐子杉却一脸"巴不得"的表情。

"正是！正是！那就有劳千语姑娘了。"

"不客气……"王千语的声音细得跟蚊子叫似的，平日里那副神气模样此刻荡然无存。说着两人便互望着一同走出了会场，把唐子文整个遗忘在身后。

"什么情况？"子文一时摸不着头脑，晃过神来只后悔没问千楚的近况。

恰巧此时，宴会厅的大门打开了——王千楚身着一袭白色拖地晚礼服缓缓而来。华服配美人，千楚此刻明艳动人。礼服上手工的绣花顺着腰线直下，纤腰楚楚，将身材修饰得玲珑有致，一字式的颈口设计露出性感的锁骨，两条白皙纤长的手臂柔美而匀称。还是那对珍珠耳环和那枚珍珠戒指，配极了这位美人。脸蛋只是略施粉黛便已惊艳全场。当王千楚提起长裙，底下一双水晶鞋若隐若现闪着光，当她迈进宴会厅的一刹那，理所当然夺取了众人的目光，也包括唐子文和另一双眼。

千楚并不在意别人看她的眼光，她一边提着长裙一边左顾右盼。

"楚姑娘。"唐子文出现在千楚眼前，让这位美人惊鸿一笑。

"唐先生也在？"千楚口上从容，实则意外又惊喜。

"嗯……"唐子文怕被看穿，低调回应着。原来那日在餐馆听千楚提及慈善晚宴，他便留了心，只怕今日是特意前来。看千楚左顾右盼的样子，子文开口道："楚姑娘是在寻令三妹吗？"千楚头一斜小嘴一嘟，好奇唐子文怎会知晓自己所想。只听唐子文笑笑道："千语妹妹刚刚同舍弟子杉一起出去了。"王千楚一双似笑非笑含情目，闻之确有小意外，仍旧不解。于是子文又补充道："说来话长，不过请放心，舍弟的人品唐某可以作保，定会护送千语妹妹安全到家。"

"呵呵，我不是这个意思，三妹古灵精怪得很，我倒是担心令弟会吃亏哩。"

说着，两人都掩面而笑，好似在庆幸那对小璧人的相遇。此时另一个声音飘来："二位说何事如此高兴？可否让席某也参与其中？"

自千楚进门的那一刻起，这双眼就一路相随。对于唐子文这一"劲敌"，席正对其的兴趣远大于敌意。

"原来是席先生，上海滩还真是小，在这里也能遇上。看来席先生也是位善心人士。"

唐子文礼貌的开场白在席正眼里却显得不屑一顾，"哈哈，没有这么高尚，有美女的地方席某自然到场。"千楚抬眉道："就没见过你正经的样子！"席正凑近王千楚的脸定定回道："以后你会看见的。"

没想到对于自己不经意的玩笑话，席正却一改常态地认真。还当着唐子文的面与自己这般亲近，千楚只得尴尬地飘出一句："我去下洗手间。"

望着王千楚的背影，席正嘴角一扬转头面向唐子文："好久不见唐先生。"不等子文开口，他又道，"这永兴货运好像得了贷款还是不能解决问题嘛。"

唐子文皱了下眉，这段日子由于洪爷在外不断放风再加上唐子文拒绝码头走私贩毒，永兴运作确实遇到不小风波。难道他在暗中调查自己？但此刻唐子文怎会示弱，他挺了挺腰反问道："席先生以为在美国读了两年经济就能懂上海滩的生意了？"

席正一笑，看来对方也查了他的背景，挺关心人嘛。两人对话各藏玄机，此时千楚回来了。

"你们聊什么呢？"

"哦——你回来得正好，这下半场就要开始了。"席正轻巧地回应。一旁的唐子文则面无表情地站在那儿，千楚不明所以。

"叮——叮——叮——"拍卖会的提示音传来。

"诸位来宾，非常感谢各位的爱心捐赠。据统计，上半场我们已经募集到七千五百八十银元。"宴会主持人在台上慷慨激昂地陈述着上半场的"战绩"。听到这个数字，场下掌声四起。

"下面呢，我们即将要拍卖的是今晚最为特别的一件展品——清代蝶恋花纹翠羽银饰。"说着主持人将这枚饰品置于胸前向各位展示。景泰蓝的花卉包有银边，蓝色烤瓷美得令人心醉，上面停留的一只蝴蝶栩栩如生，两条触角由银线勾制，似要飞舞一般，真可谓巧夺天工、精美绝伦。

"各位请看这枚胸针，工艺自然不在话下，更特别的是关于这枚银饰还有一段美丽的传说。相传嘉庆登基后有一位非常宠爱的后妃，妃子十分喜爱银饰，这条项链就是嘉庆在民间寻找的一位手艺极其精湛的师傅为其爱妃特意定制的。之后该项链流入民间，清末被一位能工巧匠收得，因为他的妻子更钟爱胸针，所以这位巧匠将这个挂坠稍作处理，又在蝴蝶的眼睛处镶嵌了妻子钟爱的珍珠，将项链的链子取下后便可成为一枚精致的胸针使用。"说着，主持人一个动作就将手中的挂坠变成了一枚胸针，引得台下一片掌声。

"好有心。"千楚感叹巧匠对妻子的一片用心，一旁的唐子文和席正望了一眼王千楚都已心领神会。

"五百银元！"

"八百！"

还没等主持人开口，下面已经叫价声一片，无疑又是各位太太们争奇斗艳的绝好时机。

"一千！"

"一千二百银元！"

"一千二百银元一次，还有人吗？一千二百银元两次！"

"两千——"在几位叫价之后，席正干脆地给出了一个整数，场下一片骚动。

"两千五百银元！"一旁的唐子文正视前方，稳稳叫价。

席正看了一眼唐子文，加价道："三千！"

"五千——"

席正话音刚落，唐子文就报出一个让全场哗然的数字。

·18 一吻定情·

　　周边的太太们都在交头接耳，王千楚从不介意别人的眼光，但此刻站在这两个男人中间，对于他们这般举动仍显得有些不自在。席正目光犀利地向周围一扫，随即低头一笑伸出右手，向唐子文做出请便的动作。

　　"承让。"唐子文饶有绅士地点头示意，一旁的千楚则在庆幸席正的让步，这让自己摆脱了无谓的尴尬。

　　"五千一次，五千两次，五千三次！恭喜永兴轮船公司的唐公子投得此枚银饰，再次感谢您的善举！"

　　此次投拍，一锤定音。

　　宴会厅内响起了华尔兹的舞曲，太太小姐们纷纷受邀入舞池。唐子文和席正几乎同时伸出手向千楚邀约，两个男人对视一眼又同时望向千楚。王千楚有些惊愕，她望着唐子文的脸凝视了半秒，随即含颜一笑道："抱歉。"她略显迟疑地将手放到了另一个男人手上。席正领着千楚步入舞池，再次留下唐子文没落的身影。然而留下的这个男人并没有失败者的丧气，他只是低头淡然一笑，抬眉望着楚席二人，不久便独自走开。

席正握起千楚的手又衬上她的腰，两人迈着优雅地步子，配合极其默契。

"谢谢。"王千楚一脸诚恳。

"不是应该我谢你赏脸跳这支舞吗？"

"我知道你是不想惹我非议才收了价。"

席正微微弯了眼，"王千楚就这么自信？"

"不然是为何？"

"因为爱。"

千楚被这突如其来的词眼怔住了，整个人像触电般不能动弹，直直望着眼前这个男人，看着他的眼睛，这是一对深邃的眼睛。此时的席正是这般认真，更像是从未有过的笃定，他再一次慢慢靠近千楚的脸，这么近这么近。王千楚没有后退，她专注地看着这个男人，有那么几秒钟她感觉自己就要被这个男人征服了。

"扑哧——"王千楚一下放松了神经笑出声来，"差点被你骗了！"

席正犹豫半秒，随即又恢复了往日的不羁，"哈哈——所以，这支舞算是对我收价的报答咯。"

千楚望着席正，调侃道："你说呢？"

"当然不是！你是想看另一个人的反应，席某人也只是你的障眼法而已。"

王千楚惊讶于席正如此赤裸的回答，更可怕的是完全击中要害。没错，王千楚正是在试探唐子文。对于他和宋瑛的关系仍旧不确定，所以千楚不想贸然介入他人的感情，这便选择了与席正共舞。

就在此时，突如其来一只陌生的手野蛮地拉开了王千楚，并大声叫道："你谁啊？"

"你哪位？"千楚反问。

"我哪位？我是席正的女朋友，欧阳岚岚！"

"岚岚，你怎么来了？"席正一脸茫然。

"你闭嘴！这么搂着其他女人，你心里还有没有我？"

显然席正有些云里雾里，一时竟不知如何作答。直观眼前的欧阳岚岚身穿时髦洋装，脚踏高跟鞋，鞋面上还缀着一只玫红色的蝴蝶结。头发烫成一个个大卷，似香蕉形的长卷卷垂挂在脑后，刘海儿也烫卷挑于额前。五官分明，深凹的双眼，高高的鼻梁，似有几分外国血统。欧阳手腕上还戴着一只精致闪亮的手表，她直接、霸道，对千楚又不依不饶。

"从刚才我就看着你，这么亲密和席正跳舞，还要不要脸？"

"岚岚！你不要闹了！"席正上前劝阻。

"我闹？你这么维护她，你说，你和她是什么关系？"

千楚不愿留在此地看两人争吵，转头对席正道："品位不怎么样。"随即转身离去。谁知欧阳岚岚随手抓起走过服务生托盘上的香槟就泼向王千楚，并厉声道："什么叫品位不怎么样，这么厉害的一张嘴就该好好教训教训！"说着又一个巴掌甩向千楚……王千楚一把抓住欧阳举到半空的手腕，眼里满是愤怒，她狠狠盯着欧阳岚岚道："我给席正面子，但不会有第二次。"说完，将欧阳的手狠狠甩下，转身朝大门走去。

走到会场中央，王千楚脚下的长裙突然飘到高跟鞋底下，一个趔趄险些摔倒在地。这时千楚才发现宴会厅内所有的人都在看着她——欧阳岚岚的羞辱、胸口未干的酒渍、趔趄的高跟鞋，这一切都成为众人的笑柄。王千楚独自站在大厅中央，所有人都离她那么远，众人的目光像一把把利剑齐刷刷地射来，千楚顿时感到有一股强烈的孤独感涌来。

可是，王千楚哪是自怜自哀的人，何况还关乎王家的脸面，她向后抬起左腿从容地将高跟鞋脱去，接着是另外一只，两只水晶高跟鞋"啪啪"着地，优雅地躺在地板上。千楚提着长裙，挺起身子赤脚向大门走去。

席正从后面追来，正要越过人群上前，只见另一个身影已到王千楚身边。千楚感觉到一股温柔的气息靠近，还有一双温暖有力的大手碰触到自己的身体。一只手搭上她的肩膀，另一只手托起她的身子，一下将她横抱在怀中。眼前这个男人离王千楚的脸只有几公分，千楚仰望着这个男人，这个叫她心动的男人——唐子文。千楚顺势将手还抱在子文的脖头，就这样直直地望着他。

"地上凉。"

唐子文说话不带音调，眼睛也不看千楚，只是面向前方一步步稳稳向门外走去。此刻的唐子文更像是救公主于危难的王子，一位冷峻神秘的王子。就这样，唐子文撇下所有人的目光，抱着王千楚走出了宴会厅的大门。

屋外停着唐家的福特车，阿毅看见主子抱着楚姑娘出来急忙上前。

"大少爷……"

"开门，"唐子文强压怒火对阿毅道，"你先回去吧。"

唐子文将千楚放在车子的后座内，环抱千楚的左手一直未抽离，但手掌已经离开千楚的肩头。两人的脸靠得如此之近，仿佛能听见彼此的呼吸。唐子文一直低着头，试图压抑自己的情绪，千楚也不敢大声喘气，万般思绪好不困扰。

"席正为什么没有阻止那个女的？"唐子文的声音很低。千楚一抬眼，原来他在担心自己，于是弱弱道："我不认识那个女的。"

"席正这个王八蛋。"唐子文说得咬牙切齿。

"你误会了，我和席正只是几面之缘。"千楚急急解释。

唐子文抬起头，疑惑地看着王千楚，"我看到你与他跳舞……"千楚一张无辜的脸也望向唐子文，慢慢吐出一句："我看到她为你做饭……"

两双眼睛看着对方眨巴眨巴，慢慢地都明白了原是误会一场，顷刻间两人释然一笑，但随之又是一片寂静，黑暗中只听到彼此的呼吸。两人的脸几乎贴到了一起，空气也快凝结，终于唐子文开口道："千楚，我……我不知道该如何表达，我从未有过这样的感觉，只是每次见到你我都很高兴……很高兴，那种是心里的快乐，我不知道这算什么，但是……"唐子文鼓足了勇气，"我想和你在一起……"

这是最木讷也是最真诚的表白，上海滩无数少女痴迷的船厂少东竟有一日会说出这番话语，纵你平日再狂，心里一旦装进一个人便会无怨无悔，此生足矣。王千楚眯着双眼专注地看着眼前这个男人，听着他把这番话说完，看着他靠自己越来越近……只见唐子文把脸慢慢凑近千楚，千楚屏住了呼吸，她觉得心跳加快，手掌内微微渗出了汗……子文侧过她的脸，双手绕过她的颈……待唐子文收回手，千楚往颈口处一摸，发现多了一个挂坠——唐子给她带上了那条拍卖所得的蝶恋花项链，他的唇贴在千楚的耳边说道："一直带着。"

王千楚望着他点点头，子文抚摸着千楚的脸，满是柔情与疼惜，冰山一旦融化便一发不可收拾，此刻唐子文明白了什么是爱。而王千楚已经完全被眼前这个男人征服，两人就这样望着彼此，无需言语，他爱她，她信他。他仔仔细细看着她的脸，他要将这张脸深深地刻在脑海里。

车内，他的唇压上她的唇。

此时宴会厅内，人已散去，空落的地板上，一只手提起那双被人遗忘的高跟鞋……

·19　才子佳人·

　　远离租界，隐秘在拥挤的街道后，拐过两个弯儿有一栋安静的老公寓。此处不同于王家与唐家的富丽，反倒是古朴典雅得很。公寓里头有个小小的花园种了许多槐花和向日葵，此时正值五月，一串串洁白的槐花缀满树枝，可以闻到淡淡的素雅清香。

　　再往里走，是一幢独栋公寓。公寓并不十分大，房间都在一楼，二楼是一个尖角的阁楼，阁楼的天窗望出去可以看见上海滩的全貌。屋顶上红色的砖瓦爬满了绿油油的爬山虎，叶尖儿朝下，在屋顶上铺得很是均匀，一阵风吹过一屋顶的叶子就漾起波纹，好看极了。还有些小枝的叶头挂在房梁边不自觉地垂下屋檐，俏皮得很。远远望去就像童话里的世界，房子里一定住着善良的人。

　　忽地被人一阵乱闯，打破了公寓原本的宁静。

　　"席正——席正——"

　　一个声音在外大呼小叫。原来这里是席家的旧居，席父带着全家去美国后几乎变卖了上海所有的资产，只除了这栋老公寓，或许是两老特意留着一处，待有朝一日好落叶归根。

　　闯进来的正是在宴会上给千楚难堪的欧阳岚岚。欧阳怒气冲冲地走过花园直往里闯，胸前层叠的项链不禁晃荡着，失了原本的华贵。她一挥手甩开头顶的槐花，待她走过，槐花一阵摇曳，花瓣散落一地。

席正此刻正靠在窗边吹口琴，低头会不时碰上系在衬衣内的一条暗色格纹的围巾。欧阳岚岚进来一把抢下席正嘴上的口琴，厉声道："席正！你在家也不应我一声，什么意思啊？"

席正一把夺回口琴厌恶地皱了下眉，他起身打开抽屉将口琴擦拭后妥妥放于小盒中重重关上抽屉，这才松了身子，伸了个懒腰起身去倒水。见席正对自己视若无睹，欧阳岚岚更为光火，她一把抢下席正手中的水杯"砰"地一记顿在桌上，瞪着圆圆的大眼睛直直看着他。

这个女人还真是不依不饶，看着洒出的柠檬水，席正没有生气，只说道："你好好地待在美国，来上海做什么？"

"做什么？还不是因为你！你一声不响就走了，你知道你父母多着急吗？"

"我给他们留了信。"

"那我呢？你连和我道别都没有！"

"被你知道我还走得了？"席正笑笑。

"你……"

"叮铃铃——"

此时电话铃响了。席正撇下欧阳去接电话。隔着过道，欧阳看到席正一边听电话一边看向自己，不免有些心虚。

挂了电话，席正走到欧阳面前严肃地问道："你是怎么过来的？"

"谁来的电话？"欧阳努嘴问。

"你父母，"席正一脸严肃，"我帮你买船票，明天你就回美国。"

"我不回去！我已经满二十了，你们必须尊重我的决定！"欧阳岚岚一脸倔强。

席正一把抓过欧阳却不料她一声低吟，席正拉开欧阳的袖子，只见臂弯上深深浅浅的全是淤青，欧阳立马抽回了手撩下袖子。

"怎么回事？"席正有些生气，见欧阳低头不语，席正叹了口气道，"你母亲说你只顾着出门，随意拿了几样东西就走了，你这一路是怎么到的上海？"

不提还好，被席正这么一问，欧阳这千里迢迢寻君路上的心酸一股脑涌上心头，看这手臂的淤青便知这一路上定是吃了不少苦头。自小被家里宠着的大小姐哪里受过这种罪，想着一路上的艰辛，欧阳不禁鼻子一酸，强忍着泪在眼眶里不住打转，直到泪珠夺眶而出不由得大颗大颗往下滴，看了叫人好生心疼。

席正双手搭在欧阳的肩上，"岚岚，你是我到美国的第一个朋友，我希望你一直都快快乐乐的。"说着用手拂去她脸上的泪痕，"你听话，回美国去，你父母都很担心你。"

"我不！"欧阳一把抱住席正，把头倚在他的胸前，抽泣着说道，"我来就是为了找你，找到你我哪里都不去。"

"这么大个人还像个孩子。"席正拍拍她的头。

欧阳岚岚是席正在美国的邻居，没事就往席家跑，常常带着好吃好玩的来找席正，席正又岂会不明白她的心意。可是席正从来只把她当妹妹看，也早已坦诚相告，但不知是美国的风气开放还是为何，这位欧阳小姐并不理会席正的拒绝，整日一副非君不嫁的模样。回想起全家初到美国时的彷徨，欧阳一家的友善确实给了他们诸多帮助。想到这里，席正确实有些不忍，于是拍拍她的头道："回去吧，上海不适合你。"

"我好不容易到了上海，你就要赶我走吗？"欧阳抬起头，泪眼婆娑地对着席正，"我不敢一个人回去。"

男人果真是吃软不吃硬的动物，被小妮子柔声一问倒真软了心肠，欧阳见他不作声又补了一句："你看我这来时路上得的伤还没好，这回去要又遇上恶人可怎么办……"

这倒是真的，欧阳在上海一个亲人都没有，况且席正刚刚在电话里头还答应了欧阳父母会好好照顾她，于是心一软便默认了。

"但是你得答应我，不许再无理取闹。"

"你是说那位王家小姐？"欧阳嘟着嘴一脸娇气。

"不管是谁，在上海你都得老老实实的，就当你来玩两天，等你父母派人来就接你回去。"席正叹了口气，"你住哪里，我送你回去吧。"

"路上钱都被人偷光了，哪还有钱住旅馆。"说着，欧阳在房间里转了个圈，"这么大的地方，你一个人住岂不浪费了！"

"你……什么意思？"

"吴妈，拿进来吧。"

吴妈原是席家的老人，席正回上海后便请她过来做些日常料理的工作。还没等席正反应过来，吴妈就提着欧阳岚岚的行李进来了。

原来这小妮子早有预谋，席正此刻追悔莫及。

"喂？"

"你好，请问，王千楚在吗？"

"请问哪位找呀？"

"我姓宋。"

"哦，您稍等。"

周妈搁了电话向二楼叫道："二小姐——有位宋小姐电话找。"

"来了——"王千楚披着长发，身着睡袍长裙从二楼走下。

"楚姐姐……"电话那头传来的是宋瑛的声音，"你今天忙吗？"

"呵呵，瑛儿找我肯定就不忙咯。"

"昨儿看到上回咱们说起的那家卡尔登咖啡馆又开门了呢。我看今日天气好得很，想约楚姐姐一同去。"

"好啊。"千楚不假思索地答应，但一下又记起什么。可是已经答应了，也不好意思变卦，于是敲定了两人迟些待下午三点后再碰头。挂了电话，千楚嘟着小嘴想到什么，竟不自觉地在那乐呵。

"二小姐……你怎么啦？"周妈在一旁看得担忧。

"哦，没什么……"千楚缓过神，提着睡裙欢欣雀跃地上楼了。

原来今日是唐子文与王千楚的第一次正式约会。

唐子文一身帅气西服站在路边，他的表情兴奋中带点小紧张，此刻正等着他朝思暮想的女子。唐子文抬头看到千楚正迎面走来——王千楚今日身着白色半身长裙，上衣是蓝素色格子衬衣，八股辫干净地向后盘起露出玉颈，照旧佩戴着那副白色的珍珠耳环，优雅外更多了一份清新。只见千楚三步并作两步来到唐子文面前，子文看着眼前的女子满眼爱意，冰山一笑犹如清风徐来，可这心头人就在眼前，他却只顾呆呆地看着对方，连手脚都不知该往何处放，只在脸上藏不住地傻笑。原这上海滩一向冷面的船厂少东还会有这般时候，此刻两人看着彼此羞涩，又不知如何开口。

"你就这么来了？"

"啊？"唐子文被问得不知所云。

此时两人跟前走过一个姑娘，穿着烟灰色洋纱衫裤，上身却衬着一件织棉绸的短衣，脑后垂着一条乌黑的油松大辫，脚上一双平跟皮鞋，好似女学生的打扮。又见她手里头拿着一个竹编篮子，篮里头装着无数的鲜花，原来是卖花的姑娘。

千楚望了一眼故意道："约会都没有花吗？"

唐子文一愣，这可是唐家大少爷第一次和女孩约会，哪会知道这个……子文瞧见了卖花姑娘刚想上前，只听千楚扑哧一笑拦住了他，"逗你的啦。"说着双目含情望着眼前人，这王二小姐骨子里藏着上海小姐的嗲，叫这位不近女色的唐家大少实难招架。两人一阵对望甜得腻人，之后我依你你依我的都不晓得要上哪儿，于是在街上闲逛着，四只手像捉迷藏般来回晃悠。

正巧对面走来一对小夫妻，男子搂着身边的太太无微不至，女子摸着隆起的腹部一脸幸福。千楚望着这对夫妻目不转睛，竟没留意到旁边一男子匆匆跑过不慎撞到了自己的肩。唐子文反应及时，一把将爱人护到怀里，只见那男子已跑远，也来不及追究。

千楚回过神才发现两人的动作暧昧，这可是在大街上啊，于是绯红了脸赶紧将身子挺直。唐子文倒是坦荡得很，一副我女人谁敢动的架势，一把抓住千楚的手理直气壮道："还是这样安全。"

此刻，王千楚感到从未有过的幸福。

"嘀嗒——嘀嗒——"

刚刚还大太阳的天突然间就下起了雨，子文赶紧脱下外套罩在两人头顶，一路护着千楚小跑到永安百货公司的楼檐下避雨。子文收下外套，用手柔柔拭去千楚脸上的雨渍，他看看外面道："好像会越下越大的样子。"

"嗯……正好父亲下个月六十寿辰，预备给他选份礼物，要不我们进去逛逛吧！"

"那是得好好选选。"

看着唐子文一脸认真，千楚调皮一笑，这小妮子又不知打了什么鬼主意。两人走进百货公司，手牵手东看看西瞧瞧，一会儿拿着衣服比比，一会儿摸摸刺绣床单，像极了一对新婚的小夫妻。

千楚挽着唐子文在一个柜台前驻足，一位身穿色泽朴素旗袍的柜台小姐走来，高领缀着三颗纽扣，单侧开衩走起路来微微荡开，烫着短发，一侧用发夹向后别起。她对千楚礼帽地招呼："您好，有需要帮忙的吗？"

千楚笑笑道："麻烦把这个皮夹给我看一下。"待千楚接过皮夹在手里细细翻弄，只听柜员小姐又道："这位太太好眼光，这个皮夹是意大利进口的，很配你先生呢！"

听到"先生""太太"的称呼，千楚微微羞红了脸，一旁的唐子文也傻傻地乐呵，平日里果断干练的两人此刻都成了爱情里的傻瓜。

"你觉得如何？"千楚一边翻弄皮夹，一边问子文。

"挺好的，只是不免新潮了些。"

"就要这个吧。"千楚对着子文嫣然一笑，转过头买定了这个皮夹。

两人十指紧扣走出了永安公司。此时雨过天晴，一道彩虹出现在两人头顶，如诗如画。

"千楚，我带你去个地方。"

"嗯？"王千楚一对水汪汪的大眼睛望着身边的男子。

"去了你就知道了。"

千楚刚想答应，突然间想到了什么，"呀——差点忘了，我还约了瑛儿呢。早上她打电话来说想找我聚聚，我一时口快便答应了，才想起你我之约……"千楚声音越发细了，"可是已经答应了。"说着好像一个做错事的孩子，低头努着嘴不敢作声。

"傻瓜，没事的，我们下回再去。"子文看着千楚傻傻地"解释"觉得越发可爱，双手护着她的肩膀安慰道，"好了，你们约在哪儿？我送你过去。"

"嗯——就在前面的卡尔登咖啡厅。"

·20　不测之渊·

到了咖啡厅门口，两人口中道别但眼神仍旧依依不舍。突然千楚打量了手上的皮夹，手一伸道："给父亲是显得新潮了些，还是给你吧。"唐子文愣了半秒，看到千楚故意调皮的样子，顿时明白了一切。

"好吧，那唐某就笑纳了。"

"嗯，那我进去了。"

"好……"

说是走，但两人紧扣的十指依旧不愿放开，这一幕正巧被坐在咖啡厅内的宋瑛瞧见。

"楚姐姐，这儿——"宋瑛起身招呼刚进门的王千楚，她一袭收腰旗袍将身形衬得婀娜有致。

"等久了吧。"

"没有，我也刚到。"

服务员上前问道："您要点些什么？"

"咖啡，谢谢。"

待服务员走开，宋瑛望着千楚欲言又止："刚刚……我看到你和唐大哥在一起……"

"哦。"千楚羞涩一笑，虽然她清楚子文对宋瑛只是施以援手，但心里总觉得应该解释些什么，"瑛儿……"

"恭喜楚姐姐！"宋瑛打断了她，"你们真的很般配，瑛儿……瑛儿为你们高兴。"

宋瑛的话语中略带嫉妒和忧伤，但此刻却是真心祝福二人。千楚有女人的直觉又怎会不明白，但有些事情不能让，这也是对三人的尊重。于是两人几句话后便聊上其他话题，千楚和宋瑛还真是投缘，谈话中竟发现彼此有着不少相似之处。正聊得兴起，看到旁边一桌有人在庆生。服务员推上蛋糕，几人正唱着生日歌，还请了表演魔术的人。小丑一撩手就变出一束鲜花递到过生日的姑娘面前，千楚和宋瑛看了也跟着拍手。只见小丑示意周围的人后退几步，他嘴里不知含了什么东西对着手上的棍子一喷，随即窜出一条长长的火苗，虽然不大却来得突然。这场面十分新奇，周围的人都在拍手叫好，可宋瑛看到这突如其来的火焰面色巨变，她神经性地一杵，失手将手边的水杯打翻。千楚赶紧垫上餐巾，见宋瑛表情异常，不禁伸手去握她的手，关切地问："瑛儿，你怎么了？"

宋瑛双手冰凉，血液像在被急速抽干，整个人僵在那里，她看着眼前的王千楚却在脑中不断闪过失火的画面，断断续续……火势越来越大，还有急急去救火的人，场面很混乱，到处是哭喊声……

"瑛儿……"

待千楚再三唤她的名，宋瑛才回过神。她抽回被千楚握着的手，定了定心又恢复了原先的模样。

"我没事，这魔术还真是逼真……"

"哦……没事就好。"

这是宋瑛心底的秘密，她不愿千楚追问，于是故意岔开话题。

"楚姐姐的这条项链好特别，倒是从未见过的款式。"

"哦，这条啊，"千楚摸着胸前的蝶恋花项链，"它不止款式特别，本身还有个美丽的故事……不过，更大的意义在于这条项链是慈善拍卖所得，可以帮助孤儿院的孩子们。"

"哦——那这般说来倒真是意义非凡。"

"是呀，我和子文还约着要去孤儿院为孩子们做义工老师呢。"

"是吗！这果真是好事，宋瑛也好想出一份力！"说着觉得自己有些鲁莽，赶紧补充道，"楚姐姐别误会，瑛儿只是能体会独自一人的不易，想为那些孩子尽一份心而已……"

千楚明白宋瑛话中的意思，便道："这是说的什么话！我和子文都是你的好朋友，多个如此貌美的老师，孩子们一定会高兴的。"

于是两人约好了过几日在孤儿院碰头。

与此同时，福特车的后排座上，唐子文翻开皮夹——千楚竟在里面放了一张自己的相片。相片中的王千楚笑得灿烂无比，把唐大少的心都融化了。王千楚叫这个冷面内敛的男人爱在心里。

"大少爷，您真的打算这么做？"副驾驶上的阿毅回头问。

"你只管去办。"唐子文一下收起嘴角，摸着相片望向窗外眉头深锁。

……

一转眼到了约定去孤儿院的日子，这一日万里无云阳光正好。眼前的一扇大铁门略有些生锈，推起来有"咿呀"的声响，旁边挂着一个竖牌子，上面写着：上海孤儿院。

院内有一个大草坪，占地二百余亩，四五栋屋子，皆为三层以下的砖木结构，这些大多是靠各界善士捐建而成的。院内孤儿有两百多人，但教师、院工却只有寥寥数人，人资物资都极度缺乏。

"好了，好了。大家都到这里来——"大草坪上，院长弯腰拍手引导孩子们都聚到一块儿，"这位就是给我们捐款的唐先生，还有楚老师和瑛老师，今天都来给我们小朋友上课，好不好呀！"

"好——"底下的孩子们异口同声。

"大家鼓掌欢迎！"

"啪啪啪——"孩子们都使劲儿拍着手，有些还止不住"咯咯"地笑。一边的唐子文、王千楚、宋瑛三人对着孩子们喜笑颜开。尤其是千楚，特别喜爱小孩儿，她在阳光下笑起来眼睛都弯成了月牙儿，那是一张如孩童般纯真的脸孔。

一个小女孩斜着脑袋说："楚老师、瑛老师，你们的裙子真好看。"

其实今日千楚与宋瑛穿的只是简单朴素的长裙，宋瑛是一条鹅黄色的纱裙，千楚是淡蓝色的棉裙，只是裙摆上那一圈花边叫小姑娘摸得不愿放手。

"你叫什么名字呀？"千楚蹲下问小女孩。

"她叫小花——"旁边一个调皮的男孩子叫了起来。

"小花——等你长大也穿这样的裙子好不好？"千楚笑道。

小姑娘羡慕地点点头，旁边几个起哄的孩子都"嘿嘿哈哈"地笑个不停。调皮的小男孩又叫了起来："老师！老师！今天你们教我们什么呀？"

"教什么呢……"千楚思索着起身和宋瑛对视，两人饶有默契地一笑。

孤儿院的琴房内，千楚坐在一架钢琴前，宋瑛站在房间的正前方，孩子们都乖乖坐好，满心期待。

宋瑛回头望了一眼王千楚，千楚心领神会低头将手指放在琴键上。悠悠地，美妙的音符从千楚指间滑出，柔和抒情的曲调缓缓而来。宋瑛一张口，屋子里即刻安静了，她的歌声犹如清泉般让人听得如痴如醉，叫人不禁感叹世间竟有如此美妙的歌声，一直唱到人的心坎儿里。到了副歌部分，千楚在后面轻声地做着伴唱，一前一后的两人一高一低的音域万般柔情心意相通，好一对默契的姐妹花！

唐子文倚着门望着姐妹两人沉浸在彼此的歌声中，不禁为二人高兴，随即他疼惜地望向千楚，渐而眼神复杂，好似在顾虑什么，平静的外表下总是暗藏汹涌，只怕上海滩又将刮起一场腥风血雨。

一曲唱罢，孩子们的呼声掌声把唐子文拉回了现实。千楚看到门口的子文，开心地跑过去拉起他的手同孩子们道："我们让哥哥做大老鹰好不好！"唐子文一愣，还没反应过来，已经被千楚拉到外面的草坪上。

"准备好了吗！老鹰要来啦！"

唐子文扮"老鹰"，王千楚扮"母鸡"带着孩子们正玩着"老鹰捉小鸡"的游戏。一时间，草坪上尖叫声、欢笑声此起彼伏，好不快活。

这时宋瑛留意到有一个小男孩呆呆地站在一旁看着小伙伴们玩耍却不加入，见他踌躇半晌，不过一会儿就独自跑开了。出于好奇，宋瑛跟了过去，只见小男孩一路跑到楼梯的角落，一个人坐在楼梯上低头玩着地上的小石子。

"你怎么不和小朋友一起玩呢？"宋瑛坐在小男孩的身边轻声问道。

小男孩好像听不到宋瑛的话，仍旧自顾自地玩着石头。宋瑛观察了一番后轻轻碰碰他，还是没有反应，正觉奇怪，院长走了过来。

"瑛姑娘。"

"院长——"宋瑛起身。

院长身边的女院士搀起小男孩走回房间，望着男孩远去的背影，宋瑛不解道："这孩子是听不见吗？"

"听得见，只是不愿与人说话。"院长叹息道，"这孩子叫小宝，听说是亲眼看见自己的父母出车祸，后来司机逃了，父母两个都没能救回来。半年前到了我们这，第一次看到这孩子时他浑身都是伤，来的头个礼拜天天哭也不肯吃东西，后来日子久了闹是不闹了，但就是不怎么肯说话。也是个可怜的孩子。"院长无奈地摇摇头。

眼睁睁看着自己的父母双亡，受尽欺凌看不到希望……这个孩子的遭遇竟和自己有几分相似，宋瑛不免打心眼里同情小宝。

回到草坪上，刚刚做游戏的孩子们已经散开，千楚见到宋瑛快步上前，"瑛儿，你上哪儿啦，刚刚都没见到你。"

"哦——没什么，和院长闲聊了两句。"宋瑛笑笑。

这时福特车停到孤儿院门口，阿毅走来，凑到唐子文的耳边低语："人都到齐了。"子文思虑了片刻，走到千楚面前："公司有事，今天不能送你们回家了。"

"没关系，你有事先去忙，我们一会儿自己回去就可以了，放心吧。"

千楚说完对后方的阿毅笑笑，全然没有留意到唐子文的异常。目送福特车一路远去，千楚回头，看到宋瑛正在轻抚一株向日葵，她走近说道："真奇怪，这么大片草坪就独独开了这一株。"

宋瑛笑笑道："只要有阳光，一株也可以长得很好。"

"你也喜欢向日葵吗？"

"嗯，向日葵代表温暖。"

千楚一笑，因为这也是她最喜爱的花。看看天色不早，千楚同宋瑛道："瑛儿，晚上同我一起回家吃饭吧，父母亲都是很和善的长辈，还有我的兄弟姐妹，早就想介绍你们认识了，她们一定会喜欢你的！"

"可以吗？！会打扰吗？"宋瑛略带颤抖的语气问着，脸上露出珍惜的表情。

"当然可以啦！走——"

于是同院长道别后，千楚拉着宋瑛走出孤儿院，两人上了黄包车一路向北。

第三章

牡丹嗜血犹怜　林楠小筑一别

·21   风云突变·

太阳渐渐西沉，透过瓦片还可以见着半个落日，街上的小贩一路拼命叫卖着回家，好似期待到家前能再做一单大生意。

此刻的王家正是一日里最闲忙的时刻，三妹千语正结束朋友的聚会往家赶，四妹千佟由学堂回到了家，大哥也已在下班回来路上，在家的大姐正忙着张罗晚饭，最小的贻卿候着他最爱的三姐回家。王家太太淡然若定地在大堂内坐着，这不一会儿贻华、千语就陆续进了家门，大厅内顿时热闹了不少。王母看着一众儿女甚是欣慰，其乐融融的一家人正等着他们的二小姐回来开饭。

"师傅，麻烦前面转弯停就行了。"

听着王千楚同车夫引路，宋瑛渐渐紧张了起来。这条是她再熟悉不过的路，自从到了上海，在无数孤独无助的夜晚，宋瑛独自重复走着这条路。当车夫停在这扇黑色的大铁门前，宋瑛觉得自己快要不能呼吸了。

王府内，餐桌上已经摆好了冷盘。只听见贻卿边往外跑边叫道："二姐——"这一叫把众人的目光都引向了大门口。

"周妈，准备开饭了。"

"二姐，就等你开饭呢！"

大家看到千楚回来正一窝蜂地说着，大姐千青迎了上去，刚想开口留意到跟在千楚身后的宋瑛，"二妹，还带了位朋友回来啊。"

"是呀！"一路上千楚只顾着想如何把宋瑛介绍给家人，全然没有留意到她的异样，"大姐，这位是我朋友叫宋瑛。"说着就把宋瑛推了上去。

"真是个水灵的姑娘。"千青看着宋瑛满眼笑意。

"这位是我大姐——王千青。"千楚介绍道。

"你姓王？"宋瑛对着千楚屏气敛息。

"怎么了？"千楚一脸疑惑，正当此时王勇从二楼环梯走下。

楼梯上的王勇与宋瑛两人眼神对到，彼此都震住了。一瞬间，空气凝固。这就是王勇——身着一袭深蓝缎长袍，头发花白，举止从容，但他是世间最阴险狠毒的小人，宋瑛心中在呐喊，愤怒、无助一股脑涌上心头。她整个人僵在那里，直到千楚开口。

"爸爸——"

千楚小跑到楼梯上扶下王勇，一边走一边说道："爸爸，我带了位朋友回来，她家以前也是住在上海的，还和我同岁呢……"说着已经走到宋瑛面前。

"瑛儿，这位是我父亲。"

王勇洞察着宋瑛，这容貌竟有几分说不上的熟悉感……再端详，这年轻轻的小女子不知为何竟满眼敌意不尽友善。

"你是楚儿的朋友？"王勇问道。

宋瑛僵在那里只觉得脑袋轰鸣，完全听不到王勇的问话。千楚见状也好似察觉到了异样，轻声唤道："瑛儿……"

宋瑛转过头看了王千楚一眼，慢慢回过了神。此时她回想起在码头第一次遇见王千楚的情景，到后来又结识了唐子文，三人结友……这一切真是老天爷冥冥中的安排。可她居然与仇人的女儿姐妹相称，这真是天大的笑话！

宋瑛将自己稳住，又出现了当日从码头上岸时的眼神，一心想置人于死地的眼神。她走了几步，把王家人狠狠看了个遍，喃喃道："上海滩首富……王家公馆，多么的富丽堂皇，"她环顾四周继而又走到饭桌前，"山珍海味……可是，你们吃得下吗？"这语调中充满了鄙视与讥讽。

"瑛儿，你怎么啦？"千楚不知场面会如此失控，伸手去拉宋瑛的手。

"什么怎么了，"宋瑛狠狠甩开王千楚的手，"你这位王家二小姐应该好好问问你最亲爱的父亲他到底做过什么缺德事。"

"这位姑娘，你是不是有何误会？"石氏语重心长地问，再看看旁边的丈夫已是眉头紧锁一脸愁容。

"误会？"宋瑛冷笑一声，跟着是歇斯底里的咆哮，"难道你们害得别人家破人亡也是误会？！"

家破人亡？听到这四个字，王家儿女为之一震！

王勇终于按捺不住，问："你是？"宋瑛轻佻道："哼……从小别人就说我同我母亲是一个模子里刻出来的，难道你看不出来吗？"一听这话，王勇好似确定了几分。没错，这眼睛，这眉毛都像极了，怪不得第一眼就有种说不出的熟悉感。

"想起来了？"宋瑛轻蔑地问。

"你母亲是否姓乔？"王勇回问。

"何止姓乔，"宋瑛狠狠回道，"正是你认识的乔锦芸！"

虽有准备但听宋瑛亲口说出这三个字，王勇还是颤了一下。"孩子……"王勇走向宋瑛，刚抬起手就被宋瑛狠狠甩开。"拿开你的脏手！"宋瑛强忍着泪水愤愤道，"我永远都不会原谅你，你欠我的我一定会讨回来！"她狠狠瞪着在场每一个人，赶在自己崩溃之前转头奔出了王家。

宋瑛一路跑出大铁门，眼泪再也抑制不住，簌簌地往下流。为什么？为什么在上海唯一的朋友竟然是自己的仇人，老天爷，你这是和我开的什么玩笑？！想到已故的亲人，宋瑛倚着铁门悲痛欲绝，父亲、母亲，我终于看到王勇了，我一定会让他付出代价的……此刻她脑中犹如翻江倒海，父亲惨死、母亲抑郁而亡，还有这八年来所受的侮辱欺凌充斥着宋瑛体内每一个细胞。还有唐子文，内心一直压抑着对这个男人的渴望，到头来却在祝福他与仇人的女儿。宋瑛，你愚蠢至极，这一切的一切都是谎言，没有人真心待你，万恶的假象已将你蒙蔽，你要做的只有复仇！此时此刻，宋瑛身上的每一个细胞都已完全被仇恨占据，她将那丝本性死死封存，从现在起她要逼迫自己强大，强大到足以摧毁整个王家……

终于她提一口气，奔向无止境的黑暗。

"爸爸，到底是怎么回事？"千楚简直像被五雷轰顶。什么人命？还与王家有关。

"是啊，那个乔锦芸又是谁？"贻华问道。

见父亲默不作声，千楚想再追问却被母亲打断："这都是上一辈的事，你们先顾好自己。"显然石氏对此事也知情，这便更为蹊跷了。

"妈——"千青也急起来。但追问无果，老两口都沉默不语。只听王勇唤了一声"上楼"，便由石氏扶着从客厅离去，众人面面相觑都不敢再多作声。

千楚见状也知问不出个所以然来，于是立马转身跑出门去想寻宋瑛，可是早已没了人影。等她再回到客厅，大姐、大哥、三妹齐刷刷地站起身来。

"二妹，这究竟是怎么回事？"

"二姐，那个宋瑛是谁啊，为什么说爸爸是她的仇人？"

"母亲好像也知道什么。二妹，这位宋姑娘你是怎么认识的？"

面对一众发问，千楚不知该如何解释，只得把认识宋瑛和相交的过程略略道了一遍。

"就是这样，我只知她来上海寻亲，却从未听说她有什么仇家，"千楚默然，"哪里知道会与我们王家有过节……"

"何止是过节，"贻华分析道，"听她的意思还有未了的血债……"

"听母亲的口气，好似也略知一二。"千语说。

"二妹与她相交数月都未察觉异样，这人果真是藏得深。听她的意思好似她的母亲与我们的父亲还交情匪浅……"千青说。

"若真是父亲的旧相识，那父亲这边是不便再过问了……我看不如等过几日借机问问母亲，或许会有些眉目。"贻华说。

千青一脸凝重道："也只能这样了。"

四人再聊无果，于是各自散了回房。王千楚怎么都想不明白为何从白天到晚上短短时间宋瑛就像变了一个人，到底是何原因？若真有血债，她怎么可能轻易就放下？到底她来上海是为了什么？这一路正想着，隐约听到父亲与母亲的对话，好似是从书房传来的……千楚蹑步走了过去，只见房门虚掩了一道缝。千楚走近，看到父亲正靠在办公椅上精疲力尽的样子，母亲扶着父亲的肩头正说道："……如果她愿意，我可以把她当作自己的孩子来疼爱……"听到这句话，王千楚整个人僵住了，"当作自己的孩子"这是什么意思？父亲和宋瑛的母亲到底是什么关系？难道……

千楚退了回去，她只觉每步都重千斤，回到房内瘫坐在床上，只听到自己"咚咚"

的心跳声。

今晚上海滩的夜黑得彻底，静得可怕。已是初夏，可为何这风还如此刺骨，宋瑛只着一条单薄的短袖纱裙叫风直往身子里钻，她挂着两行泪漫无目的在街上游荡。

不知不觉走到一条小巷中，宋瑛身子一软用手撑着墙，一阵风吹过裙摆荡漾，影子直拉到巷子外。这销魂的剪影被几个小瘪三看到，几人往巷子里一探，竟有个姑娘柔柔弱弱地杵在那儿，几个瘪三前后张望确定宋瑛是一个人，便互相使了个眼色往巷子里走去。

看到身边突然过来一人，宋瑛本能地加快脚步，没想到不出几步前后就又各堵上来几个人，瞬间把宋瑛围住。下意识地，宋瑛缩了缩身子，双手撑在背后的墙上，她强迫自己要镇定，但背后的指甲却因为过度紧张在死死抠着墙灰。

"小姑娘长得不错嘛。"说着其中一个瘪三就用手指挑了一下宋瑛的下巴。

"这皮肤可真滑啊……"另一个瘪三摸着宋瑛赤裸的臂膀不算，居然还凑近她的脸蛋一闻，"嗯……好香啊。"

宋瑛厌恶地别开头，全身绷紧了神经，握着拳头憋着眼泪，只觉有只粗手在自己身上乱摸，正想奋起反抗，突然听到一个声音："你们在干吗！"

宋瑛一下睁开了眼，只见一个人高马大的男人一把推开围在宋瑛身边的两个瘪三。

"救我……"宋瑛像抓到稻草般开口求救。男人锁着眉头将宋瑛上下打量，突然，听到几个瘪三怯怯地叫了声"大哥"。

"老子还没动手，哪轮得到你们！"男人冲着几个瘪三一阵乱吼，这帮人立马都低了头后退两步。

听到这话，宋瑛的心一下沉到谷底。

·22　投身恶霸·

"小姑娘，这么晚了怎么一个人在这儿？"男子转向宋瑛立马堆出一个猥琐的笑脸，说着便粗鲁地去摸宋瑛的脸蛋。

"不要碰我！"

宋瑛一别头，她恶心这满是老茧的手。可男人哪里肯罢休，由着宋瑛作无谓的反抗，更对她放肆地上下其手，宋瑛趁机狠狠咬了男人的手腕。

"啊——"男人一声惨叫，痛得他一下缩回了手，"敬酒不吃吃罚酒！"

"啪——"

一记重重的耳光扇在宋瑛脸上，宋瑛只觉天昏地暗。还没回过神来，男子粗鲁地一把撕开宋瑛的衣服，薄薄的纱裙怎禁得起这般野蛮手脚，只听"刺啦"一声，领口的料子已经七零八落，露出半个胸脯。急促的呼吸使这胸脯上下起伏，白嫩的肌肤在黑夜里尤为醒目，叫几个瘪三看了都垂涎三尺。

此时宋瑛真是叫天天不应叫地地不灵，正当一阵慌乱中，突然感觉手边的垃圾堆里有什么硬物，原来是一个玻璃酒瓶。这是她唯一的希望，宋瑛一下抽出酒瓶狠狠砸向墙壁，立马在玻璃瓶一圈锋利的刀口。

"你不要过来。"宋瑛已经分不清脸上的是泪还是汗。

"呵呵,小妮子力气还挺大。"男人对旁边的几个瘪三笑笑,转头凶神恶煞地对着宋瑛扑过去。

也不知哪里来的胆子,宋瑛竟豁出全身力气一闭眼把瓶子的尖口刺向那个男人……刀口深深地插在男人的胸膛上,男人不可思议地低头看了一眼扎入胸膛的酒瓶,双手挣扎着就要去掐宋瑛的脖子。宋瑛吓得慌了神,猛地抽回瓶子,只见那人伤口处的血立马不停地往外冒,男人摇晃着身子,"扑通"一声倒在地上。

宋瑛由于过度惊吓,颤抖着身子退到墙上一瘫,手中的瓶子掉落在地。只见地上的血沿着男人的身子漫延开来,那人在血泊中一动不动……所有人都吓傻了,夜又恢复了死一般的寂静,地上只有瓶子滚动的余音。

巷子外头正有几个人看着这一幕,一只粗糙的手转动着翡翠戒指,原来是洪爷同几个手下。

"洪爷,这女的我好像在哪儿见过,"其中一个手下说道,"对了,上次在码头见过她和唐子文还有王家的那位小姐走在一起,还一副很热络的样子。"

翡翠戒指上的手一停,洪大荣眼咕噜一转,其手下已经会意。

巷子内,一个瘪三战战兢兢地俯身探了下他们老大的呼吸,身子不禁往后一缩对着其他几个瘪三道:"没气了……"原来那一捅正巧捅在了男人的心脏部位,一下就要了他的命。

"好你个娘们……"其中一个瘪三说着就掏出一把短刀冲着宋瑛刺去。

宋瑛闭眼一声尖叫,只听见刀子落地的声音。待她慢慢睁开双眼,看到瘪三的手腕被一个黑衣人反掰在手里连连哀号。此时黑衣人身后走出一个身影,无比强大的气场叫几个瘪三都退避三尺。

"看到洪爷还不跪下!"黑衣人对着几个瘪三喊道。

"洪——洪爷!你就是洪帮的老大……"

几个瘪三连连叫着"洪爷饶命",又是磕头又是跪拜,看来这洪大荣的名号在上海滩还真不是唬人的。

"滚——"

随着黑衣人一声怒吼,几个瘪三连滚带爬地逃出了巷子,只留下惊魂未定的宋瑛。

洪大荣上前，月光映出他半个脸，只见他眯着一副三角眼，一脸城府地看着宋瑛。

"姑娘，今天你走运，这位是洪帮帮主，上海滩的洪爷。"黑衣人道。

"你为什么要救我？"宋瑛止不住地颤抖着身体，她依稀记得听王千楚提起过这么一号人物，是上海滩黑帮的老大，并非善类，于是对着洪大荣的眼神充满敌意。

"呵呵，敢用这种语气和我说话的女人你还是第一个，"洪爷窥视着宋瑛，"你和王家人认识？"

"王家？哈哈——"宋瑛这才想起让自己陷入深渊的就是这王家人，她自嘲般仰天大笑，"何止认识，若不是他们，我怎会落得如此下场……"

原来和王家有过节，看宋瑛一副咬牙切齿的模样，洪大荣心里盘算着什么。他使了一个眼色，黑衣人便俯身检了地上的男人，抬头回道："死透了。"

"你这一捅还真够狠的，"洪爷说着将宋瑛上下打量了一番，"这最可怕的女人就是生有一副好皮囊却存着一副狠心肠！"

"你知道这死的是谁吗？"黑衣人略带恐吓地问宋瑛。见宋瑛脸上毫无血色，黑衣人更添油加醋道："这是少帮的当家，手下有不少弟兄，这消息一传出去，你就别想活过明天。"宋瑛抱着自己的身子神经性地哆嗦个不停。瞧她这般模样，黑衣人又补了一句："眼下能救你的可只有洪爷。"

宋瑛抬头看向洪爷，她已经来不及思考眼前这个在上海滩叱咤风云的黑帮老大对她是什么企图，此时此刻她只知道自己还不能死！

"呵呵，我从不强人所难。"洪爷一副不可一世的表情，但心里早已有十二分的把握，在上海滩这样的人还少吗？

宋瑛知道自己已无路可退，也无路可去，何况……在上海滩能和王家抗衡的还能有谁？或许攀附洪爷可以借机为爹娘报仇……突然间，这个可怕的想法在宋瑛脑中闪过。

"洪爷……宋瑛愿为洪爷效力。"

宋瑛清楚，说出这句话就等于选择了一条不归路，但是——她别无选择。

"好！识时务者为俊杰。"洪爷转头看看地上的男人对手下说道："丢到黄浦江去！"

宋瑛心头一紧，这以后的路只能步步为营。

洪爷与宋瑛消失在巷子尽头，这里又恢复了死一般的寂静，就好像什么都没有发生过……只留下地上一摊死血。

无奈今夜难眠的又何止宋瑛一人。

一个老红木的长桌，四面雕花，桌脚足足有碗口那么粗。一帮年过半百的男人围坐在桌边，几位正襟危坐，几位窃窃私语。他们个个精神抖擞身着锦缎绸衣，有些单穿丝绵长袍，有些外套青缎马褂，还有几位头戴礼帽，几乎个个手上、身上或多或少都佩戴着扳指、玉器等配物，一眼望去便知这群并非俗人。

正当众人交头接耳之时，门打开了。

"各位前辈，久等了。"

原来这里坐的都是上海滩各大帮派的话事人，这番齐全场面实属少见！进门开口的男子声音冷酷低沉，丝绒帽檐遮住了他的双眼但仍能感受到一股压迫式的气场。男子慢慢摘下礼帽，眼神坚定且藏着侵略性，正是唐子文！他身后跟着阿毅，原来从孤儿院匆匆离去正是为这般。

"子文，你父亲中枪后可就没见过你，今日怎么想到我们一帮叔伯了？看样子不像是来找我们喝茶的吧。"

最先开口的是前辈赵三叔，此人口气中略带不悦，确实自从唐立懋退位后唐子文就一直想与帮派撇清关系，众人也是早有察觉。这个赵三叔曾与唐立懋几多矛盾，此时正可借题发挥，所以言辞十分激烈。

"三叔想喝茶，只要招呼一声，子文随时恭候。在座各位都是子文的前辈，若有怠慢之处，唐子文自当领罪。"说着唐子文将头重重一点。

"咳咳，你是我们从小看着长大的，这话也言重了。"此人是堂口许老大，与唐父有几分交情，言语间不免偏向这位世侄。

"既然不是喝茶，那么这么大阵仗把我们叫来是所为何事啊？"

"最近外面在传你和阿洪不和，再怎么样他都是你前辈，可不能坏了帮规。"

"阿文，听说最近永兴挑得很，外界传言不少啊。"

面对帮中元老连连发问，唐子文不紧不慢道："今日把各位叔伯请来，正是因为永兴想请各位前辈主持公道。"

此话一出，底下话事人都面面相觑。

虽然唐子文不想让永兴再与黑帮有所瓜葛，但上海滩能压制洪大荣的怕是只有这些帮派元老了，所以唐子文决定今日铤而走险。他接着道："家父如今身体欠妥将永兴全权交于我手，每月给帮中兄弟的份额自当只多不少，但至于与何人合作永兴有自己的原则。可如今洪爷不仅在外放风'与永兴合作就是与他为敌'，还联合各处货运压价，此举明显是针对唐家，还望各位前辈看在家父往日的情面上可以为永兴主持公道。"

众人听到此言，都纷纷交头接耳起来，没有一个人起先表态。

唐立懋原在帮派中有相当的地位，眼前底下一班人原本看到唐帮都是礼让三分，如今唐子文抬了他父亲的面子出来说话总是有所顾忌的。但不管怎么说洪大荣还身在帮中，而且如今上海滩众帮派中也属他的实力最强，也是不好得罪的。这正是左右为难的事，所以此刻无人愿意先发话。

唐子文看出端倪，对着其中一位长者叫道："袁师爷。"

听到这个名字，在场的老大们都齐齐望向坐在长桌正位上的一位年长老者。此人戴了一副金丝边框的眼镜，头发都往后梳得整齐，一把白色的山羊胡垂于下颏。上海滩帮派分支众多，此人正是众帮派中辈分最高的袁师爷，也可以说是上海滩帮派势力的头目，各派话事人都要敬他三分。

只见师爷慢慢睁开微闭的双眼，缓缓道："阿文，你父亲还好吗？"

"多谢师爷关心，父亲那一枪险些打中要害，不过好在性命无忧正在康复调理。但至此元气大伤，身体也已大不如前。"唐子文知道帮派中一般是不能轻易退位的，当初父亲借着重伤半推半就下来，这帮派里早就有人挑事说这唐家的码头放不得。唐子文一直防着他们要父亲再回帮派，所以字字谨慎。

"嗯——让他多休息着，"袁师爷摸了一把胡子，"现在帮里能出头的人不多。阿文，我记得你随你父亲出道时身手和胆识就不错，不如……你接他的位子。"

身后的阿毅差点一口气没提上来，这主子是来请人情的，怎么反倒成了要他上位？黑帮可是主子的大忌啊！

"是啊，我们也都一把年纪了，总得有人出来。"

"这怎么合规矩呢？一出道就和我们平起平坐……"

"阿文的能力倒是有目共睹，之前也替帮里立过不少功……"

"那还得服众才行……"

袁师爷此言一出，屋内顿时炸开了锅。回帮派？上位？唐子文震惊！

·23　月上皇宫·

　　一夜之间发生了太多的事，王千楚和唐子文都来不及消化，两人一夜未眠。

　　翌日清晨，千楚来到子文办公室，一身素净的短旗袍罩着一件米色的绸质外衣，脸颊在立领上尤显消瘦。阿毅将她请了进去，推开门只见唐子文坐在办公椅上低着头，右手肘搭在桌上，大拇指和食指撑着脑门，上方一幅"闲云野鹤"依旧醒目。

　　听到动静的唐子文抬起头看到是千楚，立马起身迎上前去。千楚见子文一脸倦容，关切地问："你怎么啦？眼圈都黑了。"说着就伸手去摸他的脸。

　　"我没事，"唐子文挤出一个笑容，他握住脸上那只玉手，"倒是你……怎么眼睛红红的？"

　　被子文一问，千楚万般思虑再上眉头。"昨日……"王千楚欲言又止。望着千楚忧心的眼神，唐子文惶惶不安，难道她察觉到了什么？

　　"昨日？"唐子文小心问道。

　　"嗯，昨日我带着宋瑛回家，本想介绍她与家人认识，没想到她到了我家完全像变了一个人……"原来千楚说的是这个，唐子文心头一松，于是听着她把昨晚宋瑛到王家的事说了一遍。"……等我再跑出去已经找不到她了……子文怎么办？我好担心……不知道宋家和王家到底有什么过节，我……"千楚说得有些激动，从昨晚一直一个人憋着，到现在终于有了倾吐对象。唐子文双手扶住千楚的肩，"先不要自乱阵脚，这中间或许有什么误会也说不定，我们先找到宋瑛问清楚再说。"子文看着千楚无助的眼神好是心疼，他只愿所有恼人的事都由他一人担着，于是将他深爱的女子轻轻搂在怀中。终于，王千楚的心像有了依靠般平静下来。

"不要担心，一切有我。"唐子文在千楚耳边低语。他轻叹一口气，不知是为千楚还是为永兴。

两人来到隆德公寓，唐子文敲了两下门，没人回应。再转动手把，门打开了，原来门只是虚掩着并未上锁。

两人轻轻推开房门，阳光射了进来，所有家具都铺上了白布，像宋瑛初到时的那样。窗帘未拉就像是有人站着看了一夜星空，迎着夜风，裙摆瑟瑟荡漾，最终是一个孤寂的转身。

王千楚一路摸着家具上的白布，回忆起和宋瑛的过往种种，好似还能感应到昨晚就在此地，一只消瘦的手为每一处盖上白布，就好像要封闭自己的过去。千楚脑海中的画面交错回闪，她一闭眼，满是惆怅。

"她就这样走了……"千楚喃喃道。

"或许会留下些什么。"唐子文突然想到什么，他环视四周继而走到书桌旁，打开了那个铁罐头。看到子文从罐子中拿出一张折起的信笺，千楚走了过来。

"多谢！珍重！宋瑛上"，信上只有寥寥数字。

"她会去哪儿……"千楚双手倚在沙发上不知如何是好，唐子文拿着信笺也只是低头不语。

宋瑛走了，也扰乱了他们的生活。

接下来几日王千楚都没有放弃寻找宋瑛，但宋瑛就像人间蒸发般没了音讯。又约莫过了半月，王家人也暂将此事搁于一旁，因为眼前他们要操办一桩大事，那就是王勇的六十大寿。此时王家客厅内正是一派热闹景象。

"三姐，这回父亲过生日，你又要穿什么漂亮衣服呀？"六弟贻卿调皮地问道。

"人小鬼大！"千语努着嘴，点了点六弟的额头。

"六弟可没说错，这回父亲的寿辰，上海滩的各界名流可都会到，你还不借机好好'发挥'，这回总能遇上让我们三小姐中意的人了吧。"千楚一边说着，一边帮母亲准备着宾客名单。

"哪要什么看得上的人……"千语平日响亮的声音这会儿又细得跟蚊子叫似的。

"哦？那是已经有看上的人了？"千楚有些明知故问，言语间捉弄着这个三妹。

千语羞着脸不作答，额前细细的刘海挡着闪烁的眼神。只听四妹千佟半认真地说道："三姐，现在都提倡女子独立，普罗利塔利亚都可以追求自己的幸福，你也不能落后啊！"王千佟新剪了一头齐颈短发很是好看。

"你的这些'普罗'理论都是哪里听来的？"千语道。

"学校！"千佟理直气壮地说，一转头正见千青从门口进来。

"大姐——"

"都在呢，这对寿烛总算是让我给买到了。"只见千青手上捧着一对粗壮的大红色寿烛，烛底足足有坛口那么粗，上面还用金箔描着"福如东海寿比南山"八个大字。

"这些让周妈去办就行了。"王母道。

"大小姐怎么会放心呀，她是操不完的心哟。"周妈走来抱过千青手上的寿烛。

"我就是操心的命啊，小心——小心，"千青把寿烛转到周妈手上，拂了拂自个儿旗袍上的散金，"刚刚我回来的路上看到月皇宫外挂着好大的照片。"

"这有什么稀奇的，那个月玲珑都红了好一阵，月皇宫外头一直挂着她的相片。"王千语对这些向来消息灵通，可免不了也有疏漏的时候。

"今天变了人了，说是最近新红的女明星，可我看那眉宇间倒有几分像那位宋姑娘。"

"月皇宫不是洪爷的地盘吗？她怎么上那儿去了？"千语对宋瑛全无好感。

"宋瑛？大姐，你看清楚了吗？"千楚急切地问道。

"倒不十分清楚，一来我只见过她一面，二来刚刚黄包车走得快，只是一晃眼的工夫，但看着真是有几分相像。"

听着大姐不完全的说法，千楚一阵沉默。

"这孩子也是命苦，等你们父亲的寿辰过了，要再仔细寻一寻她。"石氏皱眉道。

千青应声，于是大伙各自忙上宴会要用的东西去了。

宋瑛会是你吗？千楚心里忐忑不安。

霓虹灯下的十里洋场，让人嗅到了大上海的奢华气息。华懋饭店门口，仪表堂堂的饭店Boy不厌其烦地为每一位前来的宾客开门。今晚正是王勇的六十大寿，在华懋饭店的十二楼王家包下了整层宴会厅。此刻厅内已是高朋满座，随便一瞧都是上海滩有头有脸的人物。

今晚王家的每一位都盛装出席。王千青穿了一件金丝绒的旗袍，紫红色的蕾丝滚边，高领短袖斜襟，头发梳成了半月式，一个发髻挽于脑后，一派上海滩大小姐模样。王千楚穿了一件高领无袖的印度缎白色细花旗袍，配上淡粉的手绣，颈上衣服外一串白色的南洋珍珠以及那对不变的珍珠耳环，配得如此高贵典雅，这便是王家二小姐一身的派头。而王千语前几日也时兴剪了短发，今晚她将束发丝绺，发梢翻翘着露出，斜戴了一顶欧洲贵族式的小礼帽，帽檐上镶嵌着水钻和羽毛，越发妩媚。再瞧这一身蓬蓬小长裙，腰腹束得紧紧的，像极了欧洲的小姐。千佟也一改学生装扮，穿了一套粉色的小洋装。此外，家中三位男眷都一律西装革履，连贻卿都白衬衣加背带裤，外面套了小西服，一个红色的领结很是有趣。而王勇和石氏的衣着就有别于孩子们西渐的装扮，他们还是遵循着老派的装束。石氏穿着上下分体的锦缎衣裙，上衣长过腰，下身大大的裙装上有金线绣着的吉祥图案，佩戴着翡翠项链和耳环，富贵极了。王勇则穿了一件暗红色锦云葛的长袍，套着福字锦缎的马甲，头发梳得整齐很是精神。

今日的宴会有别于上回家宴的低调，上海滩叫得上名号的人几乎都在受邀之列。一来是六十大寿本就可大办，二来上回诽谤华丰的事件虽已消退但王家从未正式提及，借着此次寿辰大摆筵席，也好叫外人知道王家在上海滩的地位依旧如故。果不其然，这租界的、巡捕房的、各商各行的政界要人无一缺席，今日的宴会在上海滩算是齐全了。于是乎这王家人作为主人家在会场内不停交际招呼，生怕怠慢了宾客。

王千楚一边招呼一边时不时地往门外张望，寒暄了几位宾客后便索性走到宴会厅外候着。刚站了一会儿就望见迎面走来的唐子文，两人还未靠近心已扑向对方。千楚小跑两步，当两人十指紧扣已无需多言，仅仅彼此对望的眼神就出卖了这对热恋中的人儿。还记得第一次牵手时的青涩，如今的两人早已是亲密不可分。

"大哥，你也不收敛点儿，这可是人家的地方。"

唐子杉与唐子文一同前来，看着眼前这对恋人再看看自己孤单影只，真是羡慕在心嫉妒在外。听这酸溜溜的话，唐子文瞪了他一眼，一旁的千楚则俏皮地说道："三妹在里面哦！"

"大哥，都是你衣服换了老半天，迟到了多不礼貌呀，快！走——走！"子杉一边说着一边加快了脚步，手上还捧着给王老爷的礼，样子甚是可爱。

"你……衣服换了老半天？"没想到堂堂永兴的船厂少东也会有这番时候，试想他一遍遍试衣服的样子，千楚就忍不住想笑。

"为……为表示尊重。"唐子文竟挤出这么个白目的理由，看到千楚一直对他憋着笑，不禁捏了一下她的小脸，"走啦，迟到了不好。"

千楚拉着子文的手，一路进了宴会厅。会场内王勇正与商会的蒋董事聊天，听到千楚的声音。

"爸爸——"千楚拉着子文走到王勇面前，王勇回头看到两人。

"爸爸，这位是唐子文。子文，这是我父亲。"

"伯父好！"

"好。"王勇观察到两人拉在一起的手笑而不语，对着唐子文道，"一转眼你这么大了。"

"爸爸，你们认识啊？"千楚好奇道。

王勇笑笑，其实王勇与唐立懋早年就已相识，那会儿王勇还是银行买办，唐父也刚到上海在码头打拼，两人几次相交甚有相惜之感，但由于日后两人走了截然不同的两条道，所以交际也日渐减少。

"父亲身体不便，特命子文与二弟子杉前来给王伯父祝寿。"

说着，子杉把捧在胸前的一尊红木底座的白玉寿星奉于王勇，透过玻璃罩还能清楚看见寿星佛脸上的一对笑眼，还有那胡子上细细的纹络，可见雕工之精湛。

"好好，有心了，代我向你父亲问好。"王勇命侍从收下贺礼。

几句过后千楚拉起子文称带他各处转转，王父含笑点头，望着这个二女儿，王勇眼神里透出小小的疼惜。或许此刻他已经明白王家二小姐与唐家大少爷要走的路并不容易。

·24　嗜血牡丹·

　　会场内满满都是社交人群，谈正事的、互换消息的比比皆是。酒杯塔座旁一群太太小姐穿着修长入时的旗袍，烫了各式卷发，脚上蹬着三寸高的高跟皮鞋十分惹眼，几人群聚，彼此攀比，好不热闹。

　　"哦哟！张太太，这戴的是上次拍卖会的钻石手链吧，还真是好看呢！"

　　"可不是嘛，抵得上一间小别墅呢，不过嘛喜欢就拍咯！"

　　"是哦！珠宝哪会嫌多呢，你们看我这条项链怎么样，是我男朋友从英国带回来的，漂亮吧？"

　　"我说什么这么闪呢，原来是密斯李的项链呢！"

　　……

　　这一群人中有一位格格不入的女子，身着藕色花软缎的旗袍十分素雅，倒是襟上一排别致的襻扣道出了讲究。女子捋着耳边发丝，起初还礼貌地应和着，几句之后觉得实在无谓便默默抽身离去。正想找个角落图个清静，却在漫不经心间撞上了服务生。为了避让服务生托盘上的酒杯，女子不慎往后一倾，感觉有点过头像要倒下去的样子，幸好及时出现一只手帮自己控制住了平衡。

"小心——"

原来是王贻华及时扶住了女子的肩，待其站稳后便快速将手收回。

"多谢……"

女子庆幸有人及时出现避免了自己的尴尬，但与陌生男子的接触也让她多少有些害羞，于是音调也由高转低。贻华看出女子的羞怯，摸摸头"呵呵"一声化解尴尬。

"对了，刚刚见你同一帮太太们聊天，怎么独自出来了？"

"嗯，她们在聊些珠宝首饰，我也没什么兴趣。"

"哦？还有女子不爱这些装扮的？"

"哪有女子不爱装扮的，只是对这些身外物费多了心思也是不值的，说多了也就成了无谓话。"

"那小姐觉得哪些才是值得费心思的呢？"

"也没有绝对的，小到看本好书，交位好友也是值得用心的事。"

"这番言论倒是和我家二妹有几分相似，"贻华笑道，"那不知交我这位朋友算不算得上是一桩值得小姐费心的事呢？"

女子被贻华认真的表情逗乐，轻声掩面而笑。

"正式介绍，我叫王贻华。"贻华诚恳地伸出了右手。

"章翙云。"

两手相握感受到彼此的温暖，王贻华与章翙云相视会心一笑。

宴会过半，王勇与石氏正在台上一同切蛋糕，孩子们围在两旁，场下是满满的掌声与祝福声。王勇刚下刀就听见门口来了一路人，好大的声势排场，众人回望——原来是洪爷及其手下。只听见洪大荣进门就扯着嗓门喊道："呵呵呵——王董不好意思啊，洪某来迟了。"

几人随王勇下台，待洪大荣走到王勇跟前，两人彼此抱拳问好。王勇不紧不慢道："洪爷事务繁忙，能抽身前来实乃王某之幸，何来歉意之说。"

洪大荣与之寒暄几句，环顾四周感叹道："啊呀——王董的寿宴果真是气派啊！"但接着又摇摇头叹道，"你看，我这刚从外省回来，都没来得及给王董预备贺礼，真是惭愧啊。"

"呵呵，洪爷客气了。本就是来喝一杯薄酒，且不论别的。"

"唉——那怎么能行呢！若真是空手而来，那我洪大荣在上海滩还不被人笑话？上来——"

只听洪爷吆喝一声从其身后走出一位美艳绝伦的女子，穿了一件金色闪光的长裙，贴肤的丝袜，极细的高跟鞋，柳眉细腰，深深的鸡心领露出胸脯前白皙的肌肤，那一头烫成波浪形的长发松松地齐到耳后，那娇艳欲滴的红唇实在叫人挠心，再看那对媚眼……正是那对再熟悉不过的媚眼。瑛儿！王千楚先前就觉得在洪爷身后的女子有些眼熟，只是半遮半掩看得不十分清楚，此刻活脱脱地站于人前，果真就是久寻无果的宋瑛。可这身装扮是怎么回事，还有她胸口那串硕大的钻石项链一看便知价值连城，这层层谜团困扰着王千楚。

"诸位，让我来为大家介绍，这位是现在最当红的歌星，月皇宫的'红牡丹'——宋瑛小姐。"听着洪爷的介绍，在场众人都窃窃私语，不少人也在感叹这位"红牡丹"美艳的容貌和玲珑的身段。洪爷又接着道："王董，今天我就把这位上海滩最红的歌星带来为您祝寿，让她给您献舞一曲如何？"

王勇也已认出宋瑛，对于她的转变除了惊愕还有惋惜，但久经商场早已练就喜怒不言于色，此刻也只是含笑点头。

宋瑛上前一步对王勇笑笑道："恭贺王董六十大寿，宋瑛在此献舞一曲。"

音乐响起，是美妙的华尔兹，宋瑛和舞伴来到场中央，周边的人群为她围了一个圈，即刻变成她专属的舞池。宋瑛随着音乐一来一回，一个俯身一个仰望，裙摆娇柔地摆弄，身段柔美舞姿轻盈，那股藏不住的媚劲儿不知要迷倒多少人，涣散的眼神不时飘向远方，真可谓是人间尤物。

一曲罢，场内众人都为其优美的舞姿鼓掌，只有王千语在场下翻了个白眼，"什么红牡丹，我二姐为了她不知操了多少心，只有男人才觉得她美。"此时一个声音插了进来，"我觉得你比她美！"原来是唐子杉。

正当众人以为就此落幕之时，洪爷又发声了："呵呵，各位！今日是王董的六十大寿，听闻王家的四位小姐琴棋书画样样精通，想必也都是能歌善舞的好手，这么好兴致不如请王家的千金也助兴一曲如何？"

"洪爷真是抬举了，小女们只是略知皮毛而已……"

王勇还未说完就被洪爷打断："根全兄何必妄自菲薄，这王家的四位小姐在上海滩那可是远近皆知，要不……我们就请一位作为代表吧。"

千语刚想上前却听到宋瑛点名王千楚："那就请王家二小姐吧，都说王家二小姐不仅是位窈窕淑女更是人人称道的才女，今日王董六十大寿，王二小姐不会扫了大家的雅兴吧。"

"当然不会！"王千楚从容回应，她笑笑道，"今日是我父亲的寿辰，每一位到场的来宾都是王家的荣幸，今晚千楚就献舞一曲祝父亲寿辰，也祝各位前程似锦万事胜意。"一番话尽显大家风范，赢得场下一片掌声，王家人从不丢脸。

千楚正想谁能共舞，唐子文已经做出邀请的姿势，两人彼此会心一笑。子文牵着千楚的手移步舞台中央。她搭上他的肩，他搂上她的腰，每一步都默契十足。

"没想到与你的第一支舞竟然是在众目睽睽之下，这么多人盯着我的女人看还真是讨厌。"

听着唐子文在自己耳边低语，千楚羞涩一笑："我竟不知你还如此霸道。"唐子文望着千楚笑而不语，他抱紧她的腰华丽转身，赢得场上一片掌声。

一旁的宋瑛面无表情，心里却似万江倒海。若不是王千楚，今日与唐子文共舞的就是我。若不是王家，我也不会沦落为上海滩的交际花。宋瑛望着王千楚满眼恨意，本想在舞姿上赢她一筹，谁知这会儿倒让她出尽风头，于是默默取下一只耳环抛向舞池……

舞池中的二人正随着乐声尽情舞动，纷飞的舞姿那样优美，千楚就像聚光灯下的一朵白玫瑰，含苞待放，风华绝代。可就在此时，千楚觉得高跟鞋一别左脚一下滑了出去，整个人就要摔倒。千钧一发之际唐子文一手用臂力抓紧千楚，一手托住她的腰，千楚的手挂在子文脖间，两人的脸近在咫尺。刚好音乐止，两人下腰的姿势完美谢幕，赢得一片叫好声。

这一插曲很快过去，宾客们恢复先前的社交继续各自攀谈着。洪爷笑着向王勇走来，"王董，这份礼还满意吗？"

"呵呵，洪爷费心了。"

"哪里话，王董喜欢最重要。对了根全兄，上次托人带给你的企划书不知看得如何？"

"呵呵，洪爷旗下产业无数，怎么如今对地产有兴趣了？"

"哎，这次的'夜上海'项目不一般，是建造一片属于我们大上海的楼房，希望华丰可以一起入股把上海滩打造成真正的'东方巴黎'。"

"洪爷气度非凡，王某佩服。不过……今日不说公事，待犬子上班后交由他处理如何？"

"好，好。今天不聊公事，你看我都忘了今天是什么日子了，来——老弟敬你一杯。"

洪大荣这个"夜上海"计划表面是振兴上海经济，实则早已与幕后买家达成协议，地皮一到手就高价转卖，专做烟馆和妓院。如今只因挪不出大量资金才套了这么个幌子，让华丰入股是假，借其资金运作是真。

会场另一边唐子文扶着千楚，听她回忆刚才惊险的一幕。

"好险，差点就摔倒了，脚上好像踩到什么东西……"

"放心，有我在，不会让你有事的。"

此时，一个熟悉的声音从远处飘来："刚刚的谢幕真是太精彩了！"

"席正——"千楚叫道。

席正走来，对着两人鼓掌称赞："真是郎才女貌，天造地设的一对啊。"

"你就没个正经的时候……"千楚眼睛一抬，正巧看到前方的宋瑛向自己望了一眼，"你们先聊，我去去就来……"

千楚留下唐席二人，一路随着宋瑛的方向朝露台走去。

·25　须眉离去·

目送王千楚离去，席正转身收起那副笑脸，面无表情死死盯着唐子文，两人的对话枪药味十足。

"千楚是个好女孩儿。"

"我知道。"

"如果有一天你放开她，我不会让你有第二次机会。"

"放心，不会有那一天。"

……

另一边，千楚尾随宋瑛的身影来到露台，看到一个背影独自倚在阳台上，手中端着一杯香槟，夏日的微风吹过，拂起她的波浪长发妩媚动人。千楚上前一步，小心翼翼地唤道："瑛儿……"宋瑛撩了下眼皮转过头直直看着王千楚。两人对视却叫千楚心头一凉，宋瑛从扮相到眼神都与先前判若两人，寻了她这么久，如今人在眼前却感觉这般陌生。

"瑛儿，我一直在找你。"

"是吗？"宋瑛冷言一笑。

"什么'红牡丹'，什么女歌星，到底是怎么回事？这一个月你去了哪里？还有那个洪爷……"千楚说得激动却被宋瑛硬声打断。

"收起你的虚情假意，我们只不过是碰过几次面而已，有必要装这么熟吗？"

"碰过几次面？我不相信之前都是假的，你不认我这个姐姐了吗？"

宋瑛笑得讥讽，"王家小姐我怎么敢高攀，我现在可是月皇宫的舞女，你还要和我交朋友吗？"说着就凑近王千楚的脸蔑视地看着她。千楚没有后退，皱眉道："我不明白，为何到了我家你整个人都变了，还说了不清不楚的话，为什么你说和我家有仇？"

"那得去问你的父亲，但只怕他不敢认自己干的那些伤天害理的龌龊事。"

"不可能！我不许你诬蔑我父亲。"

两人僵持着，彼此对立的眼神互不相让。片刻，宋瑛又眼皮一撩道："呵呵，是啊，上海滩王家是那么的高尚，哪会自认恶行。那还就请王二小姐自重，以后我们各走各的路。"说完丢下一张大额银票，"我不喜欢欠人。当日在码头你留了现钱予我解难，今日还你，以后我对王家也绝不会手下留情。"

千楚心里一沉，眼前的宋瑛果真是一点情分都不讲了。

"你怎么变得如此绝情，你觉得一张银票就可以抵消人与人之间的感情吗？"

"别一副自命清高的样子，看了叫人恶心。"

宋瑛撇下王千楚走出露台，突然她停下脚步回头道："忘了提醒你，从今天起我会不遗余力地对付王家，王家的每一个人可都要小心哦。"

"不管你有什么理由，我都不会让你伤害我的家人，绝对不会。"王千楚眼神坚定。

"那你最好打起十二分的精神，因为……好戏还在后头。"宋瑛的语气叫人听得心里发毛，她撇下一个冷眼转身而去。

千楚望着宋瑛的背影深叹一口气，她一低头看到地上留下了什么东西，再定眼一看是张相片。这是宋瑛掉下的，千楚拾起相片，相片中正是年轻时的父亲，旁边的女子与父亲年龄相仿，慈眉善目颇显几分优雅。千楚觉得相片中女子眉宇间甚是熟悉……宋瑛！这眼睛这鼻子简直就是一个模子里刻出来的，王千楚为之一震。

宋瑛刚走出两步就看到迎面而来的唐子文，这个曾经让她心跳的男人。此刻往事一幕幕在脑中重现，是他在她最无助的时候出现，是他在她最落魄的时候施以援手，而如今一切都已恍如隔世，他口中的"宋姑娘"已成了月皇宫的"红牡丹"。宋瑛望着他的眼神是如此空洞，两人擦身而过，宋瑛不再看他，刻意越过人群一个侧身涌入人海。唐子文的眼神也与宋瑛对到，他略皱了皱眉加紧向千楚走去。

"没事吧。"子文扶着千楚的双肩关切地问。

"真的是宋瑛，可是完全变了个人，她满心仇恨……"千楚语气软了下来，说得很是无奈，还有那张相片，事情越来越复杂。

宋瑛走到角落深深一闭眼，浑身的刺已经长出，绝不能让自己退缩，如今这条路即便再难再凶险也要独自咬牙往下走。

"是你掉的耳环吧。"不知何时席正出现在她身旁，席正对着宋瑛调侃一笑。宋瑛看着席正手中的耳环眼神犀利，默不作声。

席正收起笑，面无表情地说道："王千楚你不能碰。"随手就将耳环掷于桌上，"这种小动作未免有些低级。"说完双手插入口袋不羁地走了。

王千楚你到底有什么魅力让两个男人都这么帮你，宋瑛心中怒火又起，她走到大门外想透一口气却遇到了阿毅。

"宋姑娘？"阿毅走到宋瑛面前，摸摸头道，"真的是你！刚才我还以为认错人了呢。"见宋瑛沉默不语，阿毅又道，"你这身打扮我都快认不出你了。"说着不禁挠头傻笑。

"谢谢你曾经帮过我，但我们并非同道中人，还是不见为好。"宋瑛讲话不带语气，转身就走。阿毅在其身后叫道："宋姑娘，大少爷在里面，你们遇到了吗？"宋瑛一个回眸，眼神犀利，"唐子文已与我无关，你们认识的宋瑛已经死了。"

阿毅一愣。

是啊，当初的宋姑娘如今已是上海滩有名的交际花"红牡丹"。一切际遇皆是命，怪不得，悔不得，宋瑛心有千愁万恨，如今这点点怨气才刚刚冒出头。

翌日清晨。

王千楚散着长发在客厅的落地窗前发愣，她昨夜久久无法入眠，直到寅时才迷迷糊糊睡去，也不过睡了两个钟头便在床上翻来覆去睡意全无，于是索性起身下楼来，披了胧月色的睡袍，静如处子般柔美。

这时的太阳刚探出头，外头的小鸟叽叽喳喳叫个不停。家人都还未起身，连日操办寿宴都耗了大伙不少力，回想昨晚的寿宴除了洪爷和宋瑛的小插曲外都还算圆满，王家依旧是那个叱咤上海滩的王家。只是宋瑛那句"好戏还在后头……"久久回响在千楚耳边，变成了一根心头刺。

"二小姐，你这么早就起来啦。"小云一边打扫客厅一边问着小姐。

"哦……"千楚有些心不在焉。

"对了，昨天从饭店带回来的东西您看一看，不要的我就给处理了。"

"我看看。"

千楚翻着一堆东西，尽是些多余的布置品和客人送礼的包装盒子，千楚翻了两下被一个小东西闪到眼睛，她拨开杂物拿起一看，原来是个口琴。千楚将它托在手中细细观之，小小的倒更像是小孩子的玩具。

"这是什么？"千楚问。

"哦——这个啊，是昨天席先生留下的，她说如果小姐喜欢就留着。"小云回道。

"没说别的？"

"没说别的，"小云努着嘴，"我还觉得奇怪呢，咱们家要什么没有呀，送这么个小玩意儿还真是新鲜。"

千楚仔细瞧着口琴，心头一阵若有似无的感觉。回想起昨晚尽是忙着宋瑛的事都没好好招呼他，连他走都未知晓，是有些失礼了。千楚看看口琴，上楼换了衣裳出门。

这家伙竟住在这么美丽的地方，千楚第一次来席家，爱极了这个小花园。

"席正——"千楚唤了一声却无人回应，心想该不会还在睡觉吧。正想着只听到屋内传来一阵高跟鞋踢踏的声响，接着传来欧阳岚岚的声音。

"吴妈，吴妈——"

欧阳从内屋冲出来正好与千楚撞上，耳垂上一副细长挂珠的耳坠不住地晃荡。

"欧阳岚岚……你……"

"你什么你，你把席正弄哪儿去啦？"

"席正？我正是来找他的呀……"

"啊呀，让开！"欧阳听千楚这么说一把将她推开，"吴妈——"

"欧阳小姐，怎么啦？"吴妈从侧房出来。

"你看到席正了吗？"欧阳一把抓起吴妈就问。

"没，没有啊，少爷不在房里吗？"吴妈被问得一头雾水。

"不在，不在，他就留了一封信，说什么要出去散心，这么大人居然还闹离家出走！"

"席正走了？"千楚惊讶。

此时欧阳才定了定心瞪着千楚，一副咄咄逼人的样子，"昨天去宴会前还好好的，怎么一晚上的工夫就不见了，你都和他说什么啦！"

千楚对欧阳的无礼不予理会，一把抢过她手上的信，信上也只有寥寥数语……只说是出去散心，也未提及何时回来。难道真的走了……千楚把口琴紧紧捏在掌中。

"看来他对你也不是很上心嘛。"欧阳对着千楚一脸傲气。见千楚不以为然，欧阳又不依不饶道："王千楚我告诉你，别以为席正护着你就是把你当回事儿，其实他早就有心上人了，你别看他平时一副吊儿郎当的样子，其实比谁都专情！"此话倒让王千楚有些诧异，欧阳依旧自顾自地说着席正的往事，看得出她对席正确实用了一番心思。

"我还记得席正刚到美国的样子，一张冷冷的脸也不和人交朋友，整天就想着要回国。但那时候他已经被学校录取了，被父母拦着一直走不了。没想到……有一次他居然自己偷偷买了回国的船票，可就在去轮渡的路上遇到了车祸……"欧阳停了停，回忆起那场惊心动魄的意外，"那次车祸很严重，虽然捡回一条命，但席正足足昏迷了一个月，到现在手上还留着那时的疤……后来我才知道，他是为了回国找一个女孩……"

那时的疤……王千楚回忆起和席正在小酒馆的那一幕，确实看到他手腕上有个不小的旧伤。当时还调侃他多情，原来是一段揪心的往事。想到此处，千楚不免小小自责。

欧阳猛地抬头冲着千楚叫道："这种感情是你能比的吗？"

"这……好像和你也没什么关系……"千楚弱弱地回道。

欧阳听了这话呆了半秒，随即翻了个白眼一把抢回千楚手中的信。一个不慎，千楚手中的口琴掉落在地，刚想俯身被欧阳一个抢先。

"奇怪……这个怎么在你那儿。"欧阳瞪着大眼睛一脸迷茫。

"怎么了？"

"这个不是席正的东西吗？他没事就会吹这个玩意儿，以前在美国的时候我就看他常拿着这个发呆，有一次我拿来看看，不小心掉在地上，他就对我发了好大的火……这东西他连碰都不给人碰，"欧阳一个无辜的表情看着王千楚，"怎么在你那儿？"

"哦……可能是他昨晚落下的，"千楚试探性地问，"席正为什么这么在乎这个口琴？"

　　"我也不知道，他只说这是对他很重要的东西。"欧阳双手摆弄着口琴好似也在探究着什么。千楚看着口琴又涌上那股若有似无的感觉，好似有些零星的片段在脑中浮现，但终究烟消云散，她放下口琴对欧阳道："既然是对他很重要的东西，那还是放在这里比较好……就麻烦你等席正回来转交给他吧。"

　　那支口琴小小的，静静地躺在桌面上。

·26 姐妹反目·

王千楚回到家中见大哥贻华一人坐在客厅。

"大哥——"

"二妹，佣人说你一早就出去了，没事吧。"

"没事……去找一个朋友而已，"千楚四下张望，"只有你一个人吗？母亲和大姐呢？

"昨日张太太送了份大礼，她们回礼去了。"

千楚应声坐到沙发上，一脸倦容。

"二妹，昨日那位宋姑娘只怕是来者不善，但父母亲也都不愿提起……"贻华若有所思，"但总归是一桩事。"

"我不会让任何人伤害王家的。"千楚默默说着，更像是与自己对话。

"先不提她，倒是昨日见你和唐子文跳舞的样子一点不生分，"贻华看着千楚，"你们什么时候走这么近了？"

被大哥一问，千楚不禁小脸一红，见二妹这模样贻华也明白了三分，语重心长道："大哥不干涉你交朋友，那位唐先生也是一表人才，可是……"贻华语气变得异常严肃，"唐家在上海滩有黑帮背景，在码头打拼那都是在刀枪下讨生活的。虽然外界看来他父亲已经退位，但是在上海滩要和黑帮撇清关系谈何容易。何况唐家的码头船只覆盖之广，只怕唐子文要远离帮派是有心无力。"

其实千楚对唐家也早有耳闻，只是她一直把这层关系压在心底不愿去想，今日大哥明明白白道了出来也由不得她再糊涂下去。可对于王千楚而言，她认定的男人就一定会共担风雨同甘共苦，这也是王家人骨子里的倔强。

此时一名下人来报："大少爷，二小姐。刚刚有人送来一个帖子，说请王家的小姐们去看马术比赛。"说完恭敬地递上帖子，贻华接过帖子一看是秦三的落款。"我听父亲提过这个秦三，他是总商会的委员，也是马场最大的股东，外面都叫他秦三爷。这帖子上说此次是为筹建学堂举办的马术比赛……"

千楚接过帖子看看道："我好像听子文提过，他也受邀前去。这马会每年都要举办两次大赛，这今年的第一场大赛冠上了筹办学堂的名义倒是新鲜。大哥——"千楚抬头看着王贻华想听取大哥的意见。

"既然冠了筹建学堂之名，那我们也不能失礼。三妹也喜好看骑马，就让她与你作为王家代表一同去吧。"贻华说着正要起身，一个小盒子不慎从口袋里落出。千楚拾起盒子打开一看，是一副白玉的耳坠。

"大哥怎么会有这女儿家的东西？"千楚眼咕噜一转调皮道，"三妹兴的都是些时髦玩意儿，瞧着也不合适大哥，难道是送给我的？"

贻华听着只是尴尬地笑笑，全无了之前"大哥说教"的样子。其实千楚昨日就见到大哥与那位章家小姐相谈甚欢，先前的话全是故意逗他。

"这白玉色如凝脂、晶莹无瑕，倒是很配那位章家小姐的气质。"千楚将盒子往大哥手里一塞，调皮一笑就走了。

在静安寺路东端，沿着护界浜，是一片大块占地的跑马场。马场周围还建有板球场和网球场，再往右边是一个高尔夫俱乐部。这里用具间、男女化妆间、餐厅、酒吧一应俱全。在骑马和打球之余，还可以观看各国剧团的演出，这里是上海滩富人休闲聚会的不二场所。

比赛当日，王千楚和王千语两姐妹都穿了一身西装。千楚是一套白色长款上衣的西服，千语是一套绿色短款上衣的西服，两人各戴了一顶英式的帽子，英姿飒爽往看台走去。迎面而来的是唐子文和唐子杉两兄弟。千楚和子文眼神一对就知晓彼此心意，倒是身后的千语和子杉，两人行为反常眼神暧昧，千楚和子文只当是没瞧见由着他们去。

"呵呵呵——永兴少东真是给面子，难得请您大驾。"笑脸相迎的正是此次活动的主办人秦三爷，此人与洪爷年纪相仿，但比洪爷高出半个头，体型略显结实。见到王千楚两姐妹又奉承道："王家的两位千金也来了，真是为比赛增辉不少啊。"几位相继打了招呼正想上楼，见到远处洪爷和宋瑛正往这边走来。

"唐少爷不会介意吧？"秦三问。实则唐子文与洪爷的过节儿在圈内已有不少人在传，秦三故意说这话只怕是别有用心。

"做善事不嫌人多。"唐子文大气应对。

说罢，洪大荣也到了，于是秦三笑笑道："好好好，那大家就请上台观赛吧。"秦三爷一副笑脸领着大家坐上贵宾席。宋瑛一袭西式长裙，颈口露着深凹的锁骨，腰间装饰了垂及脚面的涤带，飘逸而性感，只是与马场的硬朗有些格格不入，她一路随着洪爷，刻意不理会唐子文与王千楚。

此时观赛位上已是座无虚席，官场的太太小姐都穿着盛装来观看这今年的第一场马赛。原本这马术是有障碍赛、盛装舞步赛和三日赛，今日挂着慈善之名只比障碍赛，一共有十五名骑手参赛，上午已经结束了初赛，留下胜出的五位此时正要开始决赛。开场前人们纷纷押注，冠军的讨论十分激烈。其实无论哪位选手夺冠，秦三都会为学堂捐款，相对而言这些都是小钱又能博取好名声，像他这样精于算计的生意人又怎会错过。

只听一声枪鸣，比赛正式开始。在五位骑手面前有水池、模拟石墙和横竿，过了这三样障碍还要三级跳，如果发生马撞倒横竿或拒绝跳跃等情况都会被罚分，所以不仅要考验选手的骑术还要与马有十分的配合，可谓难度极高。进入复赛的五位选手都是马术项目的佼佼者，只见一号选手和三号选手的表现领先于其他三位。

"唐少爷，您觉得这一号和三号哪一个会赢得最后的冠军呢？"秦三爷问，见唐子文不说话便笑笑转向洪爷，"洪爷好像买的是三号吧，果然有远见！"

"玩玩而已，"洪大荣故作谦虚，再看看场下的情况，三号确实显现优势便道，"看来这局势已定啊，呵呵。"

"不到最后一刻什么都有可能发生。"唐子文定定说道。

话音刚落，只听见场内一片哗然，场上原本领先的三号马居然在跳最后一个横杆的时候把竿子撞倒了，最终一号马夺得了冠军，比赛在一片赞叹和唏嘘声中落下帷幕。

"看来洪爷这次输得不少，还要替孩子们多谢洪爷。"唐子文道。

"哈哈，说到慈善我哪比得上秦委员啊。"洪爷话锋一转，身旁的宋瑛也帮腔道："是啊，听说这次马术比赛都是秦委员亲力亲为，还带头捐了几所学堂，真叫宋瑛佩服。"说着向秦三抛了一个媚眼。

"呵呵，被美女称赞真是秦某的荣幸啊，现在上海滩谁不知道王董六十大寿当晚红牡丹的那支舞跳得真可谓是惊艳四座啊，听说月皇宫现在是夜夜满场，那都是为仰慕宋小姐去的呀。"秦三爷一副色眯眯的眼神瞧着宋瑛，看来对眼前的美人早已垂涎三尺。

"可不是嘛，宋小姐现在可是上海滩的头牌舞女——"千语故意把"舞女"两个字提高了嗓音。

"千语——"王千楚打住了三妹，听到二姐出声千语便努努嘴收了口。

"哈哈，既然大家都是好善之人，不如我们再多捐一个学堂如何？"洪爷对着唐子文和洪爷说道。

"哦？秦三爷的意思是？"洪爷问着，两人倒更像是一搭一唱。

"你们二位来赌一把，谁输了就捐一个学堂，当然啦——这是秦某的提议，自当也陪同再捐一回。"

"哦？这倒是有趣，洪某不介意多做善事，不知唐少爷意下如何？"

"既然二位这么有兴致，唐某怎么好意思扫兴。"

"那依三爷看怎么个比法？"

"呵呵，今日在马场当然是比赛马啦。既然二位身边都有美女相伴，那就由各方的女士下场比赛马如何？"秦三爷笑笑，看着洪爷又一撩眼道，"洪爷当然是由宋小姐代表，唐少爷这边……听闻王家小姐的骑术精湛，不知道今天有幸目睹哪一位的风姿呢？"

听到比赛马，王千语一个挺身，"上回宋小姐已经'邀请'过我二姐跳舞了，这回就由我来和你比一比赛马吧。"

宋瑛轻巧地说道："那有什么问题，我们去换装吧。"只见两人走出几步，千语突然一个踉跄摔倒在地。

"三妹——"千楚快步上前扶起千语。只听宋瑛假惺惺地问道："你没事吧……"

"你——"千语刚想揭穿是宋瑛把自己推倒却发现手上都是血，失声叫道，"我的手……"

"这皮都破了。"子杉心疼地端起千语的手，"这还怎么握缰绳……"

"我没事的……"千语皱着眉头逞强道。

"看来只能换王二小姐上场了。"宋瑛在一旁冷冷说道。

"照顾好她。"千楚叮嘱着子杉，回头望了一眼子文，只听子文在自己耳边低语："安全第一。"千楚点了点头，宋瑛看着两人的表情不屑一笑。王千楚转身与宋瑛一同去了换衣间，两人并肩而行，实则彼此对峙暗潮汹涌。

"想冲着我来，大可以光明正大。"

"是吗？可惜我只看结果。"

王家二小姐与月皇宫红牡丹的赛马即将开始。

·27　赛马红魁·

王千楚与宋瑛换上骑马装束，各自牵了马匹走入赛场。两人高挑的身材穿着裤装配着马靴比男子更显精神。两匹马儿甩着尾巴，抖动着鬃毛，鼻子里喘着粗气，还未开场就已形成了明显对立的势头。

原本席位上要散去的看客见到两位女子这身装扮出现在赛场上都觉得甚是新鲜，相继又重新返回到看席上。一时间议论声不绝于耳，场上又热闹了起来。此时千语也已包扎好伤口，由子杉陪着到场下为二姐加油。

看台贵宾席内只剩下唐子文、洪爷和秦三。

"大侄子，眼光不错嘛，这王家二小姐可是上海滩出了名的美人，据我所知被她拒绝的公子哥儿都可去巷子里排长队咯。"洪爷看着台下，一根雪茄始终不离手。

"呵呵，英雄配美人嘛！不过这王家可不好高攀哦。"秦三爷给洪爷使了个眼色。洪爷心领神会故意说道："秦委员此话差矣，唐家在上海滩那可也是响当当的名号，"接着又把话锋一转，"就是永兴最近不太顺，只怪我这大侄子太较真……"

此时比赛已经开始，唐子文对两人的挑衅置之不理，目光紧随赛场上的王千楚。只见千楚与宋瑛两人并驾齐驱，不相上下。然而这贵宾厅内，洪大荣与秦三仍旧不肯罢休。

"这有什么难办的。"秦三爷一脸假意，"我这正有一批货要上岸，若是唐少爷肯点头借您码头一用……价钱您只管开口，而且这以后的生意也保管一起发财。"

"不知是什么货？"唐子文面无表情。

"药材……都是些药材……"秦三说得有些心虚。

"我记得没错的话，秦三爷的这批货前两日应该已经被码头拒绝了，鸦片也算是药材吗？"唐子文冷言道。

"这……"被揭穿的秦三一脸尴尬看向洪爷。洪爷还未张口，只听唐子文又道："秦委员应该不止是马场股东这么简单吧。"原来这个秦三表面是正经商人，实则借着自己总商会委员的头衔以权谋私。他暗地里做着走私生意，是上海滩地下钱庄的老大，更与日本人多有往来，这些唐子文都早已派阿毅调查清楚。

"大侄子，永兴现在就像个大窟窿，可不是一两单小买卖就能填上的，这可是你父亲一生的心血哦。"洪爷居然打出亲情牌。唐子文抬了一下眼皮，随即吐出两个字"少陪"便下了看台朝赛场走去。

"嚣张的小子。"秦三背过身就换了一张阴沉的脸。

"三爷何必动气，"洪大荣又是一副笑面虎的样子，"上海滩一半的码头可都在他手上，只要他点头，那以后我们想运何物想运多少可就易如反掌了。"

"他点头？哼，恐怕比登天还难！"

"那倒未必……"洪爷一副老谋深算的样子，他回忆起几日前拜见袁师爷的场景：

……

"师爷，唐家的码头可不能放啊——"

"阿洪，阿唐那一枪怎么说都是替你挡的，子文你应该关照着才是。"

"那也得他愿意啊，这个大侄子整日一副心高气傲目中无人的样子，总不好叫我这个做长辈的去热脸贴他冷屁股吧。"

"还是年轻气盛啊。"

"师爷，如今要想在上海滩做生意，进进出出小到一个螺丝钉儿那也是得过码头的……如果能让唐子文为帮里办事，那我们这生意可就顺风顺水了，自然也少不了师爷您那份。"

"你的意思是？"

"让唐子文代替唐立懋上位……"

原来早在唐子文召集帮派元老之前，洪爷已经寻过袁师爷，而让子文接替父亲回帮派正是洪爷的诡计，目的正是看中唐家的码头好方便帮派"办事"。

唐子文来到场下，千语和子杉正在为赛场上的王千楚加油。千语目光紧随马背上的二姐，她紧张得手舞足蹈，全然忘了刚才的伤。子杉一直小心地托着千语的手，甚是贴心。

只见场上宋瑛和千楚两人你追我赶互不相让，她们的目标是终点的红魁，谁先夺得就算取胜。此刻王千楚稍稍领先，但不知怎的马匹像受惊似的突然腾空跃起，千楚险些摔落下马，赛况紧急引得看台上一阵尖叫。好在千楚及时稳住缰绳，压低身子控制住马匹继续奋力前行。与此同时，宋瑛乘势追了上来一度赶超王千楚，赛况进入白热化。马儿腿部的肌肉在快速奔跑中急速绷紧，听着急促的马蹄声让席上的观众也都热血沸腾。两匹马交叉之时千楚和宋瑛同时看到对方的眼神，倔强得相似。

眼前就是终点！王千楚双手勒紧缰绳，双腿夹紧马肚，一记重重的策马扬鞭反超了宋瑛，红魁就在眼前，可是——无人料及突然风也似的从侧面狂奔出一匹白马。

"驾——驾——"

只见一女子骑在马背上对两人奋起直追，她上身穿着层层蕾丝的白衬衣，宽大的蕾丝边随着快速奔跑上下摆动，像极了欧洲的女骑士。只见她从千楚和宋瑛的侧面急速冲来，快于两人几乎是零点一秒的时间摘得了红魁。三匹马眼看就要迎头撞上……几乎在同一时间三匹马的马头和前蹄向空中高高仰起，马蹄声、马叫声好不刺耳，引得全场一片哗然。

就在千钧一发之际，王千楚、宋瑛、白衣女子这三位骑手临危不乱强强控制住了自己的马匹，奋力一牵缰绳，三匹马瞬间往三个方向掉头骑开，真是虚惊一场。

观众纷纷议论起那位夺得红魁的女子，定眼一看，原来是欧阳岚岚！只见欧阳挺着背，手举红魁绕场一周，风头十足。王千楚骑着马小跑到子文跟前，利落地下马摘下头盔，子文一边疼爱地帮千楚捋着发一边瞪眼道："我得好好收收你这胆子。"千楚闻之调皮一笑。

"二姐，你真是我的偶像耶！以后我再也不敢在你面前自称'女骑士'了，"千语不知怎么的在一旁激动不已，"最后那一记扬鞭急追真是太帅了！"原来王家骑马的好手不止王千语一个。

"好可惜，最后的冠军……"子杉挠挠头。

"冠军是我二姐！"千语飘出一个白眼让身旁的三人都哭笑不得。

宋瑛在另一处下马，她牵着马儿缓缓走到欧阳身边，"想不到你黄雀在后。"见欧阳岚岚悠闲地抚摸着马鬃对自己视若无睹，宋瑛又道，"我听说在舞会时你当众给王家二小姐难堪。"

"她活该。"欧阳还是一副不以为然的娇小姐模样。

"是活该，"宋瑛一脸阴郁地说道，"所以——我们有了共同的敌人。"

欧阳停下手，"什么意思？你不是和王千楚姐妹相称的吗？"

"姐妹？你看到她身边的唐子文了吗，她勾引的何止席正一个，这样的人能做姐妹吗？"宋瑛顿了顿，"怎么样，你我联手，我帮你夺回席正。"

欧阳似乎有些心动，但她一撩眼道："看看吧——"欧阳一副高傲敷衍的口气，牵着马走了。

宋瑛抬起头，看着欧阳的背影隐隐一笑。

王千楚、王千语换了裙装与唐家两兄弟一同走出马场。只见千语和子杉两人走在后头你推我我推你遮遮掩掩的样子。

"千语，"千楚叫道，"我们该回去了。"

"啊——二姐，"千语说话吞吞吐吐，"还早呢，我……我想去买点东西。"

"买东西？你手上还有伤呢？"

"早就没事了，你看——"千语挥动着缠着纱布的手。此时唐子杉在一旁迫不及待地说道："二姐放心，我陪千语一起去，保证把她安全送到家。"

"谁你是二姐！"不等千楚开口，千语已经瞪了他一眼。

"你的二姐不就是我的二姐嘛……"子杉弱弱地回道。

千楚扑哧一笑，"行了，行了，别太晚了。"又看着子杉道，"子杉，那我就把三妹交给你了。"

"二姐放心，我一定保护好千语，谁要敢动她一根汗毛，我就跟谁拼命。"子杉说得跟真的似的。千语听了这话居然涩涩地一低头，没想到"锦绣千语"竟也有这等害羞模样。

看着弟弟拍马屁的样子，唐子文在一旁直摇头，心想真是个没出息的东西。子杉朝大哥一瞪眼——你不还是一样！

看着两人远去的背影，千楚道："你这弟弟可比你会讨女孩欢心。"

"是吗？我只要一个女子的心便够了。"说着唐子文转过千楚，行为举止霸道又柔情。千楚双目含情，两眼望着他，"今天嘴怎么这么甜？"

"只要你喜欢，我愿意每天都说给你听。"唐子文双目炯炯有神，这个男人说情话也如此认真。王千楚垂眼一笑，突然想到什么抬头道："总觉得那个秦委员和洪爷怪怪的，两人好像交情匪浅的样子，总觉得他们话中有话……还有宋瑛，也不知是怎么就同洪爷扯上了关系。"

"真是什么都瞒不过你，今日确是洪爷拉的线，秦三想与我谈桩生意，不过已经被我拒绝了。"唐子文坦诚相告。

"那他们会对你不利吗？"千楚满目担忧。

唐子文将她搂在怀里，"这里是上海滩，没有人会这么轻易和唐家作对的。而且，现在有了你，我自当万事小心，放心吧。"说完在千楚额头上轻轻一吻，"怎么样，想去哪里逛逛？"

千楚一笑，"我们去孤儿院看看孩子们吧。"

千楚和子文来到孤儿院，孩子们正在草地上玩耍，不管外界如何纷扰，此处永远有他们纯真的笑声。

"院长——"千楚唤道。

"唐先生、楚姑娘，你们真是有心，还记得这些孩子们。"院长走到两人跟前。

"近来孤儿院还好吗？"千楚问。

"又多了几个孩子，院里的负担越来越重了。"院长叹口气摇摇头。

"多亏了院长，孩子们才能有一处栖身之所，"王千楚拿出一个信封，"请您收下，这是我们的一点心意。"院长接过信封，感叹道："我代表孤儿院的孩子谢谢你们，要是多几位像楚姑娘、瑛姑娘这样的善心人士就好了。"

千楚看看唐子文又转向院长问道："您说的瑛姑娘是上次和我们一起来的那位吗？"

"是啊，前几日，瑛姑娘还特意托人送来一张银票，若是你们见到她请代为转达孤儿院的谢意。"

此时正巧一名义工过来寻院长有事相商，院长便与千楚二人道别。

"院长，有事您先忙。"

"那二位就请自便。"

院长走后，千楚自言自语："是宋瑛……"她抬头看着唐子文，"子文，是宋瑛。"想到当日与宋瑛在孤儿院的场景，王千楚不免惆怅起来。唐子文安慰道："看来她还在顾念旧情，说不定过几日她自己就明白了。"话虽如此，但唐子文心里明白选择了一条路想要回头谈何容易，可是看着千楚此刻低落的表情只一心想要好好安抚她，"好了，还记得上次说要带你去一个地方吗？怎么样，还有没有兴趣？"

看着子文神秘的表情，千楚好奇道："哪儿？"

·28 行到水穷·

　　远离闹市，两人来到一处清静的院落，围墙外有两扇木篱的大门，牵牛花顺着围墙一直爬到门檐上，挂下刚刚冒出的小嫩芽。围墙里面是一间简朴的木屋，木屋前有个院子，两人走到院中，千楚对眼前的一切都好奇极了。

　　"这里虽然很简陋，但是很清静。"子文望着院落说道。

　　"才不会呢！"千楚看着满园春光，闻着花香，一扫先前的阴霾情绪，"这里很清静，可以远离外界的纷扰，日出而作日落而息，我很喜欢这里啊！"

　　唐子文问："那你知道此地是何处吗？"

　　千楚把周围打量了一番，道："这是一处旧居，看着像是很久没人居住了，但是院子却很干净，也没有杂草，应该是有人定期来作打理。"她回头看向子文，"难道——这里是唐家的老宅？"

　　唐子文一把搂过千楚，"找了个这么聪慧的女子可怎么办哦——"

　　"要是有株珍珠梅就更好了……"千楚自言道，她瞧见子文疑惑的表情，微微一笑，"没什么啦。"

唐子文柔柔抚着她的脸颊，触碰到空空的耳垂，想到什么问："见你时常戴着珍珠，为何这般喜欢？"

"传说珍珠是美人鱼望月时留下的眼泪，'沧海月明珠有泪'，每一颗珍珠都有它自己的心思。"

"落泪不免叫人伤心又为何非得记着？"

"落泪为何就记不得？美人鱼望着月亮定是想起她思念的人，伤心也罢，眷恋也罢，都是最真的情，如此深情以泪化物是随了她的意。小小珍珠有这般真性情，怎能叫人不爱？"

"这般说来女子为珍珠动容确有一番道理，可为何今日不见你戴着？"

"前几日掉了一颗……"千楚言语间不免小小失落。

唐子文抿嘴一笑，从口袋里掏出一个枣红色的丝绒盒子，打开里面缀着两颗圆润亮洁的白珍珠。

"你是魔术师吗？"千楚如孩童般雀跃。

子文替她带上，手法笨拙，表情却专注无比。

"好看吗？"

"雅人清致。"

千楚低眉一笑，子文拉起她的手往屋内走去。

"小时候一家人就住在这里，"子文看着屋内每一处都是满满的回忆，"小时候子杉老爱欺负子欣，每次子欣都哭着鼻子跑来找我，子杉还常常为此'吃醋'呢，呵呵……"

"做唐家大少爷的妹妹可真幸福。"千楚故意撒娇道。

"你也'吃醋'啦？"子文拥她入怀，"小时候虽然清苦却很安逸……"

就这样，两人聊着小时候的事又畅想着有朝一日你耕田来我织布的情景，还相约老了要一起看星星、看月亮，在门前赏花，在窗前看雪……两人一边想着神仙眷侣般的日子一边又笑个不停，真希望时间停止在这一刻，没有宋瑛的仇恨、没有帮派的纷争，只有一对相悦厮守的情人。

突然千楚好奇地往书桌走去，只见桌上铺着宣纸，笔搁上架着一支精选羊毫，砚台里的墨尚未干透，千楚笑道："看来唐少爷还是位风雅人士。"于是一边磨墨一边嘴角上扬，片刻，她提起笔在纸上写到"行到水穷处"，她望向唐子文，子文接过笔却迟迟不落，千楚疑惑地看着他。

"总有一天我会给你想要的生活，到时候……我把下联挂在'我们'的家内。"

听到"我们的家"，王千楚心头一跳，她当然明白其中的意思，不禁眼角湿润。

"傻瓜。"子文抚摸着千楚的头，牵起她的手向屋外走去。两人走到院子里，千楚看着墙角牵牛花的嫩芽傻傻道："你知道牵牛花的花语吗？"千楚望向子文，"是爱情永固。"

"等花都开盛的时候我们再来。"

"一言为定。"

夕阳西下，唐子文紧紧搂住她的腰，两人吻得如此深情。

只盼此情此景切莫可待成追忆，莫叫有朝一日回想当时已惘然。

唐府内，唐立懋正在会客。

唐老爷退位后一直在家中休养，但他在帮中的威信不可取代，若有风吹草动定会传到他耳朵里。此刻唐子文正要踏入家门，却在房门口听到屋内一个帮内弟子正与父亲交谈。

"唐爷，九叔这次不仅想篡位，居然还敢动师爷……现在全部兄弟都在追杀他。"

"老九终究是坏了帮规。"

"袁师爷说了，谁找到他那是头功一件。"

……

老九？那个三堂会的老大。唐子文回想起曾与此人交过手，虽都是帮派兄弟，但老九野心极大，做事心狠手辣不输洪爷。此时只听屋内传来："……唐爷那我就先告辞了。"子文侧身，待那个帮内弟子离去，自己才进了屋。

"父亲——"

"回来了，我正有事与你相说。"

"是的，父亲。"

"近日外面的传言不少……永兴是我一手创立的，但是你从十六岁就跟我上码头，如今既然我把永兴交到你手里，就自然不理会外头的传言。但是，永兴是唐家的根基，唐家在上海滩能有今天的地位是一帮弟兄用命换来的，你可不能不顾。"

唐子文沉默，而后道："父亲，唐帮的兄弟是随永兴一同打拼的生死兄弟，永兴是唐家的基业，一切我都明白。无论发生何事我都会力保永兴，定不负所托，请父亲放心！”

唐立懋默然点头。待子文走后，唐母缓步而来，她坐到唐父身边的沙发上，一粒粒拨动手里的佛珠……突然手指停顿对唐父开口道：“老爷，我为你担惊受怕了半辈子，总算盼到你退位的一天。可是……我只有子文一个孩子，我只求他平平安安。”

“他是唐家的长子，有些责任避不过。”唐父闭目不再多言。

还是那幅“闲云野鹤”，唐子文望向窗外若有所思。

“大少爷——”阿毅推门而入，“早上码头来报说陈老板、王老板的货都改换三号码头了，刚刚我带着几个兄弟过去发现码头上一半的工人都闲着无事可做。”由于赶路匆忙，阿毅喘了口气接着道，“还有其他的几个单子都说要撤回去，说不敢用永兴的码头……我打听了才知道是洪爷捣的鬼。”

唐子文点了一根烟，不紧不慢道：“上海滩一半的码头都是永兴的，除非他们一直不出货，否则迟早会找回来。”阿毅可没有唐子文的城府，他忍不住道：“可是这样一来码头的损失就大了！这洪爷实在可恶，大少爷，就让兄弟们去和他大干一场！”

唐子文抬眉吐出一口浓烟似有几分把握，吩咐阿毅道：“把王秘书叫来。”
……

与此同时洪府内，英国商人威廉、秦三爷、洪大荣三人正跷着二郎腿坐在一起打着如意算盘。

“洪爷，我看唐子文这几日是不得好睡喽，”秦三爷得意地笑笑，“就该杀杀他的锐气。”

“他还嫩着呢，在上海滩还想不动刀不动枪就把脚给站稳，真是天真！等他没路走的时候就会乖乖回帮派了，呵呵。”洪大荣一副势在必得的样子，对着威廉含意一笑……

几人正聊得兴起，突然一个下人来报：“洪爷，华丰传来话说由于资金原因无法参与夜上海的项目，还说多谢洪爷美意。”

洪大荣眯着一副三角眼，“好你个王勇。”吃了王家的闭门羹，看来这唐家的码头更是放不得了！此时一旁的威廉乘机道：“这个王董我也打过交道，用你们中国人的一句话就是'不识好歹'。"秦三补道："王家在上海滩是出了名的正派，借着祖上那些官威就怕没人敢动他，真是挡了不少财路。"洪爷道："还不止，王勇与政界多位要员的关系都非同一般。"威廉装傻问："难道就没有什么办法把他踢走吗？要员也是人，人心总有办法可以收买吧。"

洪爷和秦三都笑笑，各怀鬼胎的三人如今有了共同的利益目标，不知又在筹谋些什么。

就这样又过了半月，永兴一路萧条，洪爷联合秦三威胁各个商家都不许在唐家的码头出货。这样一来不仅断了永兴的生意，更由于多方拖欠货款就连资金运作也受到了影响，看来这次是非要把唐子文逼上绝路不可。

这几日，千楚虽然与子文见面不多，但每次子文都对她疼爱有加百般呵护，也未显出半分不悦。可是这风声早已传到王千楚的耳朵里，心里已是沉重不堪。这日，王千楚在办公桌上想了又想实在按捺不住，于是起身朝大哥办公室走去。副总经理办公室的大门敞开着，王贻华正在里头办公，千楚站在门口敲了两下门。

"大哥——"

"二妹，进来坐。"

千楚坐到贻华办公桌对面的位子上，欲言又止。

"怎么不出声，找我有何事？"

"大哥，我们银行应该有充足的流动资金吧。"

"你问这个做什么？"王贻华停下手中的笔。永兴的事他也已经有所耳闻，便问："是因为唐子文？"

"在商言商，如果永兴愿意出双倍利息，那对华丰来说也是一笔赚钱的买卖。"

"二妹……你应该知道华丰所有的贷款都是需要做风险评估的，按照永兴目前的情况，华丰不追讨之前的款项就已经不错了，按规矩是绝对不可能再批贷款的。"

"可是规矩是人定的……"

"千楚！就算不顾银行的规定，我也不会批这个贷款。"

"为什么？"

"我早就和你说过唐家有黑帮背景，现在没有人敢用唐家的码头，这是他们帮派内部在争斗，连警察署都不愿插手。我早说过这么大的家业唐子文要想脱离帮派是不可能，现在谁出手帮永兴就是明着和帮派结怨，我怎么可能让华丰涉险！"

听了这番话，王千楚沉默不语，其实这个结果她早已猜到，何况大哥说得句句在理，只是她觉得自己一定要为子文做些什么才是。

"二妹，"王贻华语重心长地说道，"我们的父亲自小在上海滩闯荡，可能你们没什么印象，但在我和千青的记忆里，每每当华丰遇到困难，父亲总是为保家业拼尽全力，那份艰辛并非常人所能承受。别看如今各商各界都给王家几分薄面，但这里是上海滩，哪怕走错一步都有可能万劫不复。"贻华说着也皱了下眉，"我看父亲的样子不愿与外商深交，只怕这也是个隐患……"

王千楚与大哥相谈无果甚是低落，但如今永兴的状况又岂是得了贷款就能解决的。

· 29　四面楚歌 ·

回到家中，王千楚想着大哥的话深叹一口气。二楼走廊，她抚摸着墙上的相片，相片里一家人如此亲密。这堵墙见证了他们六兄妹的成长，还有一双无可挑剔的父母，加上从小锦衣玉食，这样的生活真的不能再好了……可为何长大后会有如此多的烦恼，千楚微叹一口气。

她走过书房，看到父亲正弯着腰戴着老花眼镜在看东西。是啊，父亲都已经年过六旬，他是母亲的天，王家的天，为我们操心了一辈子……想到此处，王千楚不禁眼角湿润。

"是谁在外面啊？"王勇轻声问道。

"父亲，是我。"千楚深吸一口气，笑着推开门。

"是楚儿啊。"王勇一边应和着一边还眯着眼睛像在找什么东西。

"爸爸，你要找什么？我帮你。"

"先前你母亲说头痛，她这是老毛病了，只有吃老方子才有用，我记得就放在桌上的，怎么就找不到了……正好你也来帮着一块儿找找。"

千楚翻了几处，在桌角看到一张药方，拿了递给父亲，"是不是这个？"

王勇拿下眼镜眯着眼仔细瞧着，"就是这个。呵呵，真是不服老都不行咯，眼跟前的东西都没瞧见。"

"您和母亲真叫人羡慕。"

"呵呵，你们都大啦，只怕是女大不中留咯。"

"我要一直陪着您和妈妈……"千楚一把搂住父亲的脖子。

"哦哟，这么大的人了，还撒娇呢！我们楚儿也会遇到一个托心的人，然后一起白头到老。"说着轻轻拍了下这个二女儿的手，"我看那位唐先生就不错。"

"爸爸，"千楚放开手，"您知道了？"

"知女莫若父嘛。"

"那您会反对吗？"

"别人的反对有用吗？王家二小姐有她自己的判断。"

"爸爸，请您相信我的选择。就像妈妈对您一样，不管遇到什么困难，我都不会离开他。"

"我要赶紧拿这方子去抓药了，"王勇拍拍千楚的肩，"就跟着自己的心走吧。"说完独自走出了书房，留下王千楚一人久久回味。

"威廉先生，不知您找我所为何事？"

唐子文办公室内，他对面正坐着英国商人威廉。

"呵呵，早就想来拜访唐先生，小小见面礼，请唐先生笑纳。"说着就把一个盒子递到唐子文面前，打开一看里面竟是满满的金币。子文看了一眼道："我们中国人有句话叫'无功不受禄'，恐怕这礼我不能收。"

"我是真心想交唐先生这个朋友，请您一定收下。"威廉堆出一个虚伪的笑脸。

这英国人表面谦虚，实则一肚子坏水，挑这个时候来找我不知安的什么心。唐子文不想同他废话，依旧做派强势，"如果威廉先生没其他事，那就不送了。"

没料到唐子文如此高傲，威廉面露难色，但他怎肯就此罢手，于是急忙说道："不急不急！既然唐先生不愿意收这礼，那我也就不勉强了。倒不如……我们来谈一谈生意，你看如何？"果然所料无差，于是唐子文故意问道："哦？威廉先生对船运也感兴趣吗？"

"呵呵，我们有大批的货物要运到上海，正是想和您的码头合作。"

"上海滩这么多码头，威廉先生就这么看得起唐某。"

"唐先生真是太谦虚了，谁不知道上海滩一半的码头都是在您的永兴名下，我不找您还找谁呢！"威廉笑笑，"而且与我们合作一点不会失唐家的面子，我们大英帝国的货轮相比中国的货船可是更胜一筹呢。"

"是吗？"唐子文不屑道，"我们中国人建造的船只很早就已经是平底。早在汉代，中国人就创造了平衡船尾的柱形舵，好像是在我们中国人使用了这种舵的一千年以后，你们西方才有了此物。"

威廉听着面露尴尬，"呵呵，不愧为船厂少东，对船业果然精通……"此刻多说无益，威廉也无心为自己圆场。于是话锋一转，虚伪地叹息道："可惜我听说现在您的码头出现了一点问题，我非常希望能帮您一起解决这个问题。"说着拿出一张"共同结算"的协议放在桌上。

"共同结算？"唐子文瞄了一眼协议。

"是的，只要我们合作，英国领事馆一定会帮我们把码头'恢复'原来的样子。"威廉说着又笑了两声。唐子文当然知道这"恢复原来样子"的意思，可是共同结算就意味着把永兴让一半给英国人，接着他们就会一步一步地侵占上海市场，这是唐子文绝对不可能同意的。

"不好意思，这个协议对永兴来说不可能！"

"唐先生先别急着拒绝，您再考虑一下，"威廉打着小算盘，"现在还有谁会拿出比我们更优越的条件呢？"看样子威廉是有备而来，已经把永兴的现状调查清楚，看准永兴现在身处困境于是想乘人之危，这商场上果真是尔虞我诈。

"不用考虑了，送客。"唐子文一副孤傲的表情，随即独自办公起来不看威廉。阿毅开门，威廉在座位上踌躇了一会儿，见唐子文始终冷脸相对，于是"哼"了一下，气呼呼地走了。

"大少爷，您就这么拒绝啦！其实我们先退一步假意和英国人合作，等局势稳定了再把他们赶走不就行了嘛。"阿毅眼看这根"救命稻草"被主子剪断实在心急。其实永兴目前的情况比外界传的还要差，资金短缺、码头萧条、工人状态萎靡、尾款又收不到，已经是到了无路可退的地步。

唐子文道："英国人是在效仿当年的日船会社，看似要与我们同盟，实则是要垄断航运，一旦让他们资本统一就会成为航线中的霸主，到时候别说永兴，就是整个上海滩的航运也都会被他们控制。"

"没想到这英国人这么不要脸！大少爷，拒绝得好！"阿毅说得义愤填膺。唐子文一个白眼，刚才是谁看着威廉要走还一副舍不得的模样。

"不好了，大少爷——"王秘书闯了进来。这位王秘书在永兴已经十多年，一直管理着永兴的财务。

"出什么事了王秘书，这么慌慌张张的。"阿毅问。

"大少爷，您让我去催促的那笔借款不见了……"

"什么叫不见了？王秘书你把话说清楚！"阿毅也急了。

"我听大少爷的吩咐亲自去天津催促那笔纱厂的款子，可是到了天津才知道，唐爷借款的那家纱厂上个月已经倒闭了，还拖欠了工人们好几个月的薪资，我去的时候工人正在厂门口闹事呢！"王秘书将详情娓娓道来，"……后来我又去找了陈老板，但陈家上下都已经空了，可能是逃到什么地方躲债去了……"

这个消息犹如晴天霹雳，纱厂倒闭就意味着借出去的款子收不回来……这可是唐子文最后的一步棋。面对洪爷和帮派的步步紧逼，还有英国商人的虎视眈眈，以及华丰的那笔贷款……这一刻唐子文四面楚歌，他心里清楚眼前要救永兴只剩下两条路：和威廉合作，或者重返帮派……

月亮已高高挂起，可有一处地方的热闹正开场。

乐手们激情弹奏着乐器，舞池里的男男女女正在寻欢，婀娜多姿的舞女抱着他们的金主不愿放手，此地正是夜夜笙歌的大上海歌舞厅月皇宫。

台上娇媚的红牡丹正在献唱，一身猩红色真丝斜襟旗袍，料子恰如其分地紧贴于肤，勾勒出迷人的曲线，叫台下看客垂涎欲滴。其身后伴舞的西洋女郎上身穿着男式的西服打着领结，下半身却只有极短的西裤，跳舞时闪露出浑圆柔腴的大腿，挑逗味十足。

如今的宋瑛早已是上海滩的头牌歌女，一副天籁歌喉和曼妙身段让不少达官贵人都流连忘返，这也替洪大荣赚了不少钱。

一曲唱罢，宋瑛下台，手腕一晃一垂，裙衩一遮一掩，来到洪爷身边坐下。

"哈哈，红牡丹，你这资本简直是老天爷赏饭吃。"

洪爷看着高朋满座，笑得合不拢嘴。宋瑛给自己倒了杯酒，一饮而尽。洪大荣吸了一口雪茄往后面的雅座瞟了一眼，"这小子是跟在唐子文身边的那个吧，听说他天天来看你。"宋瑛不屑道："一个无用的人也值得洪爷费心？何况这里大把姑娘，这人就是单来看我的吗？"

洪爷笑笑，往桌上丢出一沓现钞，"你的！"宋瑛晃了一眼，自顾自地点起一根烟，红唇抿着烟尾悠悠吐出白雾。

"不必了，就当给洪爷买酒喝。"

"宋瑛，还记得我第一次在巷子里见到你，我当时就想这个女人出手够狠。"

听着洪爷的话，宋瑛不禁回想起那个逼她走上不归路的夜晚，她又抽了口烟冷笑道："把女人逼急了可是什么事都做得出来的。"

"我听说好几个官老爷要包你都碰了一鼻子灰，你钱也不要名也不要，到底打的什么算盘？"洪爷也抽了一口雪茄眯眼问。

"我要是走了，您可就少了一棵摇钱树了。"

"哈哈哈——有意思。"

宋瑛与洪大荣正举杯共饮，此时一女子走来，搔首弄姿间风韵放浪。她身着一袭鲜红的长裙，整个后背裸露在外，一头长长的波浪慵懒地垂于胸前，隐约透出贴在胸脯上那枚钻石挂坠的折光。此女看样子比宋瑛年长几岁，正是月皇宫的昔日第一红牌——月玲珑。

"哟，我说最近怎么都不见洪爷呢，原来都宠着牡丹妹妹呢。"

"是玲珑啊，"洪爷习惯性地眯眼一笑，"我听说最近你和红牡丹有些闹别扭啊。"

玲珑看了一眼宋瑛，"这又是谁在搬弄是非呢，只要是把洪爷伺候好的，哪个我给亏待了？"说着兰花指一绕推弄着洪爷，半个身子倚着他靠下。宋瑛则在一旁自顾自地喝酒，对两人的缠绵视若无睹。

"哈哈哈，不愧是我的玲珑啊，果真识大体。你们两个都是我月皇宫的门柱子，可得给我把这头牌的样子给做出来！"

"这还用说嘛——这不，刘委员又约了我宵夜，"月玲珑起身一副不情愿的样子，"要不是为了洪爷我才懒得应酬他。"洪爷拍拍玲珑的手安抚道："就数你最懂事了。"月玲珑一个媚眼扭腰离去，徒留一阵胭脂香。

望着月玲珑的背影，宋瑛不语。自从到了月皇宫，这位红牡丹就成了无数人眼中的假想敌，她不做辩驳也不屑一顾却难免受到同门的排挤与嘲讽。洪爷笑笑道："女人多的地方可不太平哦。"

"我还以为洪爷乐在其中呢。"

"红牡丹，你这一身刺早晚会害了你。"

"这不是有洪爷在嘛，上海滩谁敢驳洪爷的面子？"宋瑛给洪大荣倒上酒，"不过我倒是听说最近有人挡着洪爷发财。"

"呵呵，消息挺灵通嘛，这个王勇老谋深算不好对付。"

"那就先不对付王勇……"

"哦？说来听听。"

"张经理——"

宋瑛一声招呼便过来一个面上斯斯文文的青年人，宋瑛媚眼一撩同洪爷道："他可以帮你。"

"愿为洪爷效劳。"

青年人一脸老实相，对着两人卑躬屈膝。洪爷瞥了一眼这位"张经理"，继而吸一口雪茄奸诈一笑。

· 30　林楠小筑 ·

宋瑛从月皇宫出来已是午夜，在门口遇到了月玲珑，玲珑故意挡住她的去路。

"有事吗？"

"只是提醒你，别以为洪爷抬你就可以目中无人。"

宋瑛不屑作势要走，玲珑一手撑向门框，怔怔说道："月皇宫的'龙头'只有一个！"

"我没兴趣。"

"有兴趣也轮不到你！不然'姐妹们'会一个一个来招呼你。"

宋瑛想起前几日莫名腹泻至虚脱，误了好几个官老爷的场，想必也是这帮"姐妹"搞的鬼。于是对着月玲珑道："洪爷可是最讨厌挡他财路的人，只要你好交代，我不介意让位。"

"你——"

月玲珑气得咬牙切齿，宋瑛不等她说完，一把撩开其手臂，头也不回地走了。

的确，宋瑛当初选择依附洪大荣是为了报仇，月皇宫只是借由她复仇的外壳。可惜这个外壳表面光鲜亮丽，里头却惨不忍睹。一入红尘深似海，那些争斗与纠葛无法避也避不了。宋瑛叹一口气裹了下身子扬手招车，可当车子停在面前却见她犹豫了……待车子驶去，宋瑛独自走过两条马路随后放慢了脚步，一回头见一高大身影——正是阿毅。

"为什么跟着我？"

"我……我只是担心你的安全，这么晚了，一个姑娘……"

听到这话，宋瑛仰天一笑，"真是可笑，谁不知道我现在是洪爷的人，上海滩谁敢动我？你还是先看好你自己吧。"说完转身就走。

"宋姑娘——那个洪大荣不是好人！"阿毅追了上去。

"那谁是好人？你？还是唐子文？"宋瑛还是那张冷脸。

"我们都很关心你……"说到"我们"阿毅显得有些没底气，"我不知道你为什么会变成这样，我问大少爷他也不说……"

"我变成怎么样？自甘堕落的风尘女子？"宋瑛调侃道。

"我不是这个意思，如果你有什么困难，我可以帮你的。"阿毅一脸诚恳。

"帮我？那你是要赎我吗？你知道现在和我跳个舞要多少钱吗？"宋瑛冷笑道，"帮我？你有多少能耐你帮我？"

"我一定会想办法的！"虽然阿毅连自己都不知道他说的办法是什么，但他就是一心想帮宋瑛，从见她的第一眼起。

"我不是你能帮的，以后不要再来找我了。"宋瑛招了辆黄包车终究头也不回地走了，留下阿毅独自站在大上海的十字路口，一个孤独的身影。

华丰银行大厦，一位西装革履的年轻人戴着一顶礼帽，彬彬有礼地问秘书小雯："你好，请问王副总经理在吗？"

"请您稍等，我为您通报一下。"小雯拨通了办公室的电话，进而道："请您跟我来。"

小雯打开副总经理办公室的大门，"王总，张经理到了。"

"大哥，那你忙我先走了。"千楚走出办公室，在门口与张经理照了个面。

王贻华正坐在办公椅上看资料，听到声音后起身道："张经理，请坐。"

"王总事务繁忙，真是打扰了。"说着摘下礼帽在贻华对面坐定。

"客气了，我正在看您送过来的资料。"

"是。我们公司是跨国大公司，之前和其他几家洋行都保持着良好的合作关系，这次到上海开设分公司是想更大地拓展业务。"

"嗯，我看了你们公司的背景资料确实具有一定规模。"

"那我们的合作是不是可以就此敲定？"说着拿出合同书摆到王贻华面前。

"以往的记录是没有问题，"贻华仔细翻看着手上的资料，"但是这次合作的资金数额太过庞大，可能要做进一步的评估。"

"其实评估的内容都已经摆在您眼前了，王总做了这么多年生意肯定一目了然。这次我们洋人大老板特地嘱咐我要和上海最有保障的华丰银行合作，公司再三派我前来也是为了表示十二分的诚意。"

"呵呵，感谢你们对华丰的信任。"

"这是互相的嘛，何况这次我们公司也会一起出资该项目，借贷华丰的那部分出的利率要比普通的借款高出百分之五十，王兄，你应该知道这样的生意是不多见的。只怕哪天洋人老板一转脸把利率给调低了，那就追悔莫及了……我还是帮着咱们中国人的，所以只有签了这合同才有保障。"说着把合同又往前推了一推。

"今日就签？"

"是啊，资料您都看过了，公司绝对没问题，何况我都已经三顾茅庐了，还有什么可担心的？你看，这公司为表诚意都已经把章盖了。"

最终，王贻华再三犹豫后还是在这份合同书上签下了自己的名字。

今日王千楚主动邀约唐子文。连日来永兴身处绝境已是无法挽回的事实，千楚并不全知内情，但仍为没能帮上忙而自责。

两人拉着手在街上闲逛，看着身边的千楚一路沉默，唐子文反倒笑笑问："嘟着个小嘴，是谁这么大胆子敢欺负我们王家二小姐？"

"我觉得自己好没用，什么都帮不了你。"千楚默默说道。

子文看着千楚有些心疼，他将着她额头的秀发试图化解，"还记得第一次见你的样子，我还在想竟有如此伶牙俐齿的姑娘，和今日的样子真是判若两人，不过……还是现在的样子更可爱。"

"别闹……"千楚扑哧一笑。

"总算是笑了，"唐子文一脸欣慰道，"说说，想去哪儿？"

千楚想了想说："我们去喝一杯好不好？"

"呵呵，难得我们王二小姐有兴致。好！我知道前面有一间私家酒馆，我们就上那儿喝个痛快。"

唐子文选的这家果真是处清雅之地，围墙外大门上方的匾额写着"林楠小筑"四个字，若非熟客定不知这里原是家酒馆。走到里面更是别有洞天，小桥流水仿佛来到苏州的园林子。从园子到内堂要经过一条龙柳隔断的前廊，走廊间还挂了许多书画。走过前廊先是一间不大的散客厅，摆着四五张桌子。再往里走有几落竹片隔断的小间，门口挂着小小的牌子，上面写着每一间的屋名：合玉轩、白露阁……，若是寻着名字进屋就仿佛里面正有文人雅士相候。

"唐公子，里面请——"小二用熟客的口气招呼着。

"唐公子带过多少姑娘来这儿啊？"千楚调侃道。

"你是第一个。"

唐子文拉着千楚走过龙柳越过小厅，直直往里走，在一面竹帘前止步。看门柱上空落落的，千楚好奇道："这间没有室牌？"唐子文笑笑，掀开竹帘子把千楚引了进去。王千楚仿佛置身于梦境之中，只见里面四周围着一圈竹子，就像一片小小的竹林形成了天然屏障，旁边还有一条人工的小溪。已过芒种，小溪上浮着的睡莲正值花开，白的、粉的香远益清，亭亭净植。中间有一个大树根的桌子，前后两个树桩的椅子搭配得恰到好处，虽说这里地方不大，但却有几分世外桃源的意境。

"你哪里找到这么个好地方，我从小住在上海竟不知还有如此高雅之地。"

"坐吧。"

唐子文点了几样时令小菜、一壶清酒，又帮千楚点了一叠花儿冻。上来的菜品都十分精致，尤其是这花儿冻，晶莹剔透软软的还有弹性，里面藏着两片小小的玫瑰花瓣，白里透着红，光看着就叫人垂涎，挖一勺放在嘴里更是清甜可口。

"好吃——"千楚笑起来一对眼睛弯成了月牙儿。

"尝尝这里的小菜，也不错。"说着子文舀了一勺芋泥羹到千楚的碗里。

千楚笑笑，拿起酒壶往两人的杯子里斟满，悠悠说道："我给你唱个歌儿吧。"说着就掏出一条丝绸手绢往唐子文眼前一甩，笑言道："听得好，大爷可得打赏啊。"

唐子文一笑，只听王千楚揉着手绢掩面而唱："我为你泪盈盈，终宵痛哭到天明。

我为你汗淋淋，匆匆赶路未曾停，"唱到此处千楚拿下了遮面的手绢，深深望了子文一眼又继续唱道，"我为你气难平，几此伤了父女情。我为你碎了心，那有良药医心病……"唱到"心病"两字时王千楚含泪停下，唐子文刚想开口却听歌声又起。此刻千楚的音调一转，几度高亢："信难守，物难凭，枉费当时一片心。心似火，手如冰，玉环原物面——还——君。"

"一片心"时千楚端起桌上的酒杯瞧着，最后三个字时将酒杯送到了唐子文面前，虽已泪眼婆娑但眼神依旧坚定无比。王千楚唱得曲婉动情，唐子文接过酒杯一饮而尽。

"大爷——"千楚含泪笑说着摊出自己的手掌，做出讨赏钱的样子。

唐子文此刻也已是两眼蒙眬，这样一个喜怒不言于色的男人在自己心爱的女子面前全无设防。他深爱着眼前的女子却叫她如此伤心……但此刻唐子文的表情更叫人心疼，他无力蹙着眉，眼神刺痛人心，只见他牢牢握住千楚的手。

"千楚……"他有些哽咽。

"不必说……"王千楚将另一只手掩住他的唇，"不管发生什么我们都不分开。"

千楚的两只手被唐子文紧紧攥在掌中。唐子文心中默念：为了你，为了唐家，我一定不能让永兴倒下。

他吻着她的手，将头侧过，一滴泪滑下。

第四章

船厂少东难回头　誓死追随唐二爷

·31　唐帮二爷·

"红牡丹，你找的人办事果然干净。"

月皇宫内洪爷和宋瑛正举杯庆贺张经理成功让王贻华签下了那份合同。宋瑛呷了一口葡萄酒，好似并不满足这小小的"成功"。一旁的洪大荣依旧自顾自地说着大计："王家的这颗雷算是埋好了，哪天只要我挥挥手必定让王勇亲自来求我。呵呵，这上海滩总有一天是我洪大荣的天下！下一步就是全上海的码头……"

"你要动唐家？现在永兴的话事人可是唐子文。"宋瑛有些错愕。

"怎么？你心疼？"唐爷调侃道。

宋瑛眼皮一撩，"洪爷真会说笑，唐子文可是座百年冰山，对付他？你知道……最好的办法是什么吗？"宋瑛凑近洪爷，"那就是从他的软肋下手。"

"软肋？"洪爷不明。宋瑛贴上脸，在洪爷耳旁念叨："王——千——楚。"

"哈哈哈，有意思。红牡丹——女人里像你这般毒辣的可不多！"洪爷的口气半赞赏半鄙夷。宋瑛当然听出这话里的意思，但她只当是在恭维自己，自顾自地抽起烟来。

"我洪大荣用人可都调查得一清二楚，这唐子文和王千楚是你的朋友，你这朵牡丹葫芦里到底卖的什么药？"

"既然洪爷都调查清楚了，那就该知道这'朋友'早已是过眼云烟，"宋瑛的语气里全无眷恋，"我现在恨不得让王家每个人都粉身碎骨……"

"哦？"洪爷听得很是有兴趣。

此时前方舞台上一波舞女正穿着火红的舞裙跳着斗牛舞，一撩裙摆露出丰腴白嫩的大腿。火红的裙摆随着欢快的音乐跌宕起伏来回舞动，可这撩人的艳红炫于眼前宋瑛却觉得甚似鲜血般刺眼，她脑中又闪现火烧的场景……忽地，宋瑛一闭眼控制住自己的情绪同洪大荣道："洪爷一定很奇怪为什么我会如此仇视王家，其实告诉你也无妨……王勇和我是不共戴天的仇人，他毁了宋家，更害得我父亲惨死。我要让王家血债血偿！"此言一出，洪大荣终于明白一二，宋瑛又接着道："所以——我和洪爷有共同的敌人。"

"哈哈哈，我喜欢。"洪爷为自己多了一个联盟而庆幸，要知道这女人复仇的力量可是十分可怕的。说着两人举杯，宋瑛将杯中酒一饮而尽，这朵牡丹正值开放，但吸取的却是无解的毒液。

此时一个喝醉酒的客人过来，摇晃着身子直嚷着要和红牡丹敬酒，全然没在意宋瑛身旁的洪爷，不仅上前对宋瑛毛手毛脚，推扯间还把酒泼到洪爷脸上。月皇宫是何等地方，岂容这般醉鬼撒野，瞬间立马上来两个高大魁梧的保镖将此人拿下，一脚将他踢跪在洪爷面前。敢在太岁爷头上动土，真是活得不耐烦了。洪大荣当众被泼酒，怒气难耐，拔出手下腰上的手枪就是一记。

"呼——"

这一枪打在醉鬼的手臂上，只听醉鬼倒在地上痛苦哀号，虽然并非要了他的命，但那只手这辈子算是废了。同时间，一听到枪声，四周玩乐的人们顿时尖叫慌乱了起来，但洪爷手下做事干净利落，立马将醉鬼拖出门去，又维持稳住了场内秩序，不一会儿人们又各自寻欢起来。

"敢在月皇宫撒野，废一只手算是便宜他了。"洪爷擦着脸，对这样的事已经习以为常。

宋瑛定了定神，先前眼里的恐慌渐渐锐利起来，她紧紧攥着拳头似乎按捺着什么，但最终还是开口道："洪爷……我想要把枪。"

听到此话，洪大荣的眼里掠过一丝惊讶，随后大笑三声："红牡丹啊红牡丹，上海滩上你可是第一个敢问我要枪的女人。"他看着宋瑛坚定的眼神反倒眯眼一笑，把刚才他开过的那把小手枪半抛到空中，宋瑛接住手枪，手里和心里都在不住颤抖，为了复仇她一步步把自己逼向绝境，万丈深渊，无路可退。

我要让王家每个人都付出代价。王千楚，我曾真心希望能有你这样一个姐姐，可惜天意弄人，谁知你竟是王家的女儿，我们的相遇究竟是幸还是不幸……宋瑛一闭眼，你不要怪我。

与此同时，月玲珑正同其他几位舞女站在后台的幕布旁望向台前，看着洪爷与宋瑛发生的一切，月玲珑满眼怨气。其中一位舞女穿着短旗袍烫着齐耳短发，搔首弄姿间挑拨道："自打这红牡丹来了之后，洪爷连正眼都不瞧我们一眼了，整天和这个骚狐狸待在一块儿。如今还为了她在场子里打人，真是太把她当回事儿了。我们倒没什么，可是玲珑姐，你可是我们月皇宫的头牌啊。这几年不知为洪爷招揽了多少生意，只怕这样下去就要被那红牡丹占了先机，阿美真是替你不值！"

"哪来这么多废话，还站在这里做什么，赶紧上场了。"

音乐起，几个舞女都拉整衣裙往台上跑去。月玲珑望着宋瑛，紧紧攥着幕布。在月皇宫这几年她一步步往上爬，打败了多少人才能坐上头牌的位置，如今岂能被一个小妮子替代？她越想越生气，一撒手转身隐入后台。

永兴办公室。

依旧是那幅"闲云野鹤"，唐子文站在门口望着墙上这幅字，或许这样的日子始终都与自己无缘。

"大少爷，都办妥了。"今日的阿毅收起了平日的嬉皮笑脸，脸上多了几份凝重，最重要的是他的腰上多了一把枪。

"走！"唐子文一声令下，更像是在同过去的自己告别。

又见那张沉重的红木桌，桌上依旧坐满了帮派的话事人，只是今日多了洪爷。此刻他正与一众帮派元老激烈地讨论着如何才能抓到堂会老九，更有人称老九一再坏帮规不得不除。此时只听"砰"的一声，门被重重推开。

"各位打扰了。"

来的正是唐子文，他的脸深埋在帽檐下。待他摘下礼帽是一张异常冷峻的脸，双眸里透着杀气，这是在他脸上从未有过的表情。

"阿文，你怎么来了？"

"这么莽莽撞撞，现在的后辈都没了规矩吗？"

"子文，你来得正好……"

看到唐子文进来，一帮人又七嘴八舌地说开了，只有洪爷抽着雪茄好似一切都在他的掌控之中。

"各位，我今日前来正是告知各位前辈，我——唐子文，正式接任我父亲的帮中之职，以后唐帮由我接位。"

此言一出，下面立马炸开了锅，最先拍桌的是赵三叔，"你一个小字辈，凭什么接唐立懋的位？"接着其他几位也是相继发难。一帮不怀好意的帮派老大本就等着唐帮瓦解可坐收渔翁之利，如今唐子文要代父接位岂不是坏了他们的算盘，怎能叫他们不跳脚。帮派老大个个凶神恶煞，一旁的阿毅见这阵仗也是一杵，但为了主子怎么也得争气，于是更加挺直了腰杆站其身后。

"说来就来说走就走，你当这里是什么地方！我们今天能坐在这里，哪一个不是为帮里立过大功，你想接你父亲的位子，可以——等立了功再说！"洪爷终于发话了。

"阿毅——"

唐子文面对这帮豺狼虎豹面不改色，阿毅听闻会意，上前将一个正正方方的盒子放于桌上。看到众人对着盒子指指点点，阿毅上前翻开盒盖，全场震惊！正是三堂会老大九叔的头颅！

众人面面相觑，各大帮派不知派了多少人都没能查到这个老九的下落，唐子文竟如此神通广大……一时间屋内鸦雀无声。

"阿洪，这下你满意了吗？"袁师爷开口了，只见一旁的洪大荣口中含着雪茄隐隐笑而不语。

"这下你们应该没话说了吧，从今天起阿文就代替他父亲原本在帮中的职务，"袁师爷看向唐子文，"阿文，老九下面的兄弟你接。"

既然是师爷亲自发话，下面也就无人再反对，此刻的唐子文已经有了另一个身份，一个曾经他极力想摆脱的身份。门口那辆福特车已停靠多时，看到唐子文和阿毅出来，老李急急下车。

"大少爷……"老李替子文开车门。

"李叔，"唐子文与老李对视，"看来您还不能退休，子文望您辅佐。"

"哎！"老李显得有些激动。

车子回到码头，码头上的弟兄早就齐齐等候。自从唐子文接手永兴后，唐帮的兄弟都被命令收了枪，平日威风惯了的一帮人却连小帮派的喽啰都敢对他们指手画脚，早就憋了一肚子的窝囊气。如今见大少爷恢复了唐帮的势力外加上老九的人马，这唐帮比以前更威风了，兄弟们都铆足了劲要大干一场。

看到唐子文下车，兄弟们齐齐叫道："恭候唐爷。"

唐子文原本一副剑眉星目，此刻眼神更如同捕获完猎物的雄狮般犀利地扫射众人，"你们都是我的兄弟，我说过有我一日就有兄弟们一日！但是——唐帮的'唐爷'只有一个！"

在唐子文心中，父亲这位"唐爷"无人可代。阿毅今日也是陪着主子经历了重大抉择，此刻他走到众弟兄前面转过身面对唐子文，双手握拳单膝下跪叫道："誓死追随唐二爷！"

"誓死追随唐二爷——"底下的弟兄全部双手握拳单膝下跪同阿毅一个样子。

唐子文曾经命帮中兄弟收枪，曾经想让永兴单纯地只做生意，但在这布满杀机的上海滩，这一切都只是空中楼阁遥不可及。从此上海滩少了永兴的船厂少爷，多了唐帮的唐二爷。

"啪嚓——"

千楚一个不慎将手中的杯子掉落在地，俯身去捡地上的碎片却不小心被玻璃刺到，看着手指上的血滴慢慢渗出，王千楚莫名心慌。

自从林楠小筑一别，两人已经很久没见面了，千楚打过几通电话也都被阿毅敷衍挂断，电话那头的唐子文只是望着窗外沉默不语。

另一边，因为袁师爷发话让洪爷收了手，永兴暂时恢复了运作，唐帮在唐子文的带领下又收了几个小码头，势力更胜于唐立懋在位时。

一日袁师爷召唐子文前去，只见师爷坐在中间的太师椅上，洪爷和秦三爷坐于一旁。

"袁师爷。"唐子文进门对师爷尊称，同时看了到了旁边的秦三，顿时皱了下眉。

"阿文，这是秦委员。"袁师爷介绍道。

"呵呵，唐二爷，好久不见！"秦三笑眯眯地同唐子文打招呼。

"你们认识？那正好，秦三爷以后会与我们有长期合作。阿文，就在你的码头上货。"师爷此言一出，唐子文震惊！原就是这个秦三串通了洪大荣与自己为难，没想到他竟然提前攀上了师爷这层关系。此时的唐子文已经心知肚明，眼前的三人早已在他来之前串通一气。见一旁的洪爷抽着雪茄正是一脸奸笑。

"袁师爷，若是帮内的事，子文义不容辞，但是话说在前头，"唐子文犀利地转头看向秦三，"军火、枪支、毒品唐帮不碰！"

"哈哈哈——"一旁的洪爷笑得夸张，"你当我们这里是慈堂啊，这不碰那不碰，难道要叫一帮兄弟去喝西北风？"

"唐帮的规矩不会变，洪爷不信可以试一试。"

"你别不识好歹，要不是师爷抬你，会有你今天的唐二爷？"

唐子文与洪大荣言辞激烈互不相让，袁师爷看不住发了声："都住嘴，外人面前不怕丢脸！"一旁的秦三抬了抬眉，洪大荣见师爷发声也就乖乖收了口。唐子文顿了顿道："师爷，子文受您抬举自不敢忘。但唐帮都是弟兄们用性命在打拼，我要对得起帮里的每一个兄弟。"

"唐二爷果然重情重义！"一个蹩脚的口音从门口传来。

· 32　伊人落难 ·

唐子文转身惊耳骇目，进门的居然是英国商人威廉！

唐子文的眼神死死盯着他，一直看着他走到洪爷和秦三身边，整个人已是沉到谷底。

"唐二爷，我们又见面了。"威廉的语气就像一切都在掌控之中。

这一刻，洪大荣、秦三、威廉三人站在一起的画面给了唐子文重重一击。

原来，早在王勇连任华董的家宴上，当王勇拒绝了威廉之后，洪爷就已经借机与他勾搭上了。后来在洪府，洪爷对威廉说的那句"等唐子文没路走的时候就会乖乖回帮派了……"紧接着的后面半句是"这还得要威廉先生演一场戏……"原来，威廉并非真要让唐子文签那份"共同结算"的合同，而是借此将他逼上绝路，让他不得不选择回帮派。这样一来他们才好动唐家的码头。当日，威廉就表示王勇做事太正，如今的上海滩想要赚大钱就得要"灵活"，洪爷当即表示"那就铲除王家大家发财"。于是三人举杯联盟……原来袁师爷也只不过是他们获得唐家码头的工具，这一切唐子文居然都被蒙在鼓里……除了唐家码头，他们还要对付王家，这帮人豺狼野心深不可测。

永兴办公室。

百密一疏，唐子文点上一支烟。这帮老狐狸给他设了这么大一个圈套为的就是想利用唐家的码头为帮派所用，居然还想借由他手铲除王家……唐子文吐出一口烟，又回想起那日：

……

"王勇这个老家伙，满口的仁义道德，上海滩有王家一日，我们就别想过好日子。"秦三爷故意在袁师爷面前挑拨。

"不急，华丰很快就会'变天'，到时候你这个'委员'变'会长'也不是不可能。"看来洪爷算盘早就打好了。

"袁师爷，要真有那天，我秦三一定好好孝敬您老人家，当然——也少不了帮里的一众兄弟。"秦三对着袁师爷几近谄媚。

"阿文，你和华丰打过交道，这件事就交由你去办。"

……

袁师爷没有给唐子文选择的余地。但唐子文怎么可能就这样被他们牵着鼻子走，他望向窗外，一定要想个万全之策让唐帮全身而退。可就在这时阿毅突然闯进来，根本顾不上敲门直冲而入。

"二爷，不好了！千楚姑娘被绑了！"

华丰副总经理办公室内。

"王总，有人送来一封信。"秘书小雯将信递给王贻华。贻华读过信后脸色煞白，他定了定神连忙把蒋秘书找来。

"帮我准备五万现大洋。半小时之后我就要！"

"王总，五万现大洋？半小时？恐怕……"

"我不管你用什么办法，现在立刻去办！"

此时的王贻华少了平日的冷静，待蒋秘书走后他又挂了一个电话，"请接陈探长。"

……

"二爷，查到了！是洪爷的人干的，"阿毅冲进办公室急急说道，"千楚姑娘现在正被关在四号仓库。"

"他们是冲我来的。"唐子文语气平静但两眼透着杀气。

"二爷，你怎么还坐在这里呀？"阿毅急得像热锅上的蚂蚁，见主子仍坐在椅子上纹丝不动，他直挠头，"您倒是说句话呀！"

唐子文手上的烟并未点燃，他表情凝重，手指将烟尾捏了又捏……半晌终于起身。

"二爷，我叫上兄弟们。"说着阿毅就要往门外冲。

"站住——谁都不许叫，你也给我待在这里。"

阿毅一怔，从未见过主子这般嘶哑动怒。唐子文披上风衣，眼神里透着一股致命的狠劲，若是谁敢动他的女人定要将那人粉身碎骨。唐二爷单枪匹马出门，开了车朝四号仓库急速驶去。

王贻华手里提着一个考克箱，领着陈探长及一队警卫来到四号仓库。

"你确定就是这里？"

开口的正是陈探长，他隶属公共租界巡捕房，从一个警卫做起一路上到探长，也受过王家不少恩惠，所以只要不涉及自身利益，对王家的事还算尽心。

"没错，信上写的就是四号仓库。"

四号仓库远离闹市，是一个堆放货物的旧仓库，平日鲜有人来此处。再往北就是秦三爷的地盘，洪爷真会挑地方，万一出事也可以嫁祸他人。

王贻华和陈探长绕到仓库的后面，所有窗户都从里面用纸糊住了，借着缝隙贻华看到里面有十几个人，个个人高马大手上都拿着枪。千楚被绑在一张椅子上动弹不得，嘴上还被胶带封了起来。

"陈探长，我先进去假意与他们换人，等二妹到我身边后你们就冲进来。"说着贻华就绕到前面慢慢推开了厚重的大铁门。

"你们要的东西我带来了！"

话音刚落，门旁就出来两个打手般的人物把王贻华架起，一把将他推到仓库中央。

"哈哈哈，王家大少爷还真是有魄力，居然敢一个人来。"其中一个带头的绑匪怔怔说道。

王千楚看到大哥拼命挣扎着身体，想要说话却怎么也发不了声。

"千楚——"王贻华看到二妹有些慌了神，对着绑匪叫道："先把人放了。"

"钱呢？"绑匪问。

"在这里，"王贻华把考克箱打开一道缝又重重关上，虽然没底气但他还是定了定神喊道，"先松绑——"

"看你也飞不出去！"绑匪笑得得意，似乎一切都在掌控之中，于是用刀割断了绑住千楚的绳子，王千楚从椅子上挣脱开来向王贻华跑去。与此同时在贻华身边的绑匪一把抢过他手中的箱子，王贻华顾不上箱子，一把扶住跑来的千楚。他赶紧撕掉封在千楚嘴上的胶带，急急问道："二妹，你没事吧。"

"没事。"千楚惊魂未定但还是努力摇着头。

"你敢耍老子！"绑匪打开考克箱才发现只有外面一层是现金，里面全部是白纸，绑匪对准千楚和贻华就要开枪。

"谁敢开枪——"

千钧一发之时，陈探长带着警卫冲了进来。可这些不怕死的人哪里会被一句话喝住，于是掉转枪头对准警卫，两队人马一阵扫射。

贻华赶紧护着千楚躲到一旁，可就在此时一个绑匪跑来用枪头对准两人，贻华一把扑过去却被那人重打一拳用力一推，倒在地上不省人事。

"大哥——"千楚来不及过去，只见一个枪口对准自己越靠越近，她倒在地上不由得往后退。只见那人扳倒击锤，之后就是"呼"一声……

王千楚睁开紧闭的双眼，竟然发现有个穿黑色风衣的人挡在自己身前！那一枪不偏不倚打在黑衣人的手臂上，但是来不及看清他的脸，黑衣人已经急速转身去对付那个开枪的绑匪。此人身手如此敏捷，身影也如此熟悉……千楚刚想上前却被旁边冲出的一个绑匪重重撞倒，脑袋磕在箱子上，一下晕了过去。

"千楚——"

挡在王千楚身前的黑衣人正是唐子文，子文看到地上的千楚，怒气一下直冲脑门，他满腔怒火，使出全身力气重拳打在与他纠缠的绑匪脸上，只见那人鼻孔流血嘴巴也被打歪，倒在地上抱头捂鼻痛苦不堪。

唐子文一把抱起昏迷不醒的王千楚，看到她头上正流着血心乱如麻，子文不停呼唤她的名字……王千楚依稀听到有人在叫她，无力地睁开双眼好像看到了一张熟悉的脸孔，正想伸手去摸，却举到半空中又落了下去……

"千楚——千楚——"唐子文用力摇晃着怀中再次昏迷的王千楚，全然不顾那只中枪的手臂也正止不住地往外淌血。

此时一个烟幕弹抛了进来，枪声、咳嗽声混作一团，顿时仓库内一片混乱。

"阿毅？"

"二爷，快走——"

唐子文抱起千楚，阿毅护着两人逃出仓库。

广慈医院。

"二妹……"

"楚儿……"

"二姐……"

王千楚缓缓睁开双眼，看到父亲、母亲、千青、千语以及姐夫正在床头焦急地看着自己，刚想起身却发现头上痛得厉害。

"别动，别动。"千青护着二妹的头让她再躺下，"你撞到了头，医生检查过了无大碍，但保险起见还要留院观察一晚。"

"爸、妈。"千楚唤道。

"没事了，你只管好好休养。"王勇疼惜地摸了摸千楚的额头，她的头上正绑着绑带。

"大哥呢——"千楚着急地问道。此时王贻华推门进来，手上也绑着绷带。

"大哥……"千楚唤道。

"别动别动，我没事，只是手臂有些脱臼，绑几天就好了。"

千语赶紧上前扶贻华到千楚床边坐下。

"见你没事我就放心了。"贻华叹口气道。

"到底是怎么回事？陈探长后来怎么说？"千青问。

"人都抓住了，是一帮求财的混混。"听了这话，大家都松了一口气，这是巡捕房给的断案，洪爷做事又怎会轻易露出马脚。

"大哥……我记得有谁救了我……"千楚努力回忆着昏迷前的画面。

"是陈探长。我起身时，看到他扶着你，也是他把我们送到医院。"

原来唐子文救出千楚后看到陈探长出来，于是将千楚放于安全的地方，看着陈探长

"救下"千楚，又目送这一行人赶往医院才放下心。阿毅看着主子的表情又见他手臂上的枪伤，真是道不出的滋味。

"嗯——这次得好好谢谢他，"千青大家长模样又起，"贻华，以后这种事可不能再瞒着家里啊，都快把我急疯了。"

"人没事就好。"王母握着千楚的手。

"妈……"千楚眼眶有些湿润，在亲人面前总是叫人变得脆弱。

"好了，都这么晚了。顺开，送父亲母亲先回去吧，今天我来陪夜。"千青道。

"大姐，不用了！你们都回去休息吧……"

"你们两个'伤员'在这里，让我怎么放心回去，就这么定了，我留下，顺开和千语陪爸妈先回去。"

拗不过这位王家大小姐，于是由吴顺开陪着王父王母和千语一同回家。王贻华也回到自己的病房休息，千青在千楚病房加了床，就这样夜幕渐渐降临。

夜已深，千楚在床上睁着眼睛望向窗外。今晚有好大的月亮，星星一闪一闪，她回过头望向天花板回忆着晕厥前的画面，难道是幻觉……千楚辗转难眠，看看一边的大姐已经熟睡，于是起身披了外套想到外面透口气。

千楚拖着虚弱的身体在走廊上慢慢挪步，长长的头发散落腰间，一脸倦容还未恢复气色，看了叫人心疼。在她身后有个身影一路相随，这人也穿着医院的病号服，手上到脖子间绑着绷带——正是唐子文。千楚突然一个不稳就要跌倒，唐子文急忙上前……见千楚慢慢抓着墙壁的扶手站了起来，唐子文又赶紧后退。千楚站在那儿感觉有谁在看她，她慢慢转过头却只见空空的走廊。唐子文躲在与她成九十度的拐角处，在千楚转头的前一秒钟别过了头。

一个在明，一个在暗，这么近又这么远。墙背面的唐子文一脸胡茬，他往嘴里送了一根烟踌躇又拿下，一闭眼滑下一行泪。

·33 内忧外患·

自从到月皇宫后，宋瑛每每都要睡到正午，这一日倒是辰时就起了身，也未浓妆艳抹，一人独自前往孤儿院。

孤儿院门口，宋瑛傻傻望向里面在草坪上嬉戏的孩子们，笑声不断传来，但她感觉这声音离她那么远，曾几何时她也拥有同样的笑容……宋瑛怔怔站在门口，久久徘徊。

"瑛老师——"小宝从里面跑了出来，"瑛老师，你怎么不进来呀？你给我的风筝我已经画好啦！"说着就拉上宋瑛的手往里跑。

小宝拿出宋瑛给她的风筝，"瑛老师，你上次说等我把风筝画好就会来看我，我都已经画完好久好久了呢……"

"我不是来了嘛，"宋瑛摸着小宝的头，"来——让我看看你都画了什么啦！"

"这个是你，这个是我……"

小宝很认真地一边指着画上的人，一边和宋瑛说。只见风筝上画着一个头发长长的女子牵着一个小男孩，两人都咧着嘴大笑，画面上还有太阳和白云。宋瑛突然觉得鼻子有点酸……在月皇宫这样的地方待久了真会让人忘记什么是真情。

"瑛老师，你什么时候再唱歌给我们听呀？上次你和楚老师唱的那首歌好好听呢！"小宝一脸天真地看向宋瑛。

"你很喜欢听我们唱歌吗……"

"嗯！小花、小虎也都很喜欢。你下次把楚老师一起叫来吧。"

"不可能了……"宋瑛更像是在同自己说，她对王千楚与王家的恨已经成了一种扎根的惯性，不去细究对与错，只晓得一味去恨。宋瑛看着眼前的小宝，觉得这何尝不是她封存的内心，于是缓了缓神道："你把风筝画得这么好，我们把它放到天上去好不好？"

"好——"

宋瑛陪着小宝在草地上放风筝，看着小宝快乐的样子，宋瑛露出久违的笑容。她抬头看那风筝在广阔天地间显得如此渺小，望着它越飞越高，宋瑛觉得就像是看着从前的自己越来越模糊……

"瑛姑娘——"院长走了过来。

"院长。"宋瑛回过了神。

"你对小宝真是有心，过段时间就来看他。小宝已经开始慢慢愿意和其他小朋友接触了，真是多亏有你。"

"院长客气了，我也觉得和小宝很投缘，可能是身世比较像，我觉得小宝就像我弟弟一样。"

"我看小宝也是很喜欢你，那瑛姑娘有没有考虑过要收养小宝呢？"

听了此话，宋瑛沉默不语，院长见状赶紧补充上一句："是我一时心切，瑛姑娘还未嫁人，收养孩子毕竟不便，是我欠考虑了。"

宋瑛摇摇头，她心里明白如今很多事都已经由不得自己，把小宝带在身边也无法给他健康的成长环境，她早已将自己变成了复仇的工具，又何必拖累他人。

唐子文轻轻推开门。

"你来了……"宋瑛一袭布衫长裙，束发盘于脑后，一脸素净，就像第一次遇见唐子文的模样。

"你不会怪我还留着钥匙吧。"

原来他们回到了隆德公寓。宋瑛特意邀约唐子文相会于此，自己又提前过来将屋子打扫一番，家具上的白布都已掀去，花瓶里枯落的情人草也已换新，这里就像半年前宋瑛初到时的模样。

"你邀我来有何事？"唐子文带着墨镜语气冷淡。

"我们什么时候变得这么陌生了，难道没有王千楚，我们就不能做朋友了吗？"

"与她无关。"

"你还记得这串手链吗？"宋瑛抬起手腕，正是当初唐子文错赠的那串黑珍珠，"虽然现在有很多珠宝，但是这串手链我一直留着，因为这是你送我的。当日我落难撞上你的车，你借此地予我容身，这些情谊我都记在心里……如果可以选择，有哪个女子不想快快乐乐与心爱之人过安稳的日子，可是我不能！你一定很奇怪为什么一夜之间我就成了月皇宫的'红牡丹'。"宋瑛一闭眼，"那都是拜王家所赐！"

唐子文闻之一皱眉。

"我本是大户人家的小姐，六岁时随父母迁到南通，家中开设纱厂……"宋瑛将身世略略道予唐子文，"……八年前纱厂失火，我父亲葬身火海，母亲也因为过度劳心不久于人世，原本定的亲也被退婚……我沦落到今天这般地步都是王勇一手造成，他害得我家破人亡，我一定要让他付出代价。"

唐子文第一次听宋瑛道出自己的身世，可怕的家变使一位富家千金沦落为上海滩的交际花。无奈各有各自的苦衷，他劝道："仇恨会麻痹人的良知，它只会叫你更痛苦。何不放下仇恨走好以后的路，这样你的父母泉下有知才能安息。"

"放下？"宋瑛冷笑一声，"为了报仇我承受了这么多痛苦，你叫我现在放下？绝对不可能！我来上海的目的只有一个——让王家血债血偿！"

"到上海这么久，你应该了解王勇和王家的声名并非狼藉。何况外商虎视眈眈，上海滩的经济若没有王勇把控大局，很可能会出现动荡。你为何不选择另一种方式来化解两家的仇恨？"

"上海滩的大局与我何干？那些人都是瞎了眼才会被王勇的假仁假义迷惑，我一定要揭穿他的真面目。"

唐子文叹一口气，"你的心已被仇恨占满，多说无益。路都是自己所选，不要拿自己的不幸作为让别人不幸的借口。"唐子文转身。

"如果我放手呢？！"宋瑛在其身后叫道，"我一直在想如果当初没有王千楚我们会是什么样，当时若不是她横刀夺爱我们早就在一起了。"

唐子文摇头，"王千楚从未与你相争，当日我带你到此处全因助人之心，你又何必自欺欺人。"

"自欺欺人的到底是谁？！今时今日你觉得你们还有可能吗？别天真了，帮派根本就是要彻底绊倒王家，你觉得王千楚还会相信你吗？唐二爷！"

宋瑛字字都在提醒唐子文与王千楚之间的距离。唐子文蹙眉，宋瑛越提及帮派就越让他反感。见子文默不出声，宋瑛柔声道："我们才是同道中人，王千楚可以做的我也可以……"宋瑛走近唐子文从背后轻轻抱住他。

"滚开——"唐子文一把推开宋瑛。

"你为何这般对我？我到底哪里比王千楚差？"

"没有人可以和王千楚相比。你，好自为之。"

唐子文走了。叶怨风，花怨蝶，怎奈单只情深牡丹落。

离开隆德公寓，宋瑛回到了月皇宫，此时后台的姑娘们都在穿衣补妆候着上台。她们身着最时髦的旗袍、洋装，烫着最时兴的卷发，蹬着三寸高的高跟皮鞋，带着最华贵的珠宝，一派胭脂傲气。

宋瑛坐到自己的梳妆镜前漫不经心地画着眉，想起唐子文的话，心中仍旧隐隐刺痛。此时，那个叫阿美的舞女走过来故意挑衅道："哟——这还是红牡丹吗？这一身素衣不知道的还以为是哪家的小姐呢？"另一个舞女在旁应和着："清清白白的小姐会上我们这来？进了月皇宫还装什么纯情。"

宋瑛对两人的讥讽不以为然，突然德叔走来同宋瑛道："红牡丹，陈老板点你跳舞，快去准备准备。"德叔是月皇宫的总管，乐队、舞蹈、出场排单都由他安排，而且他对上海滩那些达官贵人的喜好讲究了如指掌，下面的姑娘都争着拍他马屁。宋瑛也一向敬他三分，可今日却对他的安排硬声回绝。

"我不接。"

"这……陈老板是洪爷的朋友，总得给个面子吧。"

"我说了不接，今晚谁的单我都不接。"在唐子文那吃了瘪，宋瑛的心情可想而知。

"好大的架子，"月玲珑一袭宝蓝色长裙走来，脖子上的钻石项链晃得刺眼，她一把拉起宋瑛，"才几天工夫连洪爷的面子都敢驳。"

这好不容易逮到机会月玲珑当然不肯放过，此时已围上一圈人都等着看好戏。

"放手——"宋瑛不想与其纠缠，甩开月玲珑的手就想走。

"还敢还手。"只听"啪"的一声，月玲珑在众目睽睽之下给了宋瑛一记耳光，"这是替洪爷教训你。"

宋瑛侧脸闭目，她从隆德公寓出来后身心俱疲，此时已无心再与月玲珑纠缠。宋瑛渐渐直起了身望着她道："你是什么身份？一个过气的舞女还想替洪爷出头？"月玲珑听得咬牙切齿，还想反击却被宋瑛抢先一步，只听她转头对德叔道："既然月玲珑这么替洪爷着想，那就由她去招呼陈老板吧。"说着撞开玲珑的肩膀直直向换衣间走去，可想身后的月玲珑是何等恼怒。

待宋瑛从换衣间出来，已经换了一身旗袍，黑底的蝴蝶印花，举手抬眉间又恢复了上海滩红牡丹的架势。她坐回梳妆镜前，小妹走来为她梳妆。

"牡丹姐，你没事吧。"小妹一边替宋瑛梳着发髻一边问。

"若这叫有事，那我这日子还过不过了。"宋瑛点上一支烟，语气更像是在自嘲。

"其实玲珑姐也挺可怜的，她爸爸是个赌鬼，当年欠了一屁股债就把玲珑姐卖到月皇宫来了。"

"是她父亲把她卖了？那她母亲也不管吗？"

"她母亲有病常年卧床，自己都得靠人照顾。洪爷当年可捧玲珑姐了，不然也不会起月皇宫的'月'字。不过也没办法，'花无百日红'嘛，她现在一边要照顾她妈妈，一边还要拨钱给那个小白脸……"

"小白脸？"

"哦，没什么，没什么……"

看得出小妹是不想多事才止了口，宋瑛便也不再追问。她望着镜中的自己，短短数月游走在那些男人中间红牡丹早已成了不折不扣的风尘女子，只怕叫唐子文多望自己一眼都是痴人做梦。宋瑛吐出一口烟看着镜中的小妹，两条长长的麻花辫，简单的麻衣裤和一张素净的脸。

"你小小年纪不该来这里。"

"我家还有弟妹，我妈说了攒钱让弟弟上学，我早点出来干活好补贴家用。"

宋瑛不再言语，上海滩真是一个吃人不吐骨头的地方，各自的心酸只能往肚里吞。在这里每个人都有不愿诉说的痛，只有让自己沉迷在酒精与金钱中才能暂时麻痹自己。花开花谢缘起缘灭全都由不得自己。但小妹有一句话说对了：花无百日红。今日我替代了月玲珑，那明日又有谁来替代我呢？宋瑛提醒自己一定要在有限的时间里想尽一切办法绊倒王家。

· 34　半月再现 ·

　　黄浦江边，华丰银行大厦内正在召开例行的董事会。

　　长桌上王勇坐在主位，两边都是华丰的董事。王贻华的伤势已基本复原，他精神奕奕汇报着洋行上半年的业绩，董事们都频频点头。此时会议室的门被重重推开——正在开会的众人齐刷刷地望向门口，只见唐子文与一中年男子带着几个警官站在门口。

　　"哪位是王贻华？"

　　"我是。"

　　"带走——"

　　中年男子一声令下，几个警察就要上前拿人。这突如其来的状况让所有人都不知所措，不等众人反应过来，已经上来两个警察将王贻华架起就要带走。

　　"怎么回事？你们是什么人？"王贻华慌张地叫着。警察就像没听见似的不管不顾强行要把人带走。

　　"慢着！"王勇发话了，言语间带着强大的威慑力。顿时两个警卫停了手，王勇走到门口向中年男子作了个揖，"刘总长，不知所为何事劳您亲自大驾？"原来此人就是巡捕房拥有华人最高头衔的刘督察长刘庸。

"王董，我收到消息说华丰有人贪赃枉法、结党营私，特地前来拿人。"

听到"贪赃枉法、结党营私"几个字，下面的董事一片哗然，王勇见状立马想先稳住大局。

"呵呵，刘总长，华丰经营向来有序，这其中是不是有何误会？"

"王董啊，你我都是老交情了，若不是有十足的证据我怎会前来抓人？华丰签了一个高额合同，其中大有漏洞啊！大笔来路不明的资金想借华丰转手，这其中的意思您不会不明白吧。"

非法资金转手？也就是洗黑钱！刘庸丢出一份合同，"签字的正是王家大公子！"

"不可能——"王贻华听到自己的名字一下扑到桌上翻看那份合同。没错，是自己的签名，再一看正是张经理让自己签的那份合同，王贻华的脸唰地一下白了。

王勇看到合同也是一惊，但仍然保持着镇定，"合同有待查证，刘总长可否给王某三天时间，待查清楚之后必定给您一个交代。"

"对，是要调查。带回去慢慢查，带走——"

刘庸一副"大义凛然"的样子，强行将王贻华带走，这显然是"受人之托"。在一旁的唐子文始终面无表情。眼看贻华被带走，王勇一时也束手无策。

太阳下山。听到王贻华被抓，王府内已是乱作一团。

"怎么就被抓了呢？那份合同到底是什么内容？"王千青手里捏着手绢在客厅内来回踱步。

"你先别着急，坐下来慢慢想办法。"吴顺开安抚着太太。

"人都被押到巡捕房了，你叫我怎么不着急。"说着千青深叹了一口气坐到母亲身边。

"这陈探长怎么说的？"王母也是一脸焦虑。

"已经去问过，陈探长说这原本是华丰内部的事情，但这次是有人特意举报，巡捕房才出的面。"千青回道。

"刘总长和父亲向来有几分交情，这次全不念旧情公然抓人想必是背后有人。"吴顺开分析着。

"背后有人？贻华向来稳妥能得罪谁？"千青眉头紧锁，又转向千楚，"二妹，听说今日唐子文也合着一块去抓人了，他是之前就知道吗？"

"我也不清楚……我好久没见到他了……"大哥被抓，怎么会与子文有关？王千楚心里已经乱作一团。

"爸爸——"

此时王勇进门了，全家人都迎了上去。见王勇一脸严肃，众人反倒静了下来不敢作声，王勇拄着一根拐杖到沙发上坐下。

"你们都知道了……现在事情还没有查清楚，先不要自乱阵脚。"

"爸爸，要不要给刘督察长……"千青还没说完就被王勇打断："这次的事情有蹊跷，不便此刻寻他。"

"这合同到底是有什么问题？"王母问。

王勇顿了顿说："我仔细看了合同，粗阅之下确实没问题，但里面几个附加条款都模棱两可，非要追究起来也是有理可循。这个项目我听贻华提过，只是没想到他这么快就签了合同。此番更像是故意为之，贻华这是中了人的套。"

中了人的套？众人一听都傻了眼。

"那难道就没办法了吗？"王母问道。

"办法不是没有，深究这合同漏洞百出，真要打起官司来就保不好要拖多久……"王勇也觉得此事有几分棘手。

"那大哥不是要一直待在里面？"千语口无遮拦倒也提醒了王勇。

"顺开，帮我准备一份厚礼给陈探长，要他帮忙打点巡捕房……算了，还是我亲自去吧。"说着王勇就要站起来。

"爸爸，您刚回来先去休息，我即刻亲自去办，您就放心吧。"关键时候这位王家大姐夫还是靠得住的。

"小心点。"千青嘱咐着，吴顺开就出了门。

一行人陪着父亲上楼，只有王千楚呆呆站在原地。子文也合着去抓人……这些日子他到底在做什么？这到底是怎么回事？王千楚心乱如麻。

翌日清晨。

"千楚姑娘，二爷他不在……二……千楚姑娘——"

王千楚不顾阿毅的阻拦，一把推开永兴办公室的大门。果然，唐子文正坐在办公椅上。

"这段日子为何你避而不见？"

"在忙。"

"忙着对付王家？"

唐子文一合眼，这一刻还是来了，终究要面对。他站起身走到千楚面前，没有往日的柔情，只是淡淡说道："日后再对你解释。"

"为何不能现在说？"见子文沉默不语千楚继续追问，"为什么你会和刘总长在一起？为什么要帮他抓我大哥？"

"王贻华自己签了有问题的合同，怪不得旁人。"唐子文重言道。

王千楚完全不敢相信自己的耳朵，眼前的唐子文简直像变了一个人。

"你怎么能这么说，他是我大哥！华丰从不做苟且之事！"

"是吗？你就这么自信？"

"当然！不像唐家要靠黑帮才能生存！"

"没错，永兴的每一笔生意都是用血换来的，但是王家在上海滩从商这么多年也未必干净！"

"你——"

"停！停！停！你们别吵了！"看这两人电光对火石，阿毅憋不住了，"千楚姑娘，这二爷都是为了……"

"阿毅——"唐子文一声怒吼。

"为了什么？为了唐家的生意就可以出卖良心、嫁祸他人？唐——二——爷——"

王千楚怒视唐子文，"唐二爷"三个字深深扎在两人中间，王家二小姐和上海滩唐二爷终究败给了宿命，王千楚怒气难忍不愿再多听解释，愤然夺门而出。

"楚姑娘……"阿毅叫不住王千楚，见她与主子闹成这般也是道不出的苦，"二爷，您干吗说这么绝情的话呀……这不都事出有因嘛，何况您还救了千楚姑娘一命……"

千楚负气出门，子文的心也凉了大半，只见他点了一根烟望向窗外——王千楚奔向大马路招了辆黄包车消失在拐角。

默然，唐子文取下烟道："洪爷绑架千楚就是因为怕我知道了他与秦三、威廉暗中勾结后会有所行动。他们对唐家码头早已虎视眈眈，如果我这时候退出，难保千楚会有第二次危险。何况如今我身后有一帮兄弟，既然选择了唐帮就没得回头，若她在我身边只会有危险。"

他不愿让深爱的女子涉险，更无法面对千楚有再度受伤的可能。为了保护她，这位唐二爷宁愿自己深陷沼泽。

王千楚坐在黄包车上，望着前方却好似什么都看不见，什么也听不到，她的心像被东西紧紧揪着由不得自己，就这样在黄包车上任由自己被晃着身子，一路颠簸前行。

突然，车夫一个急刹车，速度之快眼看着车子就要翻身，千楚本能地扶住把手，这才回过神来赶紧跳了车。黄包车侧翻在路旁，轮子还在急速转动着，所幸千楚与车夫都无大碍。

"走路不长眼睛啊！"车夫一把抓过撞上来的小民。原来是这人急冲过来，车夫为了避让才翻了车。只见那人慌慌张张的样子，衣衫也有些扯破，被车夫抓住还想拼命挣脱，一对鼠眼不住往后方瞟。

"怎么？还想走，你赔我车！"车夫抓着他不依不饶。

小民拼命想挣脱车夫的手，就在两人揪扯时那人不慎掉落了一个东西，半月的样子……千楚觉得有些眼熟，捡起再一细看，竟是第一次遇见宋瑛时她挂在脖子上的那个半月挂坠！千楚记得宋瑛说过这是她母亲留给她的物件，怎么会在此人手上？原来撞上黄包车的正是宋瑛初到上海时的恶房东，那日与房东纠缠时挂坠掉在地上。后来房东的头磕在了柜子上，其实并非要了他的命，只是一时晕了过去，后来起身看到这个挂坠便占为己有。

"这个东西怎么会在你这？"千楚急急问道。

"什么东西，这是我的，你还给我。"恶房东一边和车夫揪扯一边还想伸手去夺王千楚手上的挂件，千楚一个退步将挂件护在手中。

"站住——"只见远处追过来一群人，一路狂奔乱喊。

房东看到这帮人像失了魂一般，一个奋力，挣脱了车夫撒腿就跑，追上来的一群人晃过千楚向着恶房东又是一阵猛追，看来这鼠辈又不知做了什么缺德事。

千楚在后面喊："喂——你还没告诉我这东西是哪儿来的。"

此刻房东已经逃得无影无踪。其实挂件从何而来已不重要，重要的是这枚挂坠千真万确是宋瑛的贴身之物，这或许与她口中一再念叨的王家血仇有关。

王千楚将挂坠紧紧攥在手中，事情似乎已初见几分端倪。

·35 七日之限·

　　王贻华已经被关押了四十八小时，但巡捕房以证据确凿为由依旧不肯放人。这一日，王勇又被通知总商会要召开临时会议，说请王董务必到场。

　　王千楚陪着父亲来到上海总商会大楼，王勇拄着拐杖似有准备。两人来到会议厅众人早已坐齐，只见场上除了商会委员外又多了一个人——唐子文！看到唐子文，千楚有些惊讶，王勇则神情自若，依旧坐到总会长的主位上，千楚站在父亲身后将疑问及愤怒暂压心底。

　　王董的气场果然惊人，这一坐竟无人敢发声，他对全场扫视一番后开口道："不知各位今日邀王某前来所为何事？"

　　听了这话，场下众人一副欲言又止的模样，唯独秦三忍不住脱口道："王董，今日商会有两件事。一是多了一名新委员——唐二爷。唐家码头在上海的势力在座各位都很清楚，正可助商会一臂之力，想必您也不会反对吧。"说到此处下面连连点头，看来其他委员都已经被"打点"过了，倒是唐子文始终一个冷脸全无表情。王勇道："唐家的永兴在上海滩名声不小，若可以为商会出力那是再好不过。"秦三笑笑又道："第二件事……华丰的事已经传得满城风雨，这非法转移资金可不是小事，这么大笔金额的合同您不会不知道吧……"言下之意是王勇也参与了非法活动，抑或是在暗示王勇才是真正的幕后主谋。但公然挑衅王勇，秦三还是有所顾忌，于是补道："当然，王董也可能是不知情的，但不管怎样，对商会的名誉已经造成了损害，请王董为大局着想暂退总会长之职。"

此话一出，王千楚怒不可遏，说是"暂退"，谁不知道这是秦三的诡计，父亲一旦退位，他就可以顺理成章坐上总商会会长的位子，到时候再要让他下来恐怕比登天还难。父亲多年来为商会尽心尽力，没想到华丰一出事，这帮平日里阿谀奉承的委员就一边倒。王千楚忍不住愤愤道："你有什么理由要我父亲退位？华丰是被冤枉的，不出几日定会查明真相。"

秦三对其瞥了一眼不作理会，反倒是王勇仍旧一副安如泰山的表情笑笑道："各位，华丰目前确有遇到情况，但王某可以名誉作保，事情绝非表面看到的这般，也定会查明真相。至于总商会会长一职……王某随时可以相让！"此话一出全场哗然，连千楚也闻之一惊。正当众人交头接耳之时，王勇又发话了："只是——如此一来，商会的'理财'也不便再予华丰运作，各位可另寻他处。"

唐子文嘴角微微上扬，姜还是老的辣！在座这些人的家底大部分都放在华丰吃利息，因为王勇每年都会给他们"非常满意"的红利，这样的"理财"在外面是不可能的。这就直接关系到他们的切身利益，王勇正是看准这一点才用了釜底抽薪这一招，原来今日一切都在他的意料之中。

"那怎么行呢！"一涉及到自身利益几个委员都跳了起来，赶紧打圆场，"我们都相信赊华是被冤枉的，也相信总有一天会水落石出，但……毕竟现在正处风头上，商会的声誉也不能不顾……"

"拿人手软"这句一点也没错，被"打点"的几个人两边都想捞好处两边又都不想得罪，天下竟有这般好事？

果然是只老狐狸，秦三心中默念，但他还是不甘心就此作罢，于是说道："是啊！毕竟商会的声誉不能不顾，这样说来那就请王董先暂停会长一职，等华丰的事情水落石出之后再请王董出来主持大局如何？"

资金问题可大可小，在未给出结论之前暂停职务也可算是情理之中，这样一来王勇也没有理由拒绝，可当众人都以为就此作罢时，唐子文开口了。

"难道事情拖个一年半载，这会长的位子就空个一年半载？华丰合同一事并不好办，王董心知肚明，如果不给个时间恐怕难以服众。"

听了这话，秦三爷在下面一脸贼笑，没想到这小子还有这一手。

"那依唐二爷之见，几日为好？"王勇不紧不慢问道。

"七日。七日之内如果找不到签协议之人证明华丰的清白，就请王董退去总商会会长一职。"

果真够狠！只有短短七日，如果不能证明王贻华的清白，不仅王勇总会长一职不保，可能就连华丰也会被其他股东重新洗牌，到时华丰银行的主控权就很有可能失于他人之手。

慢着，签署协议之人？唐子文言下之意是如果能找到签署协议之人，那就可以证明王贻华的清白，到时候王家的危机也就迎刃而解。

签协议之人——张经理！

月皇宫内。

宋瑛坐在台上唱歌，余音绕梁，无袖旗袍镶饰着滚边，灯光下两条纤弱的手臂白皙如藕，旗袍高高的领子正衬上尖尖的下巴，花纹顺着斜襟下腰，裙摆高衩露出光滑修长的大腿，一对媚眼对着场下勾魂无数。

雅座内，洪爷和秦三正碰杯庆贺。

"哈哈哈，看王勇这只老狐狸还能玩儿出什么花样。"

"哼哼——这回王家有好戏看了。洪爷，只是这张经理……"

"老弟放心，我早就把这小子'安排'出上海了，估计这会儿正不知在哪里逍遥呢。"

"哈哈，洪兄办事果然有一套。只要七日内找不到张经理，我看王勇怎么向商会交代！"

"到时候这个总会长的位子还不就是老弟您的……"

洪大荣说到这时却不见秦三接话，原来他正盯着场上的红牡丹看得入神，就像失了魂般两眼放光。其实在马场那日洪爷已经看出秦三对宋瑛的这份念头。

"咳咳，三爷。不知在仓库的那批货……"洪大荣话说半句，想必又是什么发横财的不法勾当。

"那事不太好办啊……"秦三呷了一口杯中酒摇摇头。

"哎——在秦三爷的地盘还不是您一句话，何况……洪某必定会送上一份大礼。"说着抬头看了一眼台上的宋瑛对秦三笑笑，秦三顿了一下随即也是一脸奸笑，两人互相碰杯心领神会。

此时宋瑛一曲唱罢走下台来，移步间那撩人风韵似魅似幻。

"二位说什么呢？这么高兴。"

"哈哈哈——秦委员正夸你歌唱得好呢。"

"宋小姐的歌声在大上海要是称第二哪还有人敢称第一？"

"秦委员真是抬举宋瑛了，来——宋瑛敬您一杯。"

刚喝了一口酒，宋瑛就看到唐子文和阿毅走了过来，她一撩眼皮，"这是什么风把唐二爷吹到月皇宫来了。"

"呵呵，阿文来得正好，坐。"看来是被洪大荣相邀于此。

"洪爷有何贵干？"唐子文依旧站在那，对另外两人视若无睹。

"大侄子干吗这么严肃，今日叫你前来就是想让你出来透口气，待会儿帮你叫个小姐好好放松放松……来，我们先干一杯庆祝一下。"洪爷倒了杯酒递到唐子文面前。可惜唐子文并不领情，原来洪爷只是想消遣自己，于是道："不打扰各位雅兴，告辞。"唐子文说完就转身离去，阿毅看了一眼宋瑛也跟着主子一同走了。

"嚣张的家伙！"秦三翻了一个白眼。

"哈哈，不管他。我们来——"说着洪大荣就举起手中的酒杯，三人碰杯。洪大荣喝酒时瞄了宋瑛一眼，原来就在刚才，他偷偷在宋瑛的酒杯里下了药。

三人频频举杯，"展望"着没有王家的上海滩可以如何只手遮天。不一会儿，宋瑛觉得头有点晕，眼前的东西也变得层层叠叠。

"今天的酒怎么这么烈，"宋瑛晃了晃脑袋起身想走，只觉得说话也变得无力，"二位慢慢聊……宋瑛……先告辞了。"

洪大荣和秦三互望一眼，笑笑道："洪某还有事，那就麻烦三爷送我们红牡丹回去吧。"

"好说，好说！"秦三一脸淫笑起身扶起宋瑛，双手已是紧紧搂上她的腰。

"不用了……"宋瑛想挣脱却觉得身子无力，只能由着秦三把自己带走。

秦三把宋瑛弄上车，连拖带骗拉到一个酒店的房间。此时的宋瑛已是两眼晕眩，秦三一把将宋瑛推倒在床，此时药力正起，宋瑛想挣扎起身却只觉浑身无力。秦三一边淫笑一边脱去自己的上衣，一下扑到宋瑛身上就是一阵乱摸乱亲，宋瑛无力抵抗只能勉强用微弱的声音不断求饶……岂料秦三听到这小猫似的叫声越发来劲，一把扯开宋瑛的领口，顿时露出一大块胸脯。秦三见到这光滑洁白的肌肤更是兴奋，正想继续扒去宋瑛的衣服，此时"哐当"一声，门被重重踢开——原来是阿毅！

"住手——"阿毅手里举着枪狠狠对准秦三，再看看床上的宋瑛，阿毅怒火横烧，"你这个王八蛋！"

"好汉饶命！好汉饶命！"

被枪指着的秦三早已吓破了胆，哪还顾得上寻欢之事，赶紧捡起地上的衣衫对着阿毅磕头求饶。要不是急于去看宋瑛，阿毅真会一枪爆了这混蛋的脑袋。趁阿毅晃神，秦三一个箭步就夺门而逃。阿毅本想追上但看看床上的宋瑛也顾不得那家伙，他收起枪走回床边扶起床上的宋瑛。

"宋瑛——宋瑛——"

任由阿毅喊着自己的名字，但此时宋瑛早已不省人事。

翌日清晨。

宋瑛挣扎着起身，此刻她已经躺在宋公馆自己房间的床上，床边有一件男人的外套。宋瑛只觉头痛欲裂，她敲了敲自己的脑袋，一头松乱的长发遮住原本清瘦的脸颊，昨晚的片段在脑中忽闪，记得和洪爷还有秦三一起喝酒……然后有点醉了……然后……

"秦三！"宋瑛在脑中闪过昨日在房间的画面，不自觉地紧了一下领口的衣服……那我是如何回来的？又瞥见床边一件男人的衣服，宋瑛只觉脑中一片混沌。

"刘姐——刘姐——"

"小姐，你醒啦？"一个女佣进房来。

"刘姐，昨晚……"宋瑛皱着眉还在试图回忆。

"昨晚您回来的时候已经迷迷糊糊了。小姐，以后不要喝这么多酒了，伤身体。"

宋瑛不想听她唠叨，指着床边男人的外套问："这衣服是……"

"哦，昨晚是毅先生把您送回来的，他给您披的这件外套。"

毅先生？宋瑛依稀记得有人救了自己，原是是阿毅。

"帮我倒杯参茶……"宋瑛捏着眉心，还感觉阵阵头痛。

在复仇路上她早已做好最坏的打算，但此刻真是叫她有些心力交瘁了。宋瑛想找个静心的地方，于是她换了衣裳前往孤儿院。

· 36　棘地荆天 ·

"宋姑娘，您来了。"一个女院士招呼道。奇怪今日的孤儿院空荡荡的，宋瑛好奇问道："怎么今日如此安静，孩子们呢？"

"院长带着孩子们去做筹集募捐的演出了。"

"哦……那小宝也去了吗？"

"您还不知道呀，小宝上周被一户人家收养了！"

小宝被收养了？宋瑛有些诧异，她觉得自己应该为小宝高兴，他终于有了一个完整的家庭。可是为何自己的心里却空落落的，就好像唯一可以倾诉的对象也没有了……

王贻华被关押已经第三天了，七日期限也已经过去一天。

收押所内，章翙云买通了监狱长前来探望贻华。在一间小小的审讯室里，章翙云正在焦急地等待，只听见门"吱"的一声打开了。进来的正是王贻华，只见他一脸胡茬，面容憔悴，翙云看着有些心疼。

见到是章翙云，王贻华露出惊喜的表情，但很快又暗自神伤。两人对面坐着，隔着一张小桌子，千言万语却不知从何开口。

"你不该来这里……"

"你不想见我？"

"不是——"贻华急忙解释，但随之又垂下头去，两只手放在桌上不知如何是好，"其实这件事……"

"我相信你是无辜的。"章翊云的语气十分坚定。

"翊云……"此刻对王贻华来说，信任比安慰更重要，尤其是眼前这位女子。

"我一定会想办法证明你的清白。"章翊云向前握住王贻华的双手。此刻王贻华百感交集，这是自己心仪的女子，但此时此刻自己却什么都给不了她……王贻华鼓了鼓劲儿，为了他自己，为了翊云，更为了王家，他一定要证明自己的清白。于是他紧紧握着翊云的手万般认真地说道："那个张经理大有问题，如今只有找到他才能还我清白。"

"哦？唐子文也这么说……这就奇怪了，他现在是帮派的人，你被捕他也脱不了干系。按理说他要帮着秦三爷拉你父亲下马，又怎会把这么重要的讯息透露出来呢？"

看来这位章家小姐也是心思缜密之人。收押所内，她与王贻华两人彼此吐露心声，章翊云更让贻华放心，称自己定会尽全力救他出去。

"你放开我！"

"我不放！我不放！"

公园一角，一男一女正在争吵，看着像是对小情侣的样子……走近一看原来是千语和子杉，他们正因为唐子文帮着秦三对付王家的事而吵得不可开交。

"我是我，我大哥是我大哥，你怎么能因为我大哥的关系就不理我呢？"

唐子杉死命从背后抱住王千语，千语一边挣扎着一边口中念叨："谁让你也姓唐！你大哥伤我二姐的心，还要对付我们王家！都怪你都怪你！"

"这怎么能都怪我呢！"

"对，不怪你！怪你们全家！"

"你怎么不讲道理呢！"子杉松开手。听千语一股脑把整个唐家都带了出来，子杉也有些不悦了。

"对！我就是不讲理了，怎么样？"

"好了好了，都是我不好，好不好？"子杉妥协着，上前想再度拉千语的手。

"不好不好！我们家现在都一团乱了，都是因为你大哥！"

"那你想怎么样嘛……"

"分手！"

王千语甩开唐子杉的手，头也不回地跑了。

千语回到家中，看见父亲、母亲、大姐、二姐、四妹和大姐夫都在客厅里坐着，每个人的表情都异常严肃。

"怎么了，难道大哥他……"千语坐到二姐身边，焦急地问道。

"你大哥还在巡捕房，这七日内还暂时安全。"大姐千青说。

"那是怎么了？"千语小心问道，她看着众人的表情甚是不解。

"今日有人放出消息说华丰要倒闭了，我去银行的时候看到许多老百姓挤在大门口要求兑换现钱。"千楚说着也是一脸愁容，"华丰的董事知道了说要爸爸解决此事，还要我们恢复华丰的声誉，不然……"

"不然怎么样？"千语有些激动。

"如果七日内不能证明大哥的清白，就要父亲让出董事长之职。"

"这是有人故意陷害！谁在这时候火上浇油放这种假消息！"千语从沙发上跳了起来，说得也是越发激动，"这帮董事平时没少拿好处，这会子倒都出来装正义了，真是一帮小人！"

"坐下，还嫌不够乱的……"千青小声唤道。

确实大家都已经够烦心的了，千语也觉得自己言行过激，于是立刻收了口。她一边坐下一边寻思道："你们不觉得奇怪吗？几个月前也有人故意对华丰放了假消息，这次也是……会不会是一人所为？"

被她这么一说，众人都觉得有几分可疑，但此时已无心探究这其中缘由，只听王母道："不管这是不是一人所为，目前最重要的是要证明你们大哥的清白，这样才能保住华丰的声誉。"

"母亲所言甚是，已经按父亲的吩咐派人各方打探张经理的消息，就算是翻遍整个上海滩也要把他揪出来。"吴顺忙怔怔说道。

"华丰目前的状况是因为贻华的疏忽签下了这份合同，王家不能不管。"王勇开口道，"如果真的走到最后一步，所有的损失我会用王家的私产来填补，你们要有心理准备，因为数额庞大，这个房子也可能会被银行抵押。"

众人听到父亲的话都有些错愕，但不管发生什么事，王家人的心都在一起。

"爸爸，不管怎么样，最重要的是我们全家人都在一起。"

"对，父亲。我们都支持你！"

"爸爸，你放心我已经长大了，可以出去赚钱了。"

"呵呵，还轮不到你出去赚钱。"王勇摸着千佟的头笑笑，他看着王家儿女深感欣慰。在这样的关键时刻大家能够团结一心，没有什么比这个更让二老宽慰的了。

"爸爸，还有我的钟表行……"

王勇对吴顺开摆摆手，"顺开，你的意思我明白，但还没到这个时候，后面还有很多事要靠你去办。"吴顺开点点头，又听王勇道："千楚，上楼帮我把银票和房契拿来。"

千楚来到父亲的书房，她打开保险柜，密码只有王勇、石氏、贻华和千楚四人知晓。倒不是故意隐瞒，儿女里王父最早告诉的是千青，但这位王家大小姐虽然对家中事务样样操心，但对数字账目反倒一向头痛，也就懒得记这些个号码。此外，千语、千佟也就没有告知的必要了。

千楚取出银票和房契，刚想关上保险箱又好似看到里面躺着一个白玉的东西，觉着有点眼熟……拿起一看，也是一个半月的挂坠！千楚赶紧从兜里取出宋瑛那枚贴身之物，将两个半月挂坠拼在一起，居然正好是一个整圆！

"二妹，怎么这么久？"

"大姐……"

王千青走进书房本想催促二妹下楼，却看到千楚手里拿着不知什么东西，呆呆站在那儿望向自己。

"怎么啦？"千青走近千楚，"这是什么？"

"这块是父亲保险柜里的，这块……是宋瑛的。"千楚将两块玉递到大姐面前。

"这……看着像是将一块玉特意分割成了两半。但是这玉看起来也谈不上名贵，"千青拿在手里端详着，"父亲怎么单单就把这个锁在保险柜里了？"

"宋瑛说这是她母亲留给她的……"

"她母亲？"

"嗯……宋瑛说另一半在她父亲那里。"

　　千青闻之一怔，"我还记得宋瑛第一次到我们家，她对父亲说的那些什么仇什么债，难道……"

　　相片！千楚又突然想到和宋瑛在阳台的那次捡到过一张相片，急急道予大姐："还有一张父亲同一名女子的合照，也是宋瑛落下的……难道相片中的女子就是宋瑛的母亲？大姐——"

　　"千楚！"王千青也意识到了什么，但她还是喝住了千楚，目前王家处境已是万分堪忧，不能再节外生枝了，此刻王千青当家的大姐风范显露无遗。

　　"万事等先救出你大哥再说。"

· 37 蝶恋花散 ·

又过了一日，已是七日之限的第三日。

王千楚不想坐以待毙，于是一人来到华丰找董事求情。王千楚在此实习已有三个月，每次到华丰都有无比强烈的归属感，但是今日当她踏入华丰大门却感觉到了前所未有的孤独感，没有大哥、没有父亲，此刻的华丰只有她一个人。但是，为了王家无论如何她都要尽力一试。王千楚不停给自己打气，上海滩的王家二小姐没这么容易倒下。

华丰陈董办公室。

"陈董事，您再考虑一下……"

王千楚接连找了几位董事都避而不见，只有这位陈董在办公室被王千楚硬性"逮到"，但这位陈董事全然不顾与王家的旧情，对于千楚提出希望多给王家几日时间的请求严词拒绝。此刻千楚几乎是用哀求的声音在与他说话，但这位陈董丝毫没有怜香惜玉，一边敷衍一边就把千楚往门外推。正当门打开时，居然看到唐子文与宋瑛站在那儿。

"唐二爷，宋小姐，你们来啦。"

听这语气是早有相约，怪不得对她这般态度，王千楚推开陈董事的手。

"陈董这么着急原来是另有'贵客',那我就不打扰了。不过……这就算是您的新后台吗?"王千楚冷眼看着唐子文,又转向陈董事,"上海滩不是个个都靠得住的,陈董可千万不要做了井底之蛙目光短浅之人,您不要忘了如今华丰最大的股东还是我父亲!告辞——"

陈董事被说得哑口无言,宋瑛上前一步拦住了王千楚的去路。

"王二小姐未免度君子之腹了。"这话里的意思是在暗示王千楚是"小人"?宋瑛接着又不紧不慢道:"这么大个华丰就你们王家才能做生意吗?你大哥把华丰害得这么惨,难道王家要把所有的华丰董事都拖下水吗?"

"无稽之谈!"王千楚懒得与她废话,她还要赶紧想法子救大哥。

"慢着——"宋瑛一把抓住王千楚的胳膊,在她耳边低语道,"我和你说过我会让王家付出代价的,好戏还在后头……"

好戏还在后头……这和在阳台那日说的一模一样,看样子宋瑛是非要把王家逼到绝境不可。可王家二小姐又岂是怕事的主?她甩开宋瑛的手,双目死死盯着她,"我也说过,绝对不会让你伤害我的家人,"千楚走近一步,与宋瑛两人并肩站着,屏一口气道,"瘦死的骆驼比马大,对付你……"她转过头与宋瑛的脸近在咫尺,藐视地看着她,"绰绰有余。"

"绰绰有余"四个字打到了宋瑛的神经,她"哼"了一声,心里却憋了一肚子火。王千楚用同样的眼神望了一眼旁边的唐子文转头就走。踌躇一秒,唐子文还是追了出去。

"千楚——"唐子文截住了王千楚。

"唐二爷有何指教?"王千楚语中带刺。

"这个陈董事不会帮你的。"

"你要说的就是这个?"

"我今日前来……"

"你不必与我解释。"千楚打断子文。

"我无须向你解释,"唐子文直了直腰,"我只是要告诉你有些事情你管不了。"

"唐二爷这是在威胁我吗?"

"你当什么都好,总之王贻华会有他自己的出路。"

"什么出路？我大哥还被关在巡捕房，若不是'托你的福'定了七日之限，王家会落到如此境地？我告诉你，事关王家我不可能不管！"

"那到时候就别怪我不顾旧情。"

这件事情太复杂背后牵扯黑帮和多家利益，唐子文不能让她再度涉险，本想用激将法将她吓退，却没想到非但无效反而越闹越僵。

"很好！今日我就与二爷情断于此，"王千楚从脖子上硬生生扯下那条蝶恋花项链，"从今往后你我各走各的路，二爷也不用对我'手下留情'。"千楚一松手，项链滑落在地。

望着王千楚离去的背影，两人的心都在滴血，怨恨深扎在心里的那个人是何等痛苦，唐子文俯身拾起那条项链心如死灰……

"怎么？心疼了？我说过我们才是同类人。"

唐子文与宋瑛从华丰出来后坐上了车，车内宋瑛看着唐子文，一副冷脸故意在刺激他。

"停车，"唐子文独自下车，对副驾驶上的阿毅道，"送宋小姐回去。"

原来唐子文与宋瑛此次前来全是洪爷所为。洪大荣看准此刻王勇自顾不暇便乘机找到陈董事，想与他合作"夜上海"的项目。在此之前洪爷已经劝诱袁师爷说此项目可为帮中带来巨大利润，于是袁师爷出面让子文前来洽谈此事，师爷发话唐子文不得不来。洪大荣又借故安排宋瑛与唐子文一同前来，目的就是想在唐子文身边安插一个眼线。对付王家的事宋瑛求之不得，于是便有了二人同时出现在陈董办公室的那一幕。

上海滩暗潮汹涌，如今王家岌岌可危，平日被压制的各方势力早已按捺不住，这帮人四处撒网，就等着"七日之限"一过瓦解王家，坐享渔翁之利。

唐子文下车后，车上除了老李只剩阿毅与宋瑛二人。阿毅望了宋瑛一眼，这是那日之后两人第一次碰面，二人在车内都尴尬不少。

"你没事了吧……"阿毅弱弱问道。

宋瑛一撩眼，一副毫不在意的表情，"我的事以后你少管。"

"少管？那日若不是我及时赶到，怕那秦三……"

"那也是我的事，不必你费心！停车——"

宋瑛也下了车，留下阿毅暗自神伤。旁边的老李道："你小子听我一句劝，这种女人离得越远越好。"

阿毅忧心地深叹一口气，感情这东西真麻烦，看不到摸不到叫人急得牙痒痒，还不如真刀真枪地和人干一架，看来回码头还得多扛二十个沙包。

王千楚回到家中，见大姐、三妹陪着母亲在客厅坐着，看到大姐望向自己，千楚只能无奈地摇摇头。此时吴顺开进门了，打探张经理的消息已有三日，也该有些眉目了，此刻他好似背负着全家人的希望。

虽已立秋，但吴顺开在外忙活完一圈额头上早已渗出颗颗汗珠，也顾不上擦拭，他边喘气边对母亲说道："派出去的人都已经各方打听，几乎把上海寻了个遍，但都没有张经理的消息，只怕是已经离开上海了……"

离开上海？那找到的希望就更渺茫了，这一消息好似把全家人最后的希望也抹杀了，七日之限只剩四天了。

就在众人都濒临绝望之时，突然峰回路转。

"打扰了——"

一位青衣女子进门，梳着月牙式束发，脚踏两寸高跟鞋，拎着坤包，耳垂上一对白玉的坠子，正是章家小姐章翊云。

"各位，翊云有要事相告只好貌冒昧前来，还望各位见谅。"

"章姐姐——"千楚迎了上去，"章姐姐，我大哥……"

"我都知道了，"翊云拍拍千楚的手，"我今日前来正是想告诉各位已经打探到张经理的行踪。"

一听此话，在场众人都像"复活"了一般，争先问着张经理的消息。

千语说："整个上海都找不到他，这个张经理到底跑哪去了？"

千青说："这位章小姐是贻华的朋友？能找到张经理真是太好了……"

"大家不要急，"千楚扶着翊云走来，"先让章姐姐坐下慢慢说。"于是章翊云坐到王母身边，告知大伙原来张经理收了人一笔钱后躲到江苏一带。

"正巧我的一个朋友和张经理以前有业务往来，最近我那朋友在酒吧遇见张经理，见他出手阔绰便闲聊了两句，那个张经理多喝了几杯便露出自己发了笔横财，想来定与'合同'之事有关。刚打听到三日前他去了南通老家，我已经安排人过去找了。"

"章小姐，此番找人必定耗了不少人力，真是辛苦你了。"

"伯母言重了，这都是应该的，您叫我翊云就好了。"

这都是应该的……此话的意思王母默默记在了心里。

千青道："我们也不能坐以待毙，得安排一下谁过去。"正当众人讨论着派谁去南通时，王勇从楼上下来了。

"我亲自去。"王勇拄着拐杖慢慢下楼。

"爸爸——"千楚和千语上前扶住父亲，这几日王勇两鬓明显多了白发。

吴顺开说："爸爸，家里不能少了您，还是我去吧。"

千青说："是啊，爸爸。三日前在南通，现在也有可能去了别处，这一路上免不了要舟车劳顿，还是让顺开去吧。"

千楚说："我见过张经理，我和姐夫一同去！"

王母拍拍王勇的手道："就让他们两个去吧，我们安心在家里等消息。"

于是全家决定了由王千楚和吴顺开同去南通寻找张经理。千楚上楼整理简单衣物，出门前她望了一眼墙上那幅在千佟学校义卖时偶得的向日葵画作，希望此番前去能够带回好消息。

王千楚与姐夫吴顺开连夜出发前往南通。

唐公馆内，花园一角。

"明月几时有？把酒问青天——"

唐子杉穿着衬衫背带裤，垂着头，额前落下一缕发。他坐在一个石凳椅上，面前一个石桌，上面放着一壶清酒和两个杯子，他抬头独自对着夜空举杯邀月，语调之悲壮好似经历何等痛苦离别。刚饮尽一杯，又见他往两个酒杯中都斟满，子杉左右手各拿一个酒杯举在半空中，"干——"只见他两手一碰杯又一口气干掉左手杯子里的酒，刚想再举右手……突然出现了另外一只厚大的手，一把夺过子杉手中的酒杯一饮而尽。

"大哥——"子杉抬头看到唐子文。

"唐家二少爷的诗瘾又犯了？"说着唐子文坐到子杉旁边的石凳上。

"大哥……千语不理我了……"子杉说得有气无力。

"傻小子。"看子杉一副垂头丧气的样子，唐子文用力拍了拍他的肩。

"大哥，你说女人怎么这么善变？"唐子杉转过头，一脸无辜地看着唐子文。

"谁叫她们是女人呢……"唐子文也轻叹一口气，好似也受了莫大的委屈。他抬手去拿桌上的酒壶，将自己的酒杯倒满，刚想往嘴里送却被子杉劫去一饮而尽。

看那两兄弟的背影，唐子文和唐子杉抬头望向夜空又同时垂下了头，就像两只泄了气的皮球。

女人……

第五章

情存奈何缘灭　至此封帘楚文轩

·38 须眉归来·

从上海开往南通的火车上。

吴顺开正闭目养神，王千楚望着窗外满腹心事。他们坐的是夜班车，乘客都各自休息着，车厢里显得很安静，只听见火车的行驶声隔着玻璃"轰隆"作响。

随着一声长鸣，火车在半途停靠，刚刚安静的车厢顿时骚动起来，到站的乘客三三两两往车门口挤。突然吴顺开觉得有人故意往自己身上撞了一下，他机警地一摸口袋，发现钱包不见了。

"有小偷——"吴顺开喊道。

只见一个鬼鬼祟祟的男人听到叫声拔腿就跑，他挤过下车的人群直往站台外跑去。

"站住——"吴顺盯着那人不假思索就急急追了过去。

"姐夫——"

两人速度之快，随千楚怎么叫都已无济于事，透过车窗的玻璃王千楚看到小偷正狂奔出月台往外面的栅栏跑去，后面的吴顺开对其紧追不舍。就在此时，火车发出一记响亮的鸣笛声，千楚觉得车身正在慢慢向前挪动……

"哐当——哐当——"

火车速度越来越快，千楚忽地打开窗门对着吴顺开大喊。吴顺开看到火车发动也慌了神，顾不得追小偷赶紧往回跑，他奋力追赶可是已经及不上这火车的速度。

"姐夫——"

"二妹——我去南通找你，你自己小心——"

"接着——"

千楚从窗口丢下一包东西，吴顺开捡起打开一看里面是一沓现钱，他望着火车越跑越远，越跑越远，直至消失在视野中。

火车进站，千楚到了南通，她长这么大第一次独自来到一个陌生的城市。夜已深，南通不比上海的繁华，这里的夜悄无声息。乘客们熙熙攘攘出了站台，外面正下着淅淅小雨，夜风尤甚，千楚只着一袭布裙不禁打了个喷嚏，她搂了搂身子哆嗦了一下，手里提着竹藤小箱，紧紧握着手柄更像是在给自己打气：王千楚你一定要找到张经理救出大哥！

出了站台，千楚简单找了间旅馆住下，等待明日升起的太阳。

七日之限第四日。

千楚照着地址寻去，可是南通的小巷极多，走了好几处冤枉路。正愁着，此时一个中年妇女走来。

"姑娘是在找路吗？"

"是啊，这位大婶，你知道这个地方怎么走吗？"千楚指着地址问。

"哦，这里过去两条马路左转，第三个路口右转，再过一个小桥……"

"大婶，我第一次来这里，路不太熟，能麻烦您给我带下路吗？"

"姑娘第一次来啊……"

"是啊，麻烦您了。"

"好吧。"妇人犹豫了一下还是答应了。

千楚随她走了半炷香的工夫，觉得越走越偏似有蹊跷，于是便问："大婶，还有多久啊？"

"快了，快了，前面就是。"

于是两人继续前行，但千楚还是觉得越走越不对劲儿，于是停下脚步问："我们已经走了快半个时辰，到底还有多久呢？"

妇人回头道，"姑娘，就在前头了。我带你走路也不容易，你给我两块大洋吧。"

王千楚听闻此言已警觉到不妥，但这路已经走了大半，此时叫人进退两难，而且面对眼前年长的妇人她也不忍拒绝，况且此刻万事都不及找到张家住所要紧。于是千楚掏出两块大洋递予妇人，谁料那人拿了银元撒腿就跑，千楚这才确认是被人诓了，急忙追上拉住那妇人的手腕，"你还没告诉我怎么走呢……"王千楚平日就有几分身手，紧抓着妇人叫其挣脱不得。可不想刚还和颜悦色的大婶瞬间变成了一个泼妇，对着千楚手口并用，野蛮相向，一个不慎叫她逃脱。可王千楚哪会轻易放弃，她犹如飞燕般追上，却不料妇人抓了地上的大石头就往后扔，千楚追赶间不慎被丢过来的石头绊倒，好在用手力托住了身子才未伤到要处，但脚踝却硬生生被扭到，一时酸痛难忍。千楚撑着地慢慢起身觉得哪里还在刺痛，一看，原来撑地的手掌蹭破了皮，裙子也破了个洞，膝盖处正在渗血……千楚抬头寻那妇人的身影，见她已经跑远，再低头看看已经肿起的脚踝，看是怎么都追不上了。王千楚眼中倔强又无助地强忍着泪水，她只得给自己打气天无绝人之路，于是将衣裙一拍，咬咬牙一跛一跛地继续找路……

几番周折后终于寻到张家老宅，可是只有张经理的母亲一人在家。

王千楚将张经理在上海发生的事原原本本道予张母，并表示只要张经理能出面说出实情证明她大哥的清白，不仅不会对其追究，而且还会请最好的律师为其辩护。可谁知张老太太一没出过南通没啥大文化，二一听说自己儿子做了坏事怎么都不肯承认，老太太只是一味袒护着自己的儿子。

"我儿子怎么可能做这种事！看你长得斯斯文文，没想到一肚子坏水，你给我出去——"

张老太太边说边拿着一把扫帚将千楚硬生生赶出张家。

"嘭"的一声，门被重重关上。千楚在门外落魄极了，她叹了口气拍了拍身上的灰尘不知如何是好。她一瘸一拐地走到巷子口，看见太阳正下山，一天又要过去了……想到大哥还被关在巡捕房，想到张老太太避而不见，想到与姐夫失散，还有为剩不多的盘缠……王千楚回望四周，独自一人站在这个陌生的城市，积压许久的挫败感一股脑涌上心头，只觉鼻子一酸……可就在此时，有人拍了一下她的肩，千楚回头不禁失声叫道："席正——"

席正看到千楚受伤的膝盖，皱了下眉头。

"你怎么在这里……"千楚语气里除了疑问还有惊喜。

席正深吸一口气，一手搂住她的腰，一手握起千楚的右手扶到自己肩上，当他留意到千楚蹭破的手掌时吞了一下口水，好似在责怪自己为何不早点赶到。

就这样，席正"强行"将千楚带走。

"你干吗！我能走，我可以自己走。"

席正对她的"反抗"置若罔闻，自顾自说道："我要是张老太太，我也把你赶出来。"

"什么意思？！"

"自家的儿子都是宝，谁会承认自己的孩子在外面做坏事。再说了人家一老太太，你和她正儿八经讲道理，她怎么可能会听。"

千楚不服气，但又觉得席正说得在理，只因一心想快点救大哥，确是自己太心急了。

"那我们再回去！"千楚踮了个脚就要往回跑，被席正一把拦住。

"老太太还没糊涂呢，你现在回去还得被人赶出来！"

"那怎么办？"千楚一对水汪汪的眼睛望着席正。

席正皱着眉认真思考了片刻道："有了！我们先去吃顿好的，等你睡醒我们明天再来！"

"这是什么馊主意！"

"走啦——明天包在我身上。"

"不行啊！我大哥……"

"走啦！"

千楚被席正连拖带拐弄到一家馆子里。席正点了一桌子菜，千楚却一直狠狠瞪着他，席正才不理会她的表情，只顾拼命往她盘子里夹菜。

"我不吃！"

当千楚的盘子已经"堆积如山"，席正便开始自己大口吃菜，"你不吃，这钱也是你付！"

"你……"千楚发现再瞪他也于事无补，只好妥协于现实，这才注意到眼前这一桌都是自己喜欢吃的菜。一日下来千楚都没怎么进食，如今一停下来看到这般可口的小菜才发现早已饥肠辘辘，于是学着席正大口吃了起来。

"慢慢来，没人和你抢。"

席正给她倒了杯水，看着大口吃菜的千楚会心一笑。

七日之限第五日。

南通早晨的街道不像上海的市井这般热闹，只有三两的小摊摆在路边，街上的行人悠闲地走着。席正和千楚来到张家老宅的那条巷子口，席正对着千楚意味深长地一笑便独自走开了……千楚深吸一口气，走到张家门前敲了两下门。

"谁啊——"张老太太出来开门，看到又是昨日的姑娘，随即板着一张脸，"怎么又是你？走走走——"

千楚手一撑顶住大门，"张婆婆，求求你了，张经理到底在哪啊？我大哥等不了了……"话说一半，只见张母松开了手走回院子去，千楚还正纳闷：这就改变主意了？

突然听到"哗"的一声，张老太太端了一个大水盆就往千楚身上泼，千楚反应及时一个躲闪向后快退了几步。

"啊呀呀——"只听一声惨叫，原来这水不偏不倚泼到了后面走来的一个男子身上。这位"正巧"经过的男子正是从巷子后面绕上来的席正！

千楚对席正假装视若无睹，继续同张母说道："张婆婆，求求你就告诉我吧……"

"我说你这姑娘也太胡搅蛮缠了，信不信我再……"张母刚想抬水盆却发现里面的水已经寥寥无几。

"是啊——哪家的姑娘这么不开眼。"席正帮着张母絮叨着。

"关你什么事？"千楚对着席正一脸凶相。

"这大姑娘家说话这么凶，哪有婆家敢要哦，你赶紧走赶紧走！"张母对着千楚使劲摆手。

"婆婆说得是，女孩子就要温柔一点！还不赶紧走——"席正帮腔道，又转过身对着张老太太说，"这位阿婆，你看我这衣裳都湿了，能不能行个方便进屋打理一下？"

"对对对！真是不好意思，这位先生赶紧进屋吧。"说着张母就把席正客客气气地请进了门，对着身后的千楚又是一阵赶。

席正随着张母进屋，迅速回头对千楚眨了个眼，张家大门被重重关上。千楚合眼又抬起头，刚刚愁眉苦脸的表情顿时烟消云散，原来这都是二人的预谋。千楚歪着个小脑袋嘴角上扬：还是席正鬼点子多。但想到席正刚刚帮着张婆婆数落自己的样子，不免轻"哼"一下，回头再同你算账！

·39 一心相随·

席正随老太太进屋。他环顾四周，这是间木质的旧屋，只有里屋和客堂两间房，客堂的摆设极其简朴。

"先生请喝茶。"张母递了一碗茶给席正。

"阿婆你一个人住吗？"席正接过茶碗看到碗沿已有破口。

"是啊，老头子前年走了，就我一个人。"说着递给席正一块毛巾给他擦身。

"那您没有儿女吗？"席正一边接过毛巾一边问道，见这毛巾也是破了好几处。

"有个儿子，在上海做生意，我儿子可能干了……"说到自己的儿子，张母一脸骄傲。

"哦？正巧我也是在上海做生意的，我那里有很多朋友，不知道阿婆的儿子叫什么名字？"

"真的吗？我儿子叫张德康。"

正是张经理没错！于是席正谎称自己是张经理的朋友，同张母攀谈了几句后便问起他的去向。

"你说阿康啊，前天回来了一趟，拿了东西就走了，这好不容易回来一趟也不知道多待两天……"说着张母露出不舍的表情。

"哦？什么东西这么要紧也不多陪您几天？"席正试探性地问。

"谁知道啊，问他就说是做生意的事情，不过我看到他拿了几张银票……"

"银票？德康等钱用吗？"

"他说钱要在自己手里才放心……先生，上海是能赚大钱吧。"老太太望向席正，一脸期盼。

"呵呵，阿婆你没听说过一句话叫'上海遍地是黄金'吗？"席正环顾四周，看到墙上好几处的石膏面已经脱落，"我看，应该叫您儿子帮您把这屋子给整修整修，也好让您住得舒服些。"

"哪用花这个钱！再说，他忙……他忙……"张母的声音越来越低。

席正看看老太太，随即从口袋里掏出一沓现钱，"差点忘了，阿婆——这个是德康让我带给您的。您自己多买点吃的用的，可别亏待自己啊。"

"你看我儿子孝顺吧！"老太太笑着接过钱，丝毫没有怀疑。

看到张母止不住地笑，席正嘴角也挂上一个弧度，闲聊两句后便起身告辞。

"伯母，我还有事就先走了。"

"吃了饭再走嘛。"

"不用，不用，您自己保重。"

同张母道别后席正一路走出小巷，在巷子口王千楚正低头倚在墙上，当她转头看到席正时露出期待又疑糊的表情，急急问道："怎么样，有没有打听到消息？"

"本少爷亲自出马，你说呢？"

"您席大少神通广大行了吧，快说说，到底怎么样啦？

"张经理前两日回来拿过银票……"

"然后呢？"

"要不是你打岔，已经说完'然后'了！"两人这斗嘴的毛病还是改不了，席正道，"然后他就走了……"

"走了？"千楚一脸失望。

"你脸怎么红红的？"相比张经理，席大少更关心眼前这个人。

"再找不到张经理，我脸就要绿了！"千楚没好气地说道。

看着王千楚失落的表情，席正笑笑道："拿银票肯定是要去兑现钱，兑大笔现钱那就是要去——银行，我们把这里大小银行都找一遍应该就会有他的消息啦。"

"那还不快走！"千楚顿时来了劲儿。

南通的合作社和钱庄比较普遍，银行总共就那几家，王千楚信心满满。于是两人马不停蹄地出发，一口气跑了两家，但事与愿违全都一无所获。眼看这太阳就要下山了，王千楚焦虑万分。

"快，我们再去另一家……"千楚话未说完，只觉得身子一软险些跌倒。

"你脸怎么这么红？"席正扶住千楚觉得她有些不太对劲儿，用手背摸了下她的脸颊和额头，"这么烫！你发烧了！"

其实今早起身千楚就觉得口干舌燥，只怕是前两日淋了雨寒气入身又连日奔波，汇到此时一并发出。

"没有……"千楚还想逞强，"可能是有点累了……"话未说完，只觉得两脚一软眼前一黑……好在有席正扶住她，只见千楚脸色一阵红一阵白没说两句就晕倒在席正怀里。

小旅馆内。

"大夫怎么样？"

"这是连日积压所致的虚脱发烧。"

"严重吗？"

"好在姑娘底子好，我开两服药，按时服下，好生休养几日便可康复。"

席正这才松了一口气，将大夫送出房门，把方子交由店小二，打了一盘水就回了屋。

千楚迷迷糊糊地喘着气，额头上渗出细细的汗珠。席正拧了一把毛巾，坐到千楚床边为其擦拭。看着千楚紧锁的眉头，席正说不出的心疼，他轻轻抚摸她的脸，握着她的手寸步不离……

一束月光照进屋内，席正靠在千楚的床边，一手托着脑袋一手不离地握着她的手。只见千楚的睫毛微微颤抖了一下，她慢慢睁开眼转头看到床边的席正，身子一动才发现自己的手被席正牢牢牵着。

"你醒啦。"

席正并未睡熟，感觉有所牵动便睁开双眼，赶紧扶千楚起身将她半倚在床头。千楚的思绪还有些混乱，她摇了摇头渐渐恢复了意识，刚想开口只觉得喉咙干得像火烧，一个字都说不出来。席正赶紧给她倒了杯水，千楚一口气喝下才觉得稍有缓解。

"我这是怎么了？"

"你发烧了，大夫来看过要你好好休息。"席正帮她捋着额头的发丝。

千楚看看窗外已是子时。

"银行……"千楚皱着眉。

"你只管好好养病，银行的事交给我，"席正拿过炉上的一碗药，"这药一直温着，赶紧喝了病才会好。"说着往勺里吹了两下送到千楚嘴边，见千楚摇头，席正只得连哄带骗道，"大夫说了这药一定得喝，你喝了药才有力气去找人。"

一听这话，千楚果真就肯喝药了，她拿起碗咕噜咕噜就将药往嘴里灌，两行泪不知不觉流了下来。席正见她这样，心里说不出的心疼。

"好了，药喝完了赶紧再睡一觉。"

"明日……"

"明日我们一起去找人，一定能找到，安心睡吧。"

席正哄她睡下，千楚也觉得实在无力，只得再躺下，挂着泪痕，这一昏睡就到了第二日清晨。

小鸟在窗外叽叽喳喳叫个不停，王千楚睁开眼看了看周围，屋内只剩她一人，于是撑着身子想起身，此时门开了。

"你怎么起来了呢——"席正进门看到千楚起身，快步上前扶住她。

"我要去银行……"

"你先躺好，"席正将千楚扶靠在床头，"我刚刚已经去了两家。"

"怎么样？"

"都说没见过这个人，现在只剩最后一家德昌洋行了。"

"这家一定会有消息的，我要去……"

席正拗不过这位王家二小姐，只好扶她起身。虽还晕乎乎的，但睡了一觉出了身汗这烧已经退了大半，席正摸摸千楚的额头也总算是放下半颗心。梳洗过后，席正陪着千楚去往德昌洋行。

不久，两人从银行出来都垂丧着个脸……竟然连最后一家也没有消息，两人已经将南通的大小银行都跑了个遍，居然都说没见过这个人，那张经理拿着银票究竟上哪了？难道人间蒸发了不成！明日就是七日之限的最后一日，此时的王千楚有些心灰意冷。

两人只好先回到旅馆再作打算。席正正安慰着千楚，听见门外有人敲门——原来是吴顺开来了，几番周转后他终于同千楚会合。但一听至今还未有张经理的消息，这位王家大姐夫也是急得坐立不安，就在此时又听有人敲门。

"谁？"

"客官，有您的信。"

席正打开门，见店家手里拿着一封信，说是有人送来的，指定要交到这间房住客的手里。席正接下信给了店家小账便关了门，席正觉得奇怪这信封上并未署名，打开信里也未见落款，定眼一看竟然是……

三人急急出了门，上了黄包车过了约莫一盏茶的时间，在一个小旅店门口停下。

"就是这里。"席正表情异常严肃。

小旅店最里边的一间房内，一人正在床上数钱，戴了一副眼镜看着样子斯斯文文，但对着一床子的现钱笑得眼睛眯成了一条线。这人两只手像机器般不停地点着钞票，大拇指还不时往嘴里沾唾沫，痴相实在难看，活脱脱一个守财奴模样。

只听见"砰"的一记声响，门被重重撞开。

"是他吗？"席正问道。

"没错。"

王千楚虽然只见过张经理一面，但这副"斯文"长相早已在心里回忆了无数次。原来张经理知道自己的银票"来路不正"，不敢去大银行兑换，于是找了地下钱庄转手。此刻正躲在这里乐呵地数着钱，谁料会被席正等人逮个正着。

这消息来得及时，但能与地下钱庄打上交道的又会有谁……

上海，总商会大楼。

会议厅内，一帮商会委员早已坐定，就等着"分食"王家这块"肥肉"。王勇坐在会长主位上闭目不语，吴顺开站其身后面无表情，但背后的一双手紧紧相攥，早已是满掌的汗。会议厅内气氛紧张，呼吸都变得格外小心。唐子文一身黑色西服，戴了一副墨镜坐在位子上一语不发，看不到他的表情也猜不透他的心思。

"王董，今日这'七日之限'也已到期……不知您这真相查得如何？"秦三故意问道，见王勇依旧沉默不语赶紧补上一句，"您看，这也是您亲自答应的……看来今日这会长一职得劳您让位了。哎……这也是没办法啊。"秦三嘴上说得惋惜，只怕早已是盼星星盼月亮就等着这一日。

"还未到正午十二点，秦三爷别着急。"吴顺开站在王勇身后，俨然一副护驾的样子。

会议厅内又是一片死静，直至时钟指向十二点发出"当"的声响，此刻的钟声听得尤为刺耳。

"王董……"秦三已经迫不及待。

王勇握着手中的杖头，缓缓睁开眼："王某一向言出必行……"

"且慢——"

就在千钧一发之际，席正和王千楚夺门而入。

· 40　雨后天晴 ·

"张经理所签的那份合同根本无效！"

此言一出，全场哗然。

原来昨日在小旅店中，确认是张经理后，席正上前就要对其拳脚相向，吓破胆的张经理慌乱中急于夺门而出，一记重推，将阻挡他的千楚撞倒在门侧衣柜上。幸而席正及时出手将其制服，张经理被逼得无路可逃，最后只好道出那份合同根本就是"假"的！原来这位"张经理"之前就参与非法活动，早已被公司除名，由他签署的合同根本不具法律效应，这次只怕是洪爷和宋瑛也上了他的当。于是当日三人就决定由千楚和席正去一趟张经理的公司核实情况，而吴顺开先回上海，必要时可以拖延时间。

"所以，这份合同根本就是荒谬至极，"席正把合同丢于桌上，"上面的公章也是伪造的。"见众人语塞，席正挺了挺身继续道："根据本国法律第一百三十八条规定：'在冒名他人或与事实不符的情况下签署的合同均可判为无效，若为谋利故意隐瞒事实则属于欺诈行为。'也就是说张经理的行为已经构成犯罪，而王贻华在不知情的情况下签署的这份合同不具备法律效应，可视为无效！所以华丰在经济上不会产生任何损失，而王贻华本人因为事先并不知情所以顶多算工作纰漏。"席正转向王勇，"看来王董这个总会长还得再辛苦几年。"

一番话说得众人哑口无言，对于这位留美硕士的专业言论，众人无言以驳。人后的唐子文依旧戴着墨镜，闻之嘴角一丝上扬。只是当他观测到千楚手臂上的淤青时，墨镜后那双厉眼顿时扫向席正，嘴角边的肌肉隐隐抽搐。一旁的秦三爷早已是一脸煞白，不等王勇开口，其他股东已经迫不及待要挽回与王家的关系，纷纷争抢说着"早就知道贻华是无辜的……""华丰怎么能少得了王董……"之类的话。

委员们陆续走出会议厅，唐子文与王千楚擦身而过，两人互不相视，显得如此陌生。席正望着唐子文的背影若有所思……会议厅内只剩下王勇一席人，千楚忍不住夸赞席正："真有你的！"

"那当然！经济硕士可不是白读的！"席正端起千楚的手，愤愤道："一定是昨天撞的，真该扒了那'冒牌货'的皮。"

"小事，能逮到张经理已是万幸。对了，你刚刚说的是第几条来着？"居然能把全部法律条款背下来，千楚都有几分崇拜了。

"第一百三十六条？第二百八十一条？这叫'即兴'发挥——"

千楚两眼眨巴眨巴看着席正，这小子！

王勇总会长的头衔依旧，王贻华被巡捕房释放，华丰董事也都不再作声，王家终于雨过天晴。

"大哥——"

"贻华回来就好！"

一家人在客厅里终于候到他们的兄弟、大哥、儿子回家，见到吴顺开和王贻华进门，大伙儿脸上终于露出了久违的笑容。再一看章翊云也陪着贻华一同回来，千楚和千语上前一口一个"章姐姐"，叫得翊云怪难为情的。

"这一家人总算是齐了。"王母欣慰道。

千楚故意搂着翊云的肩说道："是呀，'一家人'总算是齐了！"其余人看样都帮腔着把贻华和翊云往一块儿挤，直到王贻华在众人面前握起章翊云的手，两人的关系也算正式公开了，客厅内一片雀跃。

"千青，帮我准备一份大礼，这次多亏了章家，我们要登门道谢。"王母道。

"伯母言重了，实在不必如此。"翊云赶紧接话。

"这次你父亲帮了不少忙，替我谢谢他，"王勇开口道，"贻华，你要亲自登门道谢才是。"

"是的，父亲。"

王家一贯注重礼节，礼数方面更是向来周全。王贻华和章翊云经过此番考验，两人的心也靠得更近了，看来王家很快就要多一位大嫂了。众人打趣着二人，可章翊云毕竟是大家闺秀，被一家子围着还真是够难为情的，于是看着时辰不早便向众人告辞。

"那我就不打扰了，"章翊云说着又转向贻华，"你好生休息。"

"翊云吃了饭再走吧。"王母道。

"多谢伯母，父母亲还在家中等我，下回我一定再来打扰。"翊云恭敬地回道。

"那章姐姐要多多来打扰才好哦——"千语还是一脸的调皮。

"我送你。"贻华道。

"不用了，你刚回来，好好休息才是。"翊云笑得羞涩。

"还是我来送章姐姐吧，大哥只管放心！"千楚笑着就陪翊云出了门。走到大门口，车已经备好，翊云正要上车，千楚道："对了，章姐姐。还没好好谢谢你呢，多亏你把张经理在旅店的消息及时给到我们。"

翊云诧异道："我是找到了张经理，但去的时候已经晚了一步……你收到的消息应该不是我给的。"

"不是你？"

"千楚，我就同贻华一样叫你千楚吧。不管怎么说事情总算过去了……而且我看得出来那位席先生对你很不一般。"

章翊云说完就上了车，留下王千楚一人呆呆站在那儿。席正？她想起欧阳岚岚说的那番话，看似风流的痴情种，他到底是个什么样的人呢？

席家旧居。

"席正——席正——"

"干——干吗——"

欧阳岚岚风也似的跑了进来，看到席正，一把将他抱住。席正躲不及防被欧阳硬性逮到，任他怎么推扯都无济于事，只能垂下两只长臂对着天花板翻白眼。

欧阳死死抱住席正，"你一声不响就走了，知道我有多担心吗？"见席正像僵尸般站在那里，欧阳顿感挫败，"多少人约本姑娘吃饭都得排个队。你倒好，主动对你投怀送抱还这副死样子。"

"姑娘家就得矜持点——"

欧阳一把将席正推开，"不识货！你知道我找了你多久吗，你这良心都被狗吃了！"席正倒了杯水递予欧阳，慢悠悠道："不是留了条嘛。行了，行了。您辛苦了，喝杯水吧。"欧阳岚岚接过水杯问："你到底去哪了？全上海找遍了都没你人影。"席正笑道："亏你在美国待了这么久，不知道这叫隐私吗？"欧阳不以为然地一哼，席正又道："说到隐私，这回我可得捍卫自己的权益了。我替你在酒店交了半个月的房费，行李已经送过去了。再玩两天你就回美国吧，我看你这样子，路上也没人敢欺负你。"

"席正！"欧阳觉得自己就快气炸了，"我不走！你别想把我赶走！"

"那我可就要再去云游了……"

一听这话，欧阳傻了眼，席正果然是她死穴。欧阳岚岚一翻白眼，心想少见总比没得见好，于是开口道："搬出去就搬出去，反正你人在这里也逃不了。但是我绝对不会离开上海！"

月皇宫，后台。

王勇恢复了职务，这洪大荣"夜上海"的计划也就此泡汤，看来势必得有人遭殃。

"啪——"

一记重重的耳光扇在宋瑛脸上，这瘦小的身体哪禁得住这般气力，宋瑛"哐"地一下摔出半米远，大半个身子趴倒在化妆台上，首饰杂物摔了一地。宋瑛抬头看着镜子里的自己，半边脸一下就肿了起来，嘴角也挂了血痕。

"你敢耍我？"洪爷已经怒不可遏。

"我哪知道这个张经理是个'冒牌货'，"宋瑛也是一肚子火，咬牙切齿道，"我恨不得将王勇碎尸万段……"

这一巴掌下去洪爷的气也消了大半，他嘴里含着一根雪茄喃喃道："这次算他走运……但我看这件事唐子文那小子也有蹊跷，还得查一查他。"

"唐子文他算个屁，"宋瑛急道，"他有这能耐，还不先让自己坐上会长的位子！"

洪爷冷笑，可别是在故意帮唐子文这小白脸撇清关系，"姑且不论他，这事既然不成，看来日后还免不了要和秦三合作。"他看着宋瑛，"你知道该怎么做。"

"我不是你的傀儡！上次的事我都还没……"

洪大荣当然知道宋瑛指的是被迷晕的那次，但他全无愧疚，反倒一手抬起宋瑛的脸孔，两指掐着她的下巴，瞪眼道："你真当自己是金枝玉叶？敢这么和我说话！"随即狠狠甩下宋瑛的脸，"别以为你有几分姿色就可以为所欲为。在上海滩，我捧你，你就是'红牡丹'；不捧你，你就是个卖肉的舞女。"

"谁让洪爷生这么大的气呢！"月玲珑看准时机落井下石，她悠悠走来，见宋瑛一脸狼狈，冷笑一声，转头扶上洪大荣道："气坏了身子可不值。洪爷，让玲珑陪您喝两杯压压火。"

洪大荣对着宋瑛"哼"了一声，由玲珑陪着甩手扬长而去。

阿毅进门，看到洪大荣从后台出来，于是加快脚步走了进去。这里只剩宋瑛一人，他看到宋瑛红肿的脸和嘴角上的血迹，已经明白了一切。

"他居然连女人都打？"见宋瑛默不作声，阿毅作势就要冲出去。

"你站住！你以为你是谁？救世主吗？"宋瑛喝住了他。

"我真不明白你为什么要糟蹋自己跟着这种人。"

"我已经告诉过你，我的事不用你管！"

"我不管你，还有谁管你？"

阿毅说得激动，而这话也确实触到了宋瑛的软肋。她早已举目无亲，如今在这上海滩亲近她的人不是贪图她的钱就是想占她的便宜，只有眼前这个傻小子一路以来都是真心对她……但是宋瑛的心早已被仇恨填满，她不是不明白而是她不能让自己变软弱，何况这次又被王勇避过一劫，对付王家只怕是难上加难了……

"你还是管好你自己吧！"宋瑛冷冷丢下一句话，撇下阿毅独自走了。

·41　雨恨云愁·

华丰大厦门口。

"大哥，你才刚回来，何不多休息几日。"

"积压太多公文，要不是母亲拦着，我昨日就过来了，倒是你们两个怕我被人吃了不成？"

王贻华释放第二日就急着回华丰上班，千楚和席正陪着他一同前来。之前华丰因为合同与假消息内部流言四起，虽然已经真相大白但千楚还是担心会有人对大哥有所非议，所以坚持要同大哥一起来华丰。席正也是凑着热闹陪千楚一同前来，更扬言若有人讲闲话就拿法律条文来"吓唬"他。于是三人一路走进办公室，王贻华刚坐下，秘书小雯就敲门进来了。

"王总，这是大家的心意，我们都很期待您回来。"小雯说着放下一盒小礼物。

"大哥，你看！大家看到你回来都很高兴呢，这下你可以放心啦。"千楚一脸笑意。

"是你可以放心了吧！"贻华也笑笑，他怎么会看不出自己这个妹妹的心思。

"对了，王总。永兴刚刚来人，之前的那笔贷款已经结清了。"小雯说完就走出了办公室，千楚听了这个消息心头一紧。

小雯走后，贻华在千楚面前故意不提此事，三人闲聊几句，千楚借由不妨碍大哥办公便与席正一同离去。

一楼大堂，席正见千楚一脸愁容便给她讲笑话。这位席大少果真有两手，几下就让伊人解了眉，两人对话逗趣十足。突然，千楚看到唐子文迎面走来。不偏不倚，三人在命运的安排下又一次相遇了。时隔在千楚办公室那次的照面已有半年之久，但如今一切都已物是人非，不禁叫人唏嘘。

唐子文戴着墨镜沉默不语。千楚看着墨镜，她多么希望后面的那双眼能一如从前。顷刻间，唐子文摘下眼镜，可是他看千楚的眼神是如此冰冷，叫千楚的心一下落到了谷底。

"唐先生，好久不见。"席正打破了僵局。

唐子文没有理会席正，他两眼牢牢盯着王千楚，两人互望着，过往种种在脑中浮现。片刻，王千楚一抬眼好似回过了神，对着席正道："错了，你应该称呼'唐二爷'，"千楚一撩眼，"听说唐二爷把债务都还清了，看来永兴'赚'了不少钱。只是不知道二爷用昧着良心赚来的钱还债是什么感觉。"

唐子文任凭王千楚奚落自己依旧不作辩驳，只是望着她的耳垂淡淡一句："你还是喜欢白珍珠。"

王千楚的心"咯噔"一下，选择弃我又为何这般寡断，这珍珠本是记情物，当日他为她戴珠的认真模样还历历在目，原以为彼此无需多言，可如今想来两人又何尝有过山盟海誓，只不过从来不觉得一心认定的人、认定的事会变。

"那又如何？事物往往并非看到的那般。"王千楚是那么愿意相信眼前的唐二爷依旧是从前那位正直、善良的船厂少东，她试探道："唐二爷觉得变了吗？"

唐子文不语，自选择这条路他已不再奢望，一人孤独前行好过两人万丈深渊。他沉默，她意冷，空气死沉。此时席正搭上千楚的肩对唐子文道："我们还有事先走了。"

"放开你的手。"唐子文压低声音说得字字清晰。

"怎么？唐二爷这就吃醋了？"千楚负气道，"二爷觉得我与'红牡丹'相比又如何？或许过几日你会在月皇宫见到新的台柱。"

此话的意思是她也要去做舞女吗！席正听着也是一愣，王千楚拉着席正的手就要走，唐子文一把抓住王千楚的手腕，满眼愤怒："你可以恨我！但是不能恨你自己！"

　　果然，没有人比唐子文更了解王千楚，这句话直接戳到千楚心里。是的！她不止恨他，更恨自己，恨自己当初没能帮上他的忙，恨自己眼睁睁看着他入帮派却无计可施，恨自己看着两人形同陌路却无能为力。这一切的一切她只能恨在心里，用如此低贱的话来报复他也折磨自己。

　　王千楚感觉伤口被再度撕裂，她害怕那种撕心裂肺的痛……她猛地甩开唐子文的手，头也不回地走了。

　　此时席正与唐子文并肩而站，席正看着前方对唐子文道："我告诉过你，如果有一天你放开她的手，我不会给你第二次机会。"

　　唐子文额头青筋暴突，紧紧攥着拳头看着席正追了上去。望着两人的背影，唐子文戴上墨镜，又是一个落寞的转身，压抑、痛苦，感觉整个身体在被无形地撕扯，肝肠寸断，痛不欲生。难道就这样放手？

　　过了立秋，天气渐渐转凉，就像王千楚的心一样。这一日，千楚穿了一件立领的藕色锦云葛旗袍，外面套白色的镂空织衣，一个半月束发遮住半个耳朵，面色白净却不见生气。

　　街道上三三两两的行人，微风吹过，空气中飘散着桂花的香味。王千楚走进一家店铺，原来是在为下月举行婚礼的大哥和翊云挑选礼物。店内，千楚看到一条黑色的珍珠手链，不禁想起当日见到宋瑛手上戴的那条，阿毅怕自己误会还悄悄同自己说"那串手链原是大少爷买给您的"，又想起自己同子文说的那句"其实……我喜欢白珍珠"。但这些都好像已经是很久很久以前的事了……不知道他还记不记得……想到此处，千楚不禁恼起自己的不争气，于是摇了摇头叹口气走出店铺，不明缘由的老板还在后面叫喊："小姐不满意还有其他好货——"

　　千楚在街上闲逛着，突然看到迎面走来一家三口，父母两人牵着小男孩的手，全家其乐融融的样子。千楚觉得两人中间的这个小孩很是眼熟，再一看竟是小宝！小宝穿着白衬衣、背带裤，和之前在孤儿院的时候全然两个模样，叫千楚差点没认出来。那在他身边的应该就是他的养父母了。

　　千楚俯下身问："小宝，你还记得我吗？"

　　"你是楚老师！"小宝一下叫了出来。

　　"你还记得我呀！"千楚脸上笑开了花。

"当然记得啦，你和瑛老师会唱好好听的歌呢。"

听小宝提到宋瑛，千楚只觉得这个名字陌生又熟悉，恍如隔世。千楚起身同小宝的养父母打过招呼后便双方各自走了，刚走出几步，小宝转过头来叫道："楚老师，孤儿院就要关门了，你快回去看看吧。"

孤儿院要关门了？千楚还想追问，只见小宝已经走远，于是决定去孤儿院一探究竟。

孤儿院内，孩子们在草地上玩耍，笑声依旧。王千楚曾经在这里和唐子文带着孩子们玩"老鹰捉小鸡"的游戏，他扮"老鹰"，她扮"母鸡"，那时是何等欢乐，可也是在那个夜晚唐子文召集了帮派元老、宋瑛第一次到了王家……就在那一晚一切都改变了。王千楚望着这片草地百感交集，她一闭眼收拾好自己的情绪找到院长。

"院长，听说孤儿院要关门了，是真的吗？"

"孤儿院的资金一向短缺，加上失孤又越来越多，近三月来实在不堪重负。本来这个月底就要解散的，可是前两天突然收到了一位神秘人士的捐款，正好可以填补亏空，帮助孤儿院渡过了难关，现在暂时不用解散了。"

"那真是太好了。"

千楚惊喜又疑惑，院长说的那位神秘人士究竟是谁？做好事不留名，王千楚觉得此人的行为很是熟悉……

王公馆内。

王母、千青、千语、千佟、贻卿还有贻华和翙云齐齐都在客厅，他们正商讨着下月王贻华和章翙云的婚礼安排。王母一身香云纱分体衣裙，颈上一串翡翠珠子，弹眼落睛。贻卿穿着小长褂伏在王母身旁。王千青一袭湖青色双襟旗袍，衣缘镶着细细的同色滚边，雅致得体。千语依旧是上海滩的时尚标杆，一身裸粉色小洋装青春靓丽，顶着一头倒卷荷叶片式烫发俏皮妩媚。千佟穿着单色的及膝短旗袍，齐耳短发，浅淡刘海，素净之至。一旁的贻华和翙云俨然一对新人模样，翙云脸颊上娇羞的红晕堪比任何珠饰华服。

上海滩王家长公子成婚可是一桩大事，一家人对于婚礼的安排也是讨论"激烈"。王家骨子里还是遵循老派的思想，所以偏向中式婚礼，而小辈们更喜欢西式的。

"母亲，这回我也站在他们这边，我的结婚照都是中式的，现在看看那白色的头纱还真是好看！"千青露出羡慕的表情。千佟赶紧道："大姐，要不你也再拍一次？"

"小孩子乱说话！"千青点了一下千佟的脑袋。

"有何不可？"千语搂着大姐道，"我觉得趁着大哥结婚，我们四姐妹应该拍张集体婚纱照。"千青拍拍这个三妹的脸，"大姑娘家的都不害臊，"又转向翊云，"我觉得穿什么还是得听听新娘子自己的想法。"

"中式西式我和贻华都喜欢，全权由伯母做主就好。"章翊云一副待嫁新娘的模样，满脸蜜意望向贻华，王贻华也是赶紧应和着称"全由母亲做主"。

看来另一半的选择果真重要，此番识大体的话说得王母也是眉开眼笑："罢了罢了，就让你们年轻人自己去办吧，称不称心都是你们的，"又转向千青，"去楼上把我的首饰盒拿来。"

"过来坐。"王母向翊云招招手，翊云坐到王母身边，王母握着她的手一脸欣慰，"翊云，你是个好姑娘，我们王家有福气能把你娶进门，以后我们贻华就要辛苦你照顾了。"

"伯母，您这话叫翊云如何担得起，能遇到贻华是我这辈子最大的幸福，我定会尽我所能爱他护他。"

这婆媳二人说得动情，一旁的贻华都有些泪眼蒙眬了。此时千青下楼来，把首饰盒妥妥交到母亲手中。石氏取出一个玉镯子，只见此物洁白无瑕似水灵般剔透，王母将它套到章翊云的手腕上："翊云，这是我和他父亲结婚时王家老太太给我的，今天我就把它传给你……"

"伯母，这么贵重翊云怎么敢当。"

"是王家的媳妇就敢当。"

"谢谢伯母……"章翊云握住手镯感慨万千，也觉从此肩上的责任不小，这王家大嫂必得是个带头榜样。

"还叫'伯母'呢？"千青撞了撞翊云。

"妈——"

这一声妈叫得王母眉开眼笑，一众人更是拿这对"小夫妻"打趣，听王母说到"王家等你们开枝散叶"时翊云更是羞红了脸。

"妈，您这是偏心啊。"千青假意努努嘴对翊云道，"翊云，这东西我们几个可见都没见过，我结婚那会儿妈用一副耳环就把我给'打发'了。"

"大姐，你那副耳环可抵得上一幢洋房咯。"贻华道。

"你们听听，这还没结婚呢就已经开始向着媳妇了。你别忘了，你小时候尿布还是我帮你换的……"

"大姐，你说这个干吗呀……"

"大姐……"翊云听千青这样一说，像是有些为难了。看到翊云呆呆的表情，千青扑哧一笑："瞧你这样子，别说母亲了，以后就是我也得宠着你，贻华你以后可就得靠边站了啊。翊云，我告诉你，他五岁还在用尿布呢……"

"是嘛——"翊云忍不住笑道，"大姐还有什么好玩儿的事，你快告诉我。"

"那可就多了……"

"你们就饶了我吧！"王贻华连连作揖求饶。

从王母到贻卿，一众人脸上都笑开了花，王家客厅一派喜气。

此时王家二小姐回来了。

·42　蜂媒蝶使·

"什么事这么高兴呢——"王千楚踏入家门。

"二姐——"贻卿头一个跑过去，拉着千楚的手走进门。

"二姐，我们正说大哥小时候的糗事呢！"千语一副幸灾乐祸的样子。

"二妹回来啦。别光说贻华小时候了，你们各个都没少让我操心。"千青大姐架势又起。

"知道啦！我们的王家大小姐对小孩子最有一套了，"千楚两手搂上大姐的肩，"等你生出来，我帮你带！"

"调皮！"

见这一群儿女如今都已长大成人，也都品性端正，王母甚是欣慰。其实做父母的不求儿女如何出人头地，一家人整整齐齐、平平安安便是最大的满足。

此时突然从门口飘来一个声音："各位下午好——"

"席正！你怎么来了？"

席正一身灰色西服，英气逼人，衬衣领口露出丝巾，挺拔外更多一分精致。他看着千楚一脸莫名："我又不是来找你的……"说着径直走到王母身边一副讨好的模样，"伯母，你看——这是我特意托人觅来的，上回您说看报纸老是模模糊糊的，您戴上这个试试！"

席正拿出一副精致的眼镜，镜片还是用水晶磨成的，比一般镜片要薄许多。镜框为铜制，上面还有一个可活动的横梁，可以按照鼻梁的高度做调节。

王母戴上眼镜拿起手边的报纸，脱脱戴戴看了又看，喃喃道："这个眼镜还真是神奇，戴上看东西果真清楚不少。"

听王母这么一说，席正顿时像一个在学堂上受了表扬的学生一般，咧开嘴傻笑，又忙不迭地指着镜框两边道："伯母您看这里两边各有两个小孔，可以穿线后套在耳朵上做固定，这样就不容易掉了，而且还可以折叠哦……"说着将老花镜的两个镜片侧过绕成一个半圆，镜架就连接在一起，原本的眼镜顿时小了一半，果真是精巧之物。

王贻华端详着眼镜说道："这种眼镜的手工很是难得，尤其是这水晶镜片，只怕是席先生花了一番工夫。"

席正只顾一味傻乐："只要伯母喜欢就好。"

正所谓"当局者迷旁观者清"，这一路走来席正陪着千楚上南通回永丰，对王家事事上心，这些大伙儿都看在眼里。而且席家与王家还算世交，这般想来只觉得这二人是越发般配。

翊云一笑道："席先生真是有心，听闻席先生在美国读了双硕士回来，不知道如今在上海何处高就？

席正彬彬有礼地回道："章小姐过奖了，席某来去自由惯了，现今有时间就自己画些西洋画。"

千楚心里一惊：哦？这家伙还会画画。

"想必席先生的画一定非凡。"翊云笑笑。

"只是席某平日随手的一些画作，各位要是有兴趣欢迎到席某的画室参观。"

翊云意味深长地看了一眼千青，"听闻楚妹妹对绘画也略知一二呢！"千青对到翊云的眼神立马会意，赶紧接话道："正是！我们二妹也很喜欢西洋画呢！"

"哪有？我那些都是中国画……"千楚一脸漠然。

"中国画西洋画不都是画嘛。你去席先生画室坐坐，你们年轻人有共同语言！别老待在家里。"

"哪有老待在家里……我这是刚回来……"

"我也去！"千语跳起来。

"你给我坐下！"千青瞪了她一眼，千语马上会意赶紧推说自己不舒服去不了。

此时已无人理会千楚的意思，千青、翊云、千语全都帮腔着，席正也忙介绍起自己的画室，就这样被一家人哄着，王千楚和席正两人被"赶出"了家门。

千楚万般不解：这一屋子人搞的什么鬼？

大伙儿正窃喜为这两人制造了机会，千语也在旁应和着，但望着两人离去，又看看形单影只的自己不免叹了口气。

"这不是你家吗？"

千楚跟着席正一路来到席家旧居，花园里的槐花已经凋谢，此时的向日葵开得正盛。微风吹过都摇晃着"小脑袋"，好似欢欣雀跃地迎接着楚美人。

"你父亲真是位雅人，平日忙于公务还能有这份闲情逸致，真是难得。"千楚闭目闻着向日葵的花香，嘴角上扬。

席正刚想说什么又咽了回去，笑笑道："你喜欢就好。"

二人走进公寓，在最里面的一间房门前停步。席正从口袋里掏出一把钥匙对着千楚暧昧一笑，门被打开了。王千楚全不敢相信自己的眼睛，她被眼前的一切震惊了！本以为这位席少爷只是嘴上说说，没想到他真的是有认真作画。

席正一抬手一弯腰："欢迎来到席正画室。"

千楚顺势走了进去，房间内大大小小挂着、摆着差不多有四五十幅画。个别几张是水粉画其余都是油画，其中一幅还刚起笔，地上散放着画盘、画笔、画刀以及调节油、松节油等画具，画盘上已经挤满了油画颜料只剩一个手拿的地方。房间另一处堆积着木条、钉子、油画布和底料。千楚对西洋画也略知一二，想不到这家伙连画框都是自己做。

"这些画都是你画的？"千楚还是难以置信，在房里来回看着，这么多幅画作，这里简直就是一位画家的收藏室嘛。

千楚困惑地看向席正："你在美国到底学的什么？"

"这些都是爱好而已，我记得你小时候还说长大要做画家呢。"

千楚一脸无辜，"有吗？"

"小时候我们见过几次面，你都不记得了吗？"

见千楚摇摇头，席正的表情有些失望，只得叹了一口气，"好吧，看看喜欢哪幅我送你。"

"是吗？那我得好好选选，说不定哪天你成名了，那我可就沾光了！"千楚一脸调皮开始认真地选画。

王千楚一幅一幅看过去，欧洲大街、落日余晖、海浪帆船……其中好几幅千楚都很喜欢。

"这些地方你都去过吗？"

千楚只是随便一问，没想到席正却认真回答道："是，你看这张。"席正指着一张满是薰衣草的画面，"这是法国的普罗旺斯，那里一到六月就开满薰衣草，画里这个小房子是一家农户，我就寄住在他家……"席正又给千楚介绍起其他几幅油画，这里每一幅都有自己的故事，千楚听得忘乎所以。

"在美国的两年我一得空就四处旅行，每到一个地方就会画一两张。我喜欢去到不同的地方，这时候你会发现外面的世界广阔无边。"

"我也好想去看看外面的世界。"千楚听了羡慕极了，不禁对着这些画作发愣。

"只要你愿意，我会陪着你一起去……"席正淡淡说道。

此时两人肩并肩站着，千楚转头看向席正，她感觉到两人之间产生了某种微妙的东西……但王千楚好似刻意回避着。她一抬眼像是看到什么，激动地叫道："这幅——这幅画我在去年商会举办的拍卖会上见过，说是一位新兴画家的作品，当时有人出了高价都没能拍到……"

眼前是一幅正方形的大画，目测竖宽一米开外。整幅画是金色的基调，乍看有点抽象，很多叶子包围着画面，最上面的那片垂下一滴水珠在画面中间荡起一片涟漪。看着这幅画会让人产生无限遐想，这层层树叶的后面会是怎样的一番景象？

千楚看得入神："我记得这幅画是有一个系列的……"

"你是说这两幅吗？"席正从大画后面拿出两幅小画，这色系这画风果真是一系的，"这三幅是我在美国的时候画的，它们叫'夏娃的诱惑'。"

"夏娃的诱惑？"

"是的，这树叶后面是伊甸园。"

"伊甸园……"

王千楚沉浸在这画作中，仿佛自己置身于那潭水池，而层层树叶后面是一片宁静的花园……

"如果你喜欢我送你!"席正说得轻巧,殊不知连高价都不肯出售的画作居然就这样"随意"送人。

王千楚深吸一口气:"原来你已经是一名画家了!"随即眼咕噜一转,"那看来我真得好好选选了。"

千楚左顾右盼,突然看到角落里竖着一个巨大的画框,看样子足有两米高,外面用布遮盖着,要是不仔细还真留意不到。

"这画的是什么?"千楚伸手就想去扯布。

"不能动!"席正一把拉住千楚的手,"这……这还没完成,不能看……"

听席正说得结巴,千楚就更好奇了,另一只手作势也要上前。王千楚身子一冲被席正一把拦腰抱下,千楚不甘心还在折腾着往前……突然意识到此时两人的动作暧昧无比,那种似是而非的感觉渐之又起。千楚赶紧松开手,席正也意识到了什么将千楚扶稳站好。

千楚捋了捋袖子,指着被布盖住的这幅画道:"好啊,我就选这幅!"

"这幅?"席正张大了嘴。

"对啊,你说让我随便挑的。"千楚一双无辜的眼睛看着席正,"现在不看也不打紧,你总有画好的那日,到时候我再慢——慢——看。"

"还真会挑……"席正小声嘀咕着。

·43 鸿门设宴·

永安百货公司门口。

"二姐，东西都买齐了吧。"

"差不多了……"

千楚和千语两人手上提着为大哥置办婚礼采购的物品。见二姐在百货公司门口迟迟不肯离去，千语问："二姐，你等人吗？"

千楚左顾右盼，脸上一笑："来了。"

千语顺着二姐的目光望去——竟然是唐子杉！

原来昨日千楚从席家回来，在家门口遇到了正在铁门前久久徘徊的唐子杉。一问才知千语至今不肯与他说话，子杉屡次去找她也只当作不认得。好好的一对璧人闹到如今这般，千楚知道这个三妹是在为自己抱不平。可是千楚看得出来唐子杉是真心对千语，如果因为自己的关系而断了两人的缘分，那是大大的可惜了。子杉一口一个"二姐"，叫的人委屈听的人心软。于是在这傻小子的再三恳求下，千楚答应为他们"制造"一次机会，这便有了今日的相遇。

"你来干什么！"王千语依旧铁面相对。

"别闹小孩子脾气，"千楚拿过千语手上的袋子，"你们好好聊聊。"于是和子杉会意后便先走了。

千楚走出几米回头望去，只见子杉去牵千语的手被甩开再上前，甩开再上前……就这样反复被拒绝，子杉冲上抱住千语，来来回回……千语终于不再推开子杉。只见子杉抱着她哄着她，这对小冤家终于雨过天晴。

看着这对小璧人重修旧好，王千楚笑了，又看看满手的东西无奈安慰自己：走吧！

"啊——"千楚一下被人"夺"去手上的袋子，不禁叫出声来。

"大惊小怪。"

"席正！"千楚一个惊喜，随即没好气地说道，"你抢劫啊。"

"我看你对别人都温温柔柔的，怎么偏偏对我就凶巴巴的。"

千楚刚要开口，席正咧嘴一笑痴呆地说道："是不是因为我很特别啊！"千楚只得叹一口气，这个自恋的家伙……

此时两人身边走过两个长衣长裤的男子，看着像是码头上做工的，无意间千楚侧耳听到二人的对话。

"……看来唐二爷这次凶多吉少……"

"我看不见得，二爷没这么好对付……"

"今天晚上……"

千楚听得模糊，只听到"唐二爷"三字，再想听下去两人已经走远……王千楚怔怔站在那里发呆。她与唐子文如今已是两个世界的人，只是但凡触碰到关于这个人的讯息都会叫她心痛，哪怕微小到三个字。

席正看着王千楚，他将手上的东西合到一处，空出一只手拉起她。

"走——"

"上哪儿啊？"

不等千楚回过神来，席正已经将她"强行"带走。

两人来到湖边，就着长椅坐下，看着面前波光粼粼的湖面，席正笑道："有没有觉得和我画里的很像。"千楚勉强挤出一个笑容，席正顿了顿又道，"其实……有些事情该忘的就该忘掉。"

"席正……"

"人都要往前看。"席正丢出一块小石片，湖面上激起一串涟漪。

这点点涟漪好似触碰了千楚的心，她无法忘记那个男人。之前家中接连发生不测，王千楚一直压抑着自己的情绪，如今停下来她才发现自己的心早已千疮百孔，要复原谈何容易。

"突然有一天他就成了别人口中的'唐二爷'……"千楚缓缓道来，"没有人告诉我为什么，其实我知道一定有原因的，可是他为什么要对付王家。我们说好任何事都不会对彼此隐瞒的，可是为什么……"千楚一番话更像是说予自己听，多日来她没有可以倾诉的人，独自消化着一切……今日她终于道出积压已久的隐痛。

"有些事想不明白就不要去想，你又何苦为难自己，"席正心疼千楚，他握起她的手，"千楚……"

两人对望，一路走来眼前这个男人对自己的万般呵护千楚全都记于心头，人非草木孰能无情。王千楚不可否认与席正在一起的时候会让自己暂时忘却那些不愉快，可是她不确定这代表了什么……她的心很乱，她只知道唐子文还深深烙在她的心里，触动她的每一根神经。她为这个曾经深爱的男人心痛到不能自已，或者说并非"曾经"……想到这里，千楚低头慢慢抽回了手。

"大姐还在家等我……"千楚起身，她在刻意回避席正的感情。

太阳落下月亮挂起，此时的上海乌云密布。乌鸦在上空盘旋，似有一场腥风血雨悄然来袭。

包厢内，洪爷与秦三位上就座。

"今日就要那小子好看。"

"就怕他不来！"

原来陷害华丰的事情败露后，洪大荣和秦三就一直觉得事有蹊跷，当洪爷说到"若不是被他们找到张经理，早就把王勇踢下台了"，秦三这才意识到张经理这一关键人物当日正是唐子文提醒王家的。于是二人设了这鸿门宴想探一探他，若真如所料唐子文是内鬼，就要将他当场"了断"。

此时门开了。

"唐二爷真守时啊！"洪爷笑脸相迎。

唐子文脱下礼帽，眼皮一抬余光一扫，偌大的包厢只有洪大荣和秦三二人。其身后的阿毅表情严肃，秦三看到阿毅咳嗽了一下，看来对于那日被枪指着脑袋的场景仍旧心有余悸。阿毅对他还未解恨，要不是主子在场，很可能现在就拔枪毙了这个王八蛋。

"三个人这么大个包厢，洪爷真是客气啊。"其实唐子文早已料到今日之约多半是洪大荣和秦三设下的局，来之前阿毅也曾几番劝阻，可该来的总是要来，唐子文选择面对。

唐二爷在对门中间的位子坐下，他将一只脚抬到另一只脚上，自顾自地点起一根烟，全然一副目中无人的样子。

秦三心想：论你再有能耐，今日也飞不出我的手掌心。可他脸上还是一副笑嘻嘻的表情，言道："听说唐二爷最近势头很足啊，把老冯的那块也吃掉了。"

秦三口中的老冯是另一派码头的话事人，以前在上海滩也算是响当当的人物，当年还曾与唐父交过手，后来因为内部有人倒戈帮派一度混乱，势力大不如前。这冯老比唐立懋还长八岁，近两年已将码头交于其子打理，没想到这个不争气的败家子日日往赌场跑输掉一半家产。唐子文使了些手段乘势将其名下的码头全部搜刮，看来这唐帮二爷也不是手软的主。

唐子文吐出一口烟，"秦三爷今日邀我来不是为说这些的吧。"

"哈哈哈，今日就是叙旧，唐二爷请——"洪爷出来打圆场，速速给唐子文倒上酒。

"唐二爷这么能耐，不知还有何办法对付王家？"秦三这就试探开了。

唐子文淡淡道："我对王家没兴趣。"

秦三早已看唐子文碍眼，听他这么一说更觉来气，奋力一拍桌子大吼道："就知道是你——"阿毅见状，立马掏出枪对准秦三的脑袋。秦三毫无畏惧反倒笑笑，"怎么？做了亏心事就这般激动？"唐子文不语，望了一眼阿毅，阿毅随即把枪收起。

"大侄子——这绊倒王家可是袁师爷下的命令，这般结果恐怕不好吧。"洪爷这"笑面虎"的外号真不是假的，这时候还能把师爷抬出来。

"我自会与师爷解释，"唐子文戴上礼帽，"告辞。"

秦三大喝一声："你以为你今天走得出这扇门？"话音刚落，门口冲进十几个手下齐齐举枪对准唐子文和阿毅，两人被围，事态紧急，原来秦三想要"瓮中捉鳖"。唐子文转头狠狠瞪着秦三，目似利剑。

"要想活着出去也行，把你手上的码头全都交出来。"秦三奸笑道。

"做梦！"

　　话音未落，唐子文如闪电般跨过桌椅一个翻身擒住秦三，一只手掐住他的脖子，一只手将早已掏出的托卡列夫手枪指着他的脑袋。阿毅见状赶紧站到主子身旁，手里的枪对准前方众人。

　　"别——别开枪——"秦三这已不是第一次被人用枪指着脑袋，但依旧吓破了胆。

　　唐子文挟持着秦三，同阿毅一起慢慢向外挪步。十几个人举枪紧随其后，到了走廊唐子文拉着秦三和阿毅面向众人倒退挪步。这个走廊只够三四个人并排走，唐子文一把将秦三推出，见他扑倒在后面一排人身上，子文与阿毅迅速逃离。只听见秦三在后面喊："还愣着干吗！快给我开枪——"所幸两人及时转弯，只听见后方子弹乱射在墙壁上的声音。

　　秦三怎肯就此罢手，他带着人一路追杀两人到大街上。双方一阵枪林弹雨，对方倒下六七个人，阿毅左肩负伤，此时唐子文发现他枪里的子弹已经用尽。

　　一时间，大上海的十字路口安静无比。阿毅捏紧伤口喘着粗气，他与唐子文分别躲在一辆车和一个垃圾桶的后面。秦三对后面的手下做出止步的手势，自己一个人举着枪蹑步向车子走去……唐子文向阿毅指指自己手中的枪，阿毅会意即刻朝两人反方向开了一枪。果然，秦三立马掉转枪头，与此同时阿毅迅速将一排子弹丢予主子，秦三发现了阿毅露出垃圾箱外的脑袋，立马对准他的脑袋，手指迅速上膛，紧接着就是"呼"的一声。

　　……

·44 牡丹落色·

众人瞠目结舌，秦三倒地。

原来就在千钧一发之时，唐子文已火速换上子弹对着秦三脑门正中一枪，枪法之准叫人咋舌。一旁的阿毅看着，也是一脸煞白，惊出一身冷汗。

上海滩地下钱庄老大秦三死在大上海的十字路口，后面的一帮人都像失了魂般不知所措，手里的枪也不知该往哪里放。此时"笑面虎"洪爷出来了，假意怒言道："不知道这是唐帮的二爷么，还不快把枪收起来！一帮不知死活的东西。"

唐子文和阿毅从车后走出。唐子文瞄了一眼，这群人全都是洪爷的手下，今日是他想利用秦三"借刀杀人"，唐子文又岂会不知。如今见秦三倒地，洪大荣即刻见风转舵，怪不得在上海滩这鱼龙混杂之地，帮派中唯独洪爷长青，真是一只奸猾的"笑面虎"。

"二爷，您没事吧。"洪大荣假惺惺道。

"秦三的地盘我要了。"唐子文字字掷地有声，此时的他目空一切，凶横冷血，叫人不寒而栗。

"那是自然的……"洪大荣低眉弯腰。

唐子文不与他废话转身离去，他与阿毅两人的影子在路灯下被无限拉长。背后的洪大荣转了一张阴恶的脸，这样一来唐帮的势力就更强了，看来洪爷今晚必是一个不眠夜。

在上海滩不知有多少人梦寐以求唐子文如今的江湖地位，今日之后，这位"唐二爷"肩上的责任就更大了，但再想要抽身也只怕是难如登天。

唐子文回到家中，看到子欣趴在花园的石桌上看星星，如今也只有面对亲人才会叫这位唐二爷露出一丝温情，他整了整衣衫走上前去。

"怎么这么晚还不睡？"

"大哥——"

子欣先是一喜，随即脸上又失了笑继续趴回去，嘟着嘴道："最近都看不到你……"

"怎么啦？有什么事想同大哥说？"见子欣嘟着嘴不说话，唐子文又道，"有急事你可以让阿毅来找我……"

"你看！现在见你都要找外人传话。"

唐子文刚要解释，突然发现子欣的左侧脸有一个红红的抓痕，厉声道："你脸怎么了？你和人打架了？一个姑娘家……"

"她们说你是坏人！"子文还没说完，子欣就叫了起来，"我大哥是世界上最好的人，谁都不能说你坏话！"

看来流言蜚语已经传到学校了，唐子文见子欣这般袒护自己，不禁鼻子一酸，"她们只是不认识我，我们不和她们一般见识！好了——明天大哥有空，陪你去骑车好不好？"

"真的吗？"子欣眼里闪着光，"学校好多人都会骑车了，千佟也会。"

千佟？千楚的四妹……千楚……王千楚。唐子文日日泡在码头就是为了让自己忙到没有时间去想她，因为只要提及这个名字，唐子文就会心如刀绞。为了唐家为了永兴放弃了毕生所爱，到底值不值得？情义难两全，唐子文端不起这座天平。

见子欣依旧趴着闷闷不乐，唐子文摸摸她的头问："又怎么啦？"

唐子欣喃喃道："好久没有见到席哥哥了。"

正所谓少女心事，看着子欣呆呆的表情，唐子文一头恼，这个席正！

"阿嚏——"

席正突然打了个喷嚏，只见他一手拿画笔一手拿画盘，正在"赶工"那幅王千楚要定的画。谁在说我坏话？席正莫名地摇了摇头继续他的画作。

翌日。

"千佟，你慢点——"

王千楚正陪着四妹在公园里骑车。最近学校都流行这两轮的西洋车，千佟也兴着学起来，几次之后如今已是初见成效。只见她歪歪扭扭地向前行，千楚在后面一路护着。

就在此时王千楚一个回头竟然看到了唐子文，看样子他也是陪着子欣来公园骑车的。千楚只觉心口扑扑乱跳，她只想赶紧逃离此地，慌忙间转身喊道："千佟——我们回家了。"

唐子文听到声音，一回头看到千楚正碎步往回走，想上前却觉举步千斤重。

"大哥——"子欣在不远处叫他。

最终，唐子文还是收了脚步，背对王千楚而行。此刻两人近在咫尺却似相隔天涯。

月皇宫。

自从被洪爷冷落后，月皇宫外的大幅海报再度换成了月玲珑。宋瑛在此地就连一班小卒都不禁对她嘲讽，玲珑见到宋瑛更是趾高气扬，一副稳坐"龙头"的架势。好在上海滩的官老爷们对这位红牡丹依旧流连忘返，以至于她的日子还不算太难过。

这一日，宋瑛正准备登台，瞥眼见到月玲珑正追着德叔好似在要求预支薪水。此时台上音乐起，宋瑛也无心顾旁人，她堆上一个惯性的笑脸缓步登台献唱。舞台上的红牡丹被聚光灯包围，嗓音如流水般动听，搔首弄姿间依旧妖媚饶人，台下的呼声掌声不绝于耳。一曲罢，有人送条上台，想点红牡丹陪酒。自从王贻华被无罪释放、王家转危为安后，宋瑛心中满是怨恨与懊恼，早已无心应酬这些油头肥耳的男人，于是她对着台下假意抛了个媚眼后便转身回了后台。

宋瑛坐到梳妆镜前，点上一支烟，撩手摘下耳饰，小妹替她束发。

"牡丹姐，最近你怎么啦？都不去应酬了，我听说外面客人都有些不高兴了呢。"

"随他们去吧，我们这儿这么多姑娘，回头一转身左拥右抱就什么都忘了。"

"哎，要是玲珑姐也这么想得开就好。"

听小妹这么一说，宋瑛又记起上台前见到月玲珑的那一幕，便问："我刚看到玲珑在向德叔预支薪水，她那些客人出手也都大方，还不够她花的吗？"

"要是就玲珑姐一个人，她攒的那些钱估计都可以替自己赎身了。可是她家里有个烂赌的爸爸，还有那个不要脸的臭男人，"说到此处，小妹也有些激动，"那个'小白脸'一直问玲珑姐要钱，吃喝嫖赌一样不少，还拿玲珑姐的钱去外面玩女人。玲珑姐和他闹也没有用，转头还去追着他，简直就是上辈子欠了他的。"

"那这回也是这个男人要钱？"

"这回听说是玲珑姐的母亲病重，在医院急着等钱动手术。可那个'小白脸'前阵子说要做生意，玲珑姐已经向德叔预支了半年的薪水，所以这回也没谈成。"

处在乱世谁都有自己的隐衷，宋瑛掐灭烟头，想起平日月玲珑在自己面前目中无人的样子也只是图个表面风光罢了。为了掩饰内心的无助只能让自己看起来更孤傲，宋瑛又何尝不是，为了对付王家她处心积虑，但历经重重磨难王家人依旧如故，想到此处宋瑛怨恨尤甚，她又点上一根烟不住地吐雾。

再过几日就是贻华和翊云的婚礼，王家上下正紧锣密鼓地筹备着，屋里的"喜"字早已贴起，婚房设在二楼，由原来贻华住的单间换到了同楼的套房。

王千青正和二妹整理着婚宴邀请的宾客名单。

"还得再检查一遍，千万别漏了才好。"千青拿着厚厚的一叠帖子对了又对。

"大姐……"千楚欲言又止。

"怎么啦？来，帮我把信封拿来。"

千楚递过信封，"大姐，我想出国念书。"

一听这话，千青放下手中的东西，"二妹……"她叹了口气又继续拿回帖子对起来，"你要真心想去读书我也不拦着，但你得自己放得下才行……不然到了哪里都是一样。"千楚当然明白大姐的意思便低头不语，看二妹这模样千青又道："你别当我什么都不知道，我看席正就比那个姓唐的好。"

"大姐，你说的什么和什么……"

"我说的什么？我说的就是过来人的话，你别不爱听。你看你姐夫对我多好，叫他往东就不敢往西。"

千楚一笑："姐夫那是绝种的好男人。"

"什么'绝种'好男人，那都是被调教出来了。但前提就是他得把你当回事儿，我看席正就很把你当回事。老话说得好'女人吃花男人吃嗲'，也不知道那个姓唐的给你灌了什么迷汤。"

"大姐，我已经把他忘了……"

"忘了还戴着这珍珠耳环。"王家这位大姐平日嚷嚷，但弟妹几个的心思她比谁都明白。

"我本就喜欢珍珠，与他无关……"千楚低头声如细丝。

"行了。"千青虽口气重但实在心疼这个二妹，"出去读书也不急这一天两天，你再好好想想，等你大哥的婚事办了再说。"

听大姐这番言论，千楚便也不再多言，王家大少爷的婚礼必定不凡。

·45　水晶舞鞋·

　　佳期如约而至。

　　今日王贻华和章翙云终于在经历磨难之后喜结连理。教堂里布满了白玫瑰，重要的亲朋好友齐齐到场，王贻华西装笔挺站在神父面前等着她的新娘，只见他两手不停在整理西服藏不住的紧张。不一会儿，音乐响起，教堂的大门打开了。章翙云一身洁白婚纱挽着章父从门口缓缓走来，长长的拖尾，一字领的大片蕾丝，实在美极了。翙云一边走向贻华一边脑中闪过两人相知相守的片段，逆境之后这对璧人终于有情人成眷属。两旁的亲朋好友一路为这位新娘撒花。当章父将翙云的手交到王贻华手中，这位慈父嘱咐着女婿要善待自己的女儿，说到动情处三人不禁泪光闪烁。

　　神父向这对新人宣读致辞，当王贻华和章翙云说出"我愿意"这三个字时场下一片祝福的掌声。当贻华亲吻他的新娘，场下众人早已起身喝彩。千青、千楚、千语、千佟还有贻卿都在拼命鼓掌，大姐更是泪眼蒙眬，这个弟弟终于成家了，千楚搂搂大姐的肩，自己也已是泪眼含花。

　　就这样，仪式在一片祝福声中落下帷幕，紧接着迎来晚上的宴会酒席。不同于白日教堂里的仪式，晚上的宴会几乎邀请了全上海各商各界的名流人士，相较于王勇的六十寿宴有过之而无不及，这王家大公子的婚宴不免在上海滩小小惊动一番。王家雨过天晴又大办喜宴，必定阖家盛装出席。从王母到千佟全都穿着为贻华大婚特意定制的旗袍，嫣红、云白、紫霞、青萝，王家四姐妹犹如藏匿于上海滩的四颗珍珠，璀璨迷人。

晚宴上章翊云也换下了教堂的婚纱，一身中国红的旗袍惊艳全场。这件旗袍是王母请了老师傅花了一个月的时间特意为这位新媳妇定做的，中国红的绸缎配上金线刺绣的龙凤，盘花扣上也绕着细丝线，精致到不行。平日不留意，今日章翊云穿上这一身旗袍才发现竟也是个丰神绰约的美人坯子。

王勇、石氏带着王家四姐妹及王家大姐夫不停招呼客人，贻华和翊云更是今晚最忙碌的人，两人频频向来宾举杯，幸福之情溢于言表。要说今日的排场在上海滩难得见几回，那也是不言过的。如今王家势头再起，原先那些过河拆桥的人又前来奉承，就连英国商人威廉也不免前来讨好。秦三一死，威廉又想回头找王家这座靠山，可惜王勇对这位英国商人的盘算早已看透，三两句就将其打发，看来威廉在上海的淘金梦也只好就此作罢。

喜宴上杯觥交错，在众人的祝福声下王贻华与章翊云的婚礼划上一个完美的句号，就此也开启了他们新的人生。

宴会终了，人尽散去。而对王千楚来说这里有她再熟悉不过的舞池。此处正是当日慈善拍卖晚宴上千楚脱下高跟鞋被唐子文抱起的那个舞池。如今曲终人散，王千楚站在这里回忆起那日的画面恍如隔世。曾经的"船厂少东"已经成为上海滩叱咤风云的"唐帮二爷"。千楚独自走到舞池中央深深一闭眼……突然，她感觉身后有脚步声，声音越靠越近……王千楚一回头，脸上出现了无以形容的表情——席正拿着一双高跟鞋向她缓步走来，这正是拍卖会当日千楚脱下的那双水晶舞鞋！

"席正……"千楚不敢相信自己的眼睛。

席正的表情一反常态，眼神异常坚定，他走到王千楚面前，牢牢地看着千楚："我知道曾经那个人叫你很痛，我也知道叫你忘记他会更痛……但是不管发生任何事我都希望能一直陪着你，带你一起去看外面的世界……"

突然，席正单膝下跪，两手托起一只高跟鞋，"你愿意嫁给我吗？"

千楚捂住嘴什么都说不出来，他居然在向自己求婚……

翌日清晨，天蒙蒙亮，王千楚起身。她晃了晃脑袋如同做了个梦，席正居然向自己求婚？长久以来这份若有似无的感情终于被捅破，逼得千楚不得不面对。她捋了捋发，披上袍子走到屋外。在走廊上回望大哥新婚的房门，千楚会心一笑，长廊的墙壁上也多了一张相片，正是王家四姐妹穿着婚纱的合照。王千楚摸着相片中的四人抿嘴一笑，她有一个如此温暖的家。

清晨空气宜人，王千楚走到花园深深吸一口气，轻抚着花坛里的茉莉，洁白的花瓣在清风中微微颤抖，空气中弥漫起淡淡的清香。王勇偏爱茉莉花于是特地在花园里种了一小片，千楚看到不远处父亲正在为茉莉修剪枝叶。

"爸爸——"千楚走了过去。

王勇低了低眼镜，"是楚儿啊。"

"每年您都是亲自修剪，"见王勇修去新生的枝叶，千楚不解道，"爸爸，您怎么把新芽折了？"

"这茉莉除了阳光，重在修剪与施肥，舍去无果的枝叶，边上带花的才能开好，这茉莉打理得好，下个月还能再开一期。"

"一直爱闻茉莉的清香，竟不知还有这般讲究。"

"有些时候'舍'是为了日后的'得'，"王勇摘下眼镜，"你随我来。"

千楚疑惑，随父亲到了荷花池边的石椅上坐下。旁边那株珍珠梅开得正盛，宛如颗颗白珠垂下，花蕊四溢，片片雅致。石桌上放着一壶太平猴魁，这是王勇偏爱的茶，千楚给父亲倒上。

"楚儿，那位唐先生……"

王勇话音未落就被千楚打断："爸爸，他为难我们王家，他的事至此与我无关。"

"他并没有为难王家。"王父此言一出，千楚抬眉一惊。

"爸爸！您说他没有为难王家是什么意思？明明是他带着刘督察长来抓大哥的……"

千楚听着父亲娓娓道来，脸上的表情从疑惑到震惊再到落寞。

原来，唐子文早在威廉找过他之后就与王勇相约林楠小筑，两人曾有过一番长谈。英国人"讨好"王勇不成便想借唐家码头抢占上海市场，唐子文看出外商的野心找到王勇相商对策。唐子文始终想带永兴入正轨，王勇对民族工业亦深有情怀，最后唐子文决定假意回归帮派，潜伏在帮中以便控制英国人与帮派的动向，此举正是以身涉险希望与王勇两人一人在明一人在暗协力振兴民族工业。于是便有了在商会会议上唐子文表面针对王家，实则放出"张经理"这一重要线索的一幕。听到这里，王千楚已是心乱如麻。

"但后来你被绑架、王家受人陷害都在预料之外……"

"爸爸，你是说我被人绑架与黑帮有关？"

"虽然陈探长抓住了那些绑匪，但他们都是受人指使，我怀疑是黑帮利用你在威胁唐子文。"

"这么说来，子文并没有变。"

千楚有些释怀，但王勇不得不提醒她："楚儿……前几日秦三被杀，有人见到是唐子文所为。一入帮派深似海，或许我与他都低估了帮派的牵扯力，只怕他如今很多事都已身不由己，如今的唐子文早已不是当日的唐子文了。"

"如今的唐子文早已不是当日的唐子文了……"王千楚脑中一直回响着父亲的这句话，她努力让自己消化这突如其来的一切，可是要如何才能面对这样的事实。

唐子文没有变，他还是那个顶天立地的男人，王千楚庆幸自己没有看错人。但是为何要瞒着自己？为何在做选择的时候要放弃自己？他终究还是选择了唐家抛下自己……如果换作是自己又当如何？或许也会和他做出同样的选择，千楚深知两人都是可以为家族不顾一切的人。

王千楚从花园一路沉思，清风徐来，身后的珍珠梅花瓣飘落坠地，恍若银霜。

千楚不经意间抬头却瞧见正急急出门的王千青。大姐？这么早是要上哪儿？

如今"合同"风波已过，王贻华脱险，华丰也已重上正轨，现在叫人劳心的只怕是那枚已拼整的半月挂坠……

宋公馆内。

"小姐，这是今日的报纸。"早餐桌上刘姐为宋瑛递上报纸。

宋瑛穿了一件风流纱的袍子坐在餐桌前呷了一口咖啡，拿起报纸翻阅起来，今日报纸的头条竟然是王贻华的结婚启事。这王家死灰复燃本就叫宋瑛恨在心头，如今又大张旗鼓将喜讯昭告天下，宋瑛只觉咽不下这口气，她将报纸重重摔到桌上，还没缓过神来只听刘姐又在叫了。

"小姐，有客到——"

"谁啊？"宋瑛没好气地问。

"是我。"

宋瑛定眼一看，竟然是王家大小姐王千青，千青急匆匆出门原是为到宋公馆。

"我当是谁呐，"宋瑛一撩眼，"这儿可是月皇宫'红牡丹'的公寓，王家大小姐就不怕被人笑话？"

"我不怕被人笑话，我就是想来看看你……"千青把"这个妹妹"咽了回去，她认为相片和半月挂坠这两者已经大大说明问题。

"看我？"宋瑛哄然一笑，"王家现在得意了，是来看我的笑话吗？"

"你不要误会。"千青言语间很是小心，就像害怕伤害到家人一般。

"误会……真希望一切都是误会，"宋瑛不想继续这无谓的交谈，"你走吧。"

王千青来之前已经想好了，不管宋瑛说何等难听的话都要将这个"妹妹"规劝，作为王家的大姐她觉得自己有这个义务。于是面对宋瑛的一张冷脸，她还是坚持说道："你一个人在上海不容易，其实你可以把我当作你的家人……"

"家人？"宋瑛觉得这个词眼从王家人嘴里说出来简直是莫大的讽刺，"若不是你们，我会落到如此地步？我的家人就是被你们害死的！"

"我……上一辈的事已经无法改变，但是今后你可以把我们当作你的家人……"

"荒谬！你想让我认贼作父？简直可笑！"宋瑛听到千青一再提及"家人"，心中满是刺痛与恨意。

"你不要这样，只要你与我们相处，你就会发现其实一家人在一起是很快乐的……"

王千青字字触及宋瑛的底线，听着她滔滔不绝叙说着"家人如何如何"，宋瑛觉得忍无可忍，她拿起水杯吞了一口试图想将怒气咽下，但这位大姐还是一副"不达目的誓不罢休"的样子。

"你听我说，只要你愿意，我会帮你放下仇恨的……"

"收起你的谬论，你走——"

"你不要这样……"

"走！"

"宋姑娘……"

千青话音未落，只听见"哐嚓"一声，宋瑛将手中的水杯重重敲在桌上，立马碎片满桌……在宋瑛眼里王千青简直就是不依不饶的虚伪小人，她讨厌王家人都一副自命清高的模样。宋瑛一时怒气难忍，于是将全部怨恨一股脑地发泄在手中的杯子上。

"你的手——"千青叫道。

宋瑛低头看到自己握着玻璃杯的那只手，血水正顺着手腕往下滴……

·46 翙云蕙质·

看着宋瑛滴血的手，王千青一时慌乱，神情比自己受伤还着急，她赶紧找来药箱替宋瑛包扎，慢慢地，两人间的气氛总算有所缓和。千青低头替宋瑛缠绷带还不忘嘱咐道："你手上有伤口，这两天不能喝酒……"宋瑛已经许久没有感受过这般的关心了，她脑中突然回响起着那句"别光喝酒，伤了胃可就不好了"。这是王千楚曾经对她说的话……宋瑛皱眉一闭眼。

不多久，千青将宋瑛的手仔细包扎好，温柔地唤道："好了。"

宋瑛回过神来，一把抽回自己的手。她不允许这样的幻觉消磨自己的意志，于是又恢复了那张冷冷的脸对着王千青道："你可以走了。"

"宋姑娘……"

"这里只有'红牡丹'，我与王家无任何情分可言，送客——"

席家旧居。

"席正——席正——"

还是那个熟悉的声音从屋外传来，正是欧阳岚岚。欧阳见客堂内不见人影便直冲席正的卧室，只见床上一个修长的身子，下半身盖着薄薄的毛毯隐约看到两条修长的腿，睡衣被卷到肚脐以上露出腰部的腹肌，头埋在枕头下方，枕头上压着一只白皙纤长的手。欧阳直冲入内来不及欣赏这般"美景"，一把拉开席正脸上的枕头叫道："太阳都照屁股了还睡！"

席正被枕头无情地"抽了个巴掌"却还在半梦半醒之中，欧阳岚岚使劲拉起他的手臂，还不忘抱怨："手怎么这么长……"席正被拉着勉强起了半个身，半眯拉着眼睛，视线里只有凌乱的刘海，他晃了两下又一头倒回床上。

"席正！"欧阳又是一顿拉扯。

实在受不了她在自己耳边叽喳，席正只好起了身，也不顾欧阳在旁，自顾自地脱起衣服来。

"啊——"欧阳立马转身捂住眼睛，"你干吗！"

"你不是叫我起床么，不换衣服我怎么起来？"席正一脸坏笑。

"那……你……你快点。"欧阳说着，羞答答地跑了出去。

席正一番梳洗后上桌用起早餐——火腿、鸡蛋、三明治，还有一杯美式咖啡，这是席正喜欢的搭配。

"你怎么这么能吃？"欧阳瞪大眼睛看着席正将桌上的食物一一消灭。

"吃饱了才有力气听你唠叨。"席正自顾自地吃着。

"你以为我爱唠叨呀，你把我赶出去就没有一点点内疚吗？"见席正光顾着眼前的食物，对自己依旧无动于衷，欧阳岚岚忍不住发起牢骚，"你对我如此薄情，亏我还特地跑来给你这个。"

"什么啊？"席正不以为然。

欧阳见席正那副不冷不热的样子，心想你连正眼都不瞧我，于是轻哼一声道："你不要，我可就扔了啊。"

席正喝着咖啡，看到欧阳手中举起了那支口琴。咖啡杯上那副双眼风云变色，他放下杯子厉声道："怎么在你那？"

"你离家那会儿，王千楚还回来的。"

"她……她有没有说为什么还回来？"

"她说是你落下的，"欧阳好似邀功般，"我告诉她这是对你很重要的东西，她就留下了。"

席正看着口琴黯然神伤，原来她真的不记得了……

月皇宫。

场外月明星稀，场内灯红酒绿，可惜宋瑛对这里的一切已经反感至极。她独自一人在台下喝着闷酒，一杯一杯连饮而尽，拿酒杯的那只手还缠着今晨王千青为其包扎的绷带。宋瑛已是半醉，她看见手上白色的绷带觉得刺眼又厌恶。此时一个高大的男人端着一杯酒晃荡着身子朝宋瑛走来，一脸色相。

"这不是'龙头'红牡丹吗？听说最近不少人吃了你的闭门羹啊，今天我特意过来不能不给面子吧！来——陪我喝杯酒。"

宋瑛厌恶眼前这个男人，在月皇宫她见过太多这样的"拖车"。

"哟——还端架子呢！"见宋瑛一动不动，男人一屁股坐下，紧紧贴着她的身子，"害什么臊，来——喝一杯。"说着就想往宋瑛嘴里灌酒，宋瑛一把推开凑上来的酒杯，用力过猛导致杯里的酒洒了男人一身。

男人将酒杯重重摔在桌上，怒声道："臭婊子，还真把你自己当回事。洪爷都已经把你晾一边了，还摆一张臭脸给谁看！"宋瑛不语，男人又西格格地往上贴，顺着下摆裙衩摸到宋瑛的大腿道，"这才对嘛……"

"放开你的手！"宋瑛一下跳了起来，转身就想走。男人一把拉住宋瑛，"别给脸不要脸，你给我坐下。"宋瑛被重重拖下摔在沙发上，男人拿起一瓶酒死命往宋瑛嘴里灌酒，宋瑛一阵反抗，酒瓶砸到男人的脸上，疼得他直捂鼻子。

"贱货——"

一记重重的耳光甩到宋瑛脸上，宋瑛捂着脸瞪着眼睛怒视他，她受够了这些侮辱甩头就走。身后那个男人怒气未消，嘴里还骂着无比难听的脏话。

宋瑛跑出月皇宫，秋日的风吹在身上阵阵凉意，但此刻宋瑛只觉怒火烧身，这一切的一切都是拜王家所赐，想到这里宋瑛拖着身子一路踉跄朝王家跑去。

王家公馆。

晚膳后，千楚与翊云坐在客厅的沙发上喝茶。

"大嫂，你真惯着我大哥，还新婚呢就抛下新娘子在公司加班。"

"你还不知道你大哥，心思都在华丰。不过这都是他应当担的责任，他要日日贪闲也就不是我要嫁的王贻华了。"

"大嫂——"千楚挽上翊云的手臂，"你真好！大哥娶到你真是他的福气。"

这姑嫂二人聊得正欢，门口突然闯入一人。

"好一个温馨场面。"宋瑛一身酒气踉跄着走来。

"宋瑛……"千楚站了起来，"你怎么来了？"

宋瑛对其不作理会，整个人晃荡着身子站立不稳，一双醉眼环顾四周。这是她第二次来王家……王家人经历风雨后仍旧抱作一团，可是她却始终孤身一人，宋瑛笑笑好似在自嘲。

"怎么？不能来吗？我就是要来看看王家到底有什么本事，草菅人命还可以如此心安理得。"

"你喝醉了。"千楚不带语气。

"醉？呵呵，是醉了……不然怎么看清你们一帮口蜜腹剑的小人。"

宋瑛把王家人个个数落了一番。不等千楚开口，章翊云已经按捺不住，她站起身对宋瑛道："不管你与王家之间有何误会，真也好假也罢，但到人家里就请你保有起码的尊重。"

"你谁啊你，在这里指手画脚。"宋瑛醉意未消，眯着眼看不清眼前人。

"章翊云。"

"哦——你就是那个王家的新娘子啊，"宋瑛说这话时身子已经有些站不住了，扶着沙发的扶手，"你真是瞎了眼竟然嫁到王家，我一定不会让他们好过的，你同这一家子狼狈为奸也不会有好下场！"

"我不允许你侮辱王家的人，也绝对不会让你伤害他们！"

"呵呵，你以为你是谁啊……凭什么说这话？"

"就凭我是王家的大少奶奶！"

此言一出，宋瑛也是一怔，冷笑了一声糊里糊涂就往门外走。宋瑛走后，章翊云轻叹了一口气，转头正好对到千楚的眼神。

王千楚正一脸崇拜的表情望着翊云："大嫂，你好厉害哦！"

章翊云脸一红，"啊……哪有……"

宋瑛跑出王家公馆，比上回更为凄凉。她扶住铁门不停呕吐，只觉头昏眼花身子一软险些倒下，好在一双手及时扶住了她——原来是阿毅。

"你何苦如此为难自己。"

"不用你管！"宋瑛像是用尽最后的力气甩开阿毅的手，但一个踉跄又险些摔倒，阿毅再次扶住了她。

"宋瑛，让我照顾你好不好？放下以前的仇恨，过简单的日子。"

阿毅说得如此诚恳，宋瑛一对泪眼望着这个男人。她也是女人，没有一个女人不想要被呵护的。可是如今大仇未报，若她就此放手，将来有何脸面去见地底下的双亲。想到这里，宋瑛还是狠狠心一把推开阿毅的手。

"不——我要报仇，"宋瑛转过脸又楚楚可怜地望着阿毅，"如果你真的想帮我，就帮我想办法铲除王家好不好？"

"我不能陷害无辜，除了这个，我什么都可以答应你……你相信我，我一定会把你照顾好……"

"你走开——"宋瑛狠狠推开阿毅，她恨透了这帮劝她"改邪归正"的人。此时瞥见手上的纱布更觉讽刺，于是狠狠将其扯下，踉跄地独自走开，阿毅还要上前却被宋瑛狠狠呵斥。

看着宋瑛孤独无助的背影，阿毅痛苦极了。这个女人宁愿痛死也不愿放手，宋瑛叫他心乱如麻。

·47　实难回首·

接连几日都没有席正的消息，王千楚觉得有些奇怪，但也庆幸让自己有了喘息的时间。

唐子文、席正，王千楚被这两个名字闹得连日失眠。父亲的话犹在耳边，但千楚至今都未能全然接受，她真希望这一切都是黄粱一梦，醒来她还是那个无忧无虑的王家二小姐。可惜时间无法倒流，或许她也不愿倒流，能碰到唐子文是她今生所幸，只是这份感情太沉重，让两人几近窒息。

这一日，王千楚独自到街上散心。街道两旁的梧桐树被风吹得沙沙作响，一片树叶从她眼前掉落。她抬头看那梧桐树，叶子已经开始微微泛黄，阳光透过树叶间隙射下叫千楚皱了下眉，她看到不远处有一家首饰店铺，陈列着许多珍珠饰品，于是走了过去。

店铺内，千楚正随意看着，突然听到后面有个熟悉的声音。

"老板，你看这个能不能修？"

"阿毅？"王千楚回头，她看到阿毅正拿着一个首饰盒与老板相商。

"楚……楚姑娘。"阿毅有些错愕，自从孤儿院一别，两人已逾半年未曾见面。

此刻的王千楚心慌意乱，想着不知唐子文是否也在附近，但她还是故作镇定随口问道："没想到在这遇到你。"

"哦，我来帮二爷……"阿毅将"唐子文"脱口而出，才发现王千楚脸上愁虑的表情再也藏不住了，只得慢慢道出后面半句，"……修个东西。"

此时老板从后堂出来了，手里拿着阿毅给他的那枚珍珠戒指。中间一颗鹅蛋形的白珍珠外面绕了一圈小小的圆形白珍珠，戒指十分精致，只是外面一圈小珍珠里有个凹槽，应该是掉了一颗。老板说："是我这卖出去的没错，但已是半年前了，要配这一模一样的小珍珠得花番工夫觅一下。你先放我这，一周后再来吧。"

听老板如此说，阿毅有些着急了："老板，我们主子说了，不管花多少钱都要修好。"

"这不是钱的问题啊，"老板脱下眼镜端详这枚戒指，"我看这戒指新得很，怕是还没送出去吧。"

半年前？王千楚看着这枚白珍珠戒指，突然想起自己当初同唐子文说的那句：我喜欢白珍珠。难道是他要送给自己的？

"阿毅，这戒指是？"

"哦，有一日我与二爷经过这里，他看到这个戒指直说白珍珠好，当时看二爷那高兴劲儿我猜应该就是送给您的，不过那都是半年前了……之后我都没再见他笑过……"阿毅陪在唐子文身边看着他背负家族压力，看着他放弃毕生所爱，看着他借酒消愁，有时候真恨自己不能为他分担。

"楚姑娘……二爷有什么委屈都自己憋在心里，其实二爷他真的很爱你……"

看阿毅吞吞吐吐的样子，千楚问："你说他有委屈？是何委屈？"阿毅原本欲言又止但被千楚一再追问，只得一挠脑袋道："死就死了——楚姑娘，其实二爷不是你看到的那样，他这么做全都是为了保护你……"就这样，阿毅将洪爷如何绑架她，唐子文如何舍命救她，以及唐子文在找到张经理的行踪后又如何暗中通知她，这一切的一切全部原原本本告诉了王千楚。

"当日二爷为了救你又不想连累兄弟就一人去了仓库，连我也不许跟着。当日他还为你挡了一枪……二爷说你只有离开他，才会安全。"

原来昏迷前看到的是唐子文没错，千楚回忆起当日晕厥前的画面，那个熟悉的声音……抱着自己不停呼唤自己的名字，是唐子文没错。千楚又紧问道："张经理在小旅馆的消息也是二爷捎的信？"

"是的。二爷各处托关系，最后找到南通地下钱庄的陈老大，为了要这个消息，二爷不仅送了份大礼，还亲自上门给他道谢……这个陈老大居然还叫二爷给他鞠躬倒茶。"说到此处，阿毅已是气不打一处来，可想唐子文如此心高气傲之人当日是抛下多大的尊严屈膝于此等小人。

原来是他捎的消息，这般说来果真如父亲所言，他一直在暗中帮助王家。千楚突然觉得自己对唐子文的了解是那么少。

"其实还有一事……楚姑娘，容阿毅多说一句，虽然二爷入了帮派但二爷做每件事都是有原则的，他接管唐帮的第一天就告诉底下的兄弟，毒品、枪支唐帮坚决不碰。那天您说他赚的都是黑心钱，这话也有点重了，其实二爷是把永兴在江浙的码头卖了才能还清银行的贷款。"

"……

王千楚漫无目的地在街上游走，她脑海里一直回想着阿毅的话。原来短短半年时间唐子文经历了这么多，这段日子他是如何过来的？千楚不敢去想。还有，他竟然为王家付出了这么多，而自己却一再误会他，王千楚此时心乱如麻。

不知不觉间她竟走到了唐家旧居。

这季节牵牛花已经大朵大朵地开了，但几近晌午花儿有些蔫了，顺着门檐朵朵垂下。王千楚看着这扇木门感慨万千，曾经在这里面她同唐子文设想着两人无尽的未来。迟疑了很久，千楚终于还是俯身掀开了门下的一块砖瓦。

"果然还在。"

这是唐子文告知她的秘密，千楚拿起钥匙打开了那扇木门。

院子里还是那般干净，墙角的潮来花都已盛开，一蓬一蓬的玫红、嫩黄，五片花瓣中冒出根根花蕊，星星点点随风晃荡着。千楚回忆起当日与唐子文的"花期之约"，如今花开了，可人却已经散了。千楚站在那间木屋前回忆着两人的过往种种，那夕阳下的羞涩、宴会上的解围、车内一吻一颦一笑，那么真实却又恍如隔世……还有那一枪，唐子文为她挡的那一枪不知有无落下病根，王千楚对这一切的一切久久不能自已。那声"千秋万代楚楚不凡"余音犹在，但两人却好似相隔天涯，万般由不得自己，一切皆已物是人非。

王千楚久久站在木屋前，微风袭来，吹起她的发丝，眨眼抬头间好似有什么旋转落下，伸手接那白白的一簇轻柔，正是珍珠梅的骨朵。

是他种下的……望着眼前那株小小的珍珠梅，千楚心痛到不能自已，她攥着手中的那团白不住地颤抖，原地久久，却始终没有勇气推开那扇房门，或许这就是有缘无分，或许是时候该去接受……王千楚终于还是转身，走出院子轻轻关上木门就像从未来过。望着伊人离去，牵牛花低垂蔫萎万般叹息。

王千楚方从巷口转弯，唐子文就来到院门前，两人就这样擦身而过。

唐子文用同样的动作掀开砖瓦拿起钥匙打开院门，顺着千楚走过的路，触摸同一朵花……这里还留有他深爱女子的气息，他环视院落却不见伊人只徒增惆怅。唐子文推开房门，那幅"行到水穷处"依旧在原处，还有那支千楚递给他的羊毫和没有对完的下联……唐子文深深一闭眼。

王千楚从唐家旧居出来后到了"林楠小筑"，这里依旧清闲，如同世外桃源。走过小桥和前廊，里堂内小二上前招呼："姑娘一人？可否有偏好的'居室'？"千楚回想起与唐子文共处的那一间却叫不上名字，只得说："往里走的最后一间……"

"哦——姑娘说的是'楚文轩'吧。"

"楚文轩？"

"是啊，往里的最后一间。不过实在抱歉，那间房半年前就被一位客人包了，现已不对外了。姑娘要不另选一间？"

"哦……没关系，我自己看看。"

小二答应着便走了，王千楚望着"楚文轩"的帘子，不禁感叹：看来是进不去了。但即便去了又能如何？于是她走出了内堂，长廊上，两旁依旧挂着那些字画。无意间，千楚留意到其中的一幅字——"坐看云起时"。王千楚怔住了，竟会如此之巧合？她觉得这联字是那么熟悉，于是拉住走过的店家。

"请问这幅字是谁写的？"

"哦，这幅啊。有一回一位客人喝醉了写下这幅字，说是给自己妻子的，因为那日先生喝得很醉，我们关门了，都还不肯走，所以记得清楚，我们老板见字好便挂了出来。"

"谢谢……"

店家走后，王千楚独自对着这幅字在心中反复默念。坐看云起时……她早已不奢望与唐子文还会有这样一日，她觉得眼睛上蒙了一层雾。王千楚转过头，依稀看到走廊的另一头站着一个男人，这个男人慢慢向她靠近，似梦似幻。千楚看着这人慢慢走到自己面前，感觉快要不能呼吸了，她只听到自己"怦怦"的心跳声。此时眼睑再也承受不住泪水的重量，当那滴泪滑落，王千楚清晰地看到眼前的男人——正是那张恍如隔世的脸。

唐子文和王千楚在经历种种磨难与误会后终于重逢，而那幅"坐看云起时"正是子文为千楚所写。

楚文轩前，子文欲掀竹帘却被千楚叫住："店家说这间室已被一位客人包下了……"唐子文低头浅咽，依旧掀开了竹帘，"这是属于我们两个人的，别人不能进。"原来包下这里的正是唐子文。

楚文轩——唐子文用两人的尾字起名，至情至圣。

千楚走进轩室，对着一片小竹林不胜唏嘘。她不敢回头，直到唐子文唤自己的名才转过身。她对着他不敢抬头，泪水始终在眼眶中打转，她努力不使它落下。唐子文看着眼前的千楚万般心疼，紧紧握着拳头不敢碰她，两人都极力克制着自己的感情。

千楚含泪皱眉道："为什么不告诉我？你一人做了这么多决定，我却什么都不知道。"

"我不能让你有危险……"

千楚不禁摇头："我不怕危险，只要和你在一起我什么都不怕。"

"可是你有王家，我有永兴，唐帮兄弟我不能不顾。"唐子文道出无奈的事实。没错，他已经不是当初的船厂少东，如今他肩上不仅有永兴的担子，身后还有跟随他的唐帮兄弟。如今他已经不是在为自己而活。

王千楚明白这种无奈，两人之间的距离已不是你情我愿就能消除，她望着唐子文，眼里含着一汪泪，几乎是用颤抖的声音说道："我们再也回不去了对不对？"

这句话深深刺痛了唐子文，他再也无法抑制自己的感情，一把抱过王千楚。千楚在他怀里哭得伤心欲绝，长久以来的委屈与心痛在这一刻终于爆发。唐子文紧紧搂着她，这一刻不知在梦里出现过多少回，而此刻才真正明白什么叫作痛彻心扉，唐子文闭目流下两行泪。

一个是王家小姐，一个是唐帮二爷。如今两人之间隔着万般是与非，想爱却不能爱，想护却难相守，至此何须言说？且听彼此心头滴血之音，奈何人世间竟存有这番痛楚。恋到撕心方知情重，两人将对彼此的爱压于心底触不到的禁地，且望今生断念。

情存奈何缘灭，至此封帘楚文轩。王千楚与唐子文情断林楠小筑……

· 48　忆儿时情 ·

　　秋意转凉，距离林楠小筑一别已有半月，王千楚将那对珍珠耳环放回那个小小的丝绒盒子里头，轻轻盖上，收于梳妆台的最底层。近日来，千楚把自己安排得很满，不是去孤儿院做义工就是去华丰帮忙，还联系起英国的学校，或许离开才能让她忘了那位唐二爷。

　　这一日，王家客厅内一番热闹景象。

　　"我真不知该说些什么了……"章翊云一脸幸福。

　　"大嫂，这可是你到我们家的第一个生日，在家过都便宜大哥了呢！"千楚打趣道。

　　"是啊，翊云。你嫁到我们家也得让你父母放心不是，"千青道，"他们生日一个个都吵着要这要那，就数你最懂事了。"

　　"翊云啊，等待会儿吃了蛋糕让贻华陪你回娘家去，等吃了晚饭回来也不迟。"王母笑笑。

　　"妈……晚上还是等爸爸回来，我们在家吃吧。"

　　"这也是你父亲的意思，他今日商会有事，说等明日周末再好好为你过。"

　　"谢谢妈！"

　　王家为这位儿媳妇可算是设想周全了，章翊云面对这一家子幸福之情溢于言表。不一会儿周妈就端出了蛋糕，贻卿见着彩色的蛋糕别提有多高兴了，忙着帮大嫂点蜡烛。大伙儿兴高采烈地替翊云庆生，千楚、千佟还不停闹这对新婚夫妇。正当翊云和贻华举刀切蛋糕时，突然听见门口飘进一个急急的声音。

　　"等——等——等——"只见王千语拉着唐子杉匆匆忙忙赶进家门。

　　"都怪你，磨磨蹭蹭的。"千语对着子杉"生气"，又对着大家"解释"道，"他非要跟我回来。"

　　"对对，都怪我！是我非赖着千语带我回来。"唐子杉一身西服，手上大包小包，看来对今日拜访下了一番工夫，他递上一个礼盒一脸傻笑："大嫂，这是给您的生日礼物。祝您年年有今日岁岁有今朝。"

　　听子杉这样一说，章翊云扑哧一笑："我有这么老吗？"

　　"呆子！"千语瞪了子杉一眼，转头对翊云道，"大嫂，他是祝您日日貌如今日，年年岁如今朝。"

　　"对！对！对！"子杉在一旁应和着。这位平日满腹经纶的唐家二少爷此时竟成了"呆头鹅"。

　　见唐子杉只顾在那傻笑，千语心里干着急，不禁拉了一下他的衣角，子杉马上意识到什么，立即打开手中另几个礼袋。"哦——对了，这是给伯母的，这是给大姐的，还有二姐、大哥……"唐子杉从袋子里取出许许多多的礼物，王家人人有份一个不落，看来今日是有备而来。王母看这孩子傻傻的，一猜便知是自己家这个三小姐出的主意，不过他有这份心倒也难得，可是呢王母还得试他一试。

　　"你叫唐子杉？"

　　"是的，伯母。在下唐子杉，丁未年出生，比千语长三岁。男大三，金银山。"

　　听子杉老实吧唧地说这话，旁人都忍不住掩面而笑，只有王母还一脸严肃道："我们千语成天往外面跑都不知交了些什么朋友就往家里带。"

　　"妈——"千语有些急了，怎么今日母亲说话变得如此刻薄。子杉赶紧拉下千语，"伯母，千语是位难得的好姑娘，她为人率真、有侠义心肠，您千万别误会。若是因为我……"唐子杉挺了挺身好似在为自己打气，"我知道我大哥与王家有些误会，但是我对千语是真心的，我唐子杉可以对天发誓，若对王千语有半点假意不得好死！"

　　千语听到此话赶紧捂住子杉的嘴，王母见这孩子说得真切便说道："你有这番顾虑且倒也周全，不过王家向来就事论事，你也大可不必有此想法。千语交朋友我们不反对，但是我与他父亲最看重的是品性……"不等王母说完，子杉急急道："伯母放心，我唐子杉可以对天发誓我是一个品性端正的好青年。"子杉说得这般认真，旁人都被他的样子逗乐。大伙都看出母亲的用意，只有千语这傻丫头还一脸紧张。

"品性不是靠嘴说的，还得看你的实际表现。"王母看了一眼自己这个三女儿。只见王千语正泪花闪闪，见闺女这个样子，王母不得不感叹：真是女大不中留咯。只得道："不过……先交朋友也未尝不可。"

听母亲这样一说，王千语立马明白了其中缘由，破涕为笑，赶紧对子杉说："还不快谢谢妈。"子杉看千语的表情，顿时领会其中寓意，赶紧对着王母鞠躬道："谢谢妈！"

千语和子杉两人正傻傻对笑，大姐千青却一脸严肃道："你这声妈叫得也太早了吧！"此言一出，大伙一下又都沉默了。

千语低垂着眼唤道："大姐……"

"我的意思是等以后办了事再叫也不迟！"千青重重点了一下千语的额头，"瞧你这没出息的样子。"

听大姐这样一说，大家才放开了笑，可是贻华又添了一句："难道就不用理会我这个大哥了吗？"此言一出，千语赶紧上前挽着大哥撒娇，唐子杉也是连连作揖，一阵闹腾方才罢休。此时唐子杉已是一手冷汗，心中不禁感叹：不容易，不容易，真好比过五关斩六将。但不管怎样，王家人对他的印象还算不赖，唐子杉这关看来是过了。

章翊云笑道："这下我可以切蛋糕了吧。"于是这会子大家又热闹开了，端盘子、切蛋糕、倒汽水忙得不亦乐乎。家里一片祥和，见这一对对幸福的模样，王千楚也由衷欢喜，可是想到如今自己形单影只也不免唏嘘，于是陪着不久便独自默默走开。大姐千青留意到二妹的神情便跟了出去。

后花园里，千楚正对着珍珠梅发呆，这棵珍珠梅几乎是陪着王千楚一起长大，每每近了果期一丛丛一片片，白得耀眼，很是美丽。

"二妹——"

千楚回头，"大姐……"

"你从小一不开心就往这里钻。"

千楚苦笑一下，"现在想想小时候那些不开心的事还真是不值一提。"

"再大的事总会过去的，"千青像是若有所思，"二妹，大姐是过来人，你听我一句。爱情有太多虚幻的东西，越浓烈的感情越叫人向往，但我们必须看清生活里不单单只有爱情，还有很多是我们无法也难以割舍的东西……"

"大姐……"

千楚想起许多年前大姐曾与一位姓李的公子有过一段情，但不久那位李公子要远赴欧洲求学，千楚记得李公子还曾来家里提出想让千青与他一同出国，当时大姐看着一众还未成年的弟妹一口回绝，之后也再无提起此人。或许，当时大姐并不是不爱他……而是为了王家才留了下来……想到此处，千楚突然觉得眼前的千青并不像平日里唠叨的大姐，或许为了这个家她默默舍弃了许多原本该有的幸福。

千青折一朵珍珠梅在手中轻轻转动，"要顾面子就得藏好里子，我们只能活得尽量不自私。人生若只如初见便会日日念着他的好，有些东西藏在心里才会美。"

千楚默然：是啊，人生若只如初见，知他安好便已足矣。

"楚儿，你有没有考虑过席正？"千青转头看向二妹，"你别怪大姐多事，前两天我去找过他。"

听大姐这样一提，千楚才想起自那次"求婚"后席正就再未寻过自己。

"你去找过他？"

"对。老实说有些出乎我的意料……"

千青叙说着与席正交谈当日的情况，原来在席正第一次见到千楚的时候就喜欢上了她。

"我们第一次见面是在家宴上，他把我误当成了服务生……"

千青摇头，"你们第一次见面是在这个院子里……"

千楚一脸惊讶，听大姐诉说当年的情景：那是十多年前的一日，席正的父亲来家里与父亲商谈公务，把小席正交由千青，当时千青就领着席正和千楚在这个院子里玩耍。那年席正十三岁，千楚八岁……原来早在那时席正就喜欢上了这个小自己五岁的妹妹。之后每回席父到王家，小席正都会跟着来，有时候千楚在弹钢琴，席正就在旁边默默地看……直到席家迁移美国，席正一直想回国找她，直到途中出了车祸。

"大姐，你说席正从美国回来的时候出了车祸？"

"对，他说因为那场车祸昏迷了一个月……"

王千楚恍然大悟，原来欧阳岚岚口中席正回国要找的那个女孩竟然就是自己！回想拍卖会当日席正说的那句"因为爱"难道不是在开玩笑？

千青问："你对他一点印象都没有了吗？"

千楚皱眉道："我只记得小时候席伯伯时常会来家里找父亲，他身后总会跟着个小男孩，只记得那个小哥哥有时会带糖给我吃，其他就没什么印象了……"

"也难怪，那时候你还小……"见千楚不语，千青又添了一句，"我听说，席家来电催他回美国了。"

"他要回美国？"千楚一震。

·49　续半生缘·

千青和千楚从后花园出来，当两人回到客厅，沙发上只剩王母和贻卿两人。

千楚问："他们人呢？"

王母抱着正有睡意的贻卿喃喃道："千佟上同学家复习去了，你大哥陪你嫂子回娘家，千语送子杉去了。"

"这个三妹分开一会儿都舍不得，将来保准胳膊肘往外拐，等回来定得好好说她。"言语间千青又恢复了王家大姐的架势。

王母拍着贻卿柔声道："你们一个个都大咯。"

"妈，我带贻卿睡午觉去。"说着千青就领着睡眼蒙眬的贻卿上楼了。

客堂里留下石氏千楚两母女，千楚依偎在母亲身旁。

"这么大的人了还撒娇呢，真是越养越小咯。"王母拍着千楚的小脸笑道。

"妈……"千楚心里矛盾极了，面对唐子文和席正这两份感情，她不知如何面对。正所谓"知女莫若母"，千楚这意味深长的一叫，王母当然明白这个二女儿的心事。

"你们这一代都提倡女子独立，我倒也不反对，国家在进步，人民的思想也就得跟着进步。但是啊，一个女人最重要的始终是要找一个好归宿。"

"那什么才是好归宿呢？"千楚有些茫然。

"嗯……就好比当年我与你们父亲成亲之前都未见过彼此，但这些年来你父亲待我如何，待这个家如何你们都看在眼里。我有你父亲还有你们，对我来说这就是最好的归宿。"

千楚搂着母亲不语，王母又道："我听你父亲提过那位唐先生，确是位难得的人才，'乱世出枭雄'，难保他日后有番作为。可是楚儿，女人禁不起等，再过几年你还会想要这般惊心动魄的爱情吗？至于那位席先生，我看得出她对你有心，但感情的事不能勉强，你对他如何只能问你自己的心。"

"自己的心？"千楚喃喃道。

"对，自己的心。想一想你们两人共处的时候，再想一想若再也见不到他你会如何。"

王母拍拍千楚的肩便上楼了，留下她一人独自面对自己的感情。与席正从相遇到向自己求婚，王千楚回忆两人经历的种种：那是席正回国后两人第一次见面，他竟然把自己误认为服务生……到后来办公室的玫瑰、小酒馆的邀歌，慈善拍卖会上为自己放弃了竞价……然后到了南通，在自己最无助的时候席正出现在自己眼前，自己病了一夜他就陪了自己一夜。这个能让自己笑，愿为自己劳心的男人……

"想一想若再也见不到他你会如何"，母亲的话回响在耳边……王千楚突然明白了，或许与席正的感情并不轰轰烈烈，但在点点滴滴间他已经走进了自己的生活，他并不是可有可无的人。千楚猛然抬头，原来席正已经在不经意间往自己心里扎了根，这一刻王千楚终于诚实面对自己的心。

但这一连多日都没有席正的消息不免叫千楚失落，难道他改变心意了？这人呢，一旦上了心就开始变得患得患失……

"楚老师——"

孤儿院内，孩子们见到千楚提着大包小包从门口进来，都争着跑去帮忙。近日来王千楚常常去孤儿院做义工，教孩子们弹琴唱歌，大家都好爱这位楚老师。

教室里，王千楚正在给孩子们分点心，突然像是有谁进来，孩子们一窝蜂地跑到门口。究竟谁有这么大的魅力？千楚捋着长发朝门口张望着，只见孩子们围着一名男子十分亲昵的样子。王千楚定眼一看——竟然是席正。

"席正？！"千楚失声叫道，她怎么也没想到竟然会在孤儿院遇到他。

"不要抢，不要抢，人人都有——"席正笑着给孩子们分发礼物。千楚看他这架势全然一副驾轻就熟的模样，和孩子们也都熟络得很，不禁走了过去一脸茫然道："你怎么在这里？"

席正看到千楚倒是不显意外，只对她笑笑，这一来千楚就更闹不明白了。此时院长走来，"楚姑娘和席先生认识吗？"千楚应了一声，又听院长道："楚姑娘，席先生就是我之前提起的那位匿名为孤儿院捐款的好心人。"

"是你？"王千楚一脸惊愕。

原来席正在美国就一直有加入救助儿童的慈善机构，他的画作大多用于慈善拍卖，所得款项均用来救助各类失学和残疾的儿童。当得知上海孤儿院因为资金短缺而面临倒闭危机时，席正联络了各方机构想要帮忙，可是因为上海并没有相关的机构可以全权受理此事。来回折腾多日始终无果，眼看孤儿院入不敷出就要关门，想到这些孩子们即将再一次无家可归，最后席正决定以个人名义捐款，想必也是用尽了积蓄。

千楚和席正来到草坪上漫步，千楚道："你还有多少事是我不知道的？"席正诚恳道："我在你面前完全是一个透明人，一直都是。"千楚停下脚步，"那日我并没有给你答复，你不想知道我的答案吗？"

席正当然明白千楚的意思，但想起那个口琴不免轻咳一下，"我知道你心里一直忘不了他，能遇到一个可以让自己不顾一切去爱的人不容易……"

原来整日被美女围绕、风流倜傥的席少竟也有这般不自信的时候，千楚一笑："我听欧阳岚岚说你为了一个女孩义无反顾要回上海。"

"哦……"席正有些错愕，"其实……"

"手上的伤还疼吗？"

"哦，"席正摸摸手上那个疤，"早就不疼了，千楚……"

"你为了'她'竟然可以不顾一切。"

"千楚，其实……"

"你竟然这么爱'她'，爱到连命都不要？"

"对！我爱她可以连命都不要！"席正不能让千楚再继续"误会"下去。他双手按住王千楚的肩，无比认真地说道："我从第一眼看到她就开始爱她，没有一天停止过！为了她我可以什么都不要，我爱她胜过一切！这个'她'就是你！"

席正一口气说了这么多，正低头喘气却听到三个字——"我知道"。席正抬头见千楚正对自己眨巴着一双无辜的大眼睛，他傻傻愣了三秒，见千楚一笑才晃过神来。席正一下松开手，双手叉腰长叹一口气："竟然被你这小妮子骗了。"

这时孩子们都围了过来，"席正哥哥，听说你要回美国了，是真的吗？"

"哦——是啊……"席正偷偷看了千楚一眼，"除非……有人叫我不要走。"

一听这话，孩子们都围着两人起哄，吵着让千楚叫席正不要走，千楚嫣然一笑："你们听他胡说，他才舍不得你们呢。"

孩子们异口同声道："席正哥哥舍不得的是楚老师。"

千楚羞红了脸，孩子们起哄将两人推到一起。席正拉起千楚的手，两人都笑得像个傻瓜。突然间席正皱起眉，"我的私产都捐给孤儿院了，你跟着我以后可得喝粥了。"

千楚一笑道："不怕，还有你的画呢，有空你多画几幅备着。"

席正又好气又好笑，刚想抱她又一紧眉道："你不会出国吧！不会我留下了，你偷偷出国去吧？"

千楚看着眼前这个会让自己笑的男人，轻轻唤道："傻瓜。"

席正觉得这声"傻瓜"是他听到过最好听的话，他一把抱起千楚在草坪上转了一圈又一圈，恨不得永远停留在这一刻。

· 50　唯牡丹子 ·

离开孤儿院，席正带千楚来到自己的画室。

千楚打趣道："这就要开始作画了？"

"你之前不是选了一幅嘛，我说完成后送你的。"

"是啊，已经完成了吗？"千楚满眼期待。席正将千楚拉到那幅画作前，画作依旧盖着布，他对千楚道："把眼睛闭起来。"

千楚看他紧张兮兮的样子，不禁感叹："这么神秘啊——"

"闭起来。"席正用手往千楚眼睛上一抚，千楚笑笑配合地闭上双眼。席正轻轻将布扯下，绕到千楚背后握着她的肩，头凑到她耳边轻语道："睁开吧。"

千楚转过头两人的脸贴得很近，"什么东西这么神秘啊？"她一转头正对那幅画……王千楚站在那儿倒吸一口冷气。面前那幅巨画里的人正是她自己，画中的王千楚回眸一笑，阳光从侧面照来，画中的她笑得楚楚动人。

"席正……"千楚被眼前的"自己"震到了，这个男人对自己的用心已经超乎了预期。

"知道你什么时候最美吗？"席正看着呆呆的千楚，"就是笑的时候。或许'痛'会叫人刻骨铭心，但我宁愿让你'笑'。即使有一天你离我而去，但我们在一起的日子里我希望你永远都此时的王千楚不知该说些什么，面对这个男人的深情，她知道再多的语言都会显得微不足道。

"我们帮这幅画取个名字好不好？"席正触碰千楚的玉指，慢慢相扣："叫'微笑天使'怎么样？"

"我哪有你说得这么好……"

席正柔柔地将王千楚转向自己，"千楚，我知道你的心还在痛……这种痛没人能帮。所以……你不用强迫自己忘记他。但是，和我在一起你不会有空伤心，我会带你去看外面的世界，带你发现许多美好的东西。你只需要放心地把自己交给我……"席正小心翼翼地问道，"好不好？"

千楚望着席正含泪点头，颔首间正巧看到墙角竖着一幅小画——欧洲的风景，红红的房顶……这不是千佟学校义卖时那位不愿透露姓名的画家画的嘛！

"是你！"千楚恍然大悟。席正低头含蓄一笑，当日他看到千楚手中提着那幅自己画的向日葵离去，回家后乐了好一阵。

"原来你一直陪在我身边……"这是王千楚第一次为这个男人流泪，却是幸福的泪。席正为她拭去脸上的泪痕，在她额头轻轻一吻，拥她入怀。

至此，王千楚终于将自己的心交予这个为让她笑不遗余力的男人，她把对唐子文的感情死死封印，希望就此开启新的人生。

而与此同时，昔日姐妹相称的宋瑛是否还能稳坐月皇宫"龙头"的位置，不禁叫人堪忧。

深夜，宋瑛走出月皇宫。

被洪爷冷落的滋味果真不好受，就连端茶的小妹都能对她指手画脚。宋瑛出门只觉寒风瑟瑟，她不住地往后退了半步，望着漆黑的夜她知道一切唯有靠自己，于是裹紧了衣裳迈出步子。这位上海滩头牌舞女在人后亦有道不出的孤独与心酸。

宋瑛裹着消瘦的身子往前行，无意间抬头看到阿毅正朝她迎面走来。

"你怎么穿这么少？"

阿毅将自己的外套脱下披于宋瑛身上，宋瑛没有抗拒但也默不作声。在这样的夜风中这般温情不免叫人心头一暖，何况在经历种种之后宋瑛身心俱疲，而眼前这个小子确实让她束手无策。宋瑛无力问道："你怎么在这？"

"我要和二爷去一趟外省，行前来看看你。"

"一朵半残的牡丹有何好看。"

"不许你这样贬低自己，宋瑛……"阿毅握上她的手，"你等我回来，我会带你离开月皇宫的。"

离开月皇宫？宋瑛不是没想过，但如今王家在上海滩依旧稳如磐石，这叫她千百个不甘。何况她不能忘记来上海的目的，于是愣了两秒还是抽回了手。

"我想你是误会了。我在这里很好，如果你不是来帮我绊倒王家的，那我们就没有见面的必要。"宋瑛知道阿毅不会帮她，说的也是有气无力。

"宋瑛，你为何就是不愿放手？"

"每个人都叫我放手，我为什么要放手？该得到报应的是王勇，可他却还好好地做着他的王董，受着别人的奉承。我不甘心，我不甘心！"宋瑛越说越激动，她狠狠扯下肩头的衣裳甩还阿毅。她不想给阿毅希望更不能让自己软弱，于是说道："我们并非同道中人，你走吧。"

"宋瑛，你就不能做个让我保护的小女人吗？"

"说什么鬼话！你给我滚——"

阿毅被宋瑛推扯着往前赶，无奈只得拿上衣服走人，但刚走出三米远，他一个回头对着宋瑛喊道："我不会放弃的！"说完又立马狂奔而去。

宋瑛望着阿毅渐远的背影叹一口气，此时旁边一个声音飘来："还真是个痴情的傻小子。"

原来是月玲珑，她一身墨绿的缎子旗袍，举手投足间风韵十足却少了往日的锋利。宋瑛无心与她争辩，起步欲走又听她道："我知道是你给医院送的钱，我母亲的手术很顺利……"

原来那日听小妹提起玲珑母亲在医院等钱动手术后，宋瑛就托人带了去，这才让老人家顺利做上手术。此刻听玲珑说手术成功，宋瑛心中也放下了一桩事。但即便如此宋瑛也未做回应，不料玲珑又道："你打的什么算盘？平白无故帮我究竟有何目的？"

其实宋瑛是想起自己已故的母亲才出手相助，但她不愿将往事道予他人，便不屑道："亏本买卖我自然不会做，可是你觉得在你身上有什么是值得我费心的？"月玲珑被问得一时语塞。是啊——这个红牡丹自来到月皇宫就与别的姐妹不同，客人、排班她都不争，但看着又好似不一般，玲珑心中早有疑惑。

"有亲人在身边那是福气，你好自为之。"

"光会说别人，自己连什么是最重要的都不明白，还有什么资格来教训我？"

宋瑛闻之回头，玲珑接着道："要是有这么个痴情的傻小子，谁还愿意待在月皇宫这个鬼地方。"

又是月皇宫，宋瑛抬头望了望天，只见残月与寥寥无几的星星。

"若非铁石心肠，我如何活到今天？我们这样的人呢——只能对自己狠一点。"

宋瑛的话道出了玲珑的心酸，在上海滩做舞女岂是这般容易，万般委屈都只能往肚里吞。望着宋瑛的背影，月玲珑口中念叨："谢谢。"

三日后，月皇宫外的大幅海报突然又换回了红牡丹的大头像。

宋瑛正疑惑，走到后台遇到了德叔。一问才知月玲珑为了要筹钱给那"小白脸"做生意，居然打起了洪爷保险箱的主意，昨夜她潜入办公室拿了钱还想与那男子私奔。刚要出月皇宫就被洪爷的手下发现，后来那男子逃了，月玲珑被抓了回来。

"那现在人呢？"

"没见过她这么嘴犟的，被拷打了一个晚上就是不肯说那个男人在哪。后来洪爷下令，今早上天还没亮就被丢到黄浦江去了。"

德叔说完就摇摇头走了，宋瑛瘫坐到椅子上。上海滩的交际花有几个会落得好下场？可是为了这么个男人值得吗？

此时阿美怯怯走来，轻咳一下堆出一个奉承的笑脸。"牡丹姐，我们月皇宫就数你最精致，瞧这身衣裳被你一穿，我看呢又要成为官太太们争先采购的商品咯！"

"你现在不是应该为月玲珑难过吗？"宋瑛不带正眼瞧她。

"谁？月玲珑？她可是我们月皇宫的耻辱。牡丹姐，门口您的相片可比之前还大了呢，真是替你高兴！"

宋瑛冷冷一笑。

平日依附于月玲珑的那些姐妹都前来讨好宋瑛，还争说着"月玲珑死有余辜""她怎能与牡丹姐相比"之类的话，这般世态炎凉果真叫人心寒。此时德叔来催场，宋瑛再度堆上那个连自己都厌恶的笑脸登台献唱。

一袭黑色真丝长裙，贴服每一寸肌肤，深挖的鸡心领上一串闪着魅光的黑珍珠，似迷似幻。

至此，宋瑛在月皇宫"龙头"的地位已无可动摇。

第六章

民族大义当前　生死抉择一线间

·51　民族危难·

春去秋来，一晃眼已是翌年冬天。

三个月前日本对华发动侵略，东北沦陷。战事持续发展，各地开始抗日救亡运动。而上海依旧裹着她那层迷离的外衣，租界内夜夜笙歌一派逍遥。王家在上海滩叱咤风云的地位依旧坚实如故，但王勇久经商政已经隐约察觉到局势的危机。另一边，唐家基业在唐子文的接手下蒸蒸日上，永兴货运在上海乃至江浙都已是响当当的名号，唐帮也已盖过洪帮成为上海滩众帮派之首。洪爷虽有不悦但表面仍旧客客气气。唐子文一心扑在家族事业上，这一年多来他不停往返于浙江一带，将原本扩充永兴船只的计划一一落实，这位唐二爷似有垄断江浙沪航运的野心。

王千楚与唐子文自林楠小筑一别后再无交集，两人各自过着不同的生活。王千楚偶尔会从别人口中得知唐子文的近况，但席正把她的生活填得很满，叫她无暇分心。席正还常常会给千楚惊喜，两人的相处十分融洽。和席正在一起让千楚觉得很有安全感，她找不到让自己不快乐的理由，可是每每独处时她感觉自己的心还会隐隐作痛。

王家码头上，那辆福特车停靠在旁，见唐子文和阿毅上岸，老李赶紧下车。唐帮话事人唐子文远远走来，西服外一件紫貂大衣裹起这个男人的诡秘，长而密的狐狸毛领被风吹出一道又一道痕迹，如落剑般干脆。时隔一年，这个称霸上海滩的男人将心封死，唯见一副冷若冰霜的脸孔和直直摄人心魄的眼神，孤傲，霸道，不近人情，不毒不狠如何当得这上海滩第一大帮的话事人。

"李叔。"唐子文摘下礼帽，一张憔悴而深邃的脸。

"大少爷，您这一去又是个把月，老爷太太可挂心了，二老正在家候着呢，赶紧上车吧。"说着就为唐子文开了车门。

副驾驶上，阿毅激动无比："李叔，我们这次在湖州又收了两个码头。你没看到那陈老板和二爷谈判时候的样子，那个脸都绿了！哈哈，这一个月总算没白待。"

"别贫了，有这闲工夫赶紧去联络盐城的郑老板。"

听主子这么一说，阿毅叫了起来："啊？刚回来又要走啊？"心里不禁暗自念叨：你不要见楚姑娘我还想见宋姑娘呢。

"三日后出发。"

唐子文面无表情望向窗外。这一年多来唐子文总是往返于各地，到了上海也直接上码头，难得在家待上几日便又匆匆离去。他心里有个深不见底的伤，每次回上海就像把他的伤口重新扒开，里面惨不忍睹。

此时天空突然降了一场雪，这雪来得大而急，车窗一下就蒙了一层白，老李只得把车暂停路边，还不忘感叹道："这是今年的第一场雪啊……"唐子文回想千楚曾经说过的话：等我们老了还要一起抬头看星星、看月亮，在门前赏花，在窗前看雪……可如今只觉那些话都已是上辈子的事了。

此时一旁的阿毅突然失声道："楚姑娘……"

"我说过不许再提她的名字！"唐子文声音有些沙哑。

"不是，二爷……你看，是千楚姑娘……"

唐子文顺着阿毅指的方向望去，见一女子站在路口穿了一件藏蓝色的长款收腰大衣，露出白色的荷叶边印度绸领子。一头长长的波浪垂下，脚上一双白色的高跟皮鞋，唐子文看得很真切这女子正是王千楚。这场雪来得突然，千楚头上和外套上都已坠上星星点点的白，她一边撩着长发一边左顾右盼。车内的唐子文望着王千楚，眉头紧缩几度压抑，他的手紧紧捏着车门的把手……

唐子文身子正往前倾，突然又忽地靠回椅背上。

阿毅看看主子又看向窗外——席正从后面跑了上来，千楚看到席正立刻展了笑。席正将手搭在千楚的头上为她挡雪，两人就这样彼此护着一路跑远。时过境迁，如今守她护她的已另有其人。

"开车——"唐子文放下搭在手把上的手，语气冰冷似要将空气凝固。

阿毅叹一口气，这主子之前被楚姑娘误会顶多就冷着一张脸，可自从得知楚姑娘和席先生在一起后就像变了一个人。这唐二爷身边不知有多少姑娘想往上贴，可二爷这不近女色的程度更甚从前。二爷已是而立之年，长久这样下去要是得了抑郁那还得了，想想阿毅都为主子捏把汗。

码头上，千楚正与席正道别。

"我还是不去了……"席正握着千楚的手依依不舍。

"这次你的画去南京拍卖可以帮到很多的孩子，这么有意义的事怎么能不去呢？"

"哎——要不是千语要你陪她试婚纱，你就能陪我一起去了……真是麻烦。"

千楚瞪了席正一眼，"她可是我三妹！"

"对对对！她也是我的小姨，这千语都赶在你前头了，王家二小姐什么时候答应嫁给我啊？"

"别闹！"千楚显有几分娇羞"好啦，再不走船就要开啦——"

就这样，席正坐上了去南京的客船。千楚在码头上不住地挥手，目送君远行。

翌日晌午。

大街上一群身穿中山装和蓝衣布裙的男女学生齐齐走来，他们举着旗帜，喊着口号，士气十分高涨。眼看加入的人越来越多，队伍声势也越发浩大……突然旁边围观的群众骚动起来，只听见后面一阵阵急促的脚步声和警笛声，原来是巡捕房出动了。一群头戴深蓝色鸭舌帽，穿有租界臂章制服的巡捕正挥动手中的警棍镇压这群示威游行的学生。街上顿时一阵慌乱，几个男同学还在奋力与巡捕抵抗，另几个已被制住不得动弹，还有一些女同学不慎摔倒在地……一时间大街上人仰马翻，路口被堵得水泄不通。

这游行的队伍中竟还有王千佟的身影。

与此同时，王千楚正在房内拿着半月挂坠发愣，这是宋瑛母亲的贴身之物，是否应该还给她呢？只是这一年多来都没有机会与她接触。这位月皇宫的红牡丹如今在上海滩已是红透了半边天，不知多少达官贵人只为听她低吟一曲、与她同舞一支都不惜一掷千金。当初在王家码头遇见的布衣女子，如今早已摇身成了上海滩名副其实的头牌交际花。

千楚正思虑着，突然大姐打开门叫道："四妹不见了，快下楼来……"千青话说一半就急急下楼，千楚听得不清不楚也赶紧跟了下去，只见楼下客厅内已是乱作一团。

大哥王贻华拿起一封拆开的信对众人读道："民族危亡之际，无恃坐以待毙，并非娜拉之举，自会自顾，勿念。千佟书……"

底下王母、千青、千楚、翙云听了都焦虑万分。外头事变余温未消，这会儿日本人对上海正虎视眈眈，四妹这时候出去不管遇上哪拨人都是万分凶险。

"这孩子平日不声不响，怎么就做了这么件糊涂事，"王母捏着丝帕不停往额头上擦汗，"如今这外头局势尚不明朗，别人都拼了命要往租界里钻，这丫头还往外跑，难道连我们老两口都不顾了吗？"

"妈……"千楚坐到母亲身边握住王母的手。

"妈，您先别着急，"千青安慰道，"估摸着还没走远，或许能找到也说不定。"

"对对。贻华，你赶紧给陈探长拨个电话，请他帮忙找人。"

王贻华通了电话但还是不放心，"外头正闹着，到处是用人的地方只怕巡捕房人手不够，我还是亲自去跑一趟，给陈探长送份礼或许能卖力些。"说完就出了门。

这母女四人在家只能干着急，王母想来想去还是坐不住了。

"四妹和唐家的那位小姐是同学吗？得去打听打听或许有消息也说不定，三妹这会儿又是上哪了？"

"三妹去试婚纱了。"翙云道。

"等不了她了，你们谁陪我去一趟唐家？"

"我去。"大姐千青起身。

正当王母与千青要出门时，突然听见身后的翙云哀号了一声。两人回头只见她捂着肚子脸色发白险些晕倒。众人赶紧围上，将她扶到沙发上，瞧这脸色实在难看，于是叫了大夫由千青在家陪着，换作千楚陪母亲上唐家。

·52 上海险滩·

唐家公馆。

唐家大太太和二太太正在客厅闲谈。

"大姐。子文也老大不小了，是不是得替他张罗了？我看之前来说媒的几家小姐有两个还不错呢。"

"这孩子生性内向，什么话都藏在肚子里，连我这个做妈的都不晓得他心里在想什么。如今可好，一年到头不是去外省就是住码头，有几天在家我掰着手指头都能数得过来，你说有哪家小姐能受得了。"

二太太叹一口气："老爷退位后，唐家都靠子文顶着，这孩子是一心都为了这个家啊……"

"哎……我会不知道吗？可是这孩子死心眼儿，什么事都憋在心里。"

"所以更得有个人照顾他……"

二太太话未说完，就听韩妈说来客了，只见王母与千楚急急进了唐家门。

"两位太太打扰了——"王母由千楚扶着走入客厅，"真是冒昧，实在是有要事只得鲁莽拜访，望二位不要见怪才好。"

唐家两位太太听得云里雾里，只赶紧招呼着先叫坐。

大太太说："都快是亲家了，王家太太不用这么客气。先坐，有什么事慢慢说。"

二太太说："韩妈，上茶。"

千楚向两位太太打了招呼后陪母亲坐定，向四周望了一眼，还好……

王母说："说起来千语和子杉的婚事应该摆在前头，但今日确是有另一桩要事想要麻烦亲家。"

大太太说："王家太太客气了，千语我们是十二分的喜欢，正想着过几日上门送彩礼，不想您先过来了。不知您今日前来是所为何事？"

"哎，是我家的四女儿王千佟。今日留了一封信说什么'爱国不能坐以待毙'就离家出走了，这孩子平日大门不出二门不迈，我是万万没想到她会就这么走了。"

"走了？现在外头乱得很，一个姑娘家能上哪？"

"可不是！这会儿已经到处去找了，还没有消息……因为千佟与令家千金是同学，或许她们同学间会有些交流，所以我只能冒昧来访，实在是不好意思。"

"王家太太哪里话，这时候哪个做母亲的能坐得住。你先别着急，等问了我们家姑娘再说。"大太太转头道，"韩妈，把少小姐请下来。"

不一会儿唐子欣下楼来，听明缘由后说道："前几日就有好些个同学聚着说一定要为国家做点事，像说就是今日上午'行动'……不知道千佟有没有一起去。"

听了这话，王母更担忧了，游行可大可小。要是被巡捕关了去那还能托人救出来，若是被日本人抓了去那后果真是不堪设想……于是和唐家两位太太匆匆道别后就急于回家商量对策。

王母与千楚刚走到门口，正遇踏入家门的唐子文。这是王千楚与唐子文自林楠小筑一别后时隔一年第一次相遇，两人擦身而过匆匆一瞥。她以为已将他忘记，谁知仅仅一眼就瓦解了心中所有防备，任你将感情埋得再深也抵不过眼前人的一瞥。

王千楚闭目，为何不能此生永不相见？

"恭喜夫人，这是有喜了！"

王家公馆二楼，房内王家的家庭医生正在给章翊云把脉，竟给出个如此出乎意料的答案。一旁的王千青听了这话兴奋无比，忍不住让大夫再三确认。

"刘医生，您仔细瞧瞧，不会有错吧！"

"少夫人脉象滑数有力，正是流利脉。确实是有喜了，错不了。"

千青攥着手绢在房内来回踱步，嘴里不停念着要吃些什么用些什么，样子比翊云还紧张。

"大姐，你别这么紧张，快坐下。"翊云羞涩地笑，脸上像开了朵花。

"这可是我们王家的第一个孙子，我能不紧张吗？"千青好似又想到什么，一下凑到大夫跟前，"刘医生，我弟妹先前险些晕倒，不会有什么问题吧。"

"少夫人在孕还不足两月，有些反应是正常的。不过有晕倒的迹象还是多留心为好，我先开两服安胎药……主要还是人放轻松、多休息，这前三个月是关键。"

千青连连应声，让周妈送了刘医生出门又嘱咐厨房备这备那，翊云刚要下床又连忙制止。

"别动，别动。你缺什么要什么都告诉我，你现在可是金贵得很，丝毫都马虎不得。"

"大姐，大夫都说了无恙，您就放心吧。"

"那也是仔细着好，"千青突然红了眼眶，"翊云，大姐谢谢你……王家总算有后了……"

章翊云听贻华提过千青的旧事，安慰道："大姐，这孩子有福气，还没出生就有大姑母宠着，"说着握起千青的手，"若是再有个伴儿就更好了。"

千青当然明白其中的意思，不免叹息道："我也想啊，只是这几年一直没动静……"

"大姐，这事越急越难办，你放轻松……"翊云凑到千青耳边低语了几句。千青一抬眼，"这也行？"翊云含蓄带笑："试试总不会错。"

此时王母、千楚和贻华进房门。王贻华满脸堆笑，坐到夫人床头握着翊云的手激动得说不出来话，咧着嘴一个劲地傻笑。这是王家的第三代，王母也是激动万分，千楚挪了张椅子扶母亲坐下。王母道："翊云，想吃什么就让厨房做，看看缺什么都添置起来。前几个月顶重要，得多留意着。"

"谢谢妈，我会小心的。"

"恭喜大哥大嫂。"千楚也忙着道喜。

一家人正沉浸在第三代的喜悦中，只听见门口传来急急的脚步声。

"我要做小姑姑了。"王千语进门对着大哥大嫂就是一阵恭喜，而后紧接道，"千佟到底是怎么回事？现在人找着了吗？"

此时众人都皱起了眉，贻华赶紧道："今天上午南京路有学生游行，巡捕房里关了几个抓来的学生，我去看了，没有四妹……回来前打点了陈探长让他再多派些人去找。"

"这丫头平日不声不响，怎么就犯了浑，那些事岂是她能管得了的。干等着不成，还得想想其他办法……"王母起身，"翊云你好生休息，贻华你陪着，其他人都随我下去吧。"

另一处，包厢内。

"小野先生，真是久仰大名啊！"

自从唐帮跃居上海滩第一大帮后，洪大荣一直憋着一口气。如今日本人借由经商、保护日侨等诸多借口留驻上海，知晓政府也碍其面子让其三分，于是洪大荣想乘机攀附日本人好扩大自己在上海滩的势力，于是今日特意邀约日本商人小野俊二共商"发财"大计。

小野俊二五官俊朗、长相斯文，一身合体的西服挺拔有余，举手投足间是日本人一贯的谦虚作态。小野在中国已有两年，一直做着中日往来生意，就在一个月前突然转移商地来到上海，正想借助帮派势力打开市场摸清门道，洪大荣就自己找上门来了。此时小野俊二正用蹩脚的中国话与洪大荣一来一回，两人彼此虚嘴掠舌，好不热络。

"洪爷真是太客气了，初到上海还要请洪爷多多关照。"

"哈哈哈，不知小野先生此番来上海有何财路关照洪某？"

"洪爷真是明人办事干脆利落。我这里正有一批'药材'想运到上海，还请洪爷指路。"

洪大荣眼咕噜一转，他当然明白小野口中的"药材"所谓何物，便道："呵呵，小野先生算是找对人了。进上海倒也不是什么难事，只是不知小野先生肯出什么价？"

小野出手比了个数，洪爷笑道："三倍！另外每单我要抽成百分之十。"

小野面露难色，没想到洪大荣如此狮子大开口，这也惹怒了在小野身边的一名女子。此女柳眉凤眼明明是个美人坯子却剪了一头利落短发梳着男子包头，一身束腰西裤装扮，脚上一双马靴擦得油亮。她一脸凶相拔枪就对准洪爷，狠狠道："痴心妄想，现在就一枪毙了你。"话音刚落，洪爷身后的两名保镖见势也纷纷拔枪，一时间场面僵持不下。

"美子，不得无礼。"小野出来打圆场，此女正是小野的"心腹"——川岛美子。听到小野发声，川岛才缓缓放下枪，但眼神依旧凶狠。

洪大荣不愧是遇过大场面的人，即使被人用枪指着脑门也依旧面不改色。他抬手示意，其身后的保镖也听令收了枪。洪爷笑道："我不喜欢强人所难，小野先生可以考虑考虑。不过千万不要忘了，这里可是上海滩。"洪爷冷笑一声带着保镖扬长而去。

目送洪爷离去，川岛美子一脸不屑："我就不信除了他，没人能运我们的货上岸。"

此时，包厢的内门打开了。一位美艳动人的女子站到小野面前，那丰润朱唇叫人挠心，那对媚眼叫看客过目难忘，此艳女正是宋瑛。

"小野先生想让货上岸又有何难，上海滩论势力洪大荣也只能勉强算第二……"看来如今的宋瑛已无须万事都仰仗洪爷，这半年多来她一直都在练习枪法，也收了一些心腹，宋瑛早已不是初上王家码头时的那个弱女子了。然而时间并未消减她复仇的心，宋瑛对王家的恨意更甚当年。

"哦？"小野俊二眼睛眯成了一条线。他与宋瑛两人暗中谋划，坐筹帷幄……不一会儿只听小野大笑一声："哈哈哈——上海滩的'红牡丹'果然厉害。"顷刻间，他的眼神变得异常阴郁，在这张斯文脸上尤为瘆人。只听他口中念叨："何止是让货上岸，我要让上海的航运全部由我们大日本帝国掌控！"

·53 大义当先·

永兴办公室，阿毅进门。

"二爷，我订了明日去盐城的车票。"

唐子文顿了顿又继续看资料，好似漫不经心道："改期。你打个电话给郑老板，告诉他我延后半月再去拜访。"

"哦……"阿毅抓抓脑袋不明所以。

自那日与千楚匆匆一瞥后，这位唐二爷的心便久久不能平静。听闻千佟出走想必千楚定是万分焦虑，可这又关他何事？唐子文不愿多想，总之是放心不下……

此时门口来了一手下，"二爷，有人送了一封信。"阿毅接下信交于主子。唐子文读过后表情凝重，阿毅问："二爷，谁来的信？"

"小野俊二。邀我晚上赴宴。"

"日本人？"阿毅诧异，"外头都在传日本人杀人不眨眼……找我们准没好事。"

唐子文一抬眼，是驴子是马总得出来溜溜。

傍晚，阿毅陪唐子文赴约。

"唐二爷，久仰大名。"

小野俊二笑脸相迎。阿毅替主子拿下外衣，唐子文摘下墨镜，小野见其冷脸相对但依旧伪善地说道："听说上海滩唐帮的唐二爷英俊无比，今日所见果真是名不虚传啊。"

"小野先生邀我前来不会是说这些废话的吧。"

没想到唐子文一上来就气势凌人，小野不免一愣，身旁的川岛美子刚想上前就被小野一个眼神驳回。唐子文对到川岛的眼神，直觉告诉他这个女人不简单。

小野俊二转身又堆上笑脸，"唐先生里面请——"

这里是日式的包厢，桌子极低。待唐子文盘腿坐定后小野一拍手，包厢的内门打开，出来一群日本艺妓——她们统一化了白色的妆容、身穿精致的和服、梳着舞姬的包发。奏乐声起，艺妓们闻乐起舞，底下的小野边看边频频点头，似在为自己国家的文化骄傲。

"这些女子都是我们日本有名的舞妓，唐先生觉得如何？"

见唐子文不语，小野使了一个眼神，其中一个带头的艺妓碎步上前俯身为唐子文斟酒。小野又补道："如果唐先生喜欢，可以让她们为您服务，我在楼上安排了房间。"

阿毅叹一口气：小日本真笨！我们家主子在上海滩是出了名的不近女色，你们这功夫算是白花了。果不其然，唐子文唏嘘一笑，"唐某怕是无福消受，小野先生有事请直说。"

小野俊二尴尬一笑，看来这美人计是不成了，唐子文果真如传言一般难以应付。于是索性开门见山道："上海滩的航运都仰仗唐家，听说唐二爷最近还忙着收购江浙一带的码头，果然是年轻有为啊。"唐子文一抬眼，调查得还挺仔细，看来是有备而来。小野接着道："我相信唐先生是明白人，目前的局势对我们大日本帝国非常有利。况且上海除了唐家的船，其他公司的货轮都已经挂了外商的旗帜，如果永兴想做大做强，和我合作是最好的选择。"

"你的意思是？"

"只要唐先生愿意，永兴的货轮可以全部挂上我们大日本帝国的旗帜，由我们大日本帝国来做你唐家的靠山！别说是江浙，我相信整个中国的海运都会是我们的。"

"我们的？"唐子文一笑，"这里是中国，中国的东西永远不可能是你们日本的。"唐子文起身戴上墨镜冷冷道，"告辞。"

望着唐子文与阿毅出门，小野轻蔑一笑，川岛作势想追出去却被小野制止。

"就这么放他走了？"

"不急，"小野一副笃定的表情，"留着他还有用。"

看来红牡丹已经将上海滩的局势道予小野，如今的上海要想运货上岸怎绕得开唐家？红牡丹向这位日本商人所献之计不知是否又牵扯到这位唐二爷与她深恶痛绝的王家。

副驾驶上，阿毅整个人轻飘飘。

"没想到这么轻易就出来了，我还以为得和日本人干一架呢！看来他们也知道了上海滩唐二爷的厉害。"

老李手握方向盘，闻之眼角折出道道皱纹，一脸严肃道："以前唐爷和小日本交过手，他们做事喜欢耍心眼，大少爷要小心。"

其实不用老李提醒，唐子文对日本人早有顾虑。刚刚小野假意向永兴抛橄榄枝，表面看起来是想帮永兴扩大规模，实际是想对中国沿海航运进行侵略性统治。上海、江浙再到全国，日本人的野心实在可怕……后排座上的唐子文眉头比来时锁得更紧了。

王千佟出走已经五天了，王家各处托关系找人但始终不得消息，王母终日愁眉不展。好在王家有第三代的喜事，气氛总算不至于太沉重。但是上海的抗日热潮越来越高亢，租界外随处可见示威游行的人群，巡捕房不分青红皂白任意逮捕游行的群众，闹得人心惶惶。

这一日王勇从商会出来并未直接回府，似有几分神秘。

王家的派克车驶过闹市，在偏远的一个小茶楼前停下。王勇下车前特意戴上帽子，他走进茶楼直接上了二楼包间。只见包房内已有一人等候。

王勇脱下帽子，"立懋兄——"

"根全兄。"

原是王勇与唐立懋相约于此，两人紧紧握着对方的手好似感慨万千。

"立懋兄伤势可有痊愈？"

"年纪大了，再休养也不如从前了。不得不服老咯，想当年我们两个人就能打退一群人，那时候真是感觉有使不完的劲儿啊。"

"是啊，我们都老咯……"

原来王勇与唐立懋一直互有往来，只因碍于两人身份不同才每每会面都选在偏远之地。忆起当年，两位老人都微微红了眼眶，看来王勇与唐立懋不止相识这么简单。其实早在两人于上海滩创业初期就因为不打不相识互相结交下了对方这个兄弟。这三十多年的感情怕是连石氏都未必全然知情，想必先前唐子文找王勇长谈也是受了父亲的点拨。

"对了，我已经派了人各处打听，希望能尽快找到千佟。"

"有劳立懋兄挂心，现在外头局势混乱，只求这孩子吉人有天相。"

见王勇言语间似有回旋，唐立懋道："根全兄有话不妨直说。"

"立懋兄，其实今日邀你前来是另有一事相商。"

……

与此同时大街上，抗日游行的队伍士气高涨。

游行队伍浩浩荡荡一路走来，正当经过毗邻公共租界的一间已经关闭的日本工厂，一名带头抗日的工人领着一群人闯了进去。他们撬开铁门、打烂桌椅、捣毁厂内的机器。此时正巧几名日本信徒经过，见状匆忙进到厂内与工人辩驳，没想到工人们正是有气无处撒，见有日本人过来立马冲上前去一阵推扯。

带头的老徐叫道："大家不要冲动，我们是来抗日的，千万不要伤及无辜。"可此时工人哪里还听得进话，几个日本人被围在中间动弹不得。老徐见状似有几分端倪，怎么贸然多出好些面生的工人，那些好像都不是我们的人。其中一个"工人"还带头挑衅，对着日本人一阵拳打脚踢，一时间厂内一片混乱。

正在此时，工厂的日本管理人员赶到，他们都配着手枪，先是对着中国工人一阵乱打，被救出的日本信徒已是鼻青眼肿，被压在最下面的那名也已是奄奄一息。中国工人赤手空拳，与日本人抵抗不成只得四处逃窜。日本人不管不顾对着中国工人连续开枪，老徐不慎胸口中枪，他紧紧按着伤口一路逃到大马路上，慌慌张张一头撞上一辆派克轿车。后面的日本人紧追不舍，老徐只得打赌一搏，他一把拉开车门，与里面的王勇四目相对……

派克车一路驶远，身后的日本便衣追到街头四处张望，一无所获。

·54 同心同德·

　　王家公馆内，除了吴顺开出差在外、翊云卧身在床，其余人都在餐厅里等着王勇回来开饭。只听门口周妈一阵乱喊："太……太太——老爷回来了。"周妈言语间甚是惊错，众人都迎到门口。

　　只见回来的不止王勇一人，他身后还跟着一位陌生人，手捂胸口，伤口还流着血，样子十分狼狈。众人见状错愕不已，老徐凝思半晌开口道："王老爷的好意徐某心领了，只怕是不便，我还是另谋他处……"说着便转身朝门口走去。

　　"站住——"王勇一皱眉，"你现在出去就是与日本人撞个正着。"

　　一听这话，众人都明白了缘由，老徐此刻也是进退两难。突然间他哀号一声，只见他紧紧捏着伤口脸色惨白像是失血过多，老徐觉得一阵晕眩险些倒下。众人赶紧上前，王母最先反应过来："快，带到内间。"王勇压低声音："请刘医生。"

　　众人一团忙乱终于将老徐安置好，刘医生赶到为其清理伤口，好在子弹未伤及要害，一阵处理总算取出子弹止住了血。将刘医生送走后，大伙回到客厅商量对策，王勇道："今日之事我们王家不可能坐视不理，租界里想必日本人也不敢胡来。但目前局势混乱，倘若被追究起来……你们都要做好准备。"一家人听得仔细，脸色凝重。王母道："你们父亲的决定就是我的决定，你们几个也都表个态。"大哥贻华带头道："母亲此话言重了，我们都是王家的一分子，万事我们都一起承担。"千青、千楚、千语也都纷纷表示不管发生什么都与王家共进退。王勇不住地点头，不愧是我王家儿女。

众人商议之下决定将老徐留在家中休养一晚，明日天一亮就将其送到安全的地方。于是王母交代了底下众人对今晚之事全体封口，又命人将派克车一阵收拾。

众人都焦虑地等待着第二天的太阳升起。

翌日，天刚蒙蒙亮，巡捕房就将王家公馆外团团围住。刘庸带着一群警卫兵闯入公馆，身旁还站着一个日本军官。王贻华见状赶紧迎了上去。

"刘总长，什么风把您给吹来了。"

刘庸往客厅扫视一番，王家人个个被望得胆战心惊，但表面依旧强作镇定。

"王勇呢？"刘庸扬声道。见众人默不作声，刘庸正预备发起行动，此时王勇出现在楼梯口，他拄着拐杖从二楼缓缓走下。

"刘督察长，大清早的何等大事要劳您大驾？"

刘庸一身硬挺制服，但见到这位商会会长下楼也立马转了脸色，寒暄道："王董，别来无恙。"

"呵呵，好说。"王勇走到刘庸面前又看了一眼日本军官，同下人道："怎么不给两位上茶？"

"不用！不用！王董，你我都是老相识了，我就打开天窗说亮话。昨日有人看见一个抗日分子上了您的车，我此番也是'受命'前来。"

王家在上海滩的地位还是叫这位督察长忌惮三分的，但同时日本人又在场，所以这言语间免不了想左右逢源。

抗日分子，其实王勇心里已有几分揣测，但事关民族大义他又岂会坐视不理。

"刘总长说笑了，王某只是一个商人，怎会与抗日分子扯上关系？"

此时一旁的日本军官向王勇重重一点头，"久仰王董大名，我是山田雄也，负责日本民众在上海的安全。"山田雄也一身军装马靴，头戴日本军帽，人中一撇胡子比小野俊二更显日本相。此人不比一般的日本武士，稍有将领风范，但举止间也透露其民族的优柔局促。

"我们怀疑昨天在工厂闹事的带头工人正是我们日方一直追捕的危险人物，还请王董把他交于我方处理。"

王勇看了山田一眼，含笑道："山田先生言重了，可惜王某家中并没有所谓的'危险人物'。"面对王勇的回答，山田无可奈何，他望了一眼刘庸，刘庸踌躇之下还是开口道："王董，如果您是清白的，那我刘某一定还您一个公道，但若真是……不如就让下面的人例行公事看一眼也好给双方一个交代嘛。"

"搜——"

不等王勇开口，刘庸已经一声令下，警卫兵顿时像蚯蚓一般往王家楼上楼下四处钻去。千青紧紧搀扶着母亲，此刻已是一手冷汗。千楚皱着眉把贻卿护在怀里，贻华护着翊云，额头流下一滴汗。不多时警卫员来报："报告总长，楼上楼下都搜了，没有。"

王家人顿时松了一口气，原来老徐怕连累王家已经连夜离开。一旁的刘庸叹一口气，但山田依旧不依不饶，"找不到不代表没来过，刘总长知道该怎么办吧。"

此时的刘庸已是满头大汗，王家虽然有根基，但目前的局势日本人这边也是万万不好得罪的，于是他对着王勇假意恭敬道："王董，不如请您去我那儿喝杯茶，待查明真相后刘某一定亲自送您回府，可好？"

王勇一直屏着口气，他知道今日这关是如何都避不了了，索性不急不慢道："刘总长客气了，与警署合作本就是我们市民的义务，随刘总长回去配合调查又有何妨？"

"呵呵，王勇果然是王勇，"刘庸也不得不佩服这位王家老爷的气度，抬手道，"王董请——"

"爸爸——"一众人在身后叫道。

王勇回头道："无须担忧，照顾好你们母亲。"他望了一眼章翊云，石氏自当会意。

就这样，王勇被刘庸和山田"请"走了。留下王家众人心乱如麻，千青禁不住用手绢直按眼眶。

"这刘总长怎么一分薄面都不给，"王母觉得事有蹊跷急忙道，"贻华，赶紧给陈探长打个电话。"

果不其然，王贻华挂了电话较先前更加紧张了。原来父亲昨日救下的那个老徐果真是日方一直在追捕的人，昨日那几名"正巧"经过工厂的日本信徒都是一直在暗中跟踪老徐的日本特工。刘庸口口声声说"受命",看来正是有日本人在其身后撑腰,事情变得万分棘手。

"贻华,赶紧把翊云送回娘家,现在就走。"

"母亲,我不走!"章翊云语气坚定,"我是王家的儿媳妇,我不会在这个时候离开王家。"

"傻孩子……"王母握着翊云的手,"你的心我都明白,但如今你有孕在身,万一有个闪失,你让我怎么向王家的列祖列宗交代!何况,万一有了情况,你在外面还能与我们有个照应。先让贻华送你回娘家住几天,等事情过了就把你接回来。"王母说得句句真切,于是贻华陪夫人上楼整理了简单衣物后就赶赴娘家。

王勇被带走已经三十六个小时,却一点消息都打探不到,刘庸起先一直避而不见,直到王贻华寻到其住所才逼得他不得不说其实王勇已经被日本人偷偷转移。

"哎,现在日本单方面说当日被压在最下面的那名信徒已于昨日救治无效身亡,日本人找不到那个抗日分子只能从王董下手,这日方强行要把人带走,我也没有办法啊。"

王贻华闻之震惊,在巡捕房还能想点办法,这被日方扣押该如何是好,只怕是日本人拿着"信徒身亡"作借口要铲除在上海的底下抗日组织。这日本人手段残忍毒辣,被他们关压的还没几个是活着出来的,得赶紧想办法将父亲救出来才行。

王贻华回到家中,客厅内王母、千青、千楚、千语正焦急地等着消息,一听说父亲被日本人扣押了,王母险些晕倒。众人一阵慌乱,总算将母亲搀扶到沙发上坐好。

"谁也没想到会发生这样的事。"王母缓了缓,屏气道,"但既然事已至此,王家也必得挺下去,如今把你们父亲救回来是头等大事。"此时大姐千青也已擦干眼泪,"母亲说得正是,我和陈董和周董的太太还算有几分交情,这就去打听打听看有没有变通的法子。"

"我也是,"千语上前,"我去朋友间问问,探探是否有新消息。"

"对,你们都去打听打听,我也要卖个老面子,希望董事会可以把你们父亲先保出来。"

一时间,王家小姐们齐齐上阵各显神通,她们的目的只有一个——救回自己的父亲。众人都分头行事。王千楚不断琢磨此刻还有谁有能力可以出手相助,想来想去在上海滩能说上话的也只有他了。

·55   王家女将·

"二爷，千楚姑娘来了……"

永兴办公室内，阿毅开门把王千楚请了进去。唐子文正低头办公，听到千楚的名字他停下手中的笔，抬头见一白衣女子，珠白的高领旗袍外罩着云白色大衣，王家二小姐一贯的素净优雅，可是唐子文能看到王千楚那柔中傲骨，并非一般女子可比。他正对千楚的眼神，这种眼神就好似要将对方看透，移视到耳垂，不见那对珍珠耳饰……

王千楚忽地一抬眼，她提醒自己来的目的只有一个——请唐子文出面救回自己的父亲。可是话到嘴边却怎么也开不了口，最终还是唐子文打破了僵局。

"找我有何事？"唐子文放下手中的文件倚在老板椅上，一副傲视群雄的姿态。

"今日上午我父亲被巡捕房带走了……"

唐子文捏了捏山根，"我听说了，王董救的是一名抗日分子。"

"有没有什么办法？"千楚上前一步按捺不住的焦急。

唐子文点了一根烟，冷冷道："你应该去找警察署，王家的事与我何干。"

王千楚闻之一惊，眼前的唐子文是这般冷酷绝情，难道帮派已将他完完全全改变？千楚叹一口气：是啊，我与他早已没有关系，他又怎么可能为了帮我不顾唐帮利益。王千楚，你何苦高估自己。

"打扰了……"千楚默然转身。

王千楚走后，阿毅按捺不住了。"二爷，你一知道这个消息就派人去打听了，为什么要让楚姑娘误会你呢？"

唐子文吐出一口烟，"你知道那些冒充信徒的日本间谍是谁派去的吗？正是川岛美子。"

"川岛美子？上次小野身边的那个女人？"

"没错！她真正的身份是日本派到上海的秘密间谍，昨日闯入工厂的工人根本没有这么多，挑拨闹事的几个都是川岛安排的。上演一出'自己人打自己人'为的就是嫁祸给王勇所救的那名抗日头目。小野身边安插了这样的人，他也定非普通商人这么简单。日本人对上海的企图尚未明了，但背后一定有更大的阴谋。"

阿毅恍然大悟："所以二爷是想按兵不动继续追查日本人来上海的真正目的，好把他们一网打尽！可是你也别让楚姑娘误会你啊……"

"如今误不误会又有何差别。"唐子文说这句话时泄了一身的气。

"二爷，您平日处事雷厉风行，怎么一遇到楚姑娘就变得这般别扭？喜欢就去把人追回来啊，哪有这么多顾虑，我看楚姑娘对您还是有情的。"

"哪这么多废话。去！外面跑三十圈。"

有些事只能自己想，一旦被别人戳穿就会大爆发。唐子文就属于这种，他被说中要害，立马变得粗暴起来。阿毅瘪着嘴一副委屈的模样——这读书人就是麻烦！被人说穿心事还要拿我撒气。阿毅刚开门就撞见唐子杉冲了进来。

"大哥，你快救救我岳父啊，千语说王伯伯救不出来就不和我结婚了！"

又来一个……唐子文又捏了捏山根，忍气道："我自有分寸。"

"别啊，大哥。这事等不了，你赶紧派人去啊！"

唐子文叹一口气，自顾自地翻阅文件对其置之不理。一旁的阿毅搂上子杉，"二少爷，走吧。"

"上哪儿？"子杉一脸茫然。

"外面跑步去。"

王千楚回到家中，姐夫吴顺开已经回来。大哥、大姐、三妹也都已到家，客厅里一家人正坐着商量。

千青皱眉道："陈太太和周太太都推诿说官场上的事自己不懂，说要去问问她们家老爷。这二人虽嘴上没有明说，但话里总听出几分勉强。"

千语怒道："我那些朋友一听事关日本人，个个都躲着我，就像我得了瘟疫要传染给他们似的，全是一群没义气的家伙！"

贻华叹口气："我原想着父亲与几位要员还算有几分交情，但是电话打过去都无人回应，我亲自拜访也都避而不见。之后又联络了平日与华丰合作往来密切的几家公司老板，都说帮不上忙……"

"这帮东西平日没少拿王家的好处，这会儿倒都避起嫌来了。"王母也气急了，"就连那个陈探长也开始搪塞我，他能坐上今天这个位子也是靠老爷当年扶持。还有那些董事也都一边倒地只说空话，个个老好人的样子都劝我安心，可就是不说去保人，如今我这哪能放得下心。"

吴顺开说："我刚从北平回来，外头到处是抗日的群众，如今政府布局难料，局势尚不明朗，这节骨眼上只要是和日本人扯上关系的事大家都是能避则避。"

"二妹，你那边可有消息？"千青这一问，众人都望向千楚，好似把最后的希望都寄托在了王家二小姐身上。可千楚也只能无奈摇头，众人都不禁叹气，难道真是穷途末路？此时王母有些挺不住了，"那日本人关人的地方阴暗潮湿，你们父亲怎么待得住……他都一把年纪了，要是病倒了可怎么好……"说着就掏出手绢抹泪，"还有你们四妹，这孩子一点消息都没有……"千青在一旁也是陪着难过，大家的心都凉了大半。

此时席正进门了，千楚赶紧迎了上去。席正扶住千楚，"这么大的事怎么也不通知我？"

"太突然了……"到此刻王千楚终于疲下心来，看到席正，眼眶一下就红了起来。席正扶千楚坐下，同众人道："我进来的时候看到大门外围了一圈便衣的日本人。"

话未说完，山田雄也进门了。"各位打扰了——"山田向石氏一点头，"非常感谢王董配合我们的调查，在此期间我们日方将负责王府的安全，请各位放心。"不等众人开口山田自顾自地说完就转身出门了。

"这是要监视我们吗？！"千语跳起来，情绪有些激动。

"越是这个时候我们越要冷静。"千青尽力安抚弟妹，但紧锁的眉头也看出难掩的紧张。

贻华冷静分析道："好歹父亲在官场上有些交情，而且巡捕房没有现场搜到人，我们出入都小心着，想必日本人也不敢轻举妄动。我看当务之急是要想办法把父亲先保出来。"

席正说："我与美国领事有几分交情，请他帮忙看看是不是可以由美方出面保人。"

千青道："这便是再好不过了。"

于是席正立马给美国领事馆通了电话，但没想到平日交好的美国领事一听事关第三国也支支吾吾不愿插手。王家人在经历一次次的希望与失望后精疲力竭。王千楚望着忧虑的母亲、疲惫的大姐和不知所措的三妹，忧心如焚，此刻她耳边回响起父亲的那句话：只要我们一家人能够团结一心，就没有过不去的坎儿。没错！王家人团结一心就一定能突破万难。于是王千楚鼓足了劲儿起身道："一定会有办法的！父亲还在等着我们，大家打起精神来。现在巡捕房和日本人都在看着我们，大家一举一动都要小心。大哥，这几日你务必要坐镇华丰，以免有人乘乱钻空子。大姐、三妹，我们想办法再探一探日本方面的情况。解铃还须系铃人，或许直接找日方会有进展。"

一番话说得慷慨激昂，好似又给了大伙动力。此刻的王家二小姐俨然成为了全家的精神领袖，面对一次次的困境她逆势而上，不断蜕变直至成为今日能够带给全家人动力的王千楚。

席正站到千楚身旁，"我支持你！"

"二妹说得对，"大哥贻华也站起身来，"我们先不要自乱阵脚，若巡捕房在父亲这里问不出结果，或许碍于面子过两天就放出来了。"

就这样，全家人在王千楚的感染下重整旗鼓，他们有着同一个信念——王家上下同心同德定能排除万难救回他们的父亲。

王勇被抓第三天。

"二爷，查到了。王老爷被转去的是日方最为严密的审讯室，那里是日本人专门关押抗日分子和嫌疑犯的地方，听说那地方进去的都没有活着出来的……"阿毅同唐子文汇报王勇的最新情况。唐子文沉默半晌，掐灭手中的烟，拿起外套和礼帽，"走——"

阿毅随主子来到包厢，打开门，小野俊二已经坐在里面。

"唐先生，我知道你会回来找我的。"

"今日我来是与你谈笔生意。"

……

傍晚，王家公馆，门口的日本便衣突然消失。

"太太——太太——"

"周妈，你急急忙忙叫什么？"

"老——老爷回来了！"

王母简直不敢相信自己的耳朵，一听是王勇回来了，全家人一下都冲到门口。王父正由人搀扶着迈入家门，千青、千楚、千语赶紧上前扶住父亲，不住地询问父亲的身体状况，王勇连称无恙。

"爸爸，赶紧先上楼休息吧。"千青道。

"等一等。"顺着父亲回头，大家才发现后面一直跟着一人——洪大荣。众人面面相觑一头雾水，王勇开口道："这次真是有劳洪兄。"

洪大荣摆摆手，"王董客气了，小日本想称王称霸也不看看这里是哪儿，上海滩还轮不到他们撒野。王董只管好生休息，余下的事就放心交给老弟。"

王勇居然是洪爷保出来的！这洪大荣说得慷慨激昂，但谁知这个"笑面虎"一向"利"字当头，何时见他关心过民族大义，怎么这次会无条件地相帮王家？但不管怎样，父亲总算是平安回来了，此刻一家人都顾不得深究洪大荣的"反常行为"，将他恭敬地送出门便又急忙围到王勇身边。

"老爷，他们没有为难你吧……"石氏说着有些哽咽。

王勇拍了拍石氏的手抚以安慰，转而一脸严肃对孩子们道："想必你们都知道了我救的那位是抗日分子，虽然事先并不知全情但'国家兴亡匹夫有责'，日本人对中国目的不纯，如今东北沦陷，日本人的下一个目标很有可能就是上海。虽然我们在租界可以避免很多纷乱，但作为一个中国人，我绝对不会坐视不理。"贻华、千青、千楚、千语和吴顺开都纷纷表示赞同。王勇又道："此番在巡捕房看到很多被关押的抗日群众让我感触良多，他们对祖国的热爱是发自肺腑的，一个平凡的工人都可以誓死保卫自己的国家，我们王家又岂可袖手旁观！所以我决定将一半的家产捐予政府用作抗日经费，若有需要我也会以我所能倾尽所有。"

·56 施恩天下·

翌日。

王家女眷全体素衣布裙出门。由王千青带队，千楚、千语、翊云及王家一众侍女到租界外棚户区前发放粮食与衣物。饥寒的民众蜂拥而至，场面一度混乱，王千楚站于台阶上表明王家立场。

"大家不要抢，排好队每个人都有，每人领两个馒头一碗粥一件棉衣。自今日起，每日午时此处都会发放粮食，请各位奔走相告，也请大家打起精神，上海需要我们每一位同胞共同来捍卫。"

听闻此言，广大民众呼声叫好，王家女眷亲自上阵为大伙发放食物。此时一位头发花白、衣衫褴褛的老妇人蹒跚前来，却见她领了衣物不愿离去，只听她同千楚苦苦哀求，原来老人家中独子病危，正在乞求千楚设法相救。听明缘由，千楚立刻命小云随老人回去尽力相助。看着这群食不果腹的同胞，王千楚自知无法周全，但能帮一个是一个。

"王家小姐真是活菩萨。"

老人连连作揖只差跪下，千楚一把扶住老人，这可万万使不得，岂料受恩惠的老百姓个个感激涕零，对着王家女眷拭泪作揖连连道谢。千青与其余人都连忙劝慰，同时也觉得肩上的担子更重了一份。

王家施恩天下，在上海滩这般苍穹世道，振兴工业、团结百姓实乃大义之举。

租界，月皇宫内。

任外界纷扰不断此处依旧灯红酒绿，夜夜笙歌。今日台上的红牡丹看似有些心神不属，果不其然，一曲唱罢她快步下场，直直向楼上洪爷的办公室走去。

"洪爷，你怎么把王勇救出来了？"宋瑛推开门就是一阵斥责，如今她已不是那个事事都要看洪大荣脸色的红牡丹了。沙发椅上的洪大荣叼着雪茄悠然自得倒也不动怒，他不紧不慢道："这顺水推舟的好人我又何乐而不为？"看洪大荣一脸奸笑，宋瑛反倒茫然。

昨日包厢内，唐子文与小野俊二的谈话。

"唐先生，我知道你会回来找我的。"

"今日我来是与你谈笔生意。"

"呵呵，看来唐先生已经有所打算。"

"听说小野先生有一批货要上岸，你应该打听过上海滩只有我的码头才有能力吃下这批货。"

"哈哈，我喜欢和直接的人打交道，唐先生开个价吧！"

"所有上岸的货我要抽成百分之五十。"

小野闻之一惊，此人比那个洪爷的胃口还要大，正将开口时，唐子文又道："还有一个条件，我要你出面保释王勇。"

"哦？"小野双眼一眯，"唐先生和王家也有交情？"

"这你不用管，我只要王勇出来。"

"这……"小野一副为难的样子，"王勇涉嫌藏匿抗日分子，我只是一个商人，恐怕有心无力啊。"

"若救不出王勇，那一切免谈。"唐子文笃定起身。

"唐先生且慢——"小野急于挽留。

唐子文回头看了一眼小野身边的川岛美子，同小野道："我相信小野先生一定有办法的，晚上我们的人会在审讯室门口等你。"

……

原来当日唐子文与小野俊二所谈的交易正是答应帮日本人运鸦片，条件就是要小野出面保释王勇。唐子文为避免帮派争斗，答应将一半利润分给洪爷，他口中"我们的人"正是洪大荣。宋瑛原本一脸疑惑，听洪爷道明缘由才晃过神来。

"唐子文这小子要价比我还狠，遇上他也够叫小日本头疼的。"洪爷说着，也是一脸幸灾乐祸的表情。

宋瑛心中不屑：唐子文居然会帮日本人做事，王千楚你果真是他的死穴。

外头阳光正好，席正在家打理画具，桌上散落着颜料盘和画笔。突然，欧阳岚岚闯了进来。一头乱发，身上也脏了一大片，席正不解道："你遭抢劫啦。"

欧阳一瞪眼，"别提了，我才上街买了个东西就遇到几拨游行的人，横冲直撞就把我推倒在地，这帮人简直是疯了。"

"这叫爱国热情你懂吗？"席正丢给她一块毛巾，"擦擦你那张花脸吧。"

欧阳岚岚用毛巾擦拭着头发又将自己收拾一番，对席正道："前两天我爸来电话说席叔叔想让你回美国帮他忙，上海这么乱，不如我们回去吧。"席正清理着画笔悠闲道："我已经和父亲说过了，我不会走的。"欧阳放下毛巾一脸严肃，"你没听说战事已经蔓延了吗？现在租界是安全，但难保哪天就打进来了，趁还没有限制往来，我们还是赶紧回美国吧。"

"你早就该回去了，至于我你就别操心了。"

"你这说的什么话！我待在上海都是为了谁？我就不看好你和那个王千楚，早晚你会看明白我才是最合适你的那个人！"

欧阳一路钻牛角尖，席正也对她没有办法，只得说："行了——没什么事你就回去吧。"

"你赶我走？席正！你居然为了那个女人赶我走。"

"你说话客气点。"

"对那种水性杨花的女人用得着客气吗？她完全就是在利用你！"

"岚岚！"

席正起身一脸怒相对着欧阳。欧阳从未见过席正发这么大火，先是一愣，随后两眼一红像是受了极大委屈，喊道："你凶什么凶，王千楚本来就是脚踏两条船的贱人，一边和唐子文谈情说爱一边又来勾引你，只有你们这些男人才会上她的当！"

"你给我出去——"若眼前不是个女人，恐怕席正的拳头早就上去了。

"你……你太过分了！"欧阳将桌上的颜料盘和画笔一下全都推撒在地，哭着夺门而出。席正皱眉拾起地上的画具，这些可都是他的宝贝啊。

欧阳岚岚一路跑到巷子口才慢下脚步，他红着眼睛低头走路。突然她跟前出现了一个长长的影子，欧阳叫道："好狗不挡道！"抬头一看竟然是宋瑛。宋瑛扭着细腰，笃悠悠道：

"小姑娘说话这么厉害，是因为席家就在前边有人撑腰吗？"

"别和我提他！"

宋瑛听欧阳说这话再看看她的样子，已经猜出大概，越发刺激道："男人都喜欢温温柔柔的女子，像你这般泼辣，怪不得席正不要你。"

欧阳本就怒气未平，听宋瑛说这话更是气不打一处来，"关你什么事！水性杨花的'红牡丹'才叫男人趋之若鹜。"

宋瑛在月皇宫这几年早已练就了一身铜墙铁壁，再难听的话都能嚼烂了往肚里吞，何况是眼前这个小丫头，她笑笑道："我是不指望了，可是凭你的条件难道还比不上那个王千楚？你对席正花尽心思又有何用？可恶那王千楚根本就不是真心对席正，席少只是她感情空缺时的玩物，你当成宝的男人却被她玩弄于股掌之中。哎……只是可怜那席少还不明缘由一味袒护她。"

"你说得没错，王千楚玩弄别人的感情，可恶至极！但席正就是不相信啊，刚刚还冲我发火，真是气死我了。"

"妹妹有何可生气的，男人都只图一时新鲜，时间长了就知道谁才是真正对他好的人。我看席少如今只是一时受了迷惑，只要让王千楚露出她的真面目，席正就会死心了。这样你心爱的席哥哥不就回到你身边了吗？"

宋瑛说得矫情但正中欧阳心思，她听着饶有兴趣，问："哦？听你这么说是有什么办法吗？"

"只要事关唐子文，王千楚一定会把席正抛于脑后。明日午时，你把王千楚带到四号仓库，我自有办法让她露出狐狸尾巴，到时候席正就是你的了。"

欧阳岚岚瞪着一双大眼睛意味深长地一笑。

翌日。

席正上午在外买了新画具回来，看到桌上散着一捆油画笔，左顾右盼客厅内却不见一人。

"吴妈——"

"大少爷什么事？"吴妈手中拿着抹布蹒跚走来。

席正指指桌上的画笔，"这是谁拿来的？"

"哦，刚刚欧阳小姐来过，带了这些画笔说够你用的了。"

想起昨日欧阳打烂的那些画具，席正眉头一紧，但一个姑娘家在上海也不容易，说到底也是他的缘故。欧阳刀子嘴豆腐心的脾气席正再清楚不过，想到此处不免心中一软，问："没有说别的吗？"

"没有，欧阳小姐放下画笔就走了。哦，对了——说什么要去四号仓库。"

席正纳闷：四号仓库？

宋瑛带着山田雄也来到四号仓库，山田身后站了一队日本卫兵。

"宋小姐，你确定是这里吗？"

"没错，我收到消息，王千楚与抗日分子今日在此密会。山田先生请放心，待会儿人来了一定能查获乱党的行踪。"

原来宋瑛谎称王千楚私藏抗日分子将日军带到此处，只要人一到，宋瑛就会在山田身旁煽风点火，到时定叫王千楚百口莫辩。宋瑛为绊倒王家，真可谓是费尽心机。

此时，仓库的铁门打开了。

宋瑛眼神专注而复杂，紧紧盯着被打开的大门，结果却叫人出乎意料——欧阳岚岚只身一人来到四号仓库，此刻她瘦小的身体显得尤为挺拔。

宋瑛按捺不住问："王千楚呢？"

"怎么？见到我你很失望吗？"欧阳望了一眼宋瑛身后的山田不屑道，"这就是你所谓的办法？"

山田问："她是谁？"

"这……"宋瑛一时无从辩解。

欧阳对宋瑛道："你以为别人都和你一样为达目的就会不择手段？告诉你我欧阳岚岚要的东西就算抢也是光明正大，那些龌龊卑鄙的事留给你自己！"

宋瑛说："你——简直不知好歹。"

山田问："宋小姐，这是怎么回事？密会的抗日分子在哪里？"

欧阳岚岚恍然大悟，"原来你让我把王千楚带来就是想栽赃陷害，你可真无耻！"转而又对山田雄也说，"你就是那个日本军官？我不知道你口中的这位宋小姐和你说了什么，但我很肯定你上当了。"

山田有些气急，"这到底是怎么回事？"

宋瑛说："山田先生，你别听她胡说。你刚刚也听到了她句句向着王千楚，一定是她暗中通知了王千楚才会让我们扑了个空，抗日分子的行踪她一定也知情！"宋瑛情急之下满口谎言，不惜栽赃欧阳。

欧阳怒道："你血口喷人！"

山田说："你们中国人有句话叫'宁可错杀一百也不放过一个'，抓起来——"山田一声令下，身后的日本人全都涌向欧阳岚岚。

"你们干什么，放开我！"欧阳一阵抵抗，突然看到门口冲进一人。

"住手——"

"席正——"欧阳回头看到席正，原本的害怕转而有些小激动，"你怎么来了？"

席正从人群中一把拉下欧阳，"她根本不知道你们说的抗日分子。"

山田眯眼，"哦？那你知道咯？一起拿下——"

此番情况之下真是百口难辩，于是席正拉着欧阳就往外跑。日本人追上，三两下就将两人围住。不料想席正在美国竟然还练过两手，几下就将追上的两人撂倒。但是他们人数占优势，前面的人倒下了后面的又扑了上去，只听席正大叫一声："今天就让你们见识见识中国人的厉害。"说着将欧阳推到一边的沙袋上，一个人赤手空拳对付一圈日本人。不一会儿十来个人都被席正制服，倒在地上连连哀号。山田见状两眼发怒，掏出手枪就对准席正。

欧阳岚岚瞪大了眼睛，只见山田就要扣动扳机，欧阳不假思索一下就往席正身上扑去。

"小心——"

"呼——"

一记枪声，仓库内顿时安静了。宋瑛满脸惊愕，欧阳岚岚紧紧抱住席正挡在他身前，山田那一枪正中欧阳头部！

"岚岚——岚岚——"席正大声吼叫，欧阳倒在席正怀中。

·57 卧薪尝胆·

广慈医院大门口，席正抱着欧阳直冲入内。

"来人呢——医生……医生——"

医生、护士闻声赶来，众人合力将欧阳移到急救床上。此时欧阳岚岚已经昏迷不醒，脸上血肉模糊，只尚存一丝微弱的呼吸。医生立马将她推入手术室。

"医生你一定要救她，一定要救她！"席正抓着医生乱喊，被护士一把挡在手术室门外。席正身上手上都是血，整个人不知所措。

"席正——"此时王千楚赶到，"欧阳岚岚现在怎么样了？"

"还在手术室……"席正一脸懊恼，"要不是昨天我对她发火，她就不会跑出去，也就不会被宋瑛利用，今天的一切就不会发生。"席正双手重重敲在墙上。

"你不要这样，"千楚拉住他，"这都是意外，没有人料到事情会发展到这个地步，你不要怪自己。"

千楚扶席正坐下，帮他擦拭衣上手上的血渍，"还好有美国领事替你作保，不然日本人定不肯罢休。"

席正冷静下来道："千楚……宋瑛和日本人的关系不一般，她的目标是你，我担心她还会继续做伤害你的事。"

"我会小心的，你放心。现在重要的是欧阳。"

两人望着手术室的门沉默不语。时间嘀嗒地走，席正和王千楚在手术室门口一等就是两个钟头……终于手术室的灯灭了，门被打开——欧阳躺在病床上被推了出来，头上身上插满了管子。席正二人赶紧上前。

"医生……"席正的声音有些颤抖，害怕听到最坏的消息。

医生满头大汗摘下口罩，"这姑娘运气好，子弹要是偏差一毫米，估计都等不到送医院了。这命是保住了，但头部神经损伤太大，能不能醒就要看她的运气了。"

看运气？这是什么意思？不能醒过来那就是……植物人？

"医生——她还这么年轻，你一定要救救她。"席正青筋暴突紧紧抓住医生的手。

"能做的我们都已经做了，病人虽然没有醒但对外界还是有感应的，你们有空多与她说说话，可能会有帮助。"

医生走后，席正一下瘫倒在椅子上双手抱头痛苦不堪，王千楚扶着他的肩含泪不语。

宋公馆内。

宋瑛正身披睡袍倚在沙发上喝酒，突然听到有人闯进来的声音，正是王千楚。

王千楚直接冲到宋瑛面前，"现在欧阳岚岚还躺在病床上生死未卜，医生说很有可能会一直醒不过来，你还有心情在这里喝酒？"

宋瑛不屑道："她的死活与我何干？"

"你怎么能这样说，这可是一条人命啊。"

"收起你那副正义好人的模样，别忘了——欧阳可是做了你的替罪羊。"

王千楚抢过宋瑛手上的酒杯往茶几上一顿，"你有什么就直接冲我来，不要伤及无辜。"

宋瑛起身同王千楚正面对峙，两人怒视彼此。

忽地，宋瑛一双媚眼一撩，幽幽开口道："急什么——下一个就是你。"这话听得叫人毛骨悚然，可是王千楚没有退却反而上前半步死死盯住宋瑛的双眼道："你满腹仇恨自私地叫人可怜。"

宋瑛不屑道："我可怜吗？你看我如今锦衣玉食，不知叫多少人羡慕。倒是你们王家，竟敢公然与日本人作对，怕是好景不长了吧。"

"无药可救。"王千楚愤然离去。

王千楚走后，宋瑛瘫坐在沙发上闭目不语，此时刘姐过来给宋瑛斟茶。

"小姐，这打在脑袋上还没要了命可真是老天保佑啊，就像前两天夜里大街上两帮人开枪，都在说其中一个被打在心脏边上也还活着，你说怪不怪。"

"哦？"宋瑛听着心不在焉，可能是酒精起了作用，她倚在沙发上昏昏睡去。

王千楚身心交瘁，拖着疲惫的身躯刚进家门又听大姐急急叫道："二妹，你可回来了。"

"大姐，怎么了？"

"父亲先前晕倒了，刘医生正在瞧呢。"

一听父亲身体欠妥，千楚紧忙随大姐上了楼。楼上卧室内王勇正躺在床上，一家人都围在床边。王母坐于床前焦急地问："刘大夫，怎么样？"

刘医生取下听诊器回道："王老爷没有硬伤但这病也有几分棘手，日本人的审讯室寒气重，就是小伙子待上两天也禁不住，何况是王董这个年纪。怕是这两天又受了凉，一下将体内积蓄的寒气都带了出来，身子抵不住才倒下的。"

贻华问："那现在如何治？"

刘医生说："只能静养，以调理为主，要避免过于劳累，等身子慢慢恢复。"

千青问："那要多久呢？"

刘医生回答："不好说，年纪越上去，身体每个功能的恢复就越慢，看王老爷的情况快则三个月，慢则一年。"

见众人都一副担忧的表情，王母道："好在没有大毛病。"她拍拍王勇的手，"你就安心在家休养吧，打拼了这么些年也该享享清福了。"于是千青将刘医生送走，不一会儿其余人也都退了出去，只留下王母在卧室。

"老爷，医生说了这病得静养，那些糟心的事你就别操心了。"

夫妻几十年，石氏这番话中的意思王勇自然听得明白，但事关民族大义，王勇实在无法坐视不理，只见他一闭眼道："我在'里面'看到不少抗日游行的人被抓进来，民族危难之际能够不顾生死挺身而出，他们才是真正的英雄。"

"我不懂民族大义，也顾不得这么多，我只求我们的孩子能够平安。你要捐家产抗日我也不反对，只是老爷……"石氏欲言又止，眼角不禁湿润。

"这些年辛苦你了，"王勇握住石氏的手，"你的顾虑我都明白，如今处在这乱世很多事都由不得我们……但若能为民族尽些绵力，我们王家也定当义不容辞。孩子们都大了，相信他们会懂得辨别是非。"

"这么多年你的决定就是我的决定，"石氏紧紧握住丈夫的手，"不管怎么样，我们一家人都在一起。"

"那是当然，怎么？你还想丢下我这个糟老头啊。"

"一把年纪了还没正经。"王母擦去眼角的泪含着羞低语。王勇拍拍石氏的手感叹道："我们都老啦……"

王勇在上海滩白手起家打拼了这么多年，身边这位贤内助一路相伴，真是叫人感慨万千。此时王勇又想起什么问："对了，千语的婚事怎么样了？"

"这孩子倒也懂事，说不急一时，等过了这阵再办。"

"那也好，这孩子喜欢热闹，定要替她办得风风光光。"王勇若有所思，"倒是楚儿最让我放心不下，这孩子骨子里硬气，就怕她会苦了自己。"

"我看她与那位唐先生断了也就断了，席家家底干净又与我们熟络，席正这孩子也是我们从小看着长大的，论相貌论人品都没话说，我看他对楚儿那份心也一点不比唐子文少。只是千语以后嫁到唐家怎么论也算半个亲戚，免不了见面要多几分尴尬。"

"我自问见过不少人，那个唐子文确是个难得的人物。如今上海滩若论枭雄他也算得上一个，只是这般世道变与不变仅在一念之间，要走哪条路也只在他一步之差。"

深夜，唐家公馆。

待众人睡去，唐子文从房内走出轻声关上房门快步下楼。其身后一个沉重的脚步相随。唐子文从二楼走下，老李和阿毅早已在客厅等候。

"二爷，日本人的鸦片一个小时后靠岸。"阿毅表情凝重。

"都准备好了吗？"

"准备好了。"阿毅递给主子一把枪，唐子文插入腰间。阿毅又略显迟疑道："二爷，日本人要是知道你答应帮他们运鸦片其实是为了将他们一网打尽好把鸦片全都烧了，一定不会善罢甘休的。"

"日本人在我们中国贩卖鸦片、摧残我们的同胞，绝对不能让他们继续在我们的领土肆意妄为。老实说今日此去我也没有十足的把握，但就算是龙潭虎穴我也要闯一闯。"唐子文把语调降了下来，"但是你们没有必要跟着我冒险……"唐子文话未说完，阿毅就急了，"二爷说这话还不如给我两巴掌，我从小没爹没娘，是二爷收留我，教我识字教我做人，上刀山下火海二爷到哪我阿毅就跟到哪。"

唐子文重重拍上阿毅的肩，"不愧是我唐子文的好兄弟。"

一旁的老李也按捺不住了，"大少爷，老李虽然不及小伙子有劲儿，但这把老骨头还能动，帮您搭把手没问题。"

"李叔……"唐子文有些哽咽，他是真真重情重义的热血男儿，待他整理了情绪看着两人道，"好！今天就让日本人知道我们中国人不是好欺负的，我们走。"

"慢着——"一个声音从二楼传来。

阿毅正对楼梯，失声道："唐爷……"唐子文回头，看见父亲正拄着拐杖沿楼梯走下。阿毅小声道："二爷，我去外面候着。"

唐立懋走来，唐子文唤道："父亲。"

"你们说的话我都听到了。"唐立懋坐下。

"父亲，永兴是唐家基业，子文定当全力以赴。可如今国难当头，子文无法袖手旁观……"

"你不必说，"唐父打断了唐子文，二人沉默。片刻唐立懋将手中的拐杖撑地起身，久久望着唐家这个长子，此刻的唐子文虽皱眉但眼神异常坚定。良久，唐父开口道："你认为对的事情就放手去做，唐家永远是你的后盾。"

"父亲……"唐子文诧异父亲居然说出这番话。

原来王勇救老徐当天，在茶楼中与唐立懋所商议的正是希望在民族危难之际两家可以合力携手出资抗日。国难当头，上海滩黑白两道叱咤风云的商界老将为抗日携手，正所谓"力拔山兮气盖世"，此等豪气真真叫人甘拜匣镧。

唐子文会意，回其父："子文定不负唐家声誉。"他戴起礼帽毅然出门。这位上海滩的唐二爷够狠够冷，但他负气仗义，不愧是个顶天立地的男人。

"老李……"唐立懋意味深长地唤住老李。

"唐爷放心，只要我老李有一口气在，定护大少爷周全。"

唐立懋望着两人离去的背影静静一闭眼。就这样唐子文、阿毅、老李坐上福特车直奔王家码头。

· 58 一霸陨落 ·

福特车急速驶过街区，在码头一个刹车。唐帮弟兄已经准备就绪，阿毅下车巡视一圈后回来替主子开门，"二爷，都准备好了。"

唐子文下车点起一根烟，眼神窥视着一切。不一会儿远处江面上出现点点星光又见它渐渐变大。阿毅道："二爷，果然被你说中了，货船早到了半个时辰。"唐子文眯着眼深吸一口烟用力吐出，"今晚是东南风，船顺风而上定会提早到岸。"他望了一眼江面将烟头坠于地上，径直朝停泊口走去，烟头在黑夜里忽闪忽暗，预示着一场暴风雨即将来临。

唐子文正要行动，突然听到背后传来洪爷的声音。阿毅惊愕道："洪爷，离约定时间还有半个时辰呢，您怎么这么早就来了？"洪大荣手中夹着雪茄，不屑道："在道上走了这么多年，小心驶得万年船就准没错，"他指指即将靠岸的货船，"这不是到了吗？"

唐子文面无表情同阿毅道："继续——"

阿毅点头命工人先抬了两箱货上岸，他撬开木箱取出一包砖状物品，扯开油纸用力一闻，"二爷，没错。"此时两名压货的人上岸了，问："小野君呢？"

"就你们二人？"阿毅问。

"没错，小野君说一上岸就会来接应我们，怎么不见他人？"

"就在你后面。"阿毅反应及时向两人身后的唐帮弟兄使了个眼色，待二人回头已是措不及防，唐帮兄弟两三下工夫就将上岸的两人制服。

"二爷，怎么处理？"

"捆了丢回船上，'送'他们回去。"

"好嘞——"阿毅命手下处理了二人，得意道："二爷，这小日本真笨，找了这么两个蠢货。"

洪大荣一脸茫然，"什么意思？好小子难不成你想独吞？"

唐子文对洪爷不予理会，望着码头另一边，脸色凝重，"时间不早了，让兄弟们抓紧卸货。"阿毅应声立马招呼弟兄们动手。但是卸下的货并没有直接运上岸，而是卸到了提前准备好的木船上，只见江边一排木船，已经被绳子捆绑住互相连接着。

"兄弟们加把劲——"林三正卖力同工人们一起卸货，不一会儿货已经齐齐运上木船。工人将箱子上浇满汽油，又将每艘船上捆绑箱子的麻绳相互连接住。洪大荣见状额头直冒冷汗，"这……这是什么意思？"任洪爷在旁逼问，唐子文依旧我行我素，他一声令下，阿毅点燃绳头。火势一下沿着绳子烧到船上，第一艘船、第二艘船、第三艘船……火势越蹿越高，黄浦江边立马出现了一道火墙。此时风向已经转成了西北风，阿毅松开缆桩上的麻绳，只见这面"火墙"缓缓朝江中飘去。

"你小子这是要害死我啊？"洪大荣已是脸色大变。

"洪爷放心，你的损失我唐子文一力承担，绝不能让这些鸦片残害我们中国人。"

"你小子有种……"洪爷喘着粗气话未说完，只觉身后一阵强光射来，三人转身抬手挡光。该来的总会来——两辆吉普车在三人前方急速刹车，小野俊二和川岛美子下车，身后跟着一众手下。看到黄浦江上的火势，两人顿时明白了一切，小野怒不可遏已全无了往日的斯文模样，只听一声令下，身后的日本人"扑通""扑通"一个个都跳进黄浦江试图把船拉回来。可是风力正起，木船越漂越远，急得小野在岸上用日语骂脏话，他的样子像要吃人似的，他恶狠狠地瞪着唐子文，"你们中国人都是出尔反尔的卑鄙小人。"唐子文目似利剑回呛道："中国人绝不会允许外来者残害自己的同胞。"洪爷看这形势赶紧打圆场："小野先生，下回……下回我洪大荣作保帮您运货上岸。"谁知这话正中枪口，小野气急败坏道："你算个屁！"说着就下令身后的手下对着唐子文一行三人开枪，洪爷边躲边骂道："该死的小日本，给脸不要脸。"

唐帮兄弟闻声起势同小野一众手下开战。双方火力互拼形势危急，唐子文与阿毅避开子弹躲到箱子后面，两人拔枪回击。一时间，码头上硝烟四起，两方交战激烈。此时洪爷身边的保镖都已不知去向，他躲到唐子文身旁大声喝道："都是你小子干的好事！这账回头再同你算，赶紧先想办法离开这里。"

话音刚落，唐家的福特车急速驶来，老李一个急刹车打开车窗大叫道："大少爷，快上车——"唐子文看了一眼朝他们追来的日本人，迅速拉上洪爷与阿毅就朝车子跑去。慌乱中阿毅跳上副驾驶，唐子文先把洪爷塞上后排座，自己对着前方日本人连续开射后也迅速上车，待他重重关上车门，老李猛踩油门，车子一路驶去。小野命手下对福特车集中火力，只见福特车为避子弹连续急速回转，单侧车轮几度离地，形势危急。突然，车子像失控般撞上前方的一垒沙袋——老李中枪了。

"李叔，你怎么样？"唐子文急切问道。

"没事，擦破点皮，老骨头还顶得住。"老李说得硬气，他右手用力按住左臂，却见血止不住地往外渗，额头上大颗大颗的冷汗直往下滴。

"小日本——我和他们拼了。"阿毅喊着就要开门下车。唐子文将他喝住："你现在出去就是送死！"

未等车上四人反应过来，川岛已经带领手下追上，她边跑边对着福特车开枪。车中四人赶紧低头避弹，随之赶上的日本人对着福特车一阵乱射，只见车身上弹洞无数。小野赶到示意停手，"给我捉活的——"于是一群日本人蹑步由三面向车子逼近，福特车成为瓮中之鳖。

车内，唐子文慢慢抬起头问："都没事吧？"

"没事。"阿毅挣扎着应声，老李脸色铁青，原来腿部又中一枪，唐子文刚想出声又见身边的洪爷脸色一阵红一阵白正喘着粗气。

"洪爷……"唐子文紧皱眉头。

"呵呵，在上海滩打拼这么多年，什么风浪没见过……没想到……今天栽在小日本手上。"洪爷一声狞狞，只见他背部两处中弹，一处正中心脏部位。倘若不是由他挡着，只怕子弹就会直接击中唐子文。

"洪爷你撑着点！"唐子文压低声音吼道。

"我洪大荣一辈子没做过好人……这次算你小子走运……"话未说完，洪大荣就开始吐血。

"洪爷……"唐子文用手帮他擦血，可如何都抵不住他大口大口地往外吐。

洪大荣屏着最后一口气对唐子文道："小子，告诉你父亲……我欠他的那一枪……还了……"

余音绕耳，却只见洪大荣脑袋重重一垂……

"洪爷——洪爷——"唐子文触碰洪大荣的人中已无气息……他抱着洪爷的头，死死攥着拳，压抑着懊恼与怒火撕心裂肺般低吼一声。

上海滩乱世一霸，洪帮帮主洪大荣至此陨落。

"二爷——"阿毅叫道。

唐子文狠狠抬头看到车窗外日本人正步步逼近，老李不顾枪伤双手紧握方向盘死命一踩油门，大吼一声，车子就朝日本人撞去，越临近老李油门踩得越狠，感觉几乎就要同归于尽。

"小日本——"老李大叫一声将最前面的两人撞出老远。没料到福特车如此疯狂，其余日本人都急忙向两边扑开。只听车后阵阵枪声，声音越来越远……

最终福特车突出重围，唐子文、阿毅、老李逃离码头。

包厢内，小野俊二、宋瑛及山田雄也三人对面而坐，川岛美子站于山田身后。

小野将酒杯重重顿在桌上，"这次的损失我一定要加倍讨回来！"

山田说："我早就听说这个唐子文在上海滩是出了名的狠角色。小野君要想让货上岸除了他怕是难找第二个人。"

小野说："我就不信中国人会个个和钱过不去。"

宋瑛帮小野斟满酒，笑笑道："这个唐子文不知好歹，小野先生何必与他动怒。"

小野说："听闻宋小姐和洪爷的关系不一般，他死了你就不伤心？"

宋瑛回答："这个洪大荣做尽恶事，就算不是皇军出手，早晚老天爷也会收拾他。正所谓'识时务者为俊杰'，我宋瑛一个弱女子在上海也只是想混口饭吃，如今这世道明眼人都看得明白和皇军作对那就是自寻死路，我可还没活够呢——"

"哈哈哈，红牡丹果然不一般。"小野又一杯下肚，突然想到什么同山田道，"山田君，你那边进展如何？"

"收到消息抗日头目已经逃离上海，特别小组接替跟进，上头命我在这里等你的那批'货'。"山田话中暗藏玄机。

小野皱眉道："那批货按计划将会一周后抵达上海，要尽快想其他办法找可用的码头才行……"

山田义愤填膺道："我们为大日本帝国效忠，不管有什么困难都必须克服！美子，好好辅佐小野君。"一旁的川岛美子重重一点头，表情依旧严肃。

事情果真如唐子文所料，小野俊二并非单纯来上海做生意这么简单，他还受命于日军，办那些官方不便出面的事。难怪小野身后有这么多"火力"相助，加上川岛美子这个秘密特工，看来日本人的野心不容小视。可是山田口中在等的那批"货"又为何物？至此还不得而知。

此刻宋瑛乘机又想将王家卷入旋涡，"不管是什么货，即使没有唐子文的码头也照样能办成。"

"宋小姐，不要忘了仓库一事差点让我们和美方发生冲突，这次你最好说有把握的事。"山田道。

"那是当然，仓库一事阴差阳错也就不提了。但是在上海滩，谁不知道王家顶了半边天，若是能让王勇替皇军办事，那还有什么是办不成的？"

"王勇……听说这一连半月王家都在给老百姓发放食物，这王家还真是民心所向。"

"你们还不知道吧，这王勇最擅长的就是假仁假义。"

"哦？看来红牡丹对王勇很是了解啊，不过这个王勇好像与抗日分子关系不一般，只怕……"山田转念一寻思笑笑道，"既然宋小姐与王家有几分交情，那就请宋小姐代为转达皇军的美意如何？"

"山田先生言重了，皇军能看上王家那是他们的荣幸，希望王勇不要不识抬举才好。"

宋瑛再次把王家拖入旋涡，桌上三人为各自利益捆绑到一起，山田雄也、小野俊二、宋瑛三人碰杯联盟。

·59　内情毕露·

一行人走出包厢正预备离去，突然阿毅跑出来截住了宋瑛。"你为什么要和日本人混在一起？洪爷死了，李叔重伤，欧阳小姐还躺在医院，这些都是小日本干的好事。"

"你来这里做什么，我不想见到你，你走——"

"我来就是带你一起走，这帮日本人没一个好东西，早晚要让他们滚出中国。"

宋瑛察觉旁边的三人已是面露难色，故意恶狠狠道："要滚的是你，你不要再缠着我了，你现在就给我滚——"

"宋瑛你怎么变成这样了，看看你现在的样子，简直就是日本人的走狗！"想到身边的人都被小日本所害，阿毅愤恨难掩，对宋瑛只觉恨铁不成钢。

此时小野突然喊道："我认识你，你就是跟在唐子文身边的那个人。来得正好，今天就让唐子文替你收尸。"

宋瑛闻之一惊，只见川岛拔枪就对准阿毅，千钧一发之际宋瑛大吼一声："你才是跟在唐子文身后的一条狗！"她迅速从手包里拿出自己的手枪，抢在川岛扣动扳机前对准阿毅就是一枪，速度之快叫人躲不及防，阿毅还未反应已经中弹倒地……血在大理石上漫延开来，就像一朵红色的蔷薇。

山田冷笑一声："都说不要得罪女人，这句话果然没错。"

宋瑛强压颤抖的身体，不带语调地说道："不识好歹的家伙……山田先生请——"宋瑛陪着三人走出饭店，默默回头看了一眼躺在地上的阿毅。

广慈医院。

阿毅躺在病床上，手上挂着水，旁边的仪器显示心率体征正常。

病房外唐子文正与医生对话。

"医生，辛苦了。"

"这都是我们分内的事，多亏子弹没打中要害，不然就没这么好运了。"

原来宋瑛举枪时故意对准阿毅的心脏部位，开枪时又抬高了两公分，才叫子弹避开了要害部位。出门时宋瑛又偷偷塞给保安一沓钱让他将阿毅送去医院，这才保住他一条命。

"他什么时候会醒？"

"麻药过后就会醒，但是得休养一段日子。这几天都只能喝流质，你可以帮他准备一些粥。"

"多谢医生。"

唐子文望了一眼房内的阿毅走开了。见唐子文下楼，墙角后走出一个身影——宋瑛。她轻轻推开病房的门，看到躺在病床上的阿毅，再看一眼旁边的仪器心率显示正常才终于缓了口气。她坐到床边的椅子上，静静看着阿毅，第一次这么近距离地看这张脸……从眉毛到眼睛再到鼻子，平日一直跟在唐子文身后竟没发现这小子也是天生一张俊朗的脸，皮肤黝黑想必是在码头日晒雨淋的缘故。宋瑛留意到阿毅的脖颈上有一个刀疤，这两年跟着唐子文一路打拼应该没少吃苦，她脑中不断出现阿毅为自己做的那些事，送给自己的糕点，救自己于秦三的魔爪之下……还有每每说的那些话，可谓句句真心，只是如今的她真的受不起。终于，宋瑛起身替阿毅轻轻拉了拉被子，俯身轻言道："忘了我，你会找到一个好女孩和你一起白头到老。"

宋瑛走出病房，不想正遇站在门口墙边的唐子文，原来子文买完粥回来正巧看到宋瑛替阿毅拉被子的情景便先退了出来。此刻两人四目相对，只是今时今日已无话可说，宋瑛收回眼神预备离去。

"我知道那一枪是救了他。"

宋瑛回过头，"唐二爷多虑了，这小子整天缠着我，只希望永远都不要再见到他。"

"如果这么不在乎，为何还会出现在这里？"

宋瑛迟疑了一下，"唐二爷一把火烧得干脆倒不如自求多福。"说完便径直走下楼去。

唐子文看着她的背影轻叹口气：这究竟是怎样一个女子？

这一日，阳光正好。王家公馆内，一家人正围着章翊云热闹不已。

千语搂着翊云道："大嫂，我看大哥再见不到你就要得相思病啦。"千楚俯身侧听翊云的小腹，"小侄子有没有想我呀。"翊云被弄得怪不好意思的，含羞道："只有两个多月，哪看得出呀。"千语道："怎么看不出，我觉得比走的时候大多了呢，出来一定是个调皮的小家伙，大哥你说是吧。"一旁的王贻华搂着娇妻只顾一味傻笑。

"你们别闹了，"大姐千青道，"快让你们大嫂坐下。"

章翊云坐到王母身旁，王母问："这几日在娘家还好吧，你父母有无不悦？"翊云回道："母亲多虑了，家父家母都明白母亲让我回去是对我最好的安排，父母亲倒一直在为不能帮上忙而忧心不已。"

"哪里话。真是劳他们挂心了，亲家都是明白事理之人，但我们也不能失了礼数。千青啊——帮我备份礼，回头我们上亲家家里去一趟。"

"母亲，哪能让你亲自登门……"

章翊云话未说完，就听见门口飘进一个声音："一家子都在啊，真是叫人羡慕。"众人回头望去，原来是宋瑛。宋瑛脚踩高跟鞋，旗袍外披着一件狐狸毛的皮草大衣，挺挺地站在那儿，眼里满是不屑与傲视。

"你来干什么？"千语不屑道。

"来看老朋友不可以吗？"宋瑛看看王千楚假惺惺道，"楚姐姐近来可好？"王千楚直直看着她，"你来做什么？"宋瑛整了整身子，提高嗓门道："皇军看重王家，我正是带了好消息来——你们有幸可以为皇军效劳了。"

"我呸！"千语有些激动，"你这是做了日本人的走狗吗？我们家还轮不到小日本来指手画脚。"

"三妹，"千青喝住千语，"宋姑娘，日本人野心勃勃，还不知道他们打的什么算盘，你和他们走得近实在太危险了……"

千语愤愤打断千青："大姐，你干吗老帮着这个外人？"

宋瑛讥讽道："你大姐可没把我当外人。"

千青语重心长对宋瑛说道："只要你肯收手，我们都会把你当妹妹看待的。"

一听这话，千语提高了嗓门："大姐你说什么呢？这个人千方百计要害我们家，怎么可能收手！而且她和我们一点关系都没有，干吗要把她当成自家姐妹！"见大姐、二姐似有难言之隐，千语感觉到小小不安，她推扯着就要将宋瑛往门外赶。

"住手——"千青拉住二人，"我不能让你们姐妹相残。"

此言一出，全家人都愣在那里，只有宋瑛一撩眼满不在乎地轻哼一声。千青拉住千语为难地说道："她……她是你同父异母的姐姐……"

此话犹如晴天霹雳，王贻华、王千语、章翊云三人全部僵在那里，王母也是一脸惊愕的表情。此时王勇拄着拐杖从二楼走下，"你在说什么？"

"爸爸——"众人都围了过去。千语第一个按捺不住，"爸爸，为什么大姐说这个人是我们同父异母的姐妹，我才不要这样的姐姐！"

"千青——"王勇既生气又疑惑，"这是你从哪里探来的消息？"经父亲如此一问，千青和千楚反倒踌躇了。"这个半月挂坠……"千楚拿出那枚宋瑛的挂坠，众人不解。宋瑛皱眉道："怎么在你那儿？"千楚道："是从一个贼眉鼠眼的男人那偶得的。"房东？一直被那一撞所困扰，殊不知各人有各人的命。宋瑛一闭眼，当年初到上海时的情景又一幕幕在脑中重现。这几年她不敢有爱情、不敢交朋友，出卖身体、出卖灵魂过着自己厌恶的生活，而这一切都是为了想尽一切办法绊倒王家，此刻她一定要让王勇赎罪忏悔。

"没错，这个挂坠是我母亲留给我的。"

"我记得你说过，另一半在你父亲那里，"千楚转过头，"爸爸……我在你书房看到这个挂坠的另一半……"千楚又拿出宋母与王勇的合照，"宋瑛，这也是你掉下的对不对？"众人看着挂坠和相片都不知所措。千青补充道："爸爸，上次宋姑娘来我们家，她说您欠她的一辈子也还不清……"

此时贻华、千语好似也记起那一幕，当日他们几人确实觉得事有蹊跷，只因后面事情接连发生叫人顾及不暇，若不是今日千青重提此事，几乎已经将宋瑛第一次来家里的情形遗忘，而此刻听大姐再度提起又看到千楚手中的两件物品，实在不得不让人产生联想。

"你们糊涂啊——"王母终于按捺不住，大声喝道，"你们父亲是什么样的人我会不清楚？要你们在那胡编乱猜。"

千楚说："可是母亲，当日我听到您和父亲在书房的对话，您说如果宋瑛愿意，可以把她当作您自己的孩子来疼爱……"

"孩子啊，你只听见后半句……"

原来，当日宋瑛跑出王家后王勇与石氏在书房的那段完整对话是：

"没想到这孩子都这么大了。"

"是啊，我与她母亲情同姐妹又是看着这孩子出生，希望她不要因为那件事有心结才好，如果她愿意，我可以把她当作自己的孩子来疼爱。"

……

王母道："我和你们父亲与宋瑛的母亲乔锦芸在年轻时候就认识了，这张相片正是我们与宋瑛的父母一同结伴郊游时的留念，这张相片还是宋瑛的父亲所拍。"

千楚问："那这个半月玉佩？"

王母答："这对玉佩原是我与乔氏的姐妹佩，婚后就一直放于你父亲的书房。"

听母亲这样说来，王千楚更疑惑了，"宋瑛，那你怎么说这另一半挂件在你'父亲'那？"

宋瑛冷笑一声，"我自小就听母亲提起王家，当然知晓两家的交情。在我整理母亲遗物时意外发现了相片和这个玉佩，相片是我故意留落下的，正打算利用这一点让你们误以为我与王家有血缘关系从而制造你们的矛盾。从我决定复仇的那刻起以前的宋瑛就已经死了，踏上王家码头的宋瑛只有一个目的——报仇！还记得你们收到的匿名纸条吗？"

千青瞠目结舌，"是你？"

·60　半世苍凉·

面对王千青的质问，宋瑛毫不掩饰，"没错！你们收到匿名纸条的那日正是我返回上海的日子，纸条只是给你们的一个'提示'而已，我对王家的报复计划就从那一天开始……还记得码头的爆炸吗？

王千楚惊讶道："也是你？可是当日明明你自己也是一副惊恐的模样。"

"王二小姐还真是天真，我既然已经捎信给王家人当然就要做足准备。何况，难保上岸后会遇到同王家有关的人，做戏当然要做全套。果不其然，第一个遇到的就是王家的二小姐，而后又被你捡到那枚挂坠，你说这是不是天意？"

"你太可怕了，从一开始你就对所有人说一样的假话……"

"可怕吗？那只是给王家的第一个警告。"

"第一个警告？那之后报纸上两次诽谤华丰的报道也是你在幕后指使？"

"王二小姐真是冰雪聪明，"宋瑛冷笑道，"全部都是我放的消息，还有你被绑架和那位'张经理'也都是我的主意……只要能绊倒王家我绝对会不遗余力！可惜啊，没想到你们一家人还真是团结，这么多难关都一次次避过去了，只怪老天爷不开眼。"

千语几乎要跳起来，"原来这些事都是你干的！你为了报仇手段毒辣无所不用其极，你这个蛇蝎心肠的女人处心积虑对付王家，我们到底哪里对不起你？"

宋瑛仰天长笑，"哪里对不起我？那得问你们的好父亲，他害得我家破人亡，这个仇我一定要报！"

千楚说："宋瑛，你口口声声说王家对不起你，句句重伤我父亲，对王家步步紧逼到如今这番地步，今天你必须把话说清楚这究竟是为什么。"

宋瑛望了一圈王家人，"难得人这么齐，那就让我一次把话讲清楚……"宋瑛扒开伤疤道出那段痛心疾首的往事，也让众人看到了一位富家千金是如何为了复仇一步步变为上海滩的头牌交际花，这其中的代价与心酸不禁叫人唏嘘。

"记得离开上海那年我刚满六岁，随父母到南通后父亲凭借积累的人脉及自身的努力开设了当地最大的纱厂。我自小衣食无忧，直到那场大火……"宋瑛回忆着那场犹如噩梦的大火。正是因为那场火就此改变了她的命运……

当年宋家纱厂在南通已深有根基，但突然因为资金问题即将面临倒闭的危机，宋父四处借钱贷款。就在工厂将被勒令关门的前一个晚上，宋家纱厂突然失火。起先几个人还提着一桶桶水去救火，但后来火苗飘到了厂里堆积的纱布上，火势一下扩大迅速蔓延，不一会儿厂子就成了一片火海。厂门外挤满了人，火势蹿得老高染红了半边天。宋瑛和母亲赶到时看着眼前这片火海却无能为力，只得眼睁睁看着火势越来越大。就在此时，不知谁大叫一声："宋厂长还在里头呢！"宋母一听这话就要往里冲，被外面围观的群众强行拉住，最终哭晕在现场……所幸那天厂里没有工人做工，宋家无须另做赔偿。但是宋父死了，厂子没了，宋家宣告破产。母亲终日以泪洗面，不久也与世长辞，留下宋瑛一人无依无靠，那年她十三岁。

听着宋瑛叙述那段痛苦的记忆不禁叫人心生同情，但王千语仍旧愤愤道："宋家纱厂出事是因为你父亲自己经营欠妥，为何要怪到我们头上？"

"纱厂原本是可以保住的！"压抑许久的宋瑛也变得激动，"我父亲本性忠厚，那次是被奸人利用出产了大批量的纱布却囤积在仓库，导致资金一时周转不灵。当年我父亲找到王勇想以纱布作抵向银行贷款渡过难关，没想到你们这个父亲却因为担心影响自己的前途完全不顾旧情，对我父亲提出的贷款请求严词拒绝，这就等于把宋家往死路上逼。更可恨的是王勇为了掩饰自己的心虚居然雇人放火烧纱厂，害得我父亲葬身火海……"

父亲雇人放火烧纱厂？王家一众儿女不敢相信自己的耳朵，此时王母忍不住发话了。

"你这个孩子糊涂啊——我们与你父母是好友，你王伯伯怎么可能会放火！何况纱厂出事对我们又有何好处？好端端的工厂偏偏在限期前一晚着火，你就不觉得蹊跷吗？"

宋瑛一怔，这么多年来她一直为报仇费尽心机却从未怀疑事情还会有何内幕，经王母一问反倒踌躇了。但宋瑛很快就责怪自己怎能因为仇人的一句话就怀疑自己的亲眼所见。

"你别狡辩了，我明明听到王勇对调查事故的人说这场火是人为的……"宋瑛闭眼回忆起那一幕，那是事故后的第三日：

宋父葬身火海，宋母在家一病不起，宋瑛和纱厂的工人一起来到警察署配合调查。宋瑛无意间在拐角处听到一个男人与警司的对话。

"探长先生，请你网开一面千万不要将这消息对外公布。"

"我们在现场已经找到证据，这次的起火并非意外。"

"我知道……这次的事故是人为的，后面的事我已经安排好了，只希望您这里可以通融一下……"只见男人将厚厚一沓现钱塞于探长手中，这一幕正巧被经过的宋瑛看到。宋瑛觉得与探长对话的男人甚是眼熟，她记起在纱厂出事的前几日此人曾来家中与父亲见过面。多年后，收养自己的红姨打翻了信笺盒却意外发现了那张母亲与王勇的合照。曾听母亲提起过，此人拥有上海滩最大的洋行，他就是上海滩赫赫有名的商界翘楚王勇。于是便决定回来上海为父报仇。

宋瑛睁开眼，"如果不是王勇找人放火，他怎么会知道那是一场人为的意外？何况我亲眼看到他为了掩盖自己的罪行贿赂警司，从那一刻起我就发誓要王家血债血偿！"

王勇问："处理完纱厂的事我和你王伯母去找过你，想把你接回上海，但一直寻你无果……难道是你故意避之？"

宋瑛说："你少假惺惺了，就算我寄人篱下受尽耻辱，也不会让你利用我做展示你'老好人'的工具。"看来宋母死后，成为孤女的宋瑛虽被人收养但那些年吃的苦也实在揪心。

王母深叹一口气，"没想到你对王家有这么深的误会，事已至此我也不得不告诉你事情的真相——当日你王伯伯这么做完全是为了保全你父亲的声誉，其实那场大火是你父亲自己放的！"

此言一出，在场众人个个震惊不已。

王勇道："当年你父亲找我办贷款想以库存作抵，但纱厂囤积的那批纱布全部都是次品根本无法做抵押，你父亲自己也知情。当日我接到消息银行有急事要我赶回上海，临走前说好三日后我再过去与他商议对策。没想到你父亲等不及我过去，为了获取保险金竟然自己放火烧纱厂，真是糊涂之举啊。"时隔多年，王勇说到此事依旧惋惜不已。

王母说："你王伯伯本已打算将家中存款借于你父亲助纱厂渡过难关，可是等我们赶到南通，纱厂已是一片废墟……"

"我不相信——"宋瑛完全不接受王勇与石氏所言，"你们早已串通一气，满嘴谎话，为了推卸责任居然还诋毁我父亲，你们全都是卑鄙小人。"

任由宋瑛恶语相向，王勇依旧语重心长道："你还记得老陈吗？就是你们纱厂的管事，你父亲在放火前老陈发现了端倪，曾经企图阻止，可惜一切都为时已晚……我到了南通后正是他告知我整个事情的真相。"

宋瑛努力回忆，"陈叔叔？他是纱厂的总管没错，但我来上海前他已经过世了……王勇，你居然利用一个死人编造谎话真是无耻。"

看着宋瑛不辨菽麦一味沉浸在自己认定的"真相"中，王勇只得叹气，王母也无奈摇头。此时王贻华分析道："银行贷款都是有严格评估的，如果那批纱布可以做抵押，即使在父亲这里办不成，那也是可以找别家的。我想宋伯父应该也尝试过，既然都没能将贷款申请下来，那说明作抵的纱布确实有问题。"一旁的千青叹息道："宋伯父也算仁慈，若不是事先遣散了工人，后果真是不堪设想。"

"你们全家狼狈为奸，我一个字都不要听。"宋瑛如同发疯般完全不接受眼前的一切。

"你等一等。"王勇挂着拐杖由贻华陪着去了书房。一时间客厅内鸦雀无声，众人面面相觑心中无数。还未等大家消化这么多内情旧事，王勇已经回来了，手上拿着一张蜡黄的纸笺。

"这是当年警察署调查的事故证明，上面清楚的写明那次火灾是人为造成的，所以保险公司可以拒绝赔偿。事故发生在工厂被勒令关门的前一晚，我想你父亲是因为走投无路才出此下策，只是没想到火势不受控制，连他自己也不幸丧生于那场意外……"

宋瑛一把夺过那张纸，看到"事故原因"那栏清楚写着"人为"。宋瑛身子一软险些瘫倒在地，她一只手撑在沙发靠背上勉强支撑住身体，另一只手紧紧捏着纸笺，脸色煞白。

此刻，王千楚对宋瑛的同情已经盖过恨意，但她皱着眉好似还有隐情。

"上次我到南通找张经理时无意间遇到了宋伯母的贴身女佣……"

宋瑛抬头，"徐妈？"

"是的，她告诉我宋伯母在纱厂失火的前三个月已经查出肺癌，而且是晚期……伯母不想你们担心才一直瞒着……宋瑛，其实你母亲过世是因为癌症。"

宋瑛只觉脑袋"轰隆"一声，她再也无法思考，整个人像被掏空般没了灵魂，只剩一张为报仇百孔疮痍的皮囊。

"你母亲一定不希望看到你现在的样子，如果她在世也一定希望自己的孩子是一个快乐的人。宋瑛……放下仇恨吧。"

王千楚试图去拉宋瑛的手腕，但感觉被东西触碰到的宋瑛一下回过神。她狠狠甩开王千楚的手，满眼血丝对着王家人恨意更甚。

"我不会相信的，你们说的每一个字都是在处心积虑想要摆脱自己的罪行，我不会上当的……我不会……"

宋瑛嘴里重复着这几句话，此刻她身上的那件皮草大衣犹如千斤重，压迫着她小小的身躯几近窒息。宋瑛一再摇头拖着一副躯壳无意识地朝门外走去，那张事故证明飘落在地。

·61　狼子野心·

离开王家，宋瑛如行尸走肉般在街上游荡，过往行人与她擦身而过几度险些将她撞倒。但此时的宋瑛已无一点气力抵抗，任由身子被撞得东倒西歪。

一硬汉经过不慎将她撞倒在路旁的石阶上，宋瑛撑着半个身子不知何去何从。正当此时她抬头看到前方路边有一个小孩儿在乞讨，路人走过往小乞丐跟前的碗里抛了几个铜板，小孩正想俯身去拾却被冲出的另外几个叫花子抢先抓走。小乞丐上前想同几人争辩却被其中一个叫花子重重推倒在地。小孩不甘心，起身再追过去，谁料几个叫花子一把将他按倒在地一阵拳打脚踢。宋瑛看着那个小孩儿觉得甚是眼熟，虽然穿着破衣衫但个子相貌都好像小宝。

宋瑛冲上去边吼边拼命将几个叫花子推拉开，口中不住谎称"警察来了"。叫花子听到"警察"二字都像失了魂似的拔腿就跑，不一会儿几个叫花子就跑得不见人影。宋瑛喘着粗气俯身看地上的孩子，只见小乞丐抱着头身子不停在哆嗦。

"小宝……"宋瑛试探性地唤着小宝的名字，她扒开小孩抱住头的手，定眼一看失声道，"小宝——"原来小乞丐真的就是孤儿院的小宝。

"小宝，我是瑛老师啊。"

小宝看着宋瑛愣了两秒钟，"哇"的一声哭了出来，一下扑倒在宋瑛怀里。原来小宝被收养后不久他的养父被人唆使开始吸鸦片，日日往烟馆跑。后来小宝养母得病，养父毒瘾越来越大竟把家中看病的钱都拿去吸鸦片。不久前小宝的养母死了，养父毒瘾发作就毒打小宝，小宝逃了出来，一个孩子无依无靠只得在大街上以乞讨为生。

"以后不会再有人欺负你了。"宋瑛抱着小宝好似自己也找到一个依靠。就这样，宋瑛将小宝带回了家。

宋瑛一进门就听刘姐急急叫道："小姐，你可回来了。"说着就迎了上去接住宋瑛脱下的外套。宋瑛牵着小宝进屋，看到小野俊二正站在客厅里。

"宋小姐不会怪我贸然前来吧。"小野一副假客气的表情。宋瑛先是一怔，随即勉强挤出一个笑容道："小野先生客气了，不知今日来找宋瑛有何事？"

"宋小姐应该知道皇军有一批'重要'的货会抵达上海，我接到通知船会提前靠岸。不知宋小姐能否说动王家替皇军接下这批货？"

"王家……又是王家，"宋瑛此刻只想离这两个字越远越好的，"王家都是一群不知好歹的家伙，他们抵制日本人根本不可能为皇军办事。"

"哦？宋小姐亲自登门也无济于事？"

"呵呵，王家人满嘴仁义道德实则谎话连篇，自称正义却在背地里又起一套。"

小野不明宋瑛心境，自顾自地沉思半晌道："看来这个王勇果真与抗日分子有染，但是货物即将上岸……"小野眼咕噜一转，"不如就请宋小姐替皇军找一个既安全又隐秘的地方好存放这批货物如何？"

"小野先生说笑了，我哪有这能耐，况且这么大批量的货恐怕只有仓库才放得下。"

"上海大的仓库都在唐子文的管辖，如果被他发现一定会对我们不利。"

宋瑛冷笑一声，"且不论放于何处，没有唐子文只怕你们的货能不能顺利上岸还是个问题。"

"这个你不用担心，赵先生已经将一切都安排好，货一定会安全上岸。"

宋瑛这才留意到，小野身后站着的正是帮派里的赵三叔。虽都是道上人，但此人笑里藏刀专好暗地里起黑手，早年曾与唐立懋有过不少摩擦，这几年唐子文蹿得极快也已成为他的眼中钉。有消息称洪爷死后旗下的赌场、妓院被他搜刮了不少，看来上海滩的黑帮势力又得重新洗牌。只怕如今的赵三叔已经取代洪大荣成为上海滩可与唐帮相抵的另一派黑帮势力。

此时宋瑛已稍稍回过神，那对媚眼又尖锐起来。她用勘测的目光看着小野，日本人野心勃勃，或许这将上岸的是比上一次更大量的鸦片，又或许还不止鸦片……宋瑛一撩眼对小野道："我的目的是要绊倒王家，其他的事与我无关。"

"呵呵，这可是皇军的意思，你不会连皇军的面子都不给吧。何况谁不知道上海滩的红牡丹八面玲珑，怎么可能会被这点小事难倒？"

"小野先生真是抬举宋瑛了，皇军何不把货直接搬到日租界，那里还有谁敢插手？"

"皇军自有打算，这你就不用管了，你只要帮皇军找到安全的仓库就可以了。"

见小野始终一副"笑脸"，宋瑛只得推诿道："这么大的仓库连赵三叔都办不到，何况是我一个弱女子。"

宋瑛一再迂回，小野似乎没了耐心，一脸凶相道："你们中国人有句话叫'敬酒不吃吃罚酒'，宋小姐可别不识抬举。"

宋瑛尚未答话，身旁的小宝一下冲了上去，两只小手捶打着小野大叫道："你们都是坏人，害死我阿娘，还要害阿爹……你们走，你们走——"

小野俊二被推扯着怒气难忍，一下从腰间拔出手枪就对准小宝……宋瑛一慌，赶紧将小宝拉回护到身后，故作镇定道："小野先生何必与一个孩子动怒，我知道洪公馆有个隐秘的地下仓库，皇军可以将货暂时存放在那里。"

没想到红牡丹居然会这么在意一个孩子，小野似乎抓到了宋瑛的软肋，此刻听闻仓库有了着落便也眉头微展，于是慢慢收回枪，口中念叨："这就对了。"

一旁的赵三叔借机讥讽宋瑛："哈哈，连我都不知道洪大荣还有这一手，看来红牡丹与洪爷的交情果真不是一般的好呢。"

宋瑛对其不予理会，反倒是小野一再叮嘱道："三日后船就靠岸了，赵先生务必将一切安排妥当。"

三叔谄媚道："小野君请放心，赵某一定不辜负皇军的托福。"

小野俊二笑得奸诈，他两眼放光嘴里喃喃道："这里即将是我们大日本帝国的天下，上海滩永兴货轮和华丰银行都将成为过去，王勇、唐子文这群不知好歹的家伙，"小野轻哼两声，"逆大日本帝国者死——"

宋瑛闻之一惊，这是要将王、唐两家一举歼灭的意思吗？

小野等人走后，宋瑛将小宝交于刘姐带下洗漱换衣，自己回到卧室。她坐于梳妆镜前，只觉身心力竭疲惫不堪。

宋瑛望着镜中的自己，一张疮痍的脸，她早已失去同龄人的纯真，她用仇恨紧紧包裹着自己，只有每日的压抑与痛楚才能时时提醒她不能忘记对王家的恨。宋瑛已经许久不知"快乐"为何物，到上海的这两年每天一睁开眼就在提醒自己所做的一切只为一个目的——报仇。可如今，一张蜡黄的事故证明却推翻了一切"真相"，她控制着发抖的身体，尽量回忆王勇、石氏还有王千楚的话：

"我们与你父母是好友，你王伯伯怎么可能会放火！何况纱厂出事对我们又有何好处？好端端的工厂偏偏在限期前一晚着火，你就不觉得蹊跷吗？"

"没想到你父亲等不及我过去，为了获取保险金竟然自己放火烧纱厂……你还记得老陈吗？你父亲在放火前老陈发现了端倪……"

"……宋瑛，其实你母亲过世是因为癌症。"

……

宋瑛觉得这些话句句话都在触及她的底线。她努力回忆当年的情景……依稀记得纱厂失火的前两个月父亲常常愁眉不展，行事也有几多端倪。而母亲……母亲常常咳嗽，有几次还咳出血来却只说是喉咙干燥不碍事……宋瑛握紧拳头深深一闭眼，泪水止不住地往下流。两年来她第一次哭得这般放肆，内心的压抑齐齐涌出，她哭得这般委屈叫人心疼不已。宋瑛无法面对自己费尽心机的一切竟是一场闹剧，她的生活只是一场荒谬的独角戏，自导自演却无法收场。

"瑛老师，你怎么哭了？"小宝轻轻推开门站在门口看着宋瑛，宋瑛抹着脸上的泪强颜欢笑道："瑛老师没有哭……"小宝走到宋瑛身边，"以前在孤儿院我一哭院长妈妈就给我一颗糖，瑛老师你也要吃糖？"宋瑛摸着小宝的头，"好啊，等小宝长大了给瑛老师买糖吃。"小宝用小手抹着宋瑛脸上的泪痕轻声道："瑛老师不怕，以后我来保护你。"

听到这话，宋瑛刚止住的泪水再度泉涌，小宝在无意间触碰了宋瑛那颗封存的心，她抱着小宝伤心不已，或许如今对她顾念旧情的也只有这个孩子了。

三日后，日军的货船准时靠岸。

码头上，赵三叔的手下正在全力搬货，一个挨一个动作无比迅速，但就因为急于加速，其中一个工人不慎被前面人的脚后跟绊倒，手中的箱子"哐当"一下砸到地上，赵三叔刚想开口骂人……不知觉中定眼一看，结果一脸震惊——箱内居然全部都是军火。这大批军火抵达上海究竟所为何用？赵三叔看着整箱整箱的军火往岸上搬，额头上的汗不禁大颗大颗往下滴。他战战兢兢地问道："小野先生，皇军运的不是鸦片吗？"小野阴笑道："这里很快就会是我们大日本帝国的天下！赵先生请放心，这次你立了大功，等我们大日本帝国占领了上海，一定少不了你的好处。"怪不得日本人不直接把"货"运到自己的租界，万一被查到便会挑起两国间的矛盾，日方私藏军火在先，若是开战，那道理这边就会完全站不住了。

帮着日本人占领上海？这就给套上卖国贼的帽子了？赵三叔止不住地擦汗，此刻真是骑虎难下。可若得罪日本人那也不是开玩笑的，洪大荣就是一个活生生的例子。于是他只得不住地点头，口中还喃喃道："多谢皇军。"赵三叔用力吆喝着让底下的人抓紧搬货，感觉更像是在给自己壮胆。

日本人的狼子野心此刻已经昭然若揭。

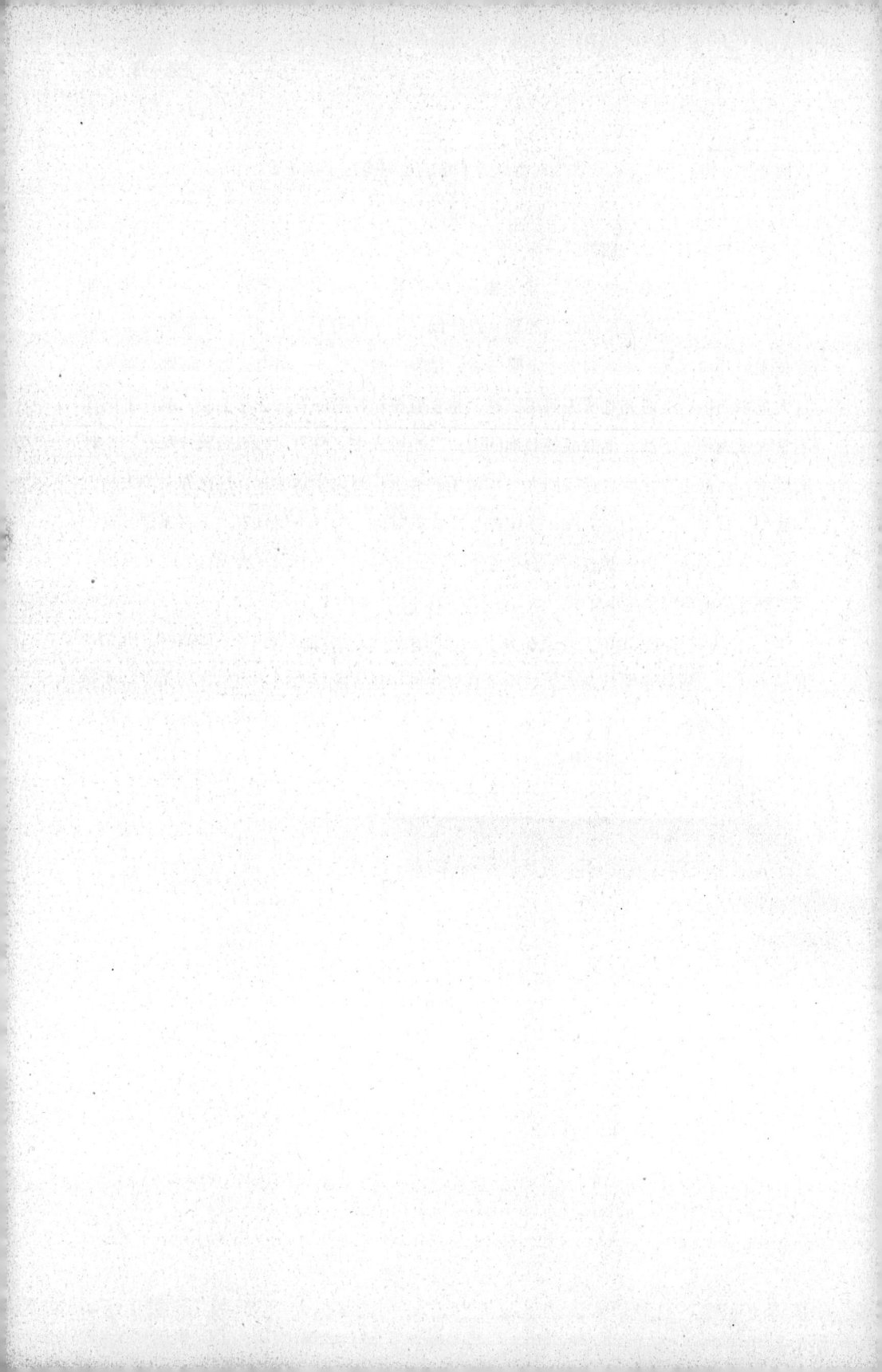

第七章

断肠人在天涯　终念初心唐二爷

·62　风卷残云·

　　自宋瑛离开王家公馆后，全府上下气氛凝重。

　　尤其是王千青，觉得自己作为同辈之首这次处事确有欠妥不免自责，王母对其安慰但自己也是寝食难安。怎么说王勇与石氏与宋家都有些渊源，看到故人的女儿落得如今这般实在心痛，想出手相帮却只觉有心无力不知从何入手。虽然如今真相大白但宋瑛却成为王家人的一个心结，如何化解？众人一筹莫展。

　　花园里，王千楚坐在秋千椅上心神不宁，她回忆着第一次在码头上见到宋瑛的情形，无法相信那个柔弱的女子从那时起已经为自己披上了仇恨的外衣。她所说和所做的一切都是为了报仇，一切的一切都只是假象……可是两人对酒当歌的画面是如此真实，那声"楚姐姐"言犹在耳，难道这一切都是精心编织的谎言？千楚不禁摇头，曾经姐妹相称而后反目成仇这一路上的点点滴滴原都是误会一场。连王千楚都无法接受这样的事实，又何况是宋瑛。况且当日码头那个爆炸虽是宋瑛预谋，但自己能幸免于难也是因为她，难道这些都是冥冥中的安排？该恨她还是怜她？千楚深叹一口气。

　　不知不觉席正走来，他坐到千楚身边握起她的手，千楚将头慢慢靠到席正肩上。

"好累啊……"

"等你父亲身体好一些，我带你去美国吧。"

"美国？"千楚猛地抬起头。

"小傻瓜，干吗这么紧张。带你去散散心，顺便见见我父母，他们早就想要见他们的准儿媳妇了。"

"胡说什么呢……"千楚嘟着小嘴面孔红红的。这时千语走来，裙摆飘飘，一看这画面掉头就走，千楚见了将她叫住，王千语听到二姐叫自己，只得转回身走了过去。

"干吗见到我掉头就走啊？"

"二姐，你看你们两人这四只手都快化成两只手了，我都不好意思看了……"

千楚一听这话更羞红了脸，赶紧将手抽回，嘴里嘟嚷着："就你话多。"见二姐羞红了脸，千语不禁对一旁的席正打趣道："席大哥，我二姐身后可是站了一排追求者，你可得自己抓紧啊——"被千语这样一说，千楚更恼了，起身抓住她就是一阵胳肢。两人一阵闹腾好不容易被席正劝下，才知千语前来正是因为听朋友介绍说起有种滋补圣品对强身健体特别有效，正想找二姐一同出门去寻。

"那还等什么，只要是对父亲的身体有帮助，再稀罕的也得想办法寻到。"

"我和你们一起去。"

于是席正、千楚、千语三人一同出了门。

日落十分，王千楚一行人走出药铺。只听千语无精打采道："都跑了大半个上海了，怎么就没有呢……"千楚安慰道："再去前面看看吧。"

突然王千语好像看到了一个长得像千佟的女子，一下就跑了出去，"千佟……二姐，千佟好像在前面——"

"千语——"千楚听得不清不楚也急急跟了过去。

"千楚——"席正看到两人突然跑开正要追上，但就在此时一辆电车开过人群涌出挡住了席正的视线，待电车驶过人流散去席正加快脚步上前，但他寻来寻去已经不见王千楚和王千语的身影。

不远处一辆白色的轿车默然驶去……

席正在街上寻二人无果于是赶回王家。

王勇石氏及一席儿女正在客厅等着两个女儿回来开饭，不料席正一进门就问："千楚和千语回来了吗？"众人面面相觑一头雾水，大姐千青道："二妹、三妹不是同你一块儿出去的吗？"

经此一问，一时间气氛凝重，席正有种不祥的预感。

洪公馆。

王千楚头上的黑布被用力扯下，她晃着眼视线渐渐清晰……在她面前站着小野俊二、川岛美子还有宋瑛。

"你们干什么？快放开我！"

千楚转头看到身边挣扎喊话的千语，才意识到此刻两人都被绑在椅子上动弹不得。

"王家两位小姐，得罪了。"

"你是谁？"王千楚问。

"在下小野俊二，请二位前来只是帮个小忙，若有不便还请见谅啊。"

千楚讥讽道："原来这就是日本人的待客之道。"她看向旁边的宋瑛，"我本以为你尚有中国人的良知，没想到你居然和日本人狼狈为奸。"

"王二小姐一向是这副自命清高的样子，可惜我不是那些被你一迷就倒的男人，所以你最好乖乖听从小野先生的安排，不然吃了无谓的苦头可不要怪我没提醒你。"

千语在一旁激动道："我呸——你帮着日本人做事简直连狗都不如！小日本没一个好东西，你们最好现在就把我们放了，不然我爸爸不会放过你们的！"

话音刚落，川岛美子就给了王千语一记重重的耳光，千楚在旁边叫道："不许碰我妹妹——"只见千语嘴角流血，口中依旧喃喃辱骂着日本人。川岛拔枪就想将其了结，此时小野挡住她的枪口，道："留着她还有用。"于是川岛用枪柄对着千语脑袋重重一击，王千语一下就晕了过去。

"千语——"王千楚不停喊着三妹的名字却都无济于事，她愤怒地看向川岛，"有本事你冲着我来。"川岛美子步步逼近想"教训"这位嘴硬的王家小姐，正巧此时山田雄也进来了。

"小野君，'货'怎么样了？"

听到山田的声音，川岛停了下来。一旁的小野俊二笑得诡异，他命手下拉开堆在墙边箱子上的白布，撬开其中两个箱子向山田展示。王千楚看得大气不敢喘，她面前的箱子里装的竟然都是满满的枪支弹药。

小野道："这只是一部分，其余的正往密室搬运。"

山田笑道："很好，这次宋小姐立了大功，皇军不会忘记的。美子，将这些也都运往密室，我们的客人很快就要到了。"

宋瑛看了王千楚一眼对小野道："小野先生请放心，不知好歹的人就交给我吧。"小野闻之冷笑一声，于是山田、小野、川岛三人前往密室，后面一众日本便衣也麻利地将箱子往后室搬运。

不一会儿，客厅内只留下王千楚、宋瑛以及昏迷的王千语。千楚再也按捺不住，急急道："你看到了，军火……是军火啊——宋瑛，你再有恨也不能因为与王家的个人恩怨帮着日本人残害我们的同胞啊！千佟就是为了抗日才走了，到现在都生死未卜……有多少个家庭因为战争妻离子散，和这些相比我们的恩怨又算得了什么？宋瑛，你看清楚！日本人的这批军火足以毁掉大半个上海，这里是我们的家，没有人会亲手毁掉自己的家！"

"那是你的家，对我而言这里只有痛苦。"

"不可能！这里是你出生的地方，是你父母相爱的地方……想想你小时候，难道就没有一点快乐的回忆吗？"

王千楚一席话拨开了宋瑛封藏在心底的记忆。她想起小时候母亲带着她在草地上玩耍的情景，那是宋瑛一生中最快乐的日子……但此刻她心中依然充满恨意，"不要一副大义凛然的样子，如果没有那场大火，如今我也是人人尊敬的宋家大小姐，我也可以高贵地对别人指手画脚。你知道这些年我是怎么过来的吗？"宋瑛摇头，"王家人怎么可能会知道……天天被人保护着的王家二小姐怎么可能体会那种心被绞碎的滋味，这不公平……现在轮到你来尝尝那种生不如死的感觉……"

"宋瑛你不要走……宋瑛……宋瑛——"

看着宋瑛头也不回地离去又看着身边昏迷不醒的千语，此刻王千楚心头涌上此生从未有过的无助感。

与此同时，唐家公馆。

唐子文手中正拿着那条蝶恋花项链若有所思。突然下人进来报："大少爷，有人送来一封信。"

唐子文将挂坠捏于手中接过信件……信纸从唐子文脸前移下，只见他面若死灰……

"送信的人呢？"

"是个混混，已经走了……只说一定要交到'唐二爷'手中。"

唐子文沉默，一旁的唐子杉察觉到事态的严重性，小心问道："大哥，谁来的信？"唐子文看着子杉起身道："走——"

"上哪？"

"王家。"

王府内，因为不见了二妹和三妹，众人正觉茫然。此时唐家两兄弟冲了进来。

唐子杉冲在前面顾不上与众人打招呼就急急问千语的下落，当得知千楚和千语都未归家时子杉只觉脑中一片空白，口中不觉喃喃道："难道是真的……"再看一旁的唐子文眉头紧锁脸上出现从未有过的焦虑。这一来王家人都慌了神，连王勇也撑着拐杖站了起来。

千青道："子杉你话说一半叫人听得干着急，到底发生什么事了？还有席正，二妹和三妹与你一同出去的，人上哪儿了你怎么会不知道呢？"

一听千楚是和席正一起出去的，唐子文猛地抬眼看向他，眼神似要杀人。此时唐子杉缓了缓神举着一张信纸同众人道："刚刚有人往我家送了一封信，连落款都没有只说准备赎金去换人……"王贻华一把抢过唐子杉手中的信，看着直皱眉……

王母急急追问："信上说些什么？"

"信上说要准备五十万现大洋，明日酉时去洪公馆换二妹和三妹……"

"二妹、三妹被绑了？五十万？这怎么可能？"千青觉得此消息犹如晴天霹雳。吴顺开安抚妻子道："你先别着急，听贻华说完。"

"信上还说……"

见王贻华吞吞吐吐，千青按捺不住："急死人了，信上还说了什么你倒是快讲啊？"贻华放下信，道："说要唐子文和父亲亲自拿赎金去换人，如果通知巡捕房就撕票……"

此言一出众人震惊，顿时众说纷纭。

千青说："这可如何是好，父亲如今的身子是万万去不得的。"

王母问：“这到底是得罪了谁？”

翊云说：“这定是有预谋的，对方故意将信送到唐家，似乎有意要将王、唐两家一网打尽……”

吴顺开说：“会不会是日本人？他们几次三番要打王家的主意。”

席正说：“我和千楚、千语是在街上走散的，当时好像有一辆轿车开过……”

翊云问：“很有可能就是被那辆车劫走的，你还记得车牌吗？”

席正努力回忆着当时的画面，“车子开得很快……九九五……最后三位是‘九九五’！”

吴顺开问：“车子是不是白色的？”

席正回答：“没错！你见过？”

吴顺开说：“当日川岛带人驻守公馆时我在门口见过那辆车。”

千青说：“果然是日本人……”

一时间众人沉默，直到王勇开口，“贻华——准备现金，有多少筹多少，我亲自去换人。”一听父亲要亲自救人，众人都一致反对，王母也不同意。日本人这次显然是有预谋要对付王、唐两家，只怕他们的目的不单单是要赎金这么简单，谁都无法预料明晚会发生什么事，此次前去只怕是凶多吉少。

“小日本，我和他们拼了——”唐子杉情绪激动就要往外冲。

“站住！”唐子文终于开口，他怒吼道，“这是日本人的圈套，你现在过去就是送死。”

“大哥你不要拦我，千语在他们手上——”

“人一定要救！”唐子文目似利剑，“通知王秘书筹集永兴所有现金，明日酉时前有多少筹多少。”他又转向王勇，“伯父，日本人的野心绝对不止表面看得这么简单。由你坐镇，上海的经济才不会乱。请你相信，我一定会把千楚和千语安全地带回来。”

席正口吻无比坚定：“我和你一起去。”他与唐子文直直对视，两人眼神互不相让。

唐子杉说：“还有我。”

王贻华说：“我也去。”

“你不能去，”唐子文看了一眼章翊云对王贻华道，“情况尚不明确，还需要有人在外接应。”

于是经过一番商讨，最后决定唐子文、席正、唐子杉三人明日前往洪公馆救人。

· 63　一触即发 ·

　　唐子文、席正、唐子杉三人走出王家，刚出大门唐子文猛地回头出手就是一记重拳打在席正脸上。席正措不及防整个人扑倒在铁门上，但是唐子文依旧怒气未消，一副要吃人的模样。

　　"你居然让她在你眼皮底下被人绑走，你他妈算什么男人。"一向稳重的唐子文居然口出秽语，自小到大从未见过大哥如此生气，唐子杉愣在一旁看傻了眼。此时席正扶着铁门慢慢起身，他甩了甩脑袋用手擦去嘴角的血渍看向唐子文，"别人都可以怪我，唯独你没有资格。"

　　"你说什么？"唐子文抓起席正的衣领将他再次压倒在铁门上，"如果不能保护她就离她远一点。"两人对视的眼神如万箭穿心，从彼此眼中可以看到对方的怒火正急剧燃烧。席正一把扯下唐子文的手，一个奋力回身将他反压在铁门上，"一个只会让她掉泪的男人还想让她痛苦到什么时候？告诉你，明天之后我就会带着千楚离开上海远走美国，我再也不会让你伤害她。"席正这番话击中唐子文要害，两人压抑许久的怒气在此刻全全爆发。一个常年身处枪林弹雨身手迅猛，一个多年练习美拳眼明手捷。一时间这两个真真的痴情种厮打成一团，两人出手皆不留情，不一会儿就纷纷挂了彩。

　　一旁的唐子杉见这架势赶紧上前劝架，可是刚上去就不知挨了谁的拳头连人也被甩了出来。他捂着眼睛又急又气，眼看这两人越打越猛瞧这架势像是怎么都劝不住了，只得大叫道："你们别打啦——自己人打自己人，这么有力气留点明天对付小日本行不行！"

　　一听这话，唐子文与席正都像恢复了理智，双双停手。唐子文嘴角和额头都流了血，席正脸上也是多处挂彩。唐子文整着衣衫，席正一撩蓬乱的头发，两人一副难兄难弟的模样。

　　……

　　宋瑛回想王千楚的话，她自问难道上海真的没有值得她留恋的地方？宋瑛一摇头，怎能让王家人左右自己的思绪。她走到家门口只见刘姐迎了出来，直说有人声称是自己的亲戚已在公馆内等候多时。宋瑛走进客厅，一看是个中年男人，苍老的脸又显几分眼熟。

　　"小姐，你不认得我了？"男人颤抖着说道。宋瑛皱眉良久突然认出什么，道："你是阿兴叔？"男人闻之又惊又喜连连点头。原来他正是在宋家落魄后收养宋瑛的人。此人忠厚老实，因为先前受过宋家的恩惠，所以在宋瑛无家可归时收养了她。但是家中那个妻子为人吝啬贪财又常拿宋瑛出气，时而还以拳脚相向，阿兴见到这个彪悍的老婆敢怒不敢言，加之宋瑛被退婚后受尽冷眼与嘲讽，于是在被收养的那几年间尝尽了人间冷暖。

　　"小姐，你一声不吭就走了，要是有个三长两短，叫我怎么对得起宋老爷……"

　　男人并非虚情假意，宋瑛见眼前的阿兴叔比自己走的时候苍老了许多。无奈这几年变的又何止他一个。

　　"我很好，你不用挂心。倒是你，怎么找到这来的？"

　　"其实你走后我就一直在打听你的消息，直到半年前德昌说在上海见到你的照片……起初我还不信，如今一见果真是你。"

　　阿兴口中的"德昌"姓郭，郭家在南通也算小有名气，正是宋瑛原本许配的婆家。当年郭家正是看中宋家财力才攀了这门亲，谁知宋家落难后不仅对宋瑛嗤之以鼻更翻脸退婚。这门亲事原本全是两家长辈之意，宋瑛与郭家公子本无感情，但是人言可畏，退婚带来的流言蜚语让宋瑛在之后的几年都无法抬头。对于此人宋瑛全然漠视，但是阿兴叔既然半年前就知道自己在上海为何现在才寻过来？于是宋瑛故意探道："家中可好？"见阿兴叔说话支支吾吾，宋瑛便称不用担心自己就让刘姐送他回去，男人这才忍不住了开口道："小姐，你红姨她病了。已经一年多了，家中砸锅卖铁也不够她的医药费，您能不能……"见宋瑛默不作声，男人又道，"我知道你红姨亏待你，可如今……"

"你不必说了——"宋瑛起身上楼。男人踌躇良久，叹一口气正预备转身却听到宋瑛在身后叫住了他。

"这你拿着。"宋瑛下楼来递给他一张银票。虽然红姨没有善待她，但是阿兴叔却是个老好人，当初若不是他收留或许自己会更惨。

男人不住地用袖管擦拭眼角，口中连连道谢。正当要走时，宋瑛又将他叫住："阿兴叔，我有一事相问。"

……

翌日清晨。

唐子文早早起身正想去永兴，经过饭厅看到子杉已经在餐桌前吃早餐，左眼大块淤青。

"你眼睛怎么啦？"

"哥你失忆啦，"子杉翻了一个白眼，"还不是昨晚拜你所赐。"

唐子文咽了一下口水不再言语，下意识地他看到桌上摆满了早点，全都是平日里他们两兄弟最爱吃的东西。子文疑惑道："今日的早餐为何这般丰盛？"子杉没有回他，依旧自顾自地大口吃着馒头。

"文儿起来啦。"唐家大太太走了出来。子欣扶着母亲跟在后面，只见二太太的眼睛红红的。

"母亲、姨娘……你们都起这么早啊……"

"呵呵……你看韩妈买了这么多早餐，你吃了再走吧。"唐母勉强挤出一个笑容。唐子文看着家中的三个女人只觉心中有愧，于是他笑着坐下，"那是当然，这么多好吃的可不能错过咯。"

餐桌上几人边吃早餐边聊家常，大家都很有默契地无一提及晚上救人之事，每个人都在笑，都努力控制着自己的情绪不去破坏这温馨的气氛。过了片刻，唐子文看看时钟放下手中的筷子，"时间不早了，母亲……"

"去吧，"知子莫若母，唐母此刻唯有说几句叮嘱的话，"照顾好你弟弟，万事小心。"唐子文应声点头，与子杉一同起身出门。此时子欣站起来在后面依依不舍地叫道："大哥——二哥——"

唐家两兄弟回头，看着两位母亲与唯一的妹妹他们心有不忍。子文大声道："照顾好父母亲。"子欣含泪连连点头，看着两个兄长踏出家门。

大太太望向二楼，唐父正拄着拐杖看着两个儿子离去。

广慈医院。

席正拉开窗帘，回头看向病床上的欧阳岚岚，她静静地躺在那儿如睡着了一般，只有床头的体征仪还在显示她的心跳。席正坐到病床前看着欧阳，依旧心怀愧疚。

"岚岚……我一直在想如果那天我没有对你发火抑或从一开始我就阻止你留在上海，或许就不会是现在这个样子。你是那么活泼的一个人，怎么受得了一直躺在病床上……"席正收拾了感情又道，"千楚被日本人绑架了，都是因为我的疏忽……我一定要把她救回来。今晚我就去和小日本做个了断，还有他们欠你的那一枪我也会一并讨回来。如果，我今天没有回来……你放心我已经通知了你父母，他们会来接你回美国治疗。但是你要答应我不管在哪里一定要醒过来，好好活着……"

席正起身走出病房，欧阳岚岚依旧躺在病床上一动不动，只是她的眼角滑下一滴泪。

一整日，唐子文都在紧锣密鼓地筹集资金。夕阳西下，当时钟的指针指向五点，伴着钟声唐子文望向墙上那幅"闲云野鹤"，他一只手拎着考克箱，另一只手为自己戴上礼帽。这两年发生了太多的事，他由一个船厂少东变为如今的唐帮二爷，这之间他经历了太多也付出了太多。此刻，那些与王千楚的过往在唐子文脑中再度一一闪现。这位唐二爷背负了太多，也舍去了太多，但这一次他要遵循自己内心的选择救回深爱的女子。顷刻间他眼神犀利，毅然转身出门。

唐子文两兄弟来到洪公馆的铁门前，这里静得出奇……只见一人背对他们站在铁门前望向里面的白色洋房，他的手上也提着一个考克箱。待此人转身，正是席正。

唐子文、唐子杉、席正，三人于洪公馆门前聚头。

席正提了提手中的考克箱，"王家能动用的现金再加上我的积蓄都在这里了。"唐子文点上一支烟，"只怕日本人无福消受。"子杉道："门口居然连个看守的人都没有，不知道小日本搞得什么鬼。"席正道："天堂还是地狱闯一闯便知。"他与唐子文相视一笑。

"走——"唐子文吐出烟雾丢下烟头，三人朝那栋白色洋房走去。

·64 义薄云天·

唐子文、席正、唐子杉三人走到公馆门前，只见大门虚掩着，屋内不见亮光，落地窗也被帘布盖得严严实实，唐子文推开门三人走进客厅。

忽地，屋内灯光全开，只见偌大的客厅中央王千楚和王千语被绑在椅子上动弹不得。王千楚眼神坚定而复杂，她多希望眼前的两个男人能够爱她少一点。再观她身旁的王千语脸上尽是淤青与泪痕。只见两人后方站着小野俊二、川岛美子、山田雄也和宋瑛。

唐子杉看到千语脸上的伤，情急之下就要冲上去，但刚跨出一步突然出现十几把枪齐齐对准他们三人。一众日本便衣从三面持枪走出将唐子文、席正、唐子杉三人重重围住，其中不乏手持大刀的武士。

席正道："果然是你们。"

小野假意道："其实我们只想与王唐两家愉快合作，无奈之下才把王家的两位小姐请了过来。"

席正不屑道："没想到日本'请'人的方式还真特别，既然我们来了，那就放人吧。"

小野对着三人审视一番后不屑道："就你们三个吗？没想到王勇居然是个懦夫。"

席正调侃道："王董岂是阿狗阿猫一叫就来的？"

唐子杉急急叫道："快放了她们两个！"

小野不理会二人对着唐子文道："一路听闻上海滩唐帮二爷不近女色，今日所见我看应该说唐二爷是位不折不扣的痴情种才对。"

唐子文笑笑，"小野先生为难两个弱女子实在有失风度，传出去不知道的还以为日本人都是一群不敢露目的鼠辈。"

小野说："激将法对我没有用，想救她们两个就要看唐先生有多少诚意了。"

唐子杉插话道："我们很有诚意的，钱我们带来了，你快放人。"

席正叹一口气：这个傻小子……小野轻蔑一笑进而转头看向川岛美子，川岛会意上前将唐子杉与席正手上的考克箱拿下，走回后打开箱子给小野确认。小野看了一眼笑道："没想到短短时间可以筹到这么多现金，看来我还是低估了王、唐两家的实力啊。"

唐子文冷言道："可以放人了吗？"

"唐二爷误会了吧，这些还不够抵被你烧掉的那批货呢。"

唐子文心中早有准备，日本人怎么可能轻易放人，于是笑笑道："说吧，想要什么？"

"上海很快就会由我们大日本帝国掌管，皇军要唐家在上海所有的码头。"

此言一出众人惊愕，日本人果然狼子野心。唐子文皱了下眉，身旁的席正轻哼一声道："我说什么来着，和日本人讲道理还不如对牛弹琴。"

此时山田发声了："中国人说话总是话里有话，这里没有牛也没有琴。皇军并不想与两家为难，只要你们肯合作，我会立刻命小野君放人。"席正叹一口气道："搞了半天还在这里一个唱红脸一个唱白脸，知道什么是红脸什么是白脸吗？"山田压着性子道："请指教。"席正一摇头："就是说你们不要脸。"

"你——"川岛美子拔枪就要上前，被山田制止。山田对席正道："你不要以为有美国领事替你撑腰，我就拿你没办法。"

席正目露怒光，"欧阳那一枪还没和你算呢！废话少说，放人！"

山田笑笑，"看来王勇是不在乎他这两个女儿了，不过既然你们来了，也不好让你们空手而回……这样吧，就请唐先生选一个如何？"

"什么意思？"唐子杉不敢相信自己的耳朵。

"唐先生不开口，那就让我来帮你选……"川岛美子举起枪就在王千楚和王千语的脑袋上方左右移动。席正和唐子杉紧紧盯着来回移动的枪口已是煞白了脸，唐子文攥着拳头额头上青筋暴突，他与王千楚对视感到从未有过的无助……一旁的山田雄也口中喃喃道："五、四、三……二……"

"放了我妹妹！"就在最后关头，王千楚替唐子文做了决定。唐子文听到这句话好比万箭穿心。"不要——"千语拼命摇头早已泪如雨下。川岛美子举起枪就对准王千楚的脑袋，此时的唐子文方寸大乱无法顾忌就往前冲，刚跨出一步就听见"呼"的一记枪声……

"千楚——"

唐子文与席正几乎同时失声……唐子文僵在那里，后方的席正脸色惨白额头滑下一颗汗。两人大气不敢喘，只听到自己心脏乱跳的声音……而后只见席正深叹一口气，原来川岛美子那一枪不偏不倚打在王千楚的脚边，着实叫两人吓出一身冷汗。

川岛挑衅道："唐先生小心哦，再往前一步我下一枪可就不知道打在哪了。"此时的王千楚脸上已无一丝血色，她想让自己保持冷静却只觉脑袋嗡嗡作响，整个身子不住地颤抖。川岛再一次把枪口对准了王千楚……

"慢着——"宋瑛站出来，她看着王千楚，两人对视……片刻她转向山田，"我和王家的账还没算清，王千楚必须由我亲自动手。"山田大笑道："好一个红牡丹，看在你多次与皇军合作的分上就让你了却这桩心事。"说着山田将手中的枪递给宋瑛，宋瑛接过手枪慢慢走到王千楚前侧，她看着王千楚说道："王家害得我家破人亡，今天就要你血债血偿！"

"宋瑛……不要……宋瑛——"

席正的呐喊没能阻止宋瑛，只见她举起手枪对准王千楚的脑袋……王千楚怔怔看着宋瑛眼里满是话语。几乎就在扳倒击锤的同时宋瑛突然将枪口上移……

"呼——"

未等众人反应，山田雄也已经倒地，宋瑛居然对着山田开枪！

原来昨晚宋瑛叫住阿兴叔问的正是当年宋家纱厂失火一事。阿兴叔言语间遮遮掩掩显然对此事知情，在宋瑛的一再逼问下，阿兴终于道出当年纱厂总管老陈确实在事发前发现端倪，事实真如王勇所言是父亲自己纵的火。后来因为不知如何面对宋瑛，老陈找到阿兴来收养她，当初还给了阿兴家一笔钱，怪不得红姨这般势利还肯接受自己。事实摆在眼前，虽然宋瑛无法全然接受，但是想到小野一行人的恶行还有再度失孤的小宝，她问自己难道真的要做日本人的走狗？不管怎样王千楚有句话说对了，日本人野心勃勃不能让他们利用自己对付同胞。可是小野和山田并非善类，如果提前退出定会将其惹怒。所以宋瑛决定见机行事，在重要关头她选择了救千楚击山田。

此时唐子文一个跃身上前，一脚踢掉川岛美子手中的枪。原来刚才宋瑛走到王千楚身旁时转身前看了唐子文一眼，唐子文立马有所察觉，赶在众人反应前发起行动。席正也随之反应过来，一拳干掉旁边的一个日本武士，夺过他手中的长刀顺势将一圈日本人压倒。唐子杉也赶紧上前，席正丢给他一把枪，子杉焦急道："这怎么用啊——"席正一抓脑袋掏出腰里的手枪对着唐子杉方向就是一枪，子杉吓得脸色惨白……其身后一个日本人倒地。

另一边，唐子文牵制住川岛与其对搏，一时间场面混乱，日本人都不知该朝哪个方向开枪才好，慌乱间宋瑛俯身给王千楚解绑。

"宋瑛……"

"别急着谢我，能出去再说。"

"日本人的军火怎么办？绝对不能让他们残害中国人。"

"果然和唐子文一个德性。"

"什么意思？"

"你以为王勇是怎么出来的？那是因为唐子文答应帮日本人运鸦片，结果他把鸦片全都烧了，差点连命都没了！你这个笨蛋难道还不明白他对你的感情吗？"

王千楚只觉脑中一片空白，突然一个身影向她与宋瑛冲来，正是拿着长刀的日本武士。只见那刀口正对宋瑛的背脊袭来，王千楚一个奋力挣脱，手腕上的绳子松下，千钧一发之时她将宋瑛一把推开，自己一记闪躲，那一刀重重砍在凳子上。千楚见状赶紧起身随手拿了残缺的凳脚就往那人身上打，日本武士顾不得那把拔不下来的长刀，索性赤手与千楚搏斗。宋瑛在一旁看得也是干着急，几个来回之后王千楚看准时机一棍往对方的头上打去，只见那人晃悠着眩晕倒地，这才叫两个姑娘松过了口气。王千楚赶紧跑到宋瑛身旁握住她的手："没事了，有我在，不会有事的。"

短短几个字让宋瑛觉得两人又回到了当初对酒当歌的日子，若不是天意弄人，眼前的人便是她宋瑛可相知相亲一生的姐妹。

与此同时，两人同时看向前方的唐子文，他正在与川岛美子激烈对战。川岛在日本经过特种训练，一般的男人根本不是她的对手，只见川岛从靴子中拔出一把尖锐的匕首就朝唐子文刺去。

"小心——"王千楚和宋瑛同时失声叫道。

唐子文回头，看到千楚眼里的惊恐与担忧。川岛乘机偷袭，唐子文一个闪躲……避不及防手臂被匕首划开一道深深的口子。川岛嘲笑道："你们中国人有句话叫红颜祸水，看来唐先生也难逃此劫。"唐子文瞄了一眼伤口，抬头道："既然川岛小姐这么喜欢中国，那就让你永远留在这里。"川岛脸色大变，一声嘶吼就朝唐子文冲来。

另一边，席正与唐子杉正奋力对抗日本人，席正冲子杉喊道："这里交给我，你快去救她们两个。"唐子杉重重点头突出重围，席正大吼一声再次用长刀将一众人压倒。但不料后方一个日本人乘机偷袭，席正后背中枪……

唐子杉脸上手上已全是伤，他赶到时，千楚正在给千语解绑，可那麻绳实在难解，子杉迅速扫视周围，他起身避开子弹抢了地上一把小刀后赶紧跑回。千语终于松绑，子杉叮嘱二人一有机会就朝门口跑。

此时宋瑛看到另一边小野乘乱将山田救下，原来那一枪只打到山田的肩膀并未要了他的性命，宋瑛悔恨不已。

"瑛老师——"

此时小宝被一个日本人挟持出现在门口，原来小野对宋瑛也早已设防。只见小宝拼命挣脱后朝宋瑛跑来。山田瞧见，一把抢过旁边人手上的枪就对准跑来的小宝……宋瑛回头看到山田举枪大惊失色，她起身就朝门口冲去，口中大叫："小宝快走——"

可是抵不过子弹的速度，只听一记枪声小宝中弹倒地……宋瑛扑倒在小宝身旁，看着小小的身子倒在血泊中宋瑛泪如雨下，她抱起小宝不停叫着他的名字。

"瑛老师不哭……我带糖果来给你……"小宝摊开小手，手掌中是一颗彩色玻璃纸包着的糖果，话未说完小宝已经断气……宋瑛抱着小宝泣不成声。山田见势又将枪头转向宋瑛，此时的宋瑛毫无察觉，席正一个跃身冲上前去将宋瑛一把拉开，山田那一枪打空在地。

席正强忍着枪伤将宋瑛扶稳。此时宋瑛回过神来，她望着地上的小宝起身冲出，席正拉她不及。原来宋瑛跑到墙边，她拉下墙壁上的一幅油画，后面竟然露出了一个爆炸装置！宋瑛伸手就要去按那个启动按钮，突然被藏在一旁的小野开枪击中，宋瑛中弹倒地……她满脸冷汗挣扎着再度起身……伸手差一点就能够到那个按钮……但就在此时日本人对着宋瑛一阵扫射……宋瑛倚着墙壁缓缓倒下……

"不——"王千楚飞奔过去，跌倒起身再跑……直到她抱起满身是血的宋瑛。"瑛儿……你挺住……"

宋瑛在千楚怀里大口吐血，她念叨："我带着恨来到上海，没有朋友，没有爱人，为了报仇我舍弃一切，可是老天戏弄我，我好怨……"宋瑛流下两行泪。

"不，你还有我，你永远是我的瑛儿……"

"如果可以选择，瑛儿宁愿与你从未相识……"

千楚悲痛摇头，这一刻所有的误解与仇恨都已烟消云散。王千楚努力按着宋瑛中枪的伤口，可是她身上多处都在冒血，如何都已经止不住了。

"瑛儿……你挺住……"

宋瑛脸色惨白望着天花板喃喃道："爹……娘……女儿不……""孝"字还未说出口宋瑛已经断气……

宋家有女出落亭亭，海上牡丹半世苍苍。上海滩月皇宫龙头"红牡丹"就此香消玉殒。

·65   生死离别·

　　另一边，唐子文一记重拳将川岛美子击倒，但无奈其余人都已成为日本人的囊中物。王千语扶着受伤的唐子杉，旁边的席正已是体力透支加上背部中枪，他单手撑着地面脸上的汗大颗大颗往下滴。三人被日本人指枪围住。

　　正当穷途末路之时，门外传来一阵枪声。顷刻间，屋内的日本人倒下大半。众人回头，阿毅手中持枪带着唐帮兄弟冲了进来。看到地上的宋瑛，阿毅顿时像发疯一般从腰间再度掏出一把枪，手握两把枪对着日本人连续射击，山田雄也被阿毅乱枪射死。不一会儿子弹用尽，阿毅愤然将手中两把枪扔到地上，小野借机想对阿毅开枪，突然看到阿毅撕开衣服——他的身上竟然绑满了炸药包。

　　"阿毅——"唐子文眼里布满血丝。

　　此时一个日本人伺机将枪口对准王千楚，唐子文察觉一个纵身将千楚救下，子弹打在墙上，王千楚避过一劫。

　　"为什么不告诉我是你救了我父亲，你想让我欠你一辈子吗？"

　　"不只是帮你，更因为我是一个中国人。"

小野看到阿毅身上绑满炸药，立马掉转枪头也对准了王千楚……

"小心——"席正在两人身后大喊，唐子文余光看到小野扣动扳机，他一个转身直挺挺挡在王千楚身前，他将千楚的头按在自己的胸膛上，王千楚整个人被唐子文护在怀中……结果唐子文肩膀中枪。

"二爷——"阿毅看到主子中枪又像发疯般冲向小野。他生命中最重要的两个人就是宋瑛与唐子文。一个已经被日本人残害，另外一个他定要护他周全。于是重重一脚踢落小野手中的枪，对他死命拳打脚踢。

"没事吧？"唐子文强忍剧痛将千楚护到沙发后面躲起。

"我没事，你怎么样？"王千楚看着唐子文，泪珠夺眶而出。

"没事……"唐子文擦去千楚脸上的泪，双眼勘测着周边的情况。

"这里有一个密室，"王千楚控制住自己的情绪，"日本人有大批军火藏在这里，那个引爆装置是宋瑛提前安装的，联动整个地下室都会爆炸，这样就可以销毁日本人的军火。"这是宋瑛在替王千楚解绑时告诉她的，原来这位红牡丹在"恩怨"与"大义"之间早已做了抉择。

"一旦启动，整个公馆都会被夷为平地……"唐子文深知这爆炸的威力。

阿毅将小野打趴在地上，他喘着粗气起身踢了踢地上的小野纹丝不动。岂料刚转身……小野突然睁眼，伸出一只手将阿毅的脚一把拉住，阿毅猛地跌倒，同时不慎拉动了身上炸药包的导火线。小野见状惊恐万分起身就想跑，阿毅一把将他抱住，小野拼命挣脱着。阿毅将小野死死抱住拖出客厅，只听后室一声巨响，阿毅与小野同归于尽。

"阿毅——"唐子文的喉咙已经嘶哑，他不住地喊着阿毅的名字，用力重重捶打墙壁。唐子文已多处受伤，看到阿毅舍身护主几近崩溃。此时席正、唐子杉和王千语几人聚到一起。突然，门口又冲进来许多日本便衣，川岛美子在后面大叫："把门锁起来，杀了他们，一个都不留——"

只见一个日本人用铁链将大门牢牢缠死，一众人堵住出口，唐子文等人成为瓮中之鳖。唐帮弟兄起势与日本人对抗，但寡不敌众……形势紧迫，唐子文看了一眼墙上的引爆装置，将王千楚交予席正，"不要忘记你答应我的事。"

……

昨晚唐子杉将扭打成一团的唐子文与席正分开，唐席二人坐于路边的石阶上……

唐子文擦去嘴角的血，冷言道："明天有危险让我来。"

"凭什么！"席正按着开口的眉骨失声道，"你怎么下手这么重。"唐子文瞟了他一眼，不屑道："小白脸……"席正面无表情转头看向唐子文："好像你比我白。"唐子文翻了一个白眼，"明天不要拖后腿。"

"说给你自己听的吧，"席正看了一眼唐子文，一改调侃的口吻认真说道，"如果明天可以活着出来，我想带千楚去美国。"

听到这话，唐子文心里"咯噔"了一下，他慢慢起身道："等你活着出来再说。"

"那就明天见了。"席正也起身，拍拍身上的灰尘与唐子文对面而站。两人对视，唐子文道："我要你答应我一件事——不管明天发生什么都要把王千楚救出来，无论谁能活着出来都要好好照顾她。"

"这算君子协定吗？我考虑一下吧。"席正敷衍着拿起地上的外套甩在肩头就走了，背对唐子文席正收了笑脸，他眉头紧皱眼里满是忧虑。

唐子文看着席正渐远的背影，口中喃喃道："只要能让她离开这个伤心地，去哪里都好……"

"我什么都没有答应你，"席正看出唐子文所想，"要走一起走。"

唐子文对着侧方的落地窗一阵开枪，玻璃瞬间碎落满地……窗帘飘出屋外，今晚的夜特别黑但外面就是草坪，这给了众人一线生机。

"带千楚先走——"唐子文说完就朝引爆装置跑去。

川岛美子堵住唐子文的去路，唐子文举起手枪迅速扣动扳机，但是枪里的子弹此时已经用尽。川岛两眼杀气就向唐子文冲来，唐子文丢掉手中的枪，两人赤手空拳交战。只见川岛招招狠厉，憋着一股非要将对方置于死地的狠劲儿，她看准唐子文正在渗血的肩膀，奋力一脚踢向他中枪的部位。唐子文被踢飞重重摔倒在墙上，他面如白纸汗如雨下，忽地一抬眼看到前方墙上的引爆装置，于是拼尽全力猛地一跃身将其按下……

这一刻时间静止了，引爆装置被启动，上面显示着"五十九、五十八、五十七……"，只有不到一分钟的逃离时间……唐子文反应过来，一把牵制住川岛对千楚等人大吼："快走——"

"哥——"

"子文——"

千语强拉着失控的唐子杉，席正拉着泪如雨下的王千楚，一阵推扯时间只剩不到三十秒……此刻已由不得席正犹豫，他对着唐子杉大叫一声："没时间了，走——"席正开枪打倒落地窗旁的两个日本人。唐子杉护着王千语，席正护着王千楚，四人从落地窗冲出。

只听身后"轰隆"一声，四人扑倒在草坪上。回头望去，洪公馆上方浓烟四起火球四溅……

此刻，唐母正跪在佛堂前闭目诵经，手中的佛珠突然断裂，珠子散落一地……

"大哥——"唐子杉还要往火海里冲，被千语哭着抱住，"子杉，你冷静点——"

王千楚面如死灰，她起身向火海走去……席正试图将她拉住，她甩开席正的手开始小跑……席正将王千楚抱住，"千楚，你不要这样……"

"你放开我——"王千楚大吼，"唐子文在里面，我要去救他——"

"千楚，千楚——"席正牢牢抱着王千楚，"你冷静点，冷静点……"

"他不会死……唐子文不会死……"王千楚跪倒在地上，口中一直重复着这句话。此时唐子杉抽搐着走来，从怀里掏出那条蝶恋花项链递到千楚面前，"大哥说……如果他今天回不来，让我把这个交给你……"

王千楚颤抖地接过项链，她与唐子文从相识相知相恋到如今的生死离别，这一段刻骨铭心的爱恨情仇直到此刻才叫她明白——原来王千楚对唐子文早已情根深种，这种爱深入骨髓覆水难收。她将项链捏在手中，当初那句"一直戴着……"言犹在耳，但此刻已是魂断天涯叫人肝肠寸断。

王千楚跪在草地上哭得撕心裂肺。

据悉，当晚日军藏于洪公馆的军火随着爆炸被一并销毁，等巡捕房赶到现场时已是一片废墟。无数的尸骨残骸无人认领，死者多已面无全非无从辨认。

之后日方不断制造事端，日军于一个月后进犯上海，发生了第一次上海事变，中日战事长达一个多月。

·66 涅槃重生·

半年后。

王家公馆客厅那幅"正"字依旧挂于原处，但此刻大厅内空无一人，只听二楼传来王千青的声音。

"哎呀，怎么还没出来……"千青挺着隆起的小腹在房门外来回踱步，大姐夫吴顺开跟着夫人陪前陪后万般小心，"你慢点，慢点……这么多人在里面呢，你就放心吧。"

"这都进去一个时辰了，你叫我怎么放心啊！"千青一个转身，挺着的肚子与吴顺开的大肚腩撞个正着，吴顺开赶紧摸摸夫人肚子，"没事吧……好太太你小心点，如今你也是有身孕的人了……"

"千青，你快坐下吧，转得我头都晕了。"石氏不住地用手绢往额头上擦汗，她与王勇两人坐在一旁也是一脸焦急。

突然，屋内传出一记婴儿的哭声，声音之响震彻整个王府，原来是王贻华和章翊云的孩子出生了，此刻的王家如凤凰涅槃般浴火重生。

"生了——生了——"产婆出来报喜，"恭喜王家老爷太太，是位千金——"

王勇喜上眉梢，不禁欢喜道："好啊——又是位王家小姐。"

此时王家公馆上上下下一片喜气，王勇抱着小孙女，一家人围在翊云床边尽享天伦之乐。

王勇说："贻华，你这个副总经理当了这么久，也该换换了吧。"

王贻华不解道："爸爸，您的意思是？"

王母笑笑道："你父亲现在抱着这个小家伙，别的事都已经没心思啦！"

王勇说："以后华丰就交由你全权负责，总商会这边我也已经宣布过了，以后商会的事全由你替我出面。"

倚在床头的章翊云听出王父的意思，赶紧碰碰身边的丈夫，王贻华这才反应过来连声说道："谢谢父亲，我一定会尽全力的。"

经过日方收押后，王勇的身体一直未痊愈。虽然经过细心调理后大夫说已无大碍但体力是大不如前了，如今看着第三代降临想想也是到了该享清福的年纪，于是王勇决定退居二线让长子王贻华接管华丰并代他入商会。

"我和你们母亲都老了，也该享享清福了，以后操心的事就交给你们啦。"王勇看着怀里的小孙女笑得合不拢嘴，不住地逗道，"你说是不是呀？"

翊云笑着说："父亲，您给起个名字吧。"

王勇笑笑，抬头看着窗外万里晴空，思索道："就叫婉晴吧，'温婉'的婉'晴空'的晴。"

贻华说："好名字！"

翊云说："谢谢父亲。"

千语逗着小女婴，"小婉晴，爷爷给你取了个好好听的名字呢！我们家婉晴长大了一定是个大美女！"她又摸摸大姐隆起的肚子，"接下来就看大姐的啦，要也是个女儿就叫'婉星'！"

"调皮——"千青轻轻拍下三妹的手，一屋人欢声笑语沉浸在一片幸福的氛围中。此时周妈急急跑来，站于门口报道："老爷太太，信……信……"见周妈语无伦次，王母问："什么信啊？你慢点说。"

"四小姐的信，四小姐来信啦——"

一听是四妹来的信，众人又惊又喜，王千语赶紧上前拿过信来看了又看，激动道："是四妹的字没错！信上说她一切安好让我们放心，说等中秋就回来与我们团聚。"

王母喜极而泣，"这丫头总算是有消息了。"

一屋人彼此欣慰，王家在经历重重磨难后终于拨开云雾见彩虹。

永兴办公室，那幅"闲云野鹤"依旧挂于墙头，一男子西装革履站于窗前望向窗外。秘书敲门，"唐总，请签字。"

"放下吧。"男子口吻淡定。待秘书将文件放于办公桌后便转身离去，男子回头神情专注，正是唐家二少爷唐子杉。

这半年来，子杉接手唐家家业可谓尽心竭力，他不辞辛劳日以继夜地工作，将永兴打理得有板有眼，如今已蜕变成一位有担当的男人。

"唐大总经理派头不小啊——"一个声音从门口飘来。

唐子杉抬头，王千语一袭明黄色的华尔纱短裙站在门口对着他嫣然一笑。一看是千语，子杉顿时嘴边绽开了花，赶紧上前将她请进办公室。

"王家三小姐光临实在让舍下蓬荜生辉，您看看还有哪里不满意的？"

千语朝四周望了一圈，将手绕于背后，调皮道："我看这里哪儿都好，就是眼前这个人还得再磨炼磨炼。"

"大姑奶奶，您就饶了我吧！"子杉挠着头，"这婚期一拖再拖都半年过去了，如今王伯父身子也硬朗了，千佟也有消息了，您这位'锦绣千语'总该点头答应嫁给我了吧！"

"你现在可是堂堂永兴轮船公司的总经理，我可高攀不起——"

一听这话，唐子杉可急了，一把抓起千语的手万分严肃地说道："什么总经理，你就是我前进的动力！我唐子杉对天发誓不管以后变成什么样，我都会尽我一切能力来保护你、爱护你。以后我的就是你的，你的还是你的，我一定会好好待你的。"

千语看这傻小子一股认真劲儿，忍不住扑哧一下笑出声来。唐子杉看千语这样子，赔小心地问道："这是答应啦？"千语望着子杉不语只顾一个劲儿地傻笑，唐子杉急得一直追问，终于等到千语点头。子杉激动地将千语一把抱起在屋内不停转圈，这对"小冤家"终于有情人成眷属。

风和日丽，万里无云。

席家花园里的向日葵又开了，席正望向天空，此时微风吹过，他闭起双眼无比平静。

"席正……"是一个女子的声音。

席正睁开眼，回头一看，是欧阳岚岚。欧阳对着他微笑，手中还提着行李。

"岚岚，你……"

"我要回美国了，来和你道别。"

席正先是一愣而后会心一笑，"医生都说你能醒过来是奇迹，是时候该开始新的生活了。"

"怎么样？终于能甩掉我这个'麻烦'很开心吧。"

"岚岚——"

"和你开玩笑的啦。我已经走出来了，你呢？还在等她吗？"

席正笑笑道："回去以后要听话，照顾好自己。"

"你不要岔开话题。席正，当日你在我病床前说的话我都听到了……我已经想通了，如果爱原本就不在，无论你放不放手它都会走。"

"岚岚，我不知道该说什么，我对你造成的伤害……"

"打住啊！我可不喜欢这套，是你席少不识货，以后可别哭着来求我。"

席正看着欧阳不禁一笑，欧阳也是。两人对望，欧阳笑得烂漫，似有一笑泯恩仇的情怀。

"我送你去码头吧。"

"不用了，你有你该去的地方。"欧阳岚岚同席正道别，走到门口回头对席正喊道："去找她吧——有爱就会有幸福——"

洪公馆铁门上挂着粗粗的铁链，铁锁已经生锈。这里到处贴着白条，里面杂草重生一片废墟。

王千楚站在铁门前，她一身白色绸缎旗袍，上面缀着几朵白莲，这是她与唐子文第一次见面时穿的衣服。千楚望向里头，当日唐子文中枪、洪公馆爆炸的情景又一幕幕浮现在她眼前……王千楚脑中一片混沌，她紧紧抓着铁门一闭眼多希望这一切都只是一场梦……可惜待她睁开双眼，在她眼前的依旧是那片残景，周边万籁无声叫人心凉……王千楚放下手默然转身离去。

千楚不知不觉走到了王家码头，江上风平浪静，夕阳照向她的侧脸，江风将她的秀发吹散，指间撩发划过耳畔，露出那颗白珍珠……王千楚凝望着黄浦江心如止水。

此刻一个熟悉的气息来到王千楚身边，是席正。席正静静走到千楚身旁，与她一起凝望江面。

"半年了……我不想看到你一直这个样子。"

"不用担心我，我很好……"

"这半年你一直在找他，可是我们都很清楚，唐子文已经死了。"

"不，他没有死。警察没有找到他的尸体，唐子文不会死。"

"千楚，你清醒一点，那晚的爆炸将整个洪府炸成废墟，不可能有生还者。"

"他为我，为唐家，为上海却从来没有为他自己做过选择。不管是唐子文还是唐二爷我都要找到他……"王千楚摸着胸口的蝶恋花挂坠一脸平静。

"好——我陪你找，若找不到，我们就等，你等多久，我就陪你等多久。"

"席正，我……"

"你还记得这个吗？"席正拿出那个口琴，看着千楚不解的表情，席正继续道，"你真的不记得了吗？"

时光回到十五年前。

席正随父亲到王家做客，在花园里他看到小千楚正拿着树枝在地上乱画。

"你在做什么呀？"

"我在画画呢！"

"哪有这样画画的。"

"就是这样画的，我以后要当画家呢！"小千楚抬起头一脸天真烂漫看着席正。席正摸摸她的头，"原来楚儿长大要做画家呀！"

"嗯！"小千楚用力点头，"我还有好东西，你要看吗？"

"是什么？"

小千楚拿出一个口琴，"这个会发出好好听的声音呢……"

她使劲地吹却只有"咿咿呀呀"的声响。席正接过口琴置于嘴边，即刻飘出了美妙的旋律。

"哇，哥哥好厉害呢，我长大要嫁给你！"小千楚拍着手对席正一直笑，眼睛也眯成了月牙儿。

　　黄浦江边，席正吹起口琴，他面对王千楚单膝下跪，再次问道："你愿意嫁给我吗？"

　　千楚终于记起那段儿时情，第一次相遇时席正叫的那声"楚儿"原是这般情缘，她含泪道："是你。"

　　千楚低头见到席正手上拿的正是那枚唐子文未送出手的珍珠戒指。

　　……

·67 后记·

十六年前，一个阳光明媚的午后。

一个小女孩手中拿着一朵向日葵正独自玩耍，不一会儿远处跑来了另一个小女孩……两个小伙伴拿着向日葵互相逗趣着，空气中回荡着两个女孩儿甜甜的笑声。

"你也喜欢向日葵吗？"

"嗯！它向着太阳，好温暖呢。"

不多久，一女子走来温柔地唤道："楚儿——回家了。"小女孩将手中的向日葵递给另一个女孩。

"这个送你。"

"谢谢！"

"你叫什么名字呀？"

"我叫宋瑛。"

小楚儿上了派克轿车，她趴在车窗上，两只水汪汪的大眼睛看着外面，好似被什么吸引，她伸出手，一朵珍珠梅正落到小掌中。

与此同时，一辆T型福特车与派克轿车相驰而过，珍珠梅忽地从楚儿手掌中飘进了福特车的车窗内，正巧被里面的小男孩接到。男孩穿着衬衫马甲，那是一张超于孩童稚嫩的脸孔，他张开手，那朵珍珠梅正安静地躺在他的掌中，男孩转头回望窗外，正对派克车内小女孩的眼神。

两人对望，满眼纯粹。

一汪相思，一眼万年。

图书在版编目（CIP）数据

王家小姐 / 王安著. –– 南昌：百花洲文艺出版社，2016.4
ISBN 978–7–5500–1677–4

Ⅰ．①王… Ⅱ．①王… Ⅲ．①长篇小说 – 中国 – 当代 Ⅳ．①I247.5

中国版本图书馆CIP数据核字（2016）第053735号

王家小姐

王安　著

出 版 人	姚雪雪
责任编辑	王丰林
美术编辑	彭　威
制　　作	何　丹

出版发行　百花洲文艺出版社
社　　址　南昌市红谷滩新区世贸路898号博能中心20楼
邮　　编　330038
经　　销　全国新华书店
印　　刷　江西金瑞彩印有限公司
开　　本　850mm×1168mm　1/16　印张　22.75
版　　次　2016年7月第1版第1次印刷
字　　数　390千字
书　　号　ISBN 978–7–5500–1677–4
定　　价　38.00元

赣版权登字　05–2016–53
邮购联系　0791–86895108
网　　址　http://www.bhzwy.com
图书若有印装错误，影响阅读，可向承印厂联系调换。